LE PARFUM
DE LOURDES

RÉCITS & SOUVENIRS

PAR

LOUIS COLIN

Quelle Jérusalem nouvelle
Sort du fond des déserts brillante de clartés?
Jérusalem renait plus charmante et plus belle;
Peuples de la terre, chantez!

PARIS

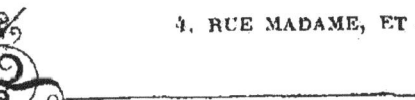

BLOUD ET BARRAL, LIBRAIRES-ÉDITEURS

4, RUE MADAME, ET RUE DE RENNES, 59

LE PARFUM DE LOURDES

LE PARFUM
DE LOURDES

~~~~~~~~~

RÉCITS & SOUVENIRS

PAR

LOUIS COLIN

> Quelle Jérusalem nouvelle
> Sort du fond des déserts brillante de clartés?
> Jérusalem renaît plus charmante et plus belle ;
> Peuples de la terre, chantez !

PARIS

BLOUD ET BARRAL, LIBRAIRES-ÉDITEURS

4, RUE MADAME, ET RUE DE RENNES, 59

BESANÇON. — IMPR. ET STÉRÉOTYP. DE PAUL JACQUIN.

« Qu'avez-vous vu là-bas? demandait un fils à sa mère, de retour de Lourdes. — Je n'ai rien vu là-bas, dit-elle, j'ai tout vu là-haut. » Et comme le questionneur ne s'arrêtait pas, l'humble femme continua : « J'ai vu.... J'ai vu.... J'ai vu.... » puis sa langue s'embarrassa, et ce fut tout.

Cependant, poussée à bout par la curiosité de son enfant, elle ne voulut pas en rester là. Lorsque ses souvenirs se furent accumulés dans son esprit comme autant de visions, les larmes lui montèrent aux yeux, et elle s'écria avec un accent d'indicible émotion : « J'ai vu le ciel ! »

J'ai vu le ciel ! N'est-ce point là le cri des pèlerins qui, depuis vingt ans, s'en reviennent de l'Apparition des Pyrénées ? La ville douce et la ville tendre, la ville des célestes sourires et des larmes consolées, Lourdes, tombeau de la haine et berceau de l'amour, est le lieu inénarrable du monde.

Que de secrètes douleurs y sont guéries ! Que de pas chancelants y sont raffermis ! Que de fronts obscurcis s'y redressent dans la sérénité du ciel ! Poèmes uniques, merveilleux épisodes, dénouements libérateurs, le nombre en est innombrable. On en ferait des milliers et des milliers de récits qui raviraient les âmes, mais que nulle plume n'écrira jamais.

Toutefois, si la plénitude de grâce et la plénitude de vérité que la Conception Immaculée a fait jaillir de la Grotte, et de la Grotte par toute la terre, ne peuvent être contenues ni articulées dans aucune langue ici-bas, il est du moins possible d'en recueillir les gouttes de l'odorante rosée, comme les Hébreux recueillaient autrefois la manne qui leur tombait du ciel.

Après Lourdes pendant les Apparitions, un autre Lourdes est né. Bernadette a fait place au monde chrétien, et le monde chrétien à la Grotte, c'est Lourdes pendant les pèlerinages.

Ces foules accourues de tous les points de l'ho-

rizon et comme portées sur les ailes des vents,
ces explosions de la joie, ces cris de la pénitence,
ces supplications, ces prières et ces cantiques de
l'amour, sont les chapitres d'un second volume,
volume dont la terre avec le ciel composent tous
les jours une page, dont je me suis proposé de ras-
sembler ici les feuillets divins.

Etant de ceux auxquels il a souvent été donné
de voir, de recevoir et de goûter le don de l'Apparition, Dieu me garde de toute ingratitude
envers elle et de toute parcimonie envers les
autres! Si j'écris ce livre comme le photographe
prend le cliché des incomparables solennités qui
se déroulent sous ses yeux, ce n'est que pour sa
gloire et le bien des absents.

Pareil à ces voyageurs revenant de la terre de
feu, qui rapportent avec eux des feuilles du palmier
ou du sycomore à l'ombre duquel ils se sont assis,
je n'ai pas voulu quitter Lourdes sans y cueillir,
pour en faire présent à mes lecteurs, des roses de
l'Eglantier mystique sur lequel s'est épanouie, il y
a trente ans, la Rose des roses qui a embaumé la
terre.

Puisse ce cher bouquet raviver les vieilles émotions chez les uns et éveiller les désirs chez les autres ! Puissent tous ceux qui, du Nord et du Midi, en savoureront le pur et délicat arome, s'écrier sous le charme : Nous aussi, nous irons te respirer à la Grotte, ô Rose sans épines, fleurie aux Pyrénées : *in odorem unguentorum tuorum currimus !* Oui, nous courrons à l'odeur de tes parfums !

Paris, 21 janvier 1889.

LIVRE PREMIER

LE CHEMIN

I

SOURIRE DE LA VIERGE.

Vous souvient-il d'une de ces heures de mélancolie sans espoir que donne à l'âme un profond découragement ou une des grosses peines qui peuvent affliger le cœur? C'était quelque chose de pareil qui, le 4 octobre 1884, me tourmentait, lorsque seul et perdu au milieu d'une grande cité, je marchais au hasard, sans but précis et sans yeux.

Ma promenade se prolongea ainsi fort longtemps. Pendant plus d'une heure j'additionnai les pas aux pas, jusqu'à ce que, chemin faisant, j'allai me heurter contre un rocher inattendu. Le rocher était une grotte de Lourdes nouvellement élevée, avec sa statue blanche qui regardait les cieux. Ma surprise fut à son comble. Par quel hasard, et guidé par quelle invisible main étais-je arrivé là ? Je n'en sais absolument rien.

C'était un parc de collège, avec un petit bois. Des portes grillées étaient à franchir, des sentiers sablonneux à suivre. Je fis tout cela sans réflexion, oubliant et le but précis de ma démarche, et la présence d'une grotte artificielle en plein air, sous un dôme de marronniers touffus. Saisi d'une indescriptible émotion, je m'agenouillai.

Ce qui se passa là, dans le secret de mon âme, ne pourrait se raconter. Tant d'angoisses y étaient accumulées, que j'éclatai en sanglots : Consolatrice des affligés, ayez mille fois pitié de moi !

O puissance admirable de la prière ! A peine eus-je répété trois ou quatre fois les mêmes paroles, qu'un changement inopiné se produisit en moi. Une clarté pareille à celle d'un rayon de soleil perça la nuit où j'étais descendu, et sur mes douleurs brûlantes je sentis passer le souffle d'une brise pleine de fraîcheur.

Ma prière avait ainsi duré environ dix minutes. Un peu de tout s'y était confondu, et après l'avoir terminée par quelques *Ave Maria*, je me disposais à me relever, lorsqu'une voix que j'entendrai toute ma vie, comme si elle me parlait encore, m'invita secrètement à la récitation du chapelet.

De chapelet, je l'avoue à ma grande confusion, je

n'en possédais plus. Le mien était tombé quelque jour
au bord du chemin, et ma négligence n'avait pas encore
songé à le remplacer. Sans me déconcerter pourtant,
j'eus recours à mes dix doigts. La main de l'homme est
au besoin un chapelet que la nature lui a donné : ce
chapelet fut le mien ce jour-là.

Lorsque je me relevai, tout, autour de moi, me
parut absolument avoir changé de couleur. Le ciel était
beaucoup plus clair, et l'air était beaucoup plus pur.
C'était par une de ces belles soirées d'automne où tout
est calme, où le soleil, devenu plus tiède, donne quelquefois l'illusion de certains jours de printemps. Marchant
d'un pas léger, qui ne ressemblait en rien à celui de
l'arrivée, je pris la direction de la ville.

Au bout de quelques minutes, *Bon-Secours* s'offrit
à mes regards. *Bon-Secours* est un pèlerinage célèbre
de la Lorraine, qui renferme les tombeaux de Stanislas
de Pologne et de Marie Leczinska. On y vient de tout
l'ancien duché, et ses murs, noircis par les années, ra-
jeunissent incessamment sous les *ex-voto* déposés par
la reconnaissance des pèlerins.

La nef n'était point solitaire ; çà et là quelques visiteurs, venus de loin, se tenaient à genoux. Une femme
du peuple y pleurait à grosses larmes. Je les vis couler
dans l'ombre silencieusement, et pénétré de compassion,
je demandai à Notre-Dame de Bon-Secours de sécher ses
pleurs, comme Notre-Dame de Lourdes avait séché les
miens.

Rien n'est plus doux que de prier ainsi pour les

autres. Aux pieds de Dieu, nos maux sont un patrimoine commun. En soulever le poids dans l'âme de l'un de nos frères, ne l'eussions-nous jamais vu, c'est soulager notre propre cœur. Le mien se sentit pénétré d'une joie secrète, et lorsque j'eus fini d'implorer et de remercier tout à la fois, je me levai.

Or, derrière la porte d'entrée et tout proche de la place où je m'étais agenouillé, se trouvait, en un coin, un magasin d'objets pieux. Des chapelets y étaient exposés, et cette vue me fit tressaillir. Les uns pendaient en grosses liasses à l'arrière-plan, les autres blancs et bleus, mais plus petits, dissimulaient sur le devant de l'étagère quantité de croix et de médailles, souvenirs du pèlerinage, adaptés aux armes de la Lorraine. Je m'approchai.

« Je désirerais, s'il vous plaît, madame, un chapelet.
— Quel genre de chapelet voulez-vous ?
— Tout ce qu'il y a de plus simple et de plus solide. »

La main de la vendeuse se glissa discrètement au travers de cette petite forêt tremblante, et, du coin le plus reculé, ramena lentement un fort chapelet que je saisis en lui glissant une pièce de monnaie dans la main. C'était le prix qu'elle m'avait murmuré tout bas.

Une croix pendait au bout, mais par un mouvement instinctif de curiosité, j'approchai de mes yeux le médaillon du centre, qui relie ensemble les cinq dizaines. Une enfant y était à genoux dans une vision d'extase, aux pieds de la Vierge qui l'inondait de ses rayons : LOURDES !

Et fiévreusement je retournai le médaillon. Au verso quelques lignes étaient écrites : *Allez boire à cette fontaine....* En les lisant je ne pus plus y tenir. Ma vue se brouilla, et un tremblement nerveux courut dans tous mes membres. Le chapelet qui m'était offert à Bon-Secours venait d'opérer en moi une inexprimable révolution.

ALLEZ BOIRE !.... Mots venus du ciel et tout remplis d'une divine vertu qui me pénétra de part en part, paroles de grâces et de miel, invitation maternelle que la voix de Marie me faisait entendre, à venir me guérir au pied du trône terrestre de ses douceurs et de ses miséricordes : *Allez boire à cette fontaine et vous y laver.*

En un autre temps et en un autre lieu, la phrase eût pu glisser légèrement sous mes yeux. Mais là, tout revêtait un caractère particulier. Notre-Dame de Lourdes venait de m'arrêter, moi et mes douleurs, devant sa statue que je n'attendais pas. Elle m'avait pris dans ses bras pour me consoler, et lorsque mon pauvre cœur, tout couvert des meurtrissures de la vie, s'était senti soulagé par l'onction de la grâce, elle m'avait doucement amené à la récitation de l'*Ave Maria*.

L'*Ave Maria*, par un attrait mystérieux, venait de me conduire à Notre-Dame de Bon-Secours, et Notre-Dame de Bon-Secours m'offrait, de sa miséricordieuse main, un chapelet de Notre-Dame de Lourdes, laquelle achevait son œuvre de bonté en ouvrant une voie nouvelle à mes pas chancelants. Le bourdon de Notre-Dame eût tinté au fond de mon cœur, que je n'aurais pas mieux entendu sa voix. De douces larmes mouillèrent mes paupières : c'était tout ce que je pouvais faire pour traduire un mouvement d'amour qui valait déjà le paradis.

Ceci se passait au mois d'octobre, c'est-à-dire après l'époque où la Lorraine, tous les ans, a l'habitude d'envoyer des pèlerins à Lourdes. L'automne et l'hiver me parurent beaucoup plus longs que de coutume. Le voyage de Lourdes absorbait tellement mes pensées que plusieurs fois, malgré la mauvaise saison, je songeai sérieusement à quitter Nancy tout seul.

Le printemps arriva ; mais le froid et la pluie y prirent trop souvent la place du soleil, en sorte que mon projet, forcément différé, dut attendre l'été pour se réaliser. Mon chapelet ne me quittait plus. Je le récitais tous les jours avec une facilité et une douceur qui m'étonnaient moi-même.

Avec le soleil de mai, l'idée de mon départ devint plus pressante. Rien, me semblait-il, ne pouvait plus me faire obstacle. A Lourdes, le mois de mai devait être si beau ! Assiégé et tourmenté par une résolution qui ne me laissait plus un instant de répit, j'entendais de jour en jour grandir en moi la voix caressante de Lourdes : *Allez boire à la fontaine,* lorsqu'un matin, le facteur, entrant dans ma chambre, y déposa la lettre d'un ami.

O comble de surprise ! Cet ami, directeur du pèlerinage lorrain, me faisait l'offre d'un billet gratuit pour accompagner, au mois d'août, le pèlerinage national. Notre-Dame de Lourdes consommait ainsi l'œuvre de ses bontés. Après m'avoir invité de sa voix bénie, elle m'envoyait le billet du départ. Je la remerciai avec effusion, et le 17 août, muni de tous mes passeports du ciel, je prenais place dans le train des pèlerins.

Nul de ceux qui étaient là ne connaissait la raison secrète qui m'amenait à côté d'eux, ni les chemins dérobés par lesquels j'y étais venu. Mais combien d'autres auraient pu, en faisant un retour sur eux-mêmes, raconter une histoire analogue à la mienne! La voix de Lourdes se fait entendre de mille manières différentes.

La plupart se sont sentis émus en lisant une page de son histoire, les autres à la vue de son image, suspendue à quelque mur, d'autres devant une petite statue qu'un ami leur a rapportée. Ils priaient un soir ou un matin; ils pleuraient sur une douleur secrète, une épreuve inattendue, des misères intérieures, lorsque dans leur cœur touché subitement, s'est élevé un appel, l'appel caressant d'un amour qui les a séduits. Tout remplis de douceur et d'espoir, ils se sont dit quelques mots secrètement, et leur voyage a été décidé.

Des milliers de pèlerins sont ainsi venus, grâce à ce sourire de la Vierge irradié tout à coup sur leur existence tourmentée. Le nombre n'en sera jamais connu; mais le plus beau livre, le poème le plus exquis qui serait à composer sur Notre-Dame de Lourdes, s'il pouvait l'être, serait celui des merveilles opérées dans le secret des âmes, par cette voix mélodieuse, pleine de séduction irrésistible, écho d'une miséricorde sans bornes et du plus compatissant des amours.

II

AU GRÉ DU VENT.

Partir pour Lourdes ne ressemble en rien à tout autre voyage. Au pèlerinage national, une foule immense vous assiste au départ. Il y a les curieux et les amis ; il y a aussi ceux qui sourient. Mais le sourire est timide ; car le respect s'impose. Ces hommes, ces enfants, ces femmes, ces malades qui prient et ces infirmes qui se font porter, ont au front une flamme céleste qui parle plus haut que tous les sourires : cette flamme, c'est la foi !

Ils vont partir pour le lointain, tassés dans des wagons où toutes les lassitudes peuvent venir, où le sommeil et le repos ne viendront pas. Cent, deux cents, six cents lieues peut-être s'ouvrent devant eux, et à quelles extrémités ne sont pas exposées beaucoup de ces infirmités voyageuses ?

A côté de ceux que la fièvre n'incommode pas, il y a les paralytiques, les poitrinaires, les mourants que le moindre choc fait souffrir, que le manque d'air étouffe, qui passeront des journées entières, exposés dans les gares, sur des lits de camp, vaincus de la maladie, prisonniers de leurs membres, corps sans ressorts et semés sur les grandes routes de la France.

Ces vies et ces agonies, plus fortes que tous les dangers, rendent un témoignage divin, devant lequel le silence est obligé de se faire. Le bruit du train qui les emporte est une prière sublime, murmurée en face de toutes les insolences humaines.

Et cependant, ô merveille de la foi, la joie est au comble, alors que la crainte et l'épouvante pourraient dominer. Loin d'exprimer le trouble des adieux, le départ est une vraie fête, la séparation, une émotion de triomphe. Mille mains s'élèvent, les cœurs battent, les chants éclatent, expression de la joie intime qui vous saisit et qui ne vous quittera plus sur le chemin des Pyrénées.

Le train qui vous emporte ne traverse pas le monde, il le quitte ; il ne sillonne pas la terre, il roule vers des régions inconnues. Peu à peu, à travers les champs de l'espace vous arrivent des effluves miséricordieuses. C'est de la douceur et de l'attendrissement réunis. La prière, une prière continue, se place d'elle-même sur vos lèvres, votre respiration devient un *Ave Maria* perpétuel.

Vous vous sentez glisser sur la pente d'une vague charmeuse, qui doucement vous soulève, comme si une batelière invisible vous attirait en de mystérieux rivages. Cette batelière, c'est Notre-Dame de Lourdes qui, à travers les flots troublés de la vie, vient au-devant de vous : *Ave, Maria, gratiâ plena!*

1*

III

PARIS.

Si vous arrivez de l'Est ou du Nord, le chemin de fer
vous débarque à Paris. Paris a été pour moi la première
station du chemin de Lourdes. C'est une autre capitale
et un autre monde ; cependant il y a déjà quelque chose
du parfum de Lourdes à Paris. Le sceptique de ses rues le
sait si bien, qu'en vous voyant monter à Montmartre, il
sourit de pitié, devinant que Lourdes est au bout.

Montmartre et Lourdes sont les deux grands sommets
de la France, éclairés par le même soleil que le vulgaire ne
voit pas. L'âme du pèlerin le découvre et le bénit. Le
cœur du Fils est ici, le cœur de la Mère avec le Fils est
là-bas. Ce sont les deux cœurs qui se sont le plus
aimés et qui nous aiment le plus. Ils ont conspiré ensemble de nous sauver, et voilà pourquoi, placés à deux
pôles différents, avec Paray-le-Monial pour trait d'union,
ils traversent la France de leurs rayons.

OEuvre du vœu national au Sacré Cœur, sauvez-nous !
Notre-Dame nationale de Lourdes, priez pour nous !

L'orgueil moderne ne s'y est pas trompé. Il couvre de
la même haine et Lourdes qui l'humilie, et Montmartre
qui menace sa durée. Que de crachats et de bave
tombés sur ces deux cimes divines ! Mais aussi que
d'amour y a répondu ! Le miracle de Montmartre n'est

point d'être haï, ni celui de Lourdes d'être bafoué. Leur
miracle, c'est d'être nés, d'avoir grandi et de grandir
encore, au point de remplir le monde contre son propre
gré. La force qui triomphe de tant d'efforts par l'amour
ne peut être que la force de Dieu. Montmartre est le
double chef-d'œuvre du Cœur de Jésus et du cœur de la
France.

En parcourant avec les yeux de la foi le dédale de
ses voûtes souterraines, vous éprouvez quelque chose
qui vous élève l'âme. A travers les échafaudages super-
posés, derrière les barrages de planches que l'on rencontre un peu de toutes parts, se révèlent des em-
blèmes, des inscriptions de noms et de corporations,
quelquefois de villes et de peuples, qui parlent le langage
du cœur.

Nulle pierre n'est plus éloquente que toutes ces
pierres, nulle colonne plus éloquente que toutes ces colonnes, taillées par des milliers de chrétiens sous le
trône du Cœur sacré de Jésus. Ces lignes et ces brisures,
ces carrés et ces losanges forment la plus idéale des
mosaïques, dessinée par l'incomparable artiste qui a nom
l'amour. Tout y raconte les grandeurs du peuple élu,
tout y respire les vieilles gloires du peuple franc.

Malgré la tristesse des temps présents, je ne me suis
jamais senti si fier d'être le fils de Charlemagne que le
jour où, perdu dans cette crypte immense, il m'a été
donné de constater, de mes yeux éblouis, ce que l'amour
faisait encore dans notre pays. Que l'incrédulité hausse
les épaules tant qu'elle voudra ; elle n'a rien de com-

parable à nous offrir. Le propre de l'orgueil, c'est de
tout recevoir et de ne rien donner. Il est le fils du mensonge et le père de la haine. Haïr, c'est porter en soi la
puissance des ruines.

Après une messe célébrée à la chapelle de Saint-Martin,
les pèlerins de Lourdes sortent processionnellement autour de la basilique, en chantant l'hymne national ; non
celui de nos révolutions, mais celui de nos douleurs et
de nos espérances :

> Pitié, mon Dieu, c'est pour notre patrie
> Que nous venons implorer ton secours.

C'est le commencement des supplications qui vont
suivre ; car chaque étape de la route est marquée par de
belles cérémonies. Le voyage de Lourdes est plein de
stations et d'avenues. On y marche, on s'y enfonce, on
y disparaît loin, bien loin de toutes les agitations de ce
monde : succession d'étonnements et de fêtes qui em-
portent l'âme à toutes les hauteurs.

A Montmartre succèdent Notre-Dame des Victoires et
Notre-Dame de Paris. Notre-Dame des Victoires, elle
aussi, possède quelque chose du parfum de Lourdes. On
la croirait assise au péristyle de la basilique des Espélugues. On y prie de cœur et d'âme ; les hommes y
montrent leur chapelet. Avant que Montmartre existât,
Notre-Dame des Victoires était l'oasis la plus douce de
Paris. De toutes les parties du monde, les âmes viennent
s'y reposer un instant du tumulte de la grande ville ;
elles en sortent meilleures et plus ouvertes. Notre-Dame
des Victoires, bénissez les pèlerins de Lourdes !

Notre-Dame de Paris est beaucoup plus déserte ; mais que d'émotions nous y attendent ! Notre-Dame est la première des basiliques qui ait pris le nom de « la Dame » de Lourdes. Assise au centre de Paris, elle est restée le monument capital de la cité qui est le chef-lieu de la France. Quel signe plus manifeste de la royauté de Marie sur notre pays, que son vocable donné à l'origine, par nos aïeux, aux hautes tours de leur ancienne métropole !

C'est la Mère de Dieu qui en a posé les fondations et voulu les gloires. Quand le sort des batailles nous est demeuré favorable, c'est sous ses voûtes sonores que le *Te Deum* a éclaté ; là que nos douleurs se sont réfugiées, que nos genoux ont ployé, que nos anniversaires sont écrits, que l'eau sainte a coulé sur le front des empereurs et des rois.

L'île de la Cité parle à mon cœur de l'île du Chalet. De l'autel majestueux où nous voici, à celui de Lourdes où nous allons, la main de Dieu a placé des fils mystérieux que mes yeux découvrent, mais que je ne puis définir. Sur cette longue étape de dix siècles qui nous séparent, je vois passer à pied, couverte de la poussière du chemin, l'ombre errante d'un infatigable pèlerin : ce pèlerin, c'est la France !

Le trésor de Notre-Dame renferme les grandes reliques. Elle l'ouvre, et nous y baisons la sainte Couronne d'épines et les clous de la Croix. Cœur de Jésus, clous de Jésus, vous êtes nés l'un de l'autre et du même amour. Le cœur a préparé les clous, les clous ont révélé le cœur.

Malheur à celui dont l'âme ne tressaille point au contact
de ces divins mystères !

Le 18, à dix heures du soir, nous quittons Paris.
La gare d'Orléans est encombrée de trains ; on ne
les compte plus. Les trains ordinaires sont là avec leurs
voyageurs qui nous regardent du haut de leur suffisance.
Ils partent d'abord. Nos divers convois, étant supplé-
mentaires, né se mettent en mouvement qu'après que
tous les autres ont passé.

Ils sont au nombre de huit ; car Paris nous a donné de
nombreuses recrues. Le Nord s'y joint à l'Est avec le
Centre ; mille ruisseaux se sont réunis en huit rivières
pour devenir, à compter de Paris, un des grands bras de
ce fleuve harmonieux qu'on nomme le pèlerinage national : *Ave, Maria !*

IV

PARAY-LE-MONIAL.

Nous voici à Paray, petite ville, mais grande capitale,
qui nous apparaît modestement cachée derrière un rideau de peupliers. Il semble y dormir, tant le calme y
est grand, tant le silence y est profond.

Paray est un jardin : *Dilectus meus descendit in hor-
tum suum,* mon bien-aimé est descendu dans son jardin. Jardin traversé par des eaux fécondes, visité par

l'inépuisable courant des misères humaines. Géographiquement, c'est le cœur de la France avec le Cœur de Jésus.

Nous y descendons avec le souvenir de Montmartre, dont Paray est le berceau. Rues calmes, profondément usées, retraites intérieures, basilique et chapelle, tout y invite au recueillement.

La chapelle est merveilleusement éclairée. Mille feux s'y reflètent sur un autel d'or, au fond d'un chœur à recoins mystérieux, où quelque chose d'ardent vous saisit aussitôt que vous y êtes à genoux.

Sur ce tapis et sur cette pierre, nos lèvres s'ouvrent d'elles-mêmes pour déposer le baiser de l'amour. Nos cœurs s'appuient comme sur la douce poitrine d'un ami !

Salut, frêle berceau de Bethléem, sainte étable dénudée, abri perdu des mystères divins !

Salut, obscur atelier de l'artisan, Nazareth inconnu où se prépare en silence la glorieuse œuvre de la rédemption du monde !

Salut, divin charpentier, prédicateur du temple, voyageur des lacs de la Judée, hôte du Jourdain, convive de Zachée, transfiguré du Thabor, triomphateur de Jérusalem !

Eternelle vérité, victime du traître Judas, accusé du Prétoire, supplicié de la colonne, condamné du tribunal de Pilate et des pharisiens !

Salut aussi, roseau dérisoire, manteau de pourpre mé-
prisé, couronne sanglante, clous sacrés, pieds percés,
cri infini de la douleur infinie, dernier soupir de la mort
sur le sommet bouleversé du Golgotha !

Salut, Croix glorieuse qui porte le divin cadavre, tombeau de vie qui le rend au monde, mont des Oliviers
qui le rend au ciel. Salut !

Votre souvenir me parle, vos ténèbres m'éclairent,
vos lumières me transportent, votre voix désolée me
perce le cœur.

Où que mes yeux s'abaissent, où que mes genoux
fléchissent, où que mes mains s'appuient, sur le pied
de l'autel comme aux marches du chœur, sur la pierre
ou sur le bronze,

S'élève une plainte miséricordieuse et douce, la plainte
du Fils de Dieu fait homme pour l'ingrate humanité :
Voilà ce Cœur qui a tant aimé les hommes !

Ce cœur, je le sens à mes côtés. Il est tout brûlant
et tout radieux. Quand les disciples d'Emmaüs recon-
nurent à la fraction du pain Jésus ressuscité, ils en
furent dans l'étonnement.

Est-ce que, se demandèrent-ils entre eux, notre cœur
n'était pas plein d'ardeur au dedans de nous, pendant qu'il
nous adressait la parole ? Ainsi en est-il des pèlerins de
Paray. Comme celui des disciples d'Emmaüs, leur cœur
est enflammé.

Doucement pénétré par l'action d'une chaleur latente,

il répète avec l'épouse du Cantique : *Sub umbra illius quem desiderabam sedi, et fructus ejus dulcis gutturi meo :* Je me suis assis à l'ombre de l'arbre après lequel j'avais soupiré, et ses fruits sont doux à mon palais. Nous communions tous à la chapelle du Sacré-Cœur, où Jésus nous comble de ses caresses.

Nul souvenir du grand fait historique qui ne soit demeuré là : le jardin, les noisetiers, la forme des lieux et des murs. Ici apparut Jésus, là il ouvrit son Cœur.

La vierge qui en fut le témoin privilégié repose dans une châsse de pierreries, au milieu du chœur. Que son sommeil est doux, que son visage est divin !

On dirait que son corps, d'une virginale blancheur, n'attend pour se lever qu'un regard de l'immortel époux.

Dors encore, dors toujours, chaste colombe ! Ne t'éveille point d'avance pour t'envoler. La terre froide et misérable que nous habitons a besoin de te posséder en ses ombres comme un ferment d'amour.

Le front appuyé contre ton radieux tombeau d'éme-raudes et de perles détachées de la céleste Jérusalem, nous entendons murmurer des voix de vie.

Un fleuve de feu coule à tes pieds, foyer d'amour ; un livre d'or est dans ton cœur, poème divin !

Du tombeau de Marguerite-Marie, à Paray, ma pensée se reporte invinciblement à celui de Bernadette, à Nevers. Dieu a placé, dirait-on, ces deux vierges dans le même milieu pour attendre le dernier jour.

Et ce milieu est celui de la nation choisie. La vision de Lourdes a eu beau se rapprocher de la frontière du Midi, Bernadette est revenue du côté du Centre.

Comme sa sœur de Paray, elle s'est endormie au milieu des cantiques d'un monastère, après l'avoir réjoui de ses admirables vertus.

Marguerite-Marie, Bernadette ! fleurs du Paradis et fleurs de France, dont le parfum se confond dans le plan providentiel.

Mère jalouse, la France, qui les a vues naître et qui les a vues mourir, a voulu les posséder toutes deux, comme un bouquet incorruptible sur son cœur.

V

LE MUSÉE EUCHARISTIQUE.

J'avais quitté la chapelle du Sacré-Cœur pour prendre le chemin de la Basilique, lorsqu'un ami me parla, comme étant chose très curieuse, du *Musée eucharistique*. Le Musée eucharistique est situé au nord de la ville. Nous dirigeons nos pas de ce côté, où le va-et-vient des pèlerins nous indique que tout le monde a voulu le voir.

Par une porte entr'ouverte, au fond d'une petite cour, mon œil découvre un péristyle et des galeries. Des bustes et des statues sont à l'entrée, bustes des créateurs du Musée, statues des artistes de l'amour infini. Plus loin la peinture commence. Tout ce que Rome, Naples, Venise, Florence, ont produit de plus beau, ce que la Belgique, la Hollande et la France ont dessiné de plus idéal, se trouve reproduit dans une suite de précieuses copies.

De grandes cartes historiques sont appendues aux murs. On y lit les noms de tous les pays où Jésus-Hostie a fait des miracles, avec la date et le récit sommaire des événements. Rien de plus instructif dans l'histoire du surnaturel que ces dessins, de plus émouvant que ces peintures proclamant, dans un harmonieux unisson, les merveilles du Cœur de Jésus. La *Dispute de saint Thomas* sur le saint Sacrement et la *Communion de saint Jérôme* se détachent au milieu d'une infinité d'autres toiles.

Sur les murs d'un corridor, j'aperçois Thérèse de Jésus à genoux pour recevoir le Jésus de Thérèse. En son ardeur inouïe de le posséder, elle force l'Hostie sainte à s'envoler des mains du prêtre et à venir, dans un rayon lumineux, se poser sur ses lèvres brûlantes.

Heureuse Thérèse ! Personne ne peut la voir sans aimer Jésus et sans jalouser Thérèse. Son extase enflamme nos cœurs à peine sortis de la chapelle de Paray, que le ravissement n'a point soulevés, mais que l'amour a charmés et consolés tout à la fois.

Le *Musée eucharistique* de Paray est unique au monde. Peinture, ciselure, gravure, sculpture et photographie, tout s'y rencontre dans un ensemble qui vous ravit. La bibliothèque, qui compte plusieurs milliers de volumes, renferme sur l'Eucharistie tous les chefs-d'œuvre de la Liturgie, de la Patristique, de la Théologie, de l'Apologétique, de l'Ascétisme, de l'Hagiographie et de l'Histoire.

Il se divise en trois galeries : galerie des docteurs, galerie des miracles, galerie du Sacré-Cœur. Chaque galerie se compose d'une quarantaine de tableaux, les tableaux portent la signature des plus nobles artistes : Guido Reni, le Corrège, le Tintoret, le Dominiquin. Siècle par siècle, nation par nation, l'histoire eucharistique se déroule avec ses prodiges, qui vont se perdre comme un océan sous les noisetiers du jardin de la Visitation, à Paray.

Quelles lumières profondes ! quels horizons transfigurés ! quel voyage enchanté au pays de l'amour ! L'accomplir, c'est communier, non sous les espèces du pain, mais sous les espèces de l'idéal et de l'art. Ici encore, c'est notre pays qui l'emporte sur tous les pays. Amour, amour, amour, que tu es doux à nos cœurs, mais de quel poids écrasant ne pèses-tu pas sur la conscience de la France !

En quittant le Musée eucharistique, le signal nous arrive de la procession qui doit s'accomplir avant notre départ. C'est à la basilique que le rendez-vous est donné. Un quart d'heure s'écoule, et le pèlerinage en sort avec ses étendards déployés. Il se dirige avec pompe du côté de la chapelle, où nous passons en chantant de toute la force de nos poitrines :

Cœur de Jésus, notre espérance,
    Rends-nous la foi.
Ah ! jette un regard sur la France ;
    Elle est à toi !

C'est le chant d'adieu ; car, à midi, le sifflet de la locomotive nous annonce à d'autres contrées. La prière cependant ne se tait pas. En nous envoyant vers sa Mère, Jésus donne à nos lèvres d'infatigables ardeurs. Sur un parcours de quatre-vingts lieues, elles ne se tairont plus. Les couplets du cantique de Lourdes seront plusieurs fois redits, couplets remplis de grâce, qui ouvrent l'âme aux délices de Massabielle.

VI

DE PARAY AU PUY.

Le train roule. — Voici Roanne l'invisible, voilà Montrond qui se voit mieux. Là-bas se dessinent insensiblement les pics du Forez. Sur les pentes bleues qui leur servent de contreforts, se détachent de nombreux villages en longues traînées blanches. Par intervalles ils prennent des teintes fantastiques dans le lointain vaporeux.

Mais bientôt arrive Saint-Etienne. Un vaste dépôt de maisons grises, abandonnées confusément par les eaux d'un lac tari. Au levant et au couchant s'élèvent des montagnes, dont une bordure de sapins noircit le

sommet. Saint-Etienne, Firminy, la Folie, régions
terreuses et pleines de fumée. Le soir venu, tout s'est
enfui ; la Loire vient prendre nos devants avec ses
eaux blanches.

Engagé dans l'ouverture étroite des montagnes, nous
glissons de détours en détours, au milieu d'intermi-
nables méandres. La rivière blanche nous accompagne
obstinément. Elle visite mille coins et recoins, se perd
un instant, puis reparaît toujours. Le long de ses rives,
il y a des monticules semés de pins, des bancs coupés
dans le sable, des corniches de pierre que les siècles
ont artistement ciselées. Nul village.... la solitude suit
la solitude.

A la tombée de la nuit, le train s'arrête lentement.
Nous sommes au Puy, vieille cité de Marie, dont une
gerbe de lumières domine les hauteurs. Ce sont les
étoiles de Notre-Dame de France qui se sont allumées
dans la nuit. Nous les saluons d'un cœur ému ; car, au
firmament religieux de notre histoire, elles ont brillé
dès l'origine. Notre-Dame du Puy, mère de Notre-Dame
de France, qui contient en germe Notre-Dame de
Lourdes !

L'heure tardive à laquelle nous arrivons nous dérobe
les traits de la statue, mais tout nous en révèle les
bontés. La religieuse population du Puy est descendue
au-devant de nous. De la gare à la ville elle forme une
double haie. Les mains s'agitent, les cœurs se soulèvent
de généreux battements. Du milieu de la foule de
joyeux vivats s'élancent ; dans nos mains tombent
plusieurs centaines de bouquets de fleurs.

VII

LE PUY.

C'était la première fois que l'Alsace-Lorraine passait au Puy pour se rendre à Lourdes. La secrète impulsion qui nous avait conduits là ne nous avait point trompés. Sous nos yeux un grand livre, livre plein de révélations, allait s'ouvrir. Le vieux sol du Velay est couvert de vieilles pages. On y lit d'admirables légendes, on y découvre d'étranges harmonies. La main de Dieu a formé pour de grands desseins ces régions bienheureuses.

Le mont Corneille et le pic d'Anis, la chapelle Angélique et la très noble basilique du Puy sont remplis de voix prophétiques. De toute éternité en Dieu, les Espalis du Puy ont regardé les Espélugues de Lourdes. Celui-ci était vassal de celui-là, tous deux ont été découpés sur le même plan, le jour où l'ouvrier divin a taillé les mondes. Même style, mêmes consonances, même physionomie. Au pied du rocher Corneille, je reconnais la citadelle de Lourdes.

Celui qui a créé et qui gouverne l'univers n'improvise jamais. C'est le secret de ses œuvres de posséder les siècles pour elles. Toutes les fois qu'un mémorable événement se produit, placez-vous à distance pour en mesurer les contours. Çà et là, sur le profil de l'histoire,

vous apercevez certaines traces qui vous paraissent
d'abord très légères. Puis votre regard, allant toujours
plus haut et toujours plus loin, les voit insensiblement
grossir et se multiplier.

Elles finissent par imprimer sur le sol mouvant des
siècles un sillon de clartés qui vous guide et qui, d'horizon en horizon, vous mène tout droit au chef-d'œuvre
qui éblouit le monde. Ainsi procède la sagesse patiente
du Créateur de toutes choses ; ainsi, dès les âges les plus
reculés, se préparait en silence la grande et universelle
manifestation de Lourdes, celle qui fut conçue à l'origine
des temps : *Ab initio et ante sæcula !*

Ces sillons lumineux sont visibles à nos yeux. Nous
les baisons comme la trace des pas de Dieu, comme la
source terrestre des merveilles de Lourdes. C'est au Puy
que, d'après les anciennes traditions, saint Dominique
reçut l'inspiration d'instituer le Rosaire ; au Puy que, du
milieu de la terre d'exil, s'est élevé le *Salve Regina ;* au
Puy que, pour la première fois, s'est envolé dans l'immensité des airs l'*Angelus* de la vision des Pyrénées ;
au Puy que l'univers chrétien a commencé à redire,
trois fois le jour, la salutation de l'ange Gabriel, lorsque

> L'heure fut venue,
> Pour l'airain sacré,
> En sa voix connue
> D'annoncer l'*Ave.*

Voici la chapelle des Pénitents, avec ses admirables
peintures ; voilà l'Hôtel et l'Hôpital général, tous deux
vieux de deux cents ans. Plus loin, échelonnés au flanc
de la montagne, les cloîtres de Saint-Maurice, de la Vi-

sitation, de Saint-Joseph, des Capucins, de l'Enfant-Jésus, de Sainte-Marie. Ici la cellule qu'habita saint François Régis ; là, celle où pria la bienheureuse Agnès de Jésus. Reliques saintes, souvenirs d'époques héroïques, glorieuse floraison épanouie autour de Notre-Dame du Puy !

VIII

NOTRE-DAME DU PUY.

Sous le pontificat de saint Georges, au iii° siècle de l'ère chrétienne, vivait à Ruessium, disent les Annales du Velay, une femme touchée de maladie étrange, dont la prière seule avait le pouvoir d'adoucir les cruelles souffrances. Or, une nuit qu'elle était en veille de fièvre, elle ouït une voix mystérieuse qui lui dit d'aller au Pic d'Anis, et là d'attendre ses ordres.

Transportée sur la montagne, elle sentit aussitôt le sommeil, un sommeil profond, se glisser en tous ses membres. Au cours de cet assoupissement, la Vierge, escortée d'une troupe céleste, lui apparut et lui dit : « Ma fille, vos prières sont exaucées, vous êtes guérie. Allez trouver Vosy, mon serviteur et votre évêque, et intimez-lui de ma part l'ordre de bâtir sur cette montagne un sanctuaire qui portera mon nom. »

La vision disparue, la miraculée se hâta de remplir la mission qu'elle avait reçue. Alors subitement et en plein mois de juillet, la montagne se couvrit d'une neige blanche, sur laquelle un cerf vint, de son pied léger, tracer l'enceinte d'une église. Accouru pour voir de ses yeux le prodige, Vosy en fut si bouleversé, qu'il fit immédiatement construire le sanctuaire demandé, avec l'intention d'en solliciter à Rome la consécration.

Comme il s'acheminait avec saint Scrutaire vers la ville éternelle, Vosy fit la rencontre de deux vieillards tout habillés de blanc, qui portaient des vases précieux entre leurs mains. « N'allez pas plus loin, lui dirent-ils, prenez ces reliques et retournez-vous-en sur vos pas ; l'église d'Anis est en ce moment consacrée par les anges. »

L'étonnement des deux saints fut à son comble, à leur retour sur la montagne, de la trouver en fête. Les cloches y sonnaient d'elles-mêmes, des voix harmonieuses s'y faisaient entendre, des milliers de cierges y brûlaient autour du sanctuaire. Répandue par des mains inconnues, l'huile sainte inondait l'autel, et le temple était rempli de célestes parfums.

Ainsi parlent les Annales de la très ancienne église du Puy ; ainsi prouvent les reliques qu'y ont laissées les siècles chrétiens. La chambre Angélique subsiste toujours. Elle est située sous la coupole de la basilique cathédrale, et le temps n'a pu détruire ce que la piété des peuples a visité avec ravissement : deux cierges réputés originaires de la merveilleuse consécration faite par les anges.

A dater de ce jour, Notre-Dame du Puy d'Anis n'a

cessé de réaliser les destins promis. Durant les quinze siècles de notre histoire, au milieu de cent autres pèlerinages fondés par la Mère de Dieu, elle est le centre religieux de la France, où se donnent rendez-vous le plus de peuples, le plus de saints, le plus de papes et le plus de rois. Charlemagne s'y transporte. Urbain II et saint Louis viennent s'y agenouiller en partant pour les croisades, Charles VII y est proclamé roi sur le rocher d'Espaly, Jeanne d'Arc s'y fait recommander avant de courir sus aux Anglais.

Retenue par les docteurs de Poitiers, qui examinent son orthodoxie, elle y envoie sa mère et plusieurs chevaliers. Le pays traverse un des moments les plus solennels de son histoire. L'étranger l'occupe, tout son territoire est passé aux mains de l'ennemi. Alors s'ouvre au Puy le grand jubilé de 1429, jubilé du 25 mars, jour solennel de l'Annonciation, où Jeanne fait prier, où elle espère le commencement du triomphe, au moment même où les supplications de la France entière s'élevèrent au mont Anis. 25 mars! jour de Jeanne la Pucelle et de l'Immaculée Conception; jour du grand jubilé du Puy et de l'universel jubilé de Lourdes!

Les privilèges qui lui sont concédés par les pontifes romains ne se comptent pas. Elle possède le *pallium* pour ses évêques et une décoration spéciale pour ses chanoines. Le plus célèbre de tous est cette période jubilaire de douze jours, toutes les fois que se rencontrent, au calendrier liturgique, la fête de l'Annonciation et le vendredi saint. Jusqu'à la révolution, une affluence incroyable de pèlerins s'est rendue au Puy pour cette

solennité. De plus, la chapelle Angélique, avec ses sept
autels, a joui des mêmes indulgences que les sept
grandes églises de Rome. Le siège du Puy n'était suffra-
gant que du souverain pontife.

Malgré les ravages occasionnés par les iconoclastes de
1793, mes yeux y contemplent deux reliques de la vraie
croix, plusieurs objets de la famille du Sauveur, les
corps entiers de saint Dommin et de sainte Perpétue, les
crânes de saint Jean-Baptiste et de saint Hilaire de Poitiers; des ossements de saint Georges, de sainte Agrève
et de saint François Régis.

Notre-Dame du Puy, siège d'une principauté sans limites, étendait son sceptre sur tout le pays. Dès les
commencements, les seigneurs de Lourdes furent ses
tributaires. Les vieilles chroniques du Béarn racontent
qu'au viii* siècle, le conquérant sarrasin Mirat, qui
s'empara du fort de Lourdes, ne voulut reconnaître
d'autre suzeraine que Notre-Dame du Puy, déjà sur-
nommée *Dame de France*.

Pour affirmer sa vassalité, il fit un jour le voyage du
Velay, à la tête de trois cents de ses soldats, portant
tous au bout de leurs lances un petit faix d'herbe cueillie
dans une prairie du nouveau fief. Beaucoup d'entre eux
furent baptisés, et Mirat quitta son nom « d'indomptable, » pour prendre celui de *Lorus,* l'Eclairé. « Man-
gez de cette herbe, » dit un jour à Bernadette l'Immaculée Conception apparue en sa gloire.

Comme signe particulier de sa destinée prépondérante,
Notre-Dame du Puy ne régna point seule au milieu de

sa capitale. A côté d'elle vint trôner l'archange saint Michel, glorieux patron de la France. Sa chapelle aérienne se détache en pointe, au sommet d'un rocher conique, pareil au donjon oublié de quelque château fort disparu. L'archange n'y est point monté par en bas. Il y est descendu sur ses ailes d'or, du côté du ciel.

On devine à sa physionomie, qui rappelle le rocher célèbre de la Normandie, que c'est l'église d'un esprit supérieur, tant y est frêle l'édifice à peine assis, comme un paratonnerre aérien, sur la pointe de l'obélisque de l'Aiguille. Par sa présence dans la vieille cité du Velay saint Michel a voulu consacrer le rôle historique de Notre-Dame du Puy, dont il est le paladin; Notre-Dame du Puy, devenue aujourd'hui, par un dédoublement d'elle-même, Notre-Dame de France.

IX

NOTRE-DAME DE FRANCE.

Au premier aspect de la ville de Marie, tout y paraît rajeuni : rues, boulevards, places et maisons. Çà et là quelques vieux pans de murs restent seulement debout, témoins des guerres de la Réforme et de la Ligue. Mais ils sont si rares et tiennent si peu de place, que ce qui frappe avant tout, c'est ce grand travail d'universelle transformation. L'air circule dans les rues, on y respire, et l'on y sent sa poitrine à l'aise.

A la cité noire a succédé la cité voyante, comme à la Vierge noire, la statue dorée de Notre-Dame de France. Non point que la Madone des temps anciens ait disparu. Son effigie repose toujours sur l'autel de la basilique, mais le cœur comme les yeux n'aperçoivent plus de loin que le rocher Corneille, avec son piédestal gigantesque et sa statue monumentale qui domine tous les horizons.

Entre Notre-Dame du Puy et Notre-Dame de Lourdes s'élève Notre-Dame de France. Par un côté elle touche à toutes les gloires du passé, par l'autre à toutes les magnificences de l'avenir. La Vierge noire, toute remplie du parfum des siècles, a cédé le pas à la Vierge dorée, laquelle a pâli à son tour devant la Vierge blanche.

Image frappante de ce qui se produit tous les matins, entre le jour qui monte et la nuit qui s'évanouit. À l'horizon, la lumière se réveille sur un lit de vapeurs jaunes qui laissent pressentir ce qu'elle sera dans son plein midi; puis, le jour une fois venu, le ciel, entièrement dégagé, ne se montre qu'avec son éclatante blancheur ou ses profondeurs d'azur.

O Notre-Dame de France, soyez à jamais bénie de la nouvelle que vous avez apportée au monde. Du milieu de la nation qui fut toujours votre royaume privilégié, vous lui avez préparé l'événement le plus prodigieux des temps modernes, le grand avènement de l'Immaculée Conception. Notre-Dame de France, du Puy, vous avez été l'aurore du grand midi de Lourdes!

En ce temps-là vivait à Paris un illustre et saint religieux qui s'appelait le P. de Ravignan. Or, un jour qu'il priait en sa cellule, une pensée étrange lui vint, celle d'ériger une statue sur le rocher Corneille. L'idée, paraît-il, trouva le chemin de bien des cœurs ; car elle se propagea très rapidement. Pendant qu'à Rome Pie IX méditait en son âme d'élever au rang des dogmes la conception sans péché de Marie, la France rêvait de lui élever un gigantesque monument. Dieu travaillait ainsi de plusieurs côtés à la fois.

On était en 1850. L'abbé Combalot, qui remplissait alors l'Eglise du bruit de son nom, parla, dans une retraite donnée au grand séminaire du Puy, du projet en question. La chaleur qu'il y mit fut si communicative, qu'il en passionna tout son auditoire. Sous le coup d'une inspiration soudaine, l'évêque du Puy, Mgr Morlhon, déclara devant tout son clergé qu'à dater de ce jour même il allait s'occuper de sa réalisation.

Ici, les dates deviennent absolument étonnantes. Le poème divin commence, et le calendrier du Puy se confond par avance avec celui des apparitions de Lourdes. Les roches Massabielles ne sont point encore illuminées, mais déjà les premières teintes de l'aube éternelle couvrent les hauteurs d'Espaly.

Le 5 mars 1853, la commission nommée par l'évêque convie, pour l'exécution du modèle de la statue, les principaux artistes de l'Europe. Le *16 juillet* [1], un mande-

---

(1) Les dates soulignées sont les dates qui se confondent avec celles des apparitions de Bernadette.

ment est publié qui rend la souscription *nationale* et dédie le monument à Notre-Dame de France.

Les évêques, le clergé, les corporations religieuses, les catholiques du monde, propagent l'œuvre et s'empressent de faire parvenir leurs offrandes. Des cinquante-quatre modèles présentés au concours, celui de Bonassieux, le sculpteur lyonnais, emporte tous les suffrages. Notre-Dame de Fourvière délègue à Notre-Dame de France un de ses enfants, comme elle en déléguera plus tard un autre à Notre-Dame de Lourdes.

Le *25 mars 1854*, en la fête de l'Annonciation, neuf mois avant la grande parole de Rome, quatre ans avant la solennelle affirmation des Pyrénées, Pie IX, par un bref spécial, approuve et bénit l'œuvre du mont Corneille.

Le 8 décembre, la première pierre du piédestal arrive, et le 10, elle est posée par l'archiprêtre de la cathédrale. De sorte que le jour même où Rome définissait le dogme, le dogme se faisait pierre, la pierre se faisait statue, et la statue devenait Notre-Dame de France.

O profondeurs divines, ô merveilleuses coïncidences ! Mais là ne s'arrêtent point les providentielles harmonies. A travers la nomenclature des dates qui marquent les diverses étapes suivies par l'érection du monument, mes yeux sont éblouis par celle qui est inscrite au couronnement de l'œuvre.

Jusqu'ici les pouvoirs publics n'ont point encore paru, mais les voici qui arrivent dans la personne du chef de l'Etat. Tandis que les soldats français, sur la terre de

Crimée, se préparent à une action décisive, l'empereur et l'impératrice inscrivent leurs noms à la tête des listes de souscription, avec la promesse que la statue sera fondue avec les canons conquis sur l'ennemi.

La promesse est faite le 5 septembre, et trois jours après, en la glorieuse fête de la Nativité, Sébastopol tombe au pouvoir de nos armées bénies : *Regnum Galliæ, regnum Mariæ.*

Conformément aux engagements qu'il a pris, Napoléon, le 30 mars 1856, fait remettre à l'évêque du Puy les canons de la victoire. Le 16 mai, la fonderie de Givors coule le monument, et, la même année, la statue monte sans accident sur son piédestal. Deux ans s'étaient écoulés depuis la proclamation du dogme, deux ans s'écouleront encore avant que s'ouvrent les cieux. Notre-Dame de France sert de trait d'union. C'est une ambassadrice envoyée par la terre du côté d'outre-monde.

— Elle rayonne au loin, la noble statue. La voilà qui commence à sourire sur son trône, reine de France qui attend la reine du monde. Celle-ci ne tardera plus longtemps ; car la révolution des siècles va être accomplie. Pie IX, l'immortel pontife de la Conception Immaculée, en écrit, sous l'inspiration de l'esprit de Dieu, le chiffre fatidique au fronton de la vieille cathédrale du Puy. Je lis la date du *11 février 1856*, comme celle où le titre de Basilique lui est venu de Rome.

11 février ! Chiffre mémorable sorti pour la première fois des abîmes du temps, jalon d'attente planté par avance dans les sentiers de l'aurore qui sera le midi de la Grotte de Lourdes.

Notre-Dame de France, *Credo* de la France, peuple de Marie, affirmé par l'offrande d'un trône et d'une couronne pour le jour prochain de son jubilé solennel ! Apparition de Lourdes, réponse du ciel, faite par la Mère à son peuple, avec mission de la publier dans tout l'univers. Voilà le Puy et voilà Lourdes, tels qu'ils m'apparaissent en ce moment : le Puy, œuvre de tous les amours de la terre ; Lourdes, chef-d'œuvre de tous les amours du ciel !

Douze évêques et cinquante mille Français couronnent Notre-Dame de France ; quarante pontifes et cent mille pèlerins couronneront Notre-Dame de Lourdes. La statue colossale d'Espaly représente la Mère de Dieu sous son triple diadème de Mère, de Reine et d'Immaculée : *Salve, Regina, Mater immaculata.* La grotte de Lourdes, sa crypte et sa basilique composent le même poème. La crypte appartient à la Mère, la basilique à la Reine, la grotte à l'Immaculée.

Le calvaire de Lourdes appartient au Fils, mais le Puy ne possède point de calvaire ; car le dogme de Rome ne qualifie que la Mère, tandis que la définition de Lourdes, avec le verbe *être : Je suis l'Immaculée Conception,* définit la Mère avec le Fils.

Le peuple chrétien ne s'y est point mépris. Avec le sens profond des choses de Dieu, il chante sans fin un cantique qu'il a retenu comme le vrai cantique de Lourdes. Tout autour des roches Massabielle, dans les sentiers sinueux, le long des grandes pelouses, sur les bords murmurants du Gave, à midi comme le soir, le soir comme le matin, il ne cesse de répéter trois fois : *Ave, Ave, Ave, Maria.* Admirable répétition qui acclame, dans la statue blanche, le triple privilège de la Mère, de la Reine et de l'Immaculée.

———

La préface du livre est tombée de mes mains. Ce que je viens de lire n'est qu'une préface, le livre est ailleurs. Je gravis les escaliers du rocher Corneille, et chaque ligne comme chaque inscription sont autant de traits de lumière.

Quel magnifique panorama ! Comme les volcans y ont travaillé pour Marie ! Ils furent, en ce temps-là, les ouvriers d'un maître admirable, qui leur commanda de créer un royal palais.

Le chef-d'œuvre est là sous nos yeux. Nous l'admirons dans sa sculpture immense. Sur un cercle à perte de vue, mille châteaux forts montent la garde autour de la Reine. C'est une couronne de pics et de cimes debout sur des terrains pétris par de mystérieux soulèvements.

Au pied du rocher gravite la ville du Puy, bâtie en amphithéâtre, avec ses dix étages de couvents, de chapelles, de donjons, de maisons pittoresques, de rues tourmentées et profondes.

L'escalier monumental, dont le dernier pas touche à la statue, plonge, avec ses cent quatre marches, jusqu'au

milieu de la grande nef de la basilique, dont quatre tra-
vées se trouvent ainsi jetées sur l'abîme.

Symbole frappant de ses destinées ! Notre-Dame du
Puy d'Anis n'a cessé, dès l'origine de son existence,
d'être une pierre d'attente posée sur les abîmes du
temps, la face tournée vers la basilique de Lourdes.

———

Plein de ces pensées, je redescends la montagne, car
il se fait tard. Non point que le soleil menace de disparaître, ni que le jour soit à la nuit. Mais les heures de
notre itinéraire se sont enfuies avec la rapidité d'un
songe. Il n'est que onze heures et la cloche du départ
doit sonner à midi.

Tous les pèlerins de Lourdes sont déjà revenus du
côté de la gare. Je les vois de loin. La population
qui nous a reçus la veille reflue une seconde fois sur nos
pas. Elle a voulu nous dire non pas son adieu, mais son
au revoir. C'est bien un au revoir que nos bouches
prononcent et que nos oreilles entendent.

Car quelque chose d'intime parle en nous ; car nos
mains et nos mouchoirs s'agitent aux portières ; car nos
yeux pleurent, et nous crions, après le premier coup de
sifflet, sous les premiers jets de fumée de la locomotive,
le double *vivat* mille fois répété de Notre-Dame de
France :

« Notre-Dame de France, rendez-nous l'Alsace et la
Lorraine !

» Notre-Dame de France, rendez-nous la France ! »

Du haut de son piédestal qui s'éloigne, la statue nous suit du regard. Nous la voyons paraître, disparaître, puis reparaître encore. Tant que nos yeux peuvent la disputer à l'espace qui fuit, elle nous semble sourire comme une reine, comme une mère, comme une aïeule qui souhaite bon voyage à ses petits-enfants. Le bon voyage, nous le ferons, puisque Notre-Dame de France est avec nous.

A mesure que passent tunnels et vallées, son image se transforme peu à peu au fond de nos pensées. Notre-Dame de Lourdes est là-bas. Elle nous attend avec son prestige, ses miséricordes, ses tendresses, ses miracles, sa sublime histoire, ses merveilleux enchantements. Elle est là, à cent cinquante lieues de nous, debout au pied des Pyrénées, dans l'éclat d'une gloire qui rayonne sur le monde entier. Toutes les curiosités que nous venons d'étudier et d'admirer ne sont qu'une halte posée par la main de Dieu à l'ouverture de l'immense avenue qui conduit à la Reine des cieux.

Notre-Dame du Puy, Saint-Michel, Notre-Dame de France ! Autant de sentinelles d'avant-garde postées là pour diriger nos pas. Notre-Dame de Lourdes est au bout de l'horizon, qu'elle blanchit de ses lueurs immaculées, belle comme la lune, étincelante comme le soleil : *pulchra ut luna, electa ut sol.*

Nous poursuivons notre route, la prière dans le cœur, le cantique sur les lèvres, accompagnés de salutations qui ne se tairont plus. L'*Angelus* du Puy, le Rosaire de saint Dominique, le *Salve Regina* d'Adhémar de Mon-

theil, sont avec nous. Nous les avons recueillis sur la
cendre des volcans.

Ils chantent et ils prient, ils implorent et ils acclament
tout à la fois. Echos des montagnes prophétiques du
Puy, vieux cœur de France, ils nous annoncent de
proche en proche à tous les échos des Pyrénées.

X

DU PUY A LOURDES.

Qu'il est doux le roulement du train ! — La cordialité
la plus charmante règne entre nous. Il y a deux jours,
nous ne nous connaissions pas ; aujourd'hui, nous
sommes de vieux amis. La causerie, une gaie causerie,
est du chemin. Pendant qu'un wagon chante, un autre
parle. Celui-ci chantera quand celui-là se reposera dans
la conversation, de sorte qu'il y aura des voix qui chanteront toujours.

A chacune des stations du parcours, lors même que
notre train n'arrête pas, apparaissent des têtes levées et
des oreilles attentives. Les ondes sonores qui fuient
comme le vent, le murmure harmonieux et confus des
prières, l'heure insolite de ce convoi qui passe en
dehors de toutes les horloges, ne manquent jamais d'ex-
citer les attentions. Ici on nous reconnaît et l'on nous
acclame, là on nous regarde en silence.

Entre temps, du milieu des spectateurs, se détache un visage de malin qui sourit. Mais la locomotive poursuit son chemin. Elle connaît les rires et les sourires depuis longtemps. Elle les a rencontrés pendant vingt ans sur toutes les routes de l'Europe et elle les a joyeusement bravés.

Souris tant que tu voudras, pauvre sceptique, c'est nous qui sommes les heureux. Nos âmes sont en liesse, et cette liesse, nous te la souhaitons ; car tu ne l'as jamais possédée. Demain nous serons à genoux, les bras en croix, sur les bords du Gave, et nous aurons le bonheur, pendant que tu nous auras oubliés, de prier pour nous, pour toi et pour les tiens : *Ora pro nobis peccatoribus !* Et priant ainsi, nous obtiendrons grâce pour quantité de malades, pour une foule innombrable d'infirmes présents et absents, où Dieu te reconnaîtra. De grâce, ô Notre-Dame de Lourdes, prenez en pitié ceux qui rient.

Une humble femme du peuple est assise près de moi. Elle vient de Saint-Dizier, dans la Haute-Marne. Une autre est du pays de Jeanne la Pucelle, des environs de Vaucouleurs. Nous sommes six dans notre compartiment, six que deux jours ont plus unis que les membres d'une même famille par les liens supérieurs de la charité. La table est unique, les provisions sont mises en commun ; Notre-Dame de Lourdes est au milieu de nous.

Ses paroles y sont douces, sa voix y est caressante, quelque chose de mélodieux chante au fond de nos cœurs.

Que la vie, même d'ici-bas, serait chose ravissante, si
le monde entier devenait un immense convoi de pèlerins vers Lourdes. Mêmes goûts, même enthousiasme,
mêmes pensées, mêmes âmes fondues dans une harmonieuse unité. De toutes les faiblesses qui divisent le
monde, nulle n'est montée dans le train avec nous. Ni
ambition, ni rivalités, ni rien de ce qui fait le souci des
hommes. Nous ne sommes plus les uns pour les autres
que des créatures de Dieu, que nous aimons comme
nous-même.

Ames libres dans la lumière et dans l'amour, c'est
le ciel !....

— Oui, répondis-je à mon voisin qui me faisait ces réflexions, la vie dans ces conditions serait déjà un paradis.
Mais notre Père des cieux nous a créés pour autre chose
que pour la paix. La terre ne s'ouvre à l'homme que
comme un vaste champ de bataille dont Dieu doit
être le prix. Il y a la cité du démon et la cité céleste
qui sont en lutte, et cette lutte durera jusqu'à la fin
des temps.

Alors la guerre sera vaincue, et la paix chantera sa
victoire, la victoire de l'amour, qui sera éternelle.

Jusque-là, point de paix possible sur la terre. Avant
de présenter le rameau d'olivier au monde, Jésus y est
venu apporter le glaive. La vérité qu'il a semée se cultive
dans les sueurs, grandit au milieu des périls, se mois-
sonne au milieu des larmes.

Si nous sommes heureux pour un jour, c'est que nous

avons tout donné à Dieu : notre temps, nos occupations, notre bourse, notre cœur. L'Immaculée est une reine magnifique qui nous voit venir de loin. Du milieu de son nouveau paradis, habité par l'Esprit-Saint, elle a fait semer des fleurs sous chacun de nos pas. Les fleurs sont au ciel, les épines sont au monde.

Elles reviendront quand le monde reviendra ; car la guerre autour de nous sera de nouveau déclarée, lorsque sortis du ciel, nous rentrerons sur la terre.

Une voix entonne le *Magnificat*, et toutes les voix lui répondent. Chaque verset monte et nous montons avec lui. *Esurientes implevit bonis, et divites dimisit inanes.* Il a comblé de ses biens ceux qui étaient affamés, et ceux qui croyaient pouvoir se passer de lui, il les a renvoyés le cœur et les mains vides.

Ainsi chantons-nous dans l'enivrement de nos âmes, ainsi cadencent les montagnes, ainsi psalmodient les vallées.

Tantôt par le pied de pics gigantesques et tantôt suspendus sur d'effrayants abîmes, nous avons traversé en courant les gorges du Cantal. Le Lioral ! Cinq minutes d'arrêt. Le ciel du Midi se découvre avec des teintes plus claires et des tons plus chauds. Le Lot et la Garonne vont arriver au-devant de nous. Le Gave est encore loin, mais il nous apparaîtra demain, demain matin, au réveil joyeux de l'aurore.

Il m'apparaît déjà. Sur mes genoux un livre s'est ou-

vert, et pendant que nous avançons ainsi sur les ailes de
la vapeur, qui sont une merveille de l'industrie, j'y découvre une page, qui est la merveille de Dieu.

« C'est moi, y est-il écrit, c'est moi qui suis la Mère
» du bel amour, et de la crainte pieuse, et des célestes
» lumières, et de la sainte espérance. »

» En moi, se trouve le don de toute voie et de toute
» vertu. Venez à moi, vous tous qui me désirez, et vous
» serez remplis de mes divines générations.

» Mon esprit est plus doux que le miel, et l'héritage
» que je prépare à mes enfants est plus suave et plus
» précieux que les rayons que préparent les abeilles....
» et mon souvenir demeure dans le cœur au delà de
» tous les siècles.

» Ceux qui se nourrissent de ma céleste nourriture
» n'en sont jamais rassasiés, et ceux qui boivent de mon
» eau limpide en désirent encore.

» Celui qui écoute mes enseignements ne sera jamais
» confondu, et celui qui agit selon mes conseils sera
» toujours immaculé.

» Et ceux qui me feront connaître et aimer sont sûrs
» d'une éternelle récompense. Je suis le siège de la
» sagesse, et comme un fleuve, elle s'épanche de mon
» sein.

» Je suis comme le petit filet d'eau qui devient bien-
» tôt une source d'une immense abondance, je suis
» l'aqueduc qui sort du paradis.

» J'ai dit : j'arroserai cette terre où j'ai planté mes
» fleurs. Ce jardin de mon cœur, je l'enivrerai de ses
» eaux abondantes, et il portera des fruits délicieux.

» Car mon petit filet d'eau, qui coulait à peine, est
» devenu une grande source, et LE FLEUVE QUI PASSE
» A MES PIEDS SE JETTE A LA MER. »

XI

A PLEINES VOILES !

J'écoute longtemps en moi-même cette voix mélodieuse tombée de l'éternité sur mon chemin, mais déjà
la nuit est venue. C'est l'heure de la prière universelle.
Nous la faisons en commun pour nous, pour les pécheurs,
pour la France, pour le monde.

Quand le pèlerin prie, il n'est point égoïste ni distrait.
Son âme est humble et sa voix est grande. Il prie pour
lui-même en priant pour tous. Au pèlerinage national,
c'est un ambassadeur de la terre à la Reine du ciel.

Comme si le ciel s'inclinait vers nous, le carreau de
chaque portière commence à s'illuminer; une lumière
blanche est descendue sur la terre. Les têtes se penchent
au dehors : la lune se balance silencieusement dans
l'azur des cieux. *Ave, Maria, gratia plena!* Salut, Marie,
pleine de grâce !

Quelle admirable invention, me disais-je en moi-même, que cette vapeur qui ne connaît ni le sommeil ni le repos, qui travaille jour et nuit pour nous, dont les yeux sont nos yeux, dont les pieds sont nos pieds ! La science a beau s'être enorgueillie et avoir créé pour le mal ce serpent qui siffle et qu'on nomme le *chemin de fer ;* la bête est vaincue par le pied de la femme. Dans le grand combat dont notre siècle a été et reste le témoin, c'est la science qui finalement sera vaincue.

Cette locomotive qui fend l'air, ne dites point que c'est ma servitude. Si je suis un captif, c'est que je l'ai voulu. Elle ne marche que lorsque je lui commande, elle ne me possède que lorsque je me donne à elle. Si elle est exigeante, je le suis bien plus. Les sacrifices qu'elle m'impose ne sont rien en comparaison des services qu'elle me rend. Aujourd'hui je ne suis qu'un colis errant, demain je serai la moitié d'un Dieu.

Sois donc bénie, âme ou machine, quel que soit le nom que l'on te donne, œil de mes yeux, volonté de mes volontés. Grâce à toi, je puis aimer ; car mon amour est sans entraves. Mes jambes peuvent fléchir, mes regards peuvent s'éteindre, mon souffle diminuer : l'espérance ne peut plus mourir au fond de mon cœur.

Oui, j'ai tes ailes pour m'envoler, et demain ou après, à l'autre bout de la France, je ressusciterai dans la source miraculeuse de Lourdes !

———

Notre train n'était pas le seul à parcourir en hâte les régions du Midi. Sous le ciel semé d'étoiles, au milieu du-grand silence de la nuit, par-dessus les vallées et les collines, les fleuves et les montagnes, les forêts touffues et les plaines immenses, de lointains roulements arrivaient jusqu'à nous.

Du Nord, du Centre, de l'Ouest, de l'Est, du Midi, d'autres convois étaient en marche. J'écoutais leurs prières nocturnes, je me berçais à la voix de leurs cantiques. D'heure en heure grandissait, en mon oreille émerveillée, le murmure aérien de toutes ces salutations.

Je vous salue, Marie, pleine de grâce, Vierge toute belle et toute-puissante. Vous n'êtes pas seulement la Reine du ciel, vous êtes encore la souveraine de la terre. Car ces voies ferrées qui se croisent, ces roues qui tournent avec la rapidité de la foudre, ce sifflet qui crie, cette fumée qui ondule de près et de loin, ne sont en mouvement pour aucun des rois de la terre.

C'est vous qui mieux qu'eux les avez asservis, vous aux pieds de laquelle le char tant vanté du progrès vient s'incliner frémissant et vaincu, en déposant à vos genoux les ambassadeurs de tous les pays. Je vous salue, Marie, reine universelle du monde !

———

Partis du Puy le 18, à midi, le lendemain matin nous touchons à Lourdes. Malgré les fatigues de la nuit, les pèlerins sont en éveil, la première aube ouvre tous les yeux.

De Tarbes à Lourdes, les portières se remplissent de têtes. On cherche, on interroge de tous côtés. Sur le profil de chaque horizon nouveau qui se montre, tous les regards désirent découvrir au loin la ceinture des Pyrénées.

Elles apparaissent vaguement tout d'abord, comme un *cumulus* confus de vastes nuages. Puis, peu à peu le rideau se déchire, les formes se dessinent, et sous les vapeurs transparentes du matin, leurs cimes bleues et blanches semblent bondir à la rencontre des premiers feux du soleil.

Lourdes !.... C'est Lourdes qui se montre ! On le sent, on le devine, on le respire, on ne s'appartient plus !....

XII

LOURDES.

Lourdes, qui est la terre des visions, est lui-même une vision. Rien ne rendra jamais l'émotion qui s'empare de l'âme en mettant le pied sur le sol sacré. C'est un coup de soleil inouï qui vous illumine de part en part. Terre, terre ! s'écriait Colomb. « Providence et Dieu ! » chantent les pèlerins.

Notre arrivée est attendue par une quantité énorme de voitures. Qui eût jamais soupçonné, il y a vingt-cinq ans, que Lourdes prendrait cette physionomie ? Plus de soixante omnibus sont alignés devant la gare. Nous ne connaissons guère de capitales pour offrir une telle animation.

Nos villes d'eaux ne reçoivent jamais à la fois autant de baigneurs que Lourdes reçoit de pèlerins : l'eau de Bernadette Soubirous est la première du monde. Ce mince filet qui s'échappe des roches Massabielle a déjà rendu plus de vies que tous les océans à la fois.

Lourdes reçoit les baigneurs du monde entier. Quelle grande plage, quelle source d'eau minérale peut en dire autant ? Les vieilles Pyrénées, qui depuis des siècles offrent aux étrangers Bagnères-de-Bigorre, Bagnères-de-Luchon, Pau et tant d'autres lieux privilégiés, ont vu, dans l'espace de vingt ans, toutes leurs merveilles dépassées par une seule, et tout cela a été opéré par ce qui est réputé le plus faible ici-bas, une femme et un enfant.

Quel prodige en ce siècle d'incroyance, quelle lumière foudroyante pour la raison orgueilleuse des philosophes ! Qu'ils expliquent, s'ils le peuvent, cet unique phénomène !

Avez-vous quelquefois vu un essaim d'abeilles voltiger en bourdonnant autour du rucher dont il est sorti? Ce sont des tours et des détours sans fin, où chacune passe et se dépasse, cherchant à orienter son vol incertain. Au milieu du bruissement universel, chaque abeille, dirait-on, parle un langage particulier. On entend trembler des voix et chanter des ailes. Puis un moment arrive où tout change de physionomie.

La reine qui les dirige toutes s'étant assise à l'ombre de l'arbre qu'elle s'est choisi, l'essaim tout entier vient se grouper autour d'elle. Alors commence un mystérieux murmure à l'unisson.

Tel est le spectacle que donne Lourdes à notre arrivée. D'ordinaire les pèlerins s'avancent en procession, soit de la gare, soit de la ville, pour se diriger à la Grotte, selon la demande de l'Immaculée. Mais au pèlerinage national, rien de pareil ne se produit. La foule est dix fois trop nombreuse pour se réunir dans la petite église de Lourdes.

Voitures, piétons, brancardiers, se croisent et s'entre-croisent sur toutes les avenues. On sent qu'une puissance secrète est au fond de ce prodigieux mouvement. Car à peine les diverses hôtelleries sont-elles visitées, que sacs et valises sont aussitôt abandonnés dans les chambres retenues.

Chaque arrivant n'a qu'un souci : s'orienter du côté du lieu de l'Apparition. Nous descendons les rues de Lourdes, nous traversons ses avenues, nous longeons à grands pas les bords du Gave, sous l'invitation d'un attrait impossible à définir. C'est un aimant qu'on dirait physique, si la force attractive dont il est revêtu n'était une chaleur et un parfum, un amour et un rafraîchissement, une pénétration onctueuse et joyeuse de toutes vos facultés.

Depuis trente ans l'univers chrétien subit à Lourdes cette mystérieuse fascination qui n'a d'égale en aucun autre lieu du monde.

D'une main discrète
L'ange, la prenant,
Conduit Bernadette
Au bord du torrent.

Ainsi commence à se vérifier l'histoire dans ses moindres détails. Les révélations de la Voyante sont une peinture achevée de ce que nous éprouvons. Le livre de Notre-Dame de Lourdes est tout entier sous nos yeux. Nous en parcourons les chapitres, nous en retournons toutes les pages, nous en revivons les prodigieux récits. Le livre humain se confond ici avec le chef-d'œuvre divin.

Ce sentier que suivait Bernadette entre l'ancien Lourdes et le nouveau, je le reconnais avec ses émotions bénies et ses joies ineffables. Cette voix qu'elle a entendue, je l'entends; ce souffle de brise inconnue qui est venu la chercher me pousse et m'entraîne tout à la fois. L'enfant glorieuse a disparu, mais sa vision dure toujours.

Là où son cœur et ses yeux ne sont plus, mon cœur et mes yeux sont maintenant. Des milliers de témoins ont ainsi passé, des milliers passeront encore. L'âme tout en liesse, et le cœur rempli de l'amour le plus caressant et le plus doux, ils accourront comme j'accours, un chapelet à la main, sur les bords du Gave.

Cette vierge blanche avec ses yeux perdus dans l'infini des cieux, ses mains jointes, son corps doucement incliné, les pieds fleuris de roses d'or, ce n'est point une statue de pierre que découvrent mes yeux. Je tremble à sa vue, je rayonne à sa face, je tombe vaincu à ses pieds en pleurant les plus douces larmes de ma vie.

Le cri poussé par Bernadette frappée d'extase, je le devine. Si l'auréole éblouissante de l'Apparition n'est plus là, quelque chose du parfum qui suit le nuage d'encens est resté dans la Grotte. Il vous saisit et on le reconnaît, il vous touche et l'âme se fond dans un mystérieux baiser. Sous l'enveloppe du marbre blanc de Carrare transpire le visage idéal de l'Immaculée.

> Elle a la parure
> D'un lis immortel,
> Elle a pour ceinture
> Un ruban du ciel.
>
> On voit une rose
> Sur ses pieds bénis,
> Fraîchement éclose
> Dans le Paradis.

C'est en vain que j'essaierais de traduire mes émotions. Nul pinceau ne peut saisir l'idéal de ce lieu célèbre du monde. Le poids de la vie, l'obscurité de mes sens, le sommeil et les fatigues, tout s'est évanoui. Mon corps est tout entier dans l'ombre, mon esprit tout entier dans la lumière. Je m'attendris et mes pleurs coulent en silence : une immense bonté du ciel m'a saisi dans ses bras.

———

Avant la chute originelle, le paradis terrestre était un lieu de délices où rien ne manquait ni à Adam ni à Ève. Les poètes ont célébré cet âge d'or unique, où le printemps était continu, où des fleurs éternellement jeunes soupiraient aux caresses de mille brises réunies, où, dans le solennel silence de la nature, jaillissaient des fontaines de lait et de miel.

Ce paradis de délices était situé sur le bord de deux fleuves, entre le Tigre et l'Euphrate, dans une riante vallée, au pied du mont des Oliviers.

Et la mère du genre humain, pure comme la lumière, belle comme l'aurore, réjouissait de sa voix tendre les échos du bienheureux séjour.

Ainsi m'apparaît la Grotte, lorsque la foule se met à chanter. L'immense *Hosanna* qui s'élève me transporte : *Ave, Maria.* J'y reconnais dans la lumière de Dieu l'écho des siècles anciens et le mot des siècles nouveaux : *Ave, Maria,* je vous salue, Marie ; *Eva Maria!* Eve Marie !

La nouvelle Eve m'apparaît dans son nouveau paradis.

LIVRE II

A TRAVERS LOURDES

I

LA MIRACULÉE DU GÉNÉRAL.

Parmi les brancardiers qui attendaient notre train, se trouvait une tête martiale qui attirait tous les regards. Sa tournure, ses manières, sa distinction, son profil à la fois énergique et doux, tout révélait en lui, sous le costume civil, la désinvolture d'un vieil officier.

Couvert de ses bretelles comme d'une armure, il était venu, avec son compagnon, parmi les autres, à titre de brancardier, et tous deux, attentifs au débarcadère de la gare, se disposaient à recevoir le premier malade venu qui sortirait des trains. Ce fut une jeune fille qui, par une impulsion de l'âme, eut le don d'attirer plus particulièrement ses regards. Couchée et sans mouvement,

abandonnée à une sorte de vague somnolence, elle paraissait à moitié dormir, tout en entr'ouvrant les yeux. Sur
son visage se reflétaient les pâleurs de la mort.

A sa vue, le mystérieux étranger. fut très ému.
Quelque chose de profond parut se réveiller en son âme :
une grosse larme roula furtivement de ses yeux.

Chemin faisant, pendant que, placé à l'arrière-train,
la face tournée vers la malade, il contemplait d'un œil
attendri son pitoyable fardeau, une violente tentation
lui vint de parler. Il ouvrit la bouche et commença, ou
plutôt voulut commencer un dialogue avec la jeune fille.
Mais dès les premiers mots, la sœur descendue du
chemin de fer avec elle se retourne, et faisant un geste
impérieux : « Monsieur, monsieur, dit-elle avec un irrésistible accent, elle est évanouie, ne lui dites pas un
mot, *vous la feriez mourir!*.... Nous avons cru la perdre
en chemin, elle a été administrée deux fois. »

Le brancardier ne se le fit pas répéter. Le convoi
continua en silence, sans qu'une seule parole osât plus se
faire entendre. Néanmoins ses regards ne quittaient pas
un seul instant la frêle et intéressante créature qui se
mourait, comme une fleur à peine épanouie, devant lui.
Par intervalles, ouvrant de grands yeux, la malade poussait quelques soupirs d'accablement. Il semblait que la
moindre secousse, la moindre émotion allait briser son
existence.... puis tout se taisait à nouveau.

« A la Grotte! » dit fiévreusement la sœur aux deux
brancardiers, qui prenaient la route de l'hôpital.... On
longea ainsi lentement, très lentement, les bords du

Gave ; après une demi-heure, on était arrivé à destination.

Lorsque parut, à la sortie des piscines, une des infirmières de service, le vieux militaire, pris d'une émotion
subite, éclata : « Ne la baignez, ne la baignez pas, vous
dis-je, *vous la feriez mourir !* » Ici, les rôles étaient
changés ; mais la sœur, à l'inverse du brancardier docile,
ne se tut pas : « Monsieur, répondit-elle, emportée par
je ne sais quel surnaturel élan, la prudence humaine
n'est plus de saison à la Grotte ; ici c'est la foi qui commande ! » Et ce disant, elle disparut avec l'infirmière,
toutes deux emportant dans leurs bras la mourante....
Le brancardier, muet d'épouvante, resta comme pétrifié
devant les piscines.

.... Dix minutes s'écoulèrent ainsi.... De moment en
moment, l'attente devenait plus anxieuse. Au moindre
bruit qui venait du dedans, le vieux soldat pâlissait
comme une cire. Elles la tueront ; à l'heure qu'il est, c'est
peut-être fini.... pensait-il en lui-même. Et le brave de
vingt combats tremblait, pour la première fois, de tous
ses membres.

Un instant après, lorsque le rideau qui sert de porte
à l'entrée des piscines s'ouvrit, lorsque le visage de la
sœur réapparut baigné de larmes, une sorte de reproche
désespéré s'éleva. « Je vous l'avais bien dit, s'écria le
factionnaire muet jusque-là, *qu'elle mourrait entre vos
mains !*.... Pour toute réponse la sœur se retourna.... et
d'une voix entrecoupée murmura ces trois mots, qui
firent tressaillir le général : *Tenez, la voici !*

La *morte* parut debout et souriante, le regard plein
de l'éclair céleste qui venait de la toucher. Alors ce fut
un spectacle qu'aucune plume ne saurait décrire. Le
brancardier n'y tint plus ; il se précipita tout d'une
pièce au cou de la jeune fille, et tous les sanglots de la
sœur passèrent dans la poitrine du vieux soldat. Puis,
prenant le bras de la miraculée, il traversa ainsi la foule,
au rebours des pèlerins. Le *Magnificat* retentit, et quand
j'arrivai là, la Grotte redisait dans la joie de tous : Il a
précipité les puissants de leurs trônes, et il a exalté les
humbles : *Deposuit potentes de sede, et exaltavit humiles !* J'entends encore, j'entendrai toute ma vie ces
voix triomphantes.

Léonie Gabriel, — c'était le nom de la malade, — eut
ainsi, en ce jour mémorable pour elle, dans le court espace d'une heure de son existence, la double faveur
d'être guérie à la source et de s'asseoir à la table de l'un
de nos plus illustres généraux français. Quel changement
soudain ! Elle qui, depuis six mois, n'avait supporté
aucun aliment, mangea d'un appétit extraordinaire. *J'ai
faim !* avait été son premier mot en sortant de la piscine,
ce fut encore celui qu'elle prononça après un copieux
déjeuner.

Le lendemain, en me faisant son récit, l'officier avait
peine à se contenir ; sa voix était toute tremblante,
quelque chose trahissait en lui comme une secrète douleur. Je n'eus pas à l'interroger longtemps pour pénétrer
le mystère de ses pensées. Après les émotions du brancardier, voici le secret du père ému que vous connaissez
tous : il s'appelle le général comte de Geslin.

Hélas! depuis des mois trop longs, l'un de ses enfants, une fille bien-aimée, souffrait, elle aussi, d'une maladie lente qui faisait naître autour d'elle les plus vives inquiétudes. On avait tout fait pour la guérir, et on n'avait pas réussi. De médecin en médecin, de consultation en consultation, on était parvenu à cet état critique où le malade est au repos. Le mal n'empirait point, mais la situation demeurait obstinément grave. C'était une de ces affections de la poitrine qu'il est si difficile d'enrayer, devant lesquelles l'art aux abois met en œuvre tous les subterfuges.

On a dit que les cœurs de lion sont les vrais cœurs de père. N'espérant plus qu'à demi dans les secours humains, le héros de Sainte-Marie-aux-Chênes avait pris en secret une résolution, celle de venir à Lourdes; et il y était venu pour implorer la guérison de son enfant. Arrivé à la Grotte, la veille du pèlerinage national, il s'était demandé ce qu'il pourrait bien faire de plus agréable pour mériter la miséricordieuse bonté de Marie. La vue des brancardiers l'avait séduit. « Moi aussi, s'était-il dit, je veux en être! » Et s'étant présenté à l'hôpital des Sept-Douleurs, il avait demandé des bretelles.

Les bretelles étaient devenues rares. On les avait tout d'abord refusées. Mais, à la présentation de sa carte, il y en eut une paire qui, par exception, sortit de dessous terre; on l'arma chevalier.

Ainsi était venu à Lourdes celui qui, au matin de ses premières armes, sur son premier brancard, comme si

3*

Dieu n'eût pas voulu le faire attendre plus longtemps pour récompenser son dévouement et sa foi, avait été le témoin si bouleversé de la guérison de Léonie Gabriel.

Lorsqu'au cours du déjeuner d'honneur qu'il offrit à la jeune fille, il lui avait adressé cette première question : « De quelle maladie souffriez-vous? » celle-ci avait répondu : « D'une maladie de poitrine! » Et quand, touché jusqu'au fond de l'âme par une révélation aussi singulière, il avait posé cette autre question : « Quel âge avez-vous? » Léonie Gabriel avait répondu : « Vingt-trois ans!.... » Double réponse et double stupéfaction : c'était la maladie et c'était l'âge de Mlle de Geslin.

A cet endroit du récit, l'émotion la plus vive me gagna. Je revis la gare, je revis le Gave, je revis les piscines, et je compris enfin comment le vieux soldat avait voulu parler, comment il avait voulu commander.... comment il avait ainsi pleuré. La guérison de Léonie Gabriel fut bientôt connue des pèlerins : on l'appela partout la *miraculée du général*.

II

LES VOIX DU GAVE.

Me voici sur les bords du Gave. J'y ai sous les yeux un des plus beaux sites du monde : la plaine fertile, les vallées charmantes, les montagnes splendides, les eaux courantes et bouillonnantes, le tout réuni dans un vaste panorama, sous le ciel bleu du Midi, en face de la France.

Quelle merveilleuse région, quel berceau pour un événement qui a ébranlé le monde ! Lourdes est au centre de l'Europe, dans le pays le plus légendaire, sillonné par les touristes, visité par les baigneurs, entre Pau, Biarritz, Cauterets, Luchon, Bagnères-de-Bigorre, au premier échelon des Pyrénées.

La statue de la Grotte, enclavée à la frontière, embrasse dans son regard toute l'étendue de la France. Nul ne peut l'atteindre par le dos. Elle fait face à toutes les directions, avec leurs routes, leurs locomotives, leurs voyageurs, leur mouvement, leurs civilisations, leurs affluents sur le monde.

· Son trône est au premier pas des montagnes. Ce n'est pas vous qui montez à Marie, c'est elle qui est descendue jusqu'à vous. Pour la plupart de ses autres sanctuaires, la Mère de Dieu s'est choisi quelques cimes d'un accès difficile au pied des pèlerins. Pour celui-ci, toute une une révolution s'est opérée.

L'Immaculée, plus expansive et plus communicative qu'elle ne le fut jamais, s'est donnée à tous les grands chemins de la terre. Elle s'est offerte à la foule, afin que la foule pût prier à ses pieds. C'est une reine descendue au péristyle de son palais, pour recevoir perpétuellement son peuple en audience publique.

J'y vois les malheureux, les malades et les infirmes ;

ils sont au premier rang. Pour voir et pour être vus, ils
n'ont ni sentiers difficiles ni pentes rapides à monter.
Ils arrivent de plaine voiture et de plain-pied. Un seul obstacle s'offre aux pas de chacun : c'est le Gave, que nul
pèlerin ne peut éviter pour entrer à la cour terrestre de
la Reine des cieux.

Le Gave ! Que peut bien signifier cette ceinture d'eau
qui ne quitte pas le pied des Pyrénées, et qui passe en
bouillonnant devant les roches Massabielle ? Ne serait-
elle point, dans le plan providentiel, la symbolique barrière qui sépare Marie, créature privilégiée, du reste du
genre humain ? Péché en deçà, innocence au delà.

Allant et venant, je me dis ces choses, et comme
transporté sur une autre terre et sous d'autres cieux, je
crois voir, dans sa transparente limpidité, le lit du
Jourdain, où Jean donna le baptême, en mémoire de la
souillure originelle.

L'Immaculée, dans sa miséricorde, est descendue si bas,
qu'on pourrait la confondre avec le reste des créatures.
Mais si l'amour l'a ainsi poussé aux confins de son
royaume pour prêter l'oreille de plus près aux supplications de la terre, l'Ouvrier divin n'a voulu ni mélange
ni confusion.

Un torrent a été ménagé pour symboliser la barrière
privilégiée qui sépare à jamais la Mère de Dieu
de toutes les générations : *Beatam me dicent omnes
generationes :* toutes les générations m'appelleront
bienheureuse.

Plein de ces pensées qui réjouissaient mon cœur, j'ai
entendu tout à l'heure s'élever deux voix. Elles montaient des deux rives opposées du Gave, comme un duo
d'une merveilleuse beauté. L'une répétait les paroles du
baptême, l'autre chantait l'*Inviolata*.

Puis une troisième s'est fait entendre, plus céleste
encore que les deux autres. Elle a parlé de la purification
des âmes et du renouvellement des consciences. Quiconque arrive à la Grotte doit traverser l'eau comme le
baigneur, pour s'y laver, comme Bernadette, *à pieds nus*.

Partie du côté opposé, cette troisième voix, profonde
comme les cieux, disait à la multitude des arrivants :
« Je suis la voix de celui qui crie : Pénitence ! Pénitence !
» Pénitence ! Ouvrez les voies et aplanissez les chemins.
» Secouez le vieil homme et vos vieux péchés ; abandon-
» nez au cours du torrent toutes les poussières de
» votre vie !

» La terrre que j'habite est une terre inviolée, un jar-
» din de fleurs blanches, une oasis de parfum exquis,
» que la pureté seule peut goûter, que l'innocence re-
» conquise a seule le privilège de respirer avec délices
» et enivrement ! »

Et tandis que cette invitation pénétrait en moi, mélodieuse comme la tendresse et la douceur, des millions
de voix, de l'autre côté du Gave, y répondaient dans
le lointain. C'était une complainte et un gémissement,
une supplication pleine d'angoisse, un cri d'espérance
qui montait et un *Miserere* traînant dans la plaine : c'était
l'écho du *Salve Regina*, chanté sur la terre d'exil.

« Salut, ô Reine, mère de miséricorde, notre vie,
» notre douceur, notre espérance, salut ! Nous élevons
» nos cris vers vous, malheureux fils d'Eve, condamnés à
» l'exil…. Nous soupirons vers vous, gémissant et
» pleurant, du fond de cette vallée de larmes. Oh ! de
» grâce, notre avocate, tournez donc de notre côté vos
» regards miséricordieux, et, après cet exil, montrez-
» nous Jésus, le fruit béni de vos entrailles, ô clémente,
» ô charitable, ô douce vierge Marie. »

Et le Gave a continué de courir entre les Pyrénées
et la plaine : les Pyrénées, montagnes rayonnantes de
l'Immaculée ; la plaine, vallée du péché, remplie des
larmes de la terre.

Croyant avoir ouï toutes les voix que l'on peut ouïr
sur les bords du torrent, je revenais du côté du vieux
Lourdes, lorsque le Gave lui-même m'a parlé du fond
de ses eaux. Grossi par la rosée des montagnes et la
fonte des neiges éternelles, il arrivait à gros bouillons,
pour féconder la vallée.

Quelle musique a jailli soudain de ses flots ! Au-dessus
de la foule en prière, j'ai distingué deux nouvelles voix,
dont l'une était pleine d'allégresse, et l'autre remplie des
échos de la douleur.

La voix joyeuse chantait : « Je descends de la *Grande
Montagne,* dont les cimes sont toujours blanches, où les
sources ne tarissent jamais. Je suis la rosée qui rafraîchit, l'eau mystérieuse qui purifie, la voix qui console,
la vie qui féconde, l'aqueduc de la région des cieux.

Symbole des grâces dont les Pyrénées arrosent la France, mon nom est connu du monde entier. »

— La voix triste disait : « Je suis le fleuve tombé du ciel sur la terre. Si je me brise de rocher en rocher, si mon lit ne roule plus que des flots troublés, c'est que j'ai subi la secousse des orages. Sorti des flancs très purs de la *Trinité* des *Dômes du Marboré*, mon filet de cristal sans mélange a tout d'abord coulé dans la tranquille et radieuse *Vallée du Paradis* [1].

» Mais, à sa sortie, une sombre tempête a sévi, les eaux sont devenues fangeuses et ont débordé de toutes parts. Alors ce qui était clair s'est assombri, ce qui était limpide est devenu troublé. Entre *Saint-Sauveur* et l'Océan, où je me jette, mon murmure n'est plus qu'une plainte, la plainte profonde et tourmentée de toute âme ici bas : *Je suis l'Humanité !* »

Les deux voix se sont tues et nulle autre ne s'est plus élevée. Mais l'émotion que j'en ai ressentie a mis le comble aux enivrements de mon âme. J'ai songé à la gloire incomparable du torrent qui fuyait sous mes yeux. Jadis obscur, le Gave confondait son nom avec tous les autres cours d'eau du Midi. Mais depuis que l'Immaculée en a révélé les augustes destins, son murmure a grandi de tous les échos du ciel.

Un gave, ruisseau inconnu des montagnes ; le Gave, ruisseau de Lourdes, torrent glorieux dans tout l'univers !

_____

(1) La *Grande-Montagne*, les *Trois Dômes du Marboré*, la *Vallée du Paradis* et *Saint-Sauveur* sont quatre noms singuliers de paysages divers, échelonnés aux sources du Gave.

III

A LA GROTTE.

L'âme ! Qui nous dira ses secrets et ses mystères ?
C'est le soleil et c'est la nuit ; c'est l'eau claire et c'est
l'océan. L'âme, haute comme les cieux, l'âme, profonde
comme l'infini !

Depuis qu'elle a revêtu le manteau du péché, l'âme
s'est pliée à tous les déguisements. Fille de la lumière,
elle cherche la nuit ; ciel de pureté, elle se couvre de
nuages. L'homme pécheur jongle avec son âme comme
avec un jouet vulgaire. On décore cela du beau nom de
politique humaine.

A la Grotte, tout reparaît dans la vérité et dans la
lumière. Dépouillée de tous ses artifices, l'âme y est
toute nue, avec son poids de misères et de péchés.
Elle tremble et elle prie, elle se juge et elle supplie, elle
se sent et elle crie.

Qui pourrait entendre ses cris sans en être ému?
Comme tout y est vrai ! Comme tout y est profond !
Comme le baromètre humain y est bien à son degré !

Plus de vanités, ni de forfanteries, ni de fausses
hontes. Plus de costumes pour se couvrir aux yeux des
hommes comme à ses propres yeux.

C'est la vérité qui parle, et cette vérité est ardemment suppliante. C'est une douleur qui gémit, une pauvreté qui se tourmente, une nuit profonde qui invoque la lumière, un exilé qui pleure les joies lointaines de sa patrie.

C'est la vallée des larmes, demandant à boire la rosée des montagnes éternelles !

Nul pinceau ne peut rendre ces attitudes sublimes, ni ces yeux brillants, ni ces fronts penchés, ni ces bras ouverts, ni ces poitrines prêtes à se rompre. Le corps des priants parle comme leur âme, et sans le vouloir, sans y songer jamais, il prend toutes les attitudes d'une souveraine éloquence.

L'art n'égalera jamais la réalité ; car, à côté des misères morales, il y a aussi les misères physiques. Elles y sont innombrables. Pendant le pèlerinage national, huit cents malades sont là, et, grand Dieu ! que d'infirmités réunies !

Le lépreux à côté du cancéreux, le nain, le paralytique, le difforme, le boiteux, le galeux, le poitrinaire, l'anémique, le variqueux, l'hydropique, un immense hôpital, un livre de mille pages où se déroule l'histoire du péché, illustré du tableau de toutes les souffrances humaines, du péché originel avec son cortège de douleurs, en ambassade aux pieds de la Conception Immaculée.

Quel spectacle et quelle pitié ! Les malades arrivent, portés sur des brancards, ou amenés sur des charrettes. S'ils représentent toutes les infirmités, ils personnifient aussi toutes les espérances. Avant leur arrivée, les prières publiques, à travers mille échos, dégagent quelque chose de triomphant et de joyeux.

Ces grandes rumeurs de la foule, qui tour à tour se lamente, glorifie, acclame et implore, ces supplications ininterrompues, ces chants qui de proche et de loin, du Nord et du Midi, viennent battre le pied des Pyrénées, c'est l'âme de la France qui acclame sans fin Marie avec Jésus immaculés. C'est aussi le cri de la patrie mutilée qui marche à la résurrection d'elle-même.

Mais lorsque les malades font leur apparition, les prières changent de cours ; c'est pour ces malheureux que tout le monde commence à supplier Notre-Dame de Lourdes. On va les baigner mourants dans la piscine, il faut qu'ils en sortent guéris.

Une heure se passe ainsi. Les bras sont en croix, les fronts se baissent jusqu'à la poussière, les voix sont tourmentées et pénétrantes. Marie et Jésus sont assiégés dans leur Grotte ; ils finissent par capituler, et tout à coup un cri de victoire retentit : le *Magnificat* annonce au loin une guérison obtenue.

On se presse, on se précipite, on veut voir, et l'on voit ; un frémissement intime parcourt la foule, qui pleure d'admiration et de joie.

Toutes les fois que le miracle se produit, on voit se renouveler le même phénomène. Dieu signale sa présence par une commotion subite de l'âme qui ne ressemble à aucune autre des commotions d'ici-bas. C'est une secousse électrique qui vous fait tressaillir sur vous-même et pleurer tout à la fois.

Dieu est là ! Mot sublime qui jaillit de votre cœur ébloui et bouleversé. Vous levez les yeux, et il vous semble que, dans l'air, un essaim doré d'ailes tourne autour de Celui qui est descendu.... que vous venez de sentir.... qui passe en ce moment sur vos têtes.

IV

LE DOCTEUR FAUSTIN.

Il était à Lourdes quand j'y arrivai. Petit, maigre, portant de grosses lunettes sur le nez, je le vois qui regarde tout et dévisage tout. Le docteur Faustin est en observation, il a quarante-cinq ans. Maintes fois, du fond de sa province, je l'avais entendu crier contre Lourdes. Lourdes était son cauchemar, son humeur retournée et sa bile.

Qu'était le docteur Faustin ? Un spécialiste très original de caractère, très prétentieux par tempérament, posant à la fois pour la science et pour l'art. La peinture était son délassement; l'homéopathie était la grande préoccupation de sa vie. Il en faisait partout, à toute heure, à tous crins, à tout malade. Il possédait quantité de secrets inconnus où il aimait à se délecter, en pensant que le genre humain était un aveugle dont lui, Faustin, serait la grande lanterne.

Faustin s'approcha de moi. J'eus le bonheur de le rencontrer sur l'*Esplanade*, comme on dit là-bas, dans la matinée. Il portait une grosse canne, un chapeau tyrolien et des lunettes d'or par-dessus le marché. Faustin était habillé en touriste, et il venait de Pau.

Aussitôt qu'il m'eut aperçu, le voilà de s'extasier en ouvrant les bras. La croix rouge et blanche que je portais sur ma poitrine lui fit mal aux yeux. *Vous aussi !* me dit-il. — *Moi aussi*, répondis-je.

Et prenant la question de Lourdes à fond, il s'agita comme un véritable aliéné, ce qui ne m'étonna pas trop. Faustin avait des habitudes prises. Ancien interne d'un hospice d'aliénés, il avait gardé quelque chose de la physionomie de ses pensionnaires.

« Rien n'est contagieux comme le milieu, dit Faustin. Vous croyez et vous priez à Lourdes, parce que tout le monde croit et prie. Je connais cela, c'est la folie en commun.

— Docteur, docteur, ne vous pressez pas. La folie en commun existe, je le sais, et si quelqu'un venait m'affirmer le contraire, j'aurais à lui répondre en vous montrant du bout du doigt. Oubliez, de grâce, votre hospice et vos aliénés. Vous êtes à Lourdes, ce qui est un milieu de passage où chacun arrive, d'où chacun s'éloigne, où tout le monde est vaincu.

— Excepté moi, riposta Faustin ; je suis venu, j'ai vu, j'ai vaincu ! » Et ce disant, le nouveau César rajusta son lorgnon, que la sueur faisait descendre un peu bas sur son nez.

Cependant, il voulut bien m'accompagner. Son excursion à Lourdes le mettait dans la solitude. Me rencontrer fut pour lui une bonne fortune, car Faustin voulait s'épancher. Son cerveau débordait de la lumière de ses lunettes. C'était l'occasion ou jamais d'être absolument décisif.

Il essaya. La question du miracle ouvrit naturellement son chapitre. Il était bien entendu chez lui, depuis longtemps, que celle de Lourdes et des apparitions était tranchée *à priori*. Lourdes était une absurdité, une histoire inventée à plaisir par l'imagination populaire. Cette histoire, il ne l'avait point lue ; toute la raison de son jugement tranchant était là.

Les Basques sont gens rusés. Ceux de Lourdes avaient eu une illumination de génie dont lui, Faustin, admirait fort certains côtés. Pour peu, il les aurait nommés le peuple le plus spirituel du monde. Faustin avait des goûts de financier hors ligne.

Le miracle, pour lui, ce n'était pas la Grotte : c'étaient les hôtels et les boutiques. « Voyez, me disait-il, quelle prodigieuse quantité de magasins. Comme tout cela est bien agencé et quelle main de génie a procédé à cette création ! Le miracle de Lourdes, le voilà. Il commence à côté de la source et finit sur la place du Champ commun. C'est la source du revenu qui est la vraie source de Lourdes. »

Et disant cela, il paraissait méditer d'agrandir par
quelque nouvelle installation le branle commercial imprimé à la ville de Lourdes. Lui aussi, Faustin, entendait l'art superbe de réaliser des bénéfices. Il eût bien
donné dix pour cent de remise à la sainte Vierge, bien
qu'il n'y crût pas.

Quant à la Grotte, elle ne jouissait par elle-même d'aucune considération à ses yeux. Abstraction faite des
boutiques, elle le mettait même de mauvaise humeur.
Une concurrence médicale y était ouverte ; c'est cela qui
gâtait tout.

Faire de la médecine et ne point appartenir à la
Faculté, quelle dérision ! Guérir les paralytiques, les
phtisiques, les cancéreux, quelle outrecuidance ! Et
quelle mystification ! L'hystérie, une immense hystérie
expliquait tout ; peut-être aussi la suggestion et l'hypnotisme y jouaient aussi leur rôle.

« Vos miracles, ajouta Faustin, sont des miracles
creux. Ils ne supportent pas un instant l'examen. Là où
vous dites rencontrer l'intervention divine, la science
y trouve la nature, rien que la nature, avec ses propres
forces et ses virtualités.

» Par exemple, montrez-moi un bras qui repousse,
une bosse de bossu qui disparaît, un nain qui devient
homme, une jambe coupée qui se relie, je croirai à votre
Lourdes. La nature, qui procède par *comas*, étant incapable d'opérer seule une pareille révolution, il serait évi-
dent qu'une vertu étrangère à celle de la nature aurait
collaboré à ce grand effort. »

A ce point de la conversation, un *Magnificat* éclata du côté de la Grotte : c'était l'annonce d'une guérison. Parmi la foule profondément remuée, je vis s'avancer une jeune fillette aux cheveux longs, pendant sur ses épaules, encore tout mouillés du bain de la piscine, bien qu'elle n'y eût pas été guérie.

L'heureuse enfant avait un sourire ineffable. Je la suivis dans sa marche assurée : quelque chose du ciel était dans ses yeux. Et le *Magnificat* chantait : *Deposuit potentes de sede, et exaltavit humiles*, le Très-Haut a brisé l'orgueil des puissants, et il a exalté les humbles.

Jeanne Fromieux était son nom. Rachitique de naissance et percluse de ses membres, elle avait fini, pour comble de malheur, par perdre l'usage de la parole : une tumeur cancéreuse l'avait prise au cou.

Sa vieille mère, âgée de soixante-quinze ans, ne sachant pas lire, ne pouvait plus comprendre sa fille naine, depuis qu'elle était obligée de lui écrire ses pensées. Il fallait souvent un intermédiaire.

Ayant lu le volume intitulé *Notre-Dame de Lourdes,* Jeanne se sentit une violente envie de s'y rendre. Sa demande une fois agréée, elle était venue de Verdun avec le train des malades. Portée plusieurs fois à la piscine, elle en était ressortie avec un mieux sensible.

Toutefois, un désir l'avait saisie subitement. C'est à la Grotte, devant la Grotte, qu'elle avait voulu être déposée. On l'avait transportée là dans un petit lit, où elle gisait tout habillée, au milieu de la foule qui contemplait

ce spectacle avec attendrissement; car dans la jeune
fille contrefaite, toutes les infirmités s'étaient donné
rendez-vous.

Une messe venait de finir, et une autre aussitôt avait
suivi. Quand était arrivé le moment de l'élévation, de
petits cris tout d'abord inarticulés avaient retenti, puis
un ressort s'était décroché.... et la langue s'était déliée.
Ma.... ma.... maman, maman! La pauvre enfant songeait à sa vieille mère sans ressources et avait prononcé
son nom.

Mille mots étaient sortis derrière celui-là, puis les
jambes devenant mobiles à leur tour, elle s'était levée
debout sur son grabat, au milieu d'une indicible joie.

Faustin, l'apercevant, haussa les épaules. Hystérie!
murmura-t-il avec dédain. Le mot me parut si auda-
cieux que je saisis la balle au bond, ce que Faustin
comprit aussi vite, car il se mit à sourire sous ses lunettes d'or, lui qui ne souriait presque jamais.

« La médecine, en vérité, lui répliquai-je, est une
belle science, mais à combien d'erreurs n'est-elle point
exposée! Vous prétendez, docteur, et vous affirmez
contre le sens public, contre les malades eux-mêmes,
qu'ils sont atteints d'une infirmité que vous seul connaissez. Quand vous avez prononcé le grand mot d'hystérie ou d'hypnotisme, vous croyez avoir tout dit.

» Avec eux, vous expliquez tout, vous donnez la clef de
tout. Ils sont les derniers mots de l'énigme, la lanterne
universelle de la science, le secret de Lourdes pour vous.

Eh bien, moi, je n'y comprends absolument rien, et votre hystérie comme votre hypnotisme sont la seule chose creuse que les médecins de votre école ont amenée ici. Boutique que tout cela ! Boutique où le diable vend ses chapelets ; car c'est lui qui a l'entreprise de celle-là.

» Un malade arrive à Lourdes, abandonné de tous les docteurs du monde. Il a passé de Strasbourg à Paris, de Bâle à Lyon, de Nancy à Montpellier. Il a consulté les spécialistes, interrogé tous les professeurs, visité toutes les *Facultés*. De plus, il a eu recours aux eaux les plus diverses et aux climats les plus recommandés.

» Et loin de guérir, son mal n'a fait que lui donner les tristes signes de son incurabilité. Un jour cependant, fatigué de médicaments et d'inutiles médecins, il entend parler de Notre-Dame de Lourdes, il en lit l'histoire et il part. On se récrie autour de lui, on s'oppose à son déplacement ; les hommes de l'art lui annoncent que le voyage va le faire mourir.

» Aucune raison ne l'arrête, et le voilà couché dans un train de malades ou sur un wagon réservé. Parvenu à Lourdes moitié mort ou moitié mourant, il se fait transporter à la Grotte et aux piscines. O prodige de l'hystérie, ô merveille de la suggestion !

» A peine y a-t-il prié en entrant dans l'eau glacée, qu'un médecin inconnu découvre ce que ni vous ni les vôtres n'avaient pu trouver. La prière et l'eau, une eau de fontaine sans aucune propriété curative, deviennent instantanément entre ses mains des médicaments merveilleux.

» Le malade au bain éprouve d'abord un fourmillement intérieur, une opération calmante et simultanée dans tous ses membres ; puis une détente se produit, mystérieuse, irrésistible. C'est le mal qui s'évanouit comme un rêve, et le malade qui va se lever dans le bouleversement inconnu d'une joie qui n'a rien de la terre.

» Hystérie! dites-vous ; hypnotisme! crie un autre ; suggestion! renchérit un troisième. Eh bien, je ne reconnais pas du tout ce merveilleux pouvoir. Que le paralytique déclaré incurable par toutes les ressources de l'art aux abois possède, au fond de sa nature, une réserve capable de le remettre debout sans l'intervention du surnaturel, je n'en sais rien ; ni vous non plus, puisque vous ne trouvez pas le ressort caché qui se dérobe à toutes vos investigations.

» Et dussent ces forces exister, dût le fil électrique du mouvement ne pas être interrompu, dût cette touche du piano humain ne pas être brisée, expliquez-moi comment il se fait que l'eau de Massabielle possède seule, absolument seule, la vertu d'aboutir au point précis où la vie se réveille sous l'aiguillon d'un commandement souverain.

» Malgré tout ce que vous pouvez en dire, avouez pour le moins que Notre-Dame de Lourdes est la première spécialiste du monde. Je dis et nous disons, nous, que cette spécialité supérieure à toutes les puissances pratiquées par la médecine est une puissance qui fonctionne de haut en bas. L'homme ne la donnant pas, dites-moi donc un peu d'où elle provient ?

» Hystérie! répondez-vous toujours. Et par là vous entendez qu'à l'instar de l'animal, le malade est son propre médecin. Selon vous, croire même à faux, c'est être capable de tous les prodiges; surchauffer son esprit, c'est remettre sur pied toutes ses puissances.

» O naïf! S'il en était ainsi, la science serait la plus sotte des inutilités de ce monde, et les médecins une excroissance, un *lupus vorax* attaché aux infirmités humaines. Chacun, portant en soi son propre antidote, le ferait valoir partout, et les paralytiques et les culs-de-jatte se lèveraient les uns derrière les autres par leur propre volonté.

» Que deviendriez-vous avec vos drogues et votre profond savoir? Votre hystérie vous tue, vous dis-je, vous, vos amis, votre médecine et vos Facultés. Au lieu de tout expliquer, elle brouille tout; au lieu de preuves contre moi, elle sert de massue contre vous.

» Croire qu'une chose se fait n'est rien; croire en Dieu fermement qu'elle se fera par lui, voilà tout le secret de Lourdes. Qui compte sur lui-même compte sur le néant; qui compte sur Dieu monte jusqu'à lui, et, par l'identification de sa nature avec la sienne, s'assimile le pouvoir infini. Le malade de Lourdes pose un acte sublime de foi en la bonté de la Mère de Dieu, la Vierge le récompense en obtenant que sa prière soit exaucée.

» Voilà la guérison que nous appelons une grâce extraordinaire dans l'ordre extérieur à Lourdes.

» Quant à faire repousser le bras d'un manchot ou à

relier les deux bouts d'une jambe amputée, Notre-Dame
de Lourdes ne le fera pas. Ce serait enlever tout mérite
à la croyance des fidèles présents que de produire de tels
prodiges sous leurs yeux.

» Mettre ainsi au défi la puissance supérieure, c'est
commettre une grave insolence. Dieu ne vous doit rien
de pareil, attendu qu'il gratifie le monde de lumières
suffisantes par ailleurs. S'il accomplissait une telle merveille pour votre bon plaisir, la majesté de sa toute-
puissance descendrait au niveau de vos petits caprices.
Pour qui donc le prenez-vous, et pour qui vous prenez-
vous vous-même ?

» Aux grandes fins, les grands miracles ; aux grands
résultats, les grandes dérogations aux lois fondamen-
tales de l'univers. »

J'en étais là avec mon traité sur l'hystérie, lorsque,
devant les piscines, un nouveau *Magnificat* fut entonné.
Une malade en sortait, guérie d'un ulcère inopérable à la
main. « C'est impossible ! s'exclama Faustin ; un ulcère
inopérable à la main ne se guérit pas.

— Il se guérit, docteur, puisque la preuve en est là.
Quatre médecins, peut-être huit, peut-être douze, vont
en rédiger le procès-verbal. Du reste, si vous le voulez,
approchons-nous. J'ai droit d'entrer aux consultations,
vous y serez vous-même témoin du prodige. » Mais
Faustin recula.

L'heure de son déjeuner était venue, et il s'échappa
avec une rapidité qui tenait elle-même du miracle. Bon
appétit, Faustin !

V

UNE MAIN EMPOISONNÉE.

La personne qui sortait en ce moment des piscines était une jeune fille de Billancourt, près Paris. Mordue à la main, le 2 juillet 1878, par un chien errant, sous un ciel torride, Elise de Moor tombait jour pour jour, six semaines après, d'une attaque qui fit naître autour d'elle les plus effrayants soupçons.

Le médecin, appelé au plus vite, ne sut lui-même que penser. Dans la crainte que ce ne fût là un premier symptôme de rage, il fit aux jambes de la malheureuse une injection à base de chloroforme. Mais le remède ne fut point de saison. La pauvre fille prit le lit et le garda six mois bien comptés.

Etait-ce le haut mal, ou bien une sorte de léger levain rabique inoculé par la morsure de l'animal, entre deux accès d'hydrophobie? Nul ne pouvait le dire. Au bout de six mois de cette étrange prostration, Elise put bien se remettre sur pied, mais, à intervalles à peu près réguliers, elle retomba de ces attaques, sans qu'aucun remède pût y mettre fin. Trois ou quatre fois par semaine, on la voyait ainsi mourir.

Ce n'était point à gauche qu'elle fléchissait. Comme si la main droite, qui était la main mordue, exerçait un

pouvoir fascinateur sur tout le corps, Elise tombait
uniformément sur son côté droit. De ces chutes répétées
naquirent plusieurs accidents. Le bras infirme fut cassé
trois fois. La dernière de ces brisures, qui eut lieu en
1886, se guérit à grand'peine et laissa derrière elle
une enflure à la main.

Cette enflure incompréhensible finit par se doubler
d'une plaie ; la plaie suppura sans discontinuer et prit
tous les dehors d'un ulcère. Evidemment le mal du
chien se trouvait là ; la main était empoisonnée.
L'odeur même qui s'en dégageait le révélait assez. Elle
était si insupportable qu'Elise en souffrait elle-même.
Tout autre qu'elle ne pouvait presque y résister.

Enorme, boursouflée et hideuse, la main était fixée
à plat sur une petite planchette, devenue nécessaire
pour la maintenir. On avait été obligé de recourir à ce
procédé pour éviter une torsion du bras qui se produi-
sait infailliblement. Sitôt que la main redevenait libre,
le poignet faisait volte-face et le dos de la main regardait
le sol. Situation douloureuse qui dura deux ans et demi,
sans aucun changement.

N'espérant plus rien des hommes, Elise tourna ses
regards vers Notre-Dame de Lourdes. Une première
fois elle avait demandé, sans pouvoir l'obtenir, un billet
d'admission parmi les malades du pèlerinage national.
Le Comité le lui avait refusé, de peur qu'elle ne fût, par
ses chutes, une cause d'épouvante pour les autres
malades.

Mais elle pria tant et si fort la Vierge de la Grotte,

que, l'année qui suivit, les difficultés s'aplanirent. Une religieuse se chargea d'elle, et au mois d'août, elle arrivait comme les autres, sur les bords du Gave, après un voyage accidenté de plusieurs attaques, dont l'une avait fait croire, six heures durant, que tout était fini.

Son départ de Billancourt fut tout un événement. Les voisins, qui la connaissaient depuis si longtemps, secouaient tous la tête. Pauvre illusionnée, se disaient-ils, elle rapportera tout ce qu'elle emporte d'infirmités là-bas. Son propre frère, une vraie tête de Parisien, eut même un accès de gaieté. « Si tu reviens guérie de celle-là, lui avait-il dit en ricanant, je te jure que je me ferai capucin ! »

Le mardi, elle prit un bain ; aucun changement ne se produisit. Le mercredi, retour aux piscines, et toujours même situation. Pourtant le dessus de l'ulcère se granula de petits boutons qu'elle n'avait jamais vus. Elle en éprouva comme un saisissement ; car depuis qu'elle avait pensé à Lourdes, la jeune fille avait toujours compté sur sa guérison comme sur une chose certaine.

Les heures s'étaient ainsi écoulées, rapides comme elles le sont à Lourdes, et la dernière allait bientôt sonner. Ce jour-là, jour de jeudi, Elise, par extraordinaire, ne voulut entrer dans l'eau qu'avec la main délivrée de son appareil. La Sœur qui l'accompagnait s'y prêta de bonne grâce, sans partager toutefois l'espérance que ce désir paraissait renfermer. La piscine s'ouvrit ensuite, et notre infirme y descendit, en implorant sa guérison pour la conversion des siens, qui ne pratiquaient pas.

Or, voilà que dans cette eau où elle entrait à peine
pour la troisième fois, une forte tentation lui vint de
regarder sa main. Elle fit un mouvement, mais son
bras, devenu inerte à son insu, lui refusa tout service.
La main qui pendait au bout était très lourde, si lourde
qu'elle ne pouvait plus la soulever.

Pareille à saint Christophe, écrasé par le poids gran-
dissant de l'Enfant, elle enfonçait au fond de la piscine,
ou du moins croyait enfoncer par la lourdeur de sa main.
Ses yeux en même temps se couvrirent. Elle entra dans
une sorte d'évanouissement, puis, autour d'elle, il se fit
nuit dans la confusion de ses pensées.

La voyant ainsi pâlir et faiblir, la religieuse prit peur.
Sortons-la de l'eau, dit-elle à l'infirmière qui l'aidait.
Elise entendit ce mot, mais ne put y répondre. On la
souleva donc avec peine, comme une endormie.
O prodige ! au moment où le corps sortait de l'eau, le
poids énorme du bras, dans la conscience de la miraculée, se détacha comme si on l'eût coupé, et la jeune
fille, réveillée en sursaut, sentit sa main aussi légère
qu'une plume. La malade tressaillit, la Sœur poussa un
cri de surprise : l'Invisible Chirurgien venait de passer
en emportant le mal.

La main ne garde plus qu'une cicatrice blanche où se
dessine, d'une façon très visible, la mâchoire du chien.
Elise pleure, Elise chante. La foule l'acclame à son tour.
Elle ne tombera plus du haut mal. Seuls les doigts, à
partir de la première phalange, continueront à décrire
une ligne courbe avec le plat de la main. Si la planche
est suspendue parmi les *ex-voto* de la Grotte, son em-

preinte reste aussi gravée, comme un second témoin,
sur la main guérie.

O Faustin, de quel soufflet la voilà capable, cette main,
sur le dos et à la face de ta philosophie !

VI

A LA CRYPTE.

Voici la Crypte de la basilique, première page du
poème de pierre, marbre éloquent qui redit de sublimes
histoires. La Crypte de Lourdes est le lieu des grandes
miséricordes de Marie. Lieu embaumé d'onction, de
donceur, de tendresse et de pardon. Si la Grotte appartient à l'Immaculée, la Crypte appartient à la Mère.

Deux saints bien connus en gardent l'entrée. A votre
gauche, sur la porte, Benoît Labre est debout. A votre
droite, c'est Germaine Cousin, la très célèbre bergère de
Pibrac. Benoît Labre et Germaine Cousin, chambellans
de la Crypte de Lourdes.

Je les trouve l'un et l'autre à leur place ; car ils furent,
à l'aurore des temps nouveaux, deux modèles accomplis. Bien avant que l'Apparition eût répété trois fois le
mot de pénitence, ils avaient entendu sa voix. Labre
fut le génie mendiant de la pauvreté.

Etant allé s'asseoir un jour sur les marches de Saint-

4*

Pierre, Rome le vit. Et quand Rome l'eut vu, le monde
chrétien le connut, et avec lui la haute leçon de Dieu.
Puis, monté de l'opprobre à la gloire, de l'escalier de
Saint-Pierre sur les autels, le voilà revenu à Lourdes
pour y répéter sa leçon de Rome et la leçon de Lourdes :
Pénitence ! Pénitence ! Pénitence !

Benoît Labre occupe sa place dans le temple de Marie ;
car lui aussi a été un précurseur. Quand il ne parla
point, ses membres nus parlèrent pour lui. Leur voix
ne put être étouffée par celle du sensualisme, et ses
haillons remplirent le monde, alors que le monde ne
connaissait plus que la figure de l'orgueil, de l'or et de
la chair.

Dépouillé de tout, dans l'indigence absolue qui le
revêtit, il fut l'antithèse vivante de son époque. On eût
dit que le ciel ne l'avait fait que pour protester et pour
expier. Quand il fut parvenu au terme de sa mission,
Dieu par lui condamna le monde, en glorifiant publi-
quement en lui ce que le monde dédaignait le plus.
Courbe toi, fier Sicambre ! Adore ce que tu as brûlé,
brûle ce que tu as adoré ; car voilà que je mets Benoît,
mon bien-aimé, sur les autels.

Nous baisons ses pieds nus, comme l'on baise à Rome
ceux de Pierre. La statue de Pierre lui-même n'est pas
bien loin ; Pierre, dont la voix ici crie avec Benoît, à la
base du temple de Celle en qui le Verbe a dit : Pénitence ! Benoît Labre, premier missionnaire de Lourdes.

La bienheureuse Germaine est debout à l'opposé. De
son odorant tablier, souvenir d'un miracle délicieux, elle

laisse tomber des roses et des lis. Idéale et sainte bergère qui me rappelle et Geneviève et Solange, et Jeanne et Bernadette, vierges couronnées de fleurs blanches. Bergère et mendiant, voilà l'idylle qui ouvre le poème.

Que d'*ex-voto* et combien de témoignages touchants ! Que de volumes écrits dans une seule ligne ! Nous voilà perdus à travers le palais du miracle. C'est à la Crypte que la puissance de Marie a éclaté le plus et le plus souvent : *fecit mihi magna qui potens est !* Chacun de ses autels possède sa page dorée, que les anges du ciel ont seuls lue tout entière.

Ici guérirent l'abbé de Musy et Jeanne de Fontenay. Des signes et des dates partout ; épisodes inconnus dont les *Épisodes* miraculeux ne sont qu'un chapitre détaché du ciel.

La Crypte est aussi le lieu des larmes, de ces larmes qui sont d'une suavité infinie. Elles coulent doucement et silencieusement. J'ai vu une Anglaise en arroser les dalles. Un vieux militaire sortait d'un confessionnal un mouchoir à la main. Plus loin, un vieillard à genoux priait de toute son âme. Un prêtre disait la messe à la chapelle du Rosaire, messe servie par son frère, colonel de cuirassiers. D'autres s'habillaient dans toutes les chapelles.

Et pendant que moi-même, ému de l'émotion de tous, j'assistais à ces confidences et à ces joies, un écho lointain m'arriva du dehors, comme s'il fût sorti des profondeurs de la pierre. Il venait de la Grotte, où la foule, attendant un miracle, chantait l'*Ave, maris stella!* La Crypte alla lui rendre son *Magnificat.*

Troublée d'un trouble profond par l'écho pénétrant de ces milliers de voix, l'Anglaise qui se fondait en pleurs me dit : « Comment voulez-vous que la sainte Vierge ne fasse point de miracles? La prière ici fend le rocher et renverse tout. Notre-Dame de Lourdes en est *assommée.* »

Crypte de Lourdes, trône de la Mère. Je la reconnais dans les caresses et dans le pardon : le pardon, obtenu de Dieu à tous les instants du jour et de la nuit, de la main du confesseur sur le pénitent. Le long de ces voûtes parlantes, dans le secret des confessionnaux, la miséricorde et la grâce sont en mouvement. Et ce que les yeux voient n'est que l'ombre de ce qui se passe. Que de miracles intérieurs !

Les mains refont le signe de la croix, les fronts se courbent très bas, les larmes tombent goutte à goutte, comme la rosée du matin; tout se transfigure et tout se rajeunit. L'homme s'est relevé dans l'allégresse et dans le ciel. C'est que Marie est mère, mère du genre humain perdu et du genre humain racheté; mère avec Jésus....

Mère de miséricorde, qui a sauvé son peuple en lui donnant le Rédempteur à Bethléem, qui le sauvera à mouveau, en lui rapportant le fruit béni de ses entrailles, Verbe-Hostie et Verbe-Evangile à Lourdes : *Dominus tecum.* Nous sortons de la Crypte dans la joie, pour monter à la basilique chanter l'hosanna de l'Immaculée.

VII

A LA BASILIQUE.

Qui redira le saisissement qu'elle vous fait éprouver? Basilique de Lourdes, porte du ciel. Nulle part autant que là ce qui est idéal ne vous soulève. Le ciel transpire à travers ses volutes et ses voûtes joyeuses.

Chœur des anges, musique des élus, trône de la Reine des élus et des anges, elle réunit ces différentes merveilles. Ses murs sont fleuris de pierreries; le peuple chrétien y a ciselé dans l'or des amours épanouis. Guirlandes entrelacées, lettres, inscriptions, souvenirs, milliers et millions de battements d'âme qui n'ont pu mourir.

A la veille d'élever son temple, Salomon demanda au roi de Tyr, Tyr où les beaux-arts étaient florissants, de lui donner un homme capable de réaliser ses desseins. Ce fut Hiram qui vint tracer le plan de l'édifice et diriger les travaux.

Il s'adjoignit les artistes les plus renommés et de nombreux ouvriers pour tailler la pierre, le marbre de Paros et les porphyres recueillis de toutes les régions de l'Orient. Le Liban offrit le riche tribut de ses cèdres séculaires.

Alors, Salomon, à la vue de son beau temple, put

s'écrier en toute vérité : La maison que j'ai voulu bâtir
est réellement une grande œuvre : *Domus quam ædificare cupio magna est !*

Tel dut être le sentiment de joie éprouvé par le curé
de Lourdes, lorsqu'il contempla, dans sa radieuse archi-
tecture, l'édifice qu'il venait d'élever à Marie. Non seulement il avait surveillé les ouvriers, mais on l'avait encore
vu prendre part à la conception du monument.

N'avait-il pas jeté dans le Gave, comme indigne de sa
mission, le plan qui lui en avait été soumis ? Constructeur
royal du temple, il s'était écrié avec Salomon : *Domus
quam ædificare cupio magna est :* La maison que je veux
bâtir est une grande maison.

La basilique de Lourdes est d'une sculpture sans
tache, pure de la pureté de l'Immaculée. C'est le lis des
lis, fleuri sur le rocher. Sa flèche aérienne est toujours
en mouvement. Elle glisse sous le ciel bleu entrecoupé
de nuages, comme le grand mât du navire sur les eaux
mouvementées de l'océan.

Elle paraît si légère, qu'on ne sait si elle est descendue
du ciel ou si elle est montée de la terre. Elle s'épanouit
à l'embouchure des sept vallées du Lavedan.

Vierge couronnée d'or, voyez-la se balancer dans sa
taille gracieuse. Sa robe et ses dentelles de pierre ne
sont point de ce monde de deuil. Ils sont un rayonnement
de fête qui vient d'ailleurs. Basilique de Lourdes, robe
blanche de la communion de Marie avec Dieu et avec le
monde chrétien.

C'est elle qui de loin réjouit vos regards par la grâce sereine de son sourire. Le céleste et l'aérien frémissent en elle. Ciselée comme un clavier d'ivoire, sa flèche chante aussi bien que ses voûtes, et flèche et voûtes murmurent ensemble un hymne virginal sur un instrument transfiguré.

Quatre cents bannières y sont appendues. Elles s'y inclinent en haut, en bas, de tous côtés ; dépouilles opimes ; faisceaux de victoire qui portent des milliers de noms ; escorte triomphale acclamant dans une symphonie immense l'Immaculée Conception descendue en sa gloire sur le trône de l'univers.

Dans sa blancheur absolue, je la vois sur le maître-autel. Nuit et jour, seize lampes étincelantes d'or y brûlent rangées autour d'elle, comme les étoiles autour de la reine du jour et de la nuit. Et quand l'*Hosanna* du monde s'y est tu, les milices invisibles des anges y descendent ; car la basilique de l'Immaculée-Conception est, de toutes les basiliques du monde, la plus avancée, sans comparaison, sur le chemin du ciel.

Ce n'est point le porphyre de l'Orient, ni le marbre de Paros, ni les cèdres du Liban qui ont servi à la construire ; c'est la pierre à feu des Pyrénées. Depuis le jour de la création, Dieu l'avait préparée pour ce dessein.

Et sortant des entrailles des montagnes bleues et blanches, la basilique est apparue au monde avec ses couleurs d'origine. Et elle est belle d'une beauté sans pareille, la plus belle et la plus blanche des églises de

Marie et de Jésus, la reine des reines de la vieille nation du lis.

Trône plus étendu que celui de Salomon dans tous les royaumes.

VIII

L'ÉTENDARD DE JEANNE.

Au milieu des trésors entassés à la basilique, j'ai vu flotter l'étendard de Jeanne. La Pucelle d'Orléans est bien à sa place chez la Pucelle du monde. D'un côté se trouvent les écussons des villes qui sont venues l'offrir : Epinal, Nancy, Bar-le-Duc, Metz et Strasbourg. De l'autre, Jeanne apparaît, tenant sa quenouille au repos sur le bras.

Sa tête est penchée et ses yeux en extase. Elle entend une musique de voix célestes qui lui parlent mystérieusement : sainte Catherine, sainte Geneviève, saint Michel ! La scène se passe sur les riants coteaux de Domremy. La Meuse apparaît bleue dans le lointain. Là-bas, la pointe du clocher natal s'élève sur l'horizon.

Comme l'histoire ici se rouvre et se confond ! L'héroïne de Domremy est une figure prophétique de Notre-Dame de Lourdes. Comme elle, on la nomme déjà la Vierge *sans défaut ;* comme elle, elle a guerroyé pour le pays de France.

Dès l'âge en sa fleur, Jeanne récitait l'*Angelus* à travers champs. Si le marguillier du village oubliait de le sonner au clocher, elle le gourmandait doucement. Touchante sollicitude et mystérieux amour ! J'y reconnais l'heure même de l'Apparition. L'*Angelus* aimé de la Pucelle tinte à mon oreille comme un écho lointain de l'*Angelus* de Lourdes.

Comme l'Immaculée à la Grotte et au milieu du monde moderne, Jeanne fut le type le plus accompli de l'innocence. Autour de sa beauté pudique se dégageait un parfum délicieux de vertu. Parmi les guerriers, à travers les mœurs dissolues et la licence des camps, jamais une ombre ne passa sur la limpidité de son front.

Elle resta la vierge parfaite et sans défaut. Si bien que ses hommes d'armes, se sentant meilleurs, en étaient dans l'admiration. L'arome idéal et divin que je respire à la Grotte, ils le respiraient sur les hauteurs de l'âme, dans le voisinage de la Pucelle.

Jeanne était fille de France. Elle l'aimait comme oncques on ne l'aima. Eût-elle eu cent pères et cent mères, elle les eût quittés. Eût-il fallu user ses pieds jusqu'aux genoux, elle n'eût pas hésité à le faire. La vue du sang français la faisait frémir, la pensée des angoisses de la France lui étreignait le cœur.

Dans sa passion pour son noble pays, elle quitta tout. J'irai, dit-elle; et on la vit opérer prodiges sur prodiges pour le sauver et lui rendre ses glorieux destins. Comme l'Immaculée Conception, elle rapporta le lis sur sa bannière.

Jeanne, au dire de ses compagnes, récitait souvent
son *Ave Maria*. Soit près des groseilliers de Notre-
Dame de Bermont, soit sur les coteaux de Domremy,
seule avec ses blancs moutons, on la voyait apparaître,
sa quenouille au bras ou son chapelet à la main.

Ainsi se reflétaient par avance en elle quelque chose
de l'Immaculée et quelque chose de Bernadette, apparue, elle aussi, en nos jours de périls, pour rallier, au
signe du chapelet, l'armée des croyants et rallumer
autour d'elle le feu du patriotisme chrétien.

Si Jeanne a eu ses chevaliers, Notre-Dame de Lourdes
a aussi les siens, qui savent aimer par-dessus tout leur
pays. Ni Lahire ni Xaintrailles ne sont oubliés. Je les
retrouve en vous, héroïques et gentils brancardiers de
Lourdes.

J'y retrouve aussi l'espoir du triomphe de la France.
Ce que fit la Pucelle, elle le refera avec Celle dont elle
était l'image. La France attend la parole de Rome
comme un signe de salut. Oui, Rome parlera en France,
et la France, une seconde fois, sera sauvée.

Et voilà pourquoi, d'un cœur très ému, je salue ici ta
bannière, ô Jeanne, ma payse de Lorraine !

IX

COUP DE PINCEAU.

Par un clair soleil, dans un chemin détourné, j'ai retrouvé mon ami Faustin. Il portait une jumelle au cou et une palette à la main.

« Ce curieux pays de Lourdes a des beautés de premier ordre, m'a-t-il dit. En bas, tout y parle de ville d'eaux. Esplanade, boulevards, grandes avenues, pelouses fraîches, rien n'y manque, pas même les quais du Gave.

» Mais ce qui me frappe le plus ici, c'est le relief des Pyrénées. Regardez-moi ce Pic du Midi, comme il est original dans sa blancheur. Quel riche coup de pinceau et quel tableau de grand peintre !

» Votre Lasserre était un malin. Il a placé son roman dans le pays le plus beau qui se puisse imaginer. Je comprends l'engouement de ceux qui viennent ici. N'ayant point la science pour faire contrepoids à leur imagination, ils se laissent aller dans le ciel bleu et la nature grandiose.

» Ils appellent cela le surnaturel. Autrefois, avant que Lourdes fût inventé, la voix populaire chantait déjà de vieux airs sur de vieilles romances :

> Montagnes des Pyrénées,
> Vous êtes mes amours.

» Aujourd'hui la légende a pris la place de la romance.
A force d'être poétisées, les Pyrénées ont fini par se
confondre tout à fait avec le ciel.

» Elles y ont pris un corps, et ce corps est devenu
vivant. Ce que vous appelez l'Immaculée Conception,
c'est cette blanche montagne qui a fini par s'incarner
dans la superstition des peuples.

» Ce pic est en effet une conception de génie dont je
veux reproduire la nuance. Nous n'avons rien de pareil,
nous, ni sur la Meuse, ni sur la Moselle, ni dans vos
hautes Vosges. »

Et tandis que j'étais pétrifié par tout ce que je venais
d'entendre, Faustin, chargé de ses appareils, est allé
s'asseoir de l'autre côté du Gave, sur la prairie qui fait
face aux Espélugues.

Son tableau était bien difficile apparemment; car il
lui a fallu quatre heures consécutives, rien que pour
ébaucher la perspective dans son ensemble, avec sa
grande déchiqueture de montagnes, traversée par une
flèche blanche d'église.

. Puisse la statue de Lourdes descendre dans le cœur de
Faustin, comme le milieu vivant de ce tableau ! Puisse
sa blancheur éclatante surpasser toute autre couleur !
La grâce de Dieu dans l'âme humaine n'est autre chose
qu'un coup de pinceau divin.

X

UN ENNEMI.

Il est un homme que Lourdes ne connaît point, qu'il ne connaîtra jamais. On le rencontre partout, on l'entend, on le voit, il parle haut et il parle toujours : c'est le voyageur qui pose pour l'homme de son temps.

De tous les produits de la civilisation, tenez pour certain que celui-ci est généralement le plus achevé. Qu'il marche à pied, qu'il aille en berline, ou qu'il monte en chemin de fer, ce voyageur-là traîne généralement après lui un énorme ballot : ce sont des échantillons.

Sottises, ignorances, lieux communs, jeux de mots, propos de rues, jongleries, ragoûts d'hôtel, il emporte tout avec lui. Il a tout vu, tout entendu et tout ramassé. Son ballot est bien rempli. Tous les coupons de la couardise y sont représentés : sa vente est permanente.

Si jamais Lourdes possède un ennemi gouailleur, c'est celui-là. J'y en ai rencontré un qui vendait des huiles. Accoudé sur une fenêtre et fumant une cigarette orientale, il souriait. Et de quel sourire, grand Dieu ! un sourire de pitié sans mesure et de compassion inénarrable pour la bêtise humaine.

Ne connaissait-il pas Lourdes d'un bout à l'autre de

son histoire ? N'était-il pas au courant des moindres
épisodes de sa naissance, de ses développements, de son
habile légende ?

En 1858, habitait à Lourdes un galant officier dont les
aventures étaient fort piquantes. Or, il arriva que le
11 février, sous les roches Massabielle, une dame
habillée de blanc fut aperçue par des enfants qui
volaient du bois.

Blottie dans l'attente de quelqu'un, cette dame n'était
autre qu'une contrebandière de mœurs, dont les gens
d'église se sont empressés de faire Notre-Dame de
Lourdes.

Voilà, en quatre lignes, l'histoire véridique, écrite par
un vendeur d'huile qui a parcouru le monde, le monde
où l'on sait réduire à leur taille tous les fantômes religieux créés par l'imbécillité du peuple.

Tout ce qui tombe et qui roule, tout ce qui se gonfle
et sonne le creux, tout ce qui vit et qui fume, tient
pour ce nouvel Evangile. Il est à sa mesure, à sa dévotion, à son intelligence et à son cœur. Cette couche
humaine ne monte pas plus haut.

Passe ton chemin avec ton huile, chef-d'œuvre de la
civilisation avancée. Quand la boue des grands chemins
t'aura suffisamment engraissé, tu rentreras sous terre
avant d'en être jamais bien sorti.

Vendeur d'huile toute ta vie, tu auras vécu dans les
ténèbres, sans avoir su allumer ta lampe : voyageur

sans chemin, de la race inextinguible de ceux auxquels il est interdit de mourir !

XI

SUR LE CHEMIN DE DAMAS.

Je sais pourtant l'histoire qui suit de deux voyageurs. Ils se nommaient Frémiot et Lavy. L'un vendait du papier, et l'autre des tissus. Le premier avait précédé le second de deux jours à Lourdes. Très fort et très bruyant de caractère, il était venu, rue de la Grotte, dans un magasin d'objets religieux.

Le va-et-vient de Lourdes l'amusait beaucoup. Il l'amusait si fort que, malgré ses habitudes commerciales de dissimuler ses opinions en face des clients qu'il ne connaissait pas, cette fois il ne put y tenir. Sa joie plaisante éclata.

Ce fut une imprudence. Le client, très chatouilleux et de foi profonde, lui coupa net le sifflet. « Sachez, Monsieur, interrompit-il, que ma maison est une mauvaise adresse pour vos plaisanteries. Vous riez, cela ne me convient pas ; et pour mieux vous le prouver, je n'achèterai rien, mais absolument rien de vous ! »

La réflexion produisit son effet. Frémiot pâlit et se tut, mais il était trop tard. Comprenant son imprudence, il resta quelque temps debout, faisant tourner

son chapeau dans ses mains, et s'efforçant de sourire.
Situation embarrassée que le brave Lourdais contempla
un instant avec une satisfaction marquée.

Puis se ravisant, celui-ci ajouta : « Ce que j'ai dit, je
le ferai. Allez un peu à la Grotte, Monsieur, pour voir ce
qui s'y passe, et vous reviendrez après. » Notre Parisien,
très embarrassé, s'inclina et sortit sans autre explication.

Petit Pierre, jeune garçon de douze ans, avait tout
entendu de la pièce voisine. Or, petit Pierre était curieux.
Sans rien dire à personne, il prit son béret subitement,
et quelques secondes après, Frémiot marchait dans la rue
avec une ombre sur ses pas.

On fit ainsi beaucoup de chemin dans la ville. A plusieurs reprises, l'espion dut attendre ; le voyageur
faisait halte dans des magasins. Mais, une fois ses commissions finies, il prit le chemin de son hôtel, celui des
voyageurs, sur la place du Champ commun, puis en
ressortit cinq minutes après, pour se diriger du côté de
la basilique.

Arrivé sur les bords du Gave, il jeta un cigare qu'il
tenait négligemment aux lèvres. La foule, déjà très
nombreuse en cet endroit, augmentait à mesure qu'il
approchait de la Grotte, si bien qu'à un moment donné,
petit Pierre le perdit de vue. Mais certain que son
homme était parmi les pèlerins, il s'agenouilla, murmura tout bas un *Ave Maria* et rentra chez lui. Ceci se
passait au plus fort du pèlerinage national.

Le soir arriva, mais le Parisien ne reparut pas. Que

s'était-il passé ? On ne le sut que le lendemain, quand dans la matinée Frémiot rouvrit la porte de son client, rue de la Grotte, plus pâle et plus drôle que la veille, lorsqu'il était sorti. « Monsieur, dit-il en entrant, me voici. Ne craignez point, je ne viens pas pour vous faire l'article. Hier, c'était vous qui refusiez de m'acheter, aujourd'hui, c'est moi qui refuse de vous vendre. Non, je ne vous vendrai rien.

» Je viens simplement vous faire mes excuses, je suis un malheureux. Frappé par vos paroles : *Allez à la Grotte!* j'y suis allé. J'en reviens déjà ce matin, et j'y retournerai tout à l'heure. Je suis battu, oui, battu à plates coutures. Mais je puis dire que je suis battu et content. Je vous dois le bonheur de croire, ce grand bonheur que je ne connaissais plus. »

Ce disant, Frémiot pleura, et le lendemain et le surlendemain, il était encore à la Grotte, priant à genoux, ouvrant les bras, baisant la terre, sous le charme irrésistible de la fascination qui l'avait saisi à son arrivée : Frémiot était converti.

Mais écoutez la suite. En ces mêmes jours, un autre voyageur arrivait aussi à Lourdes. Celui-ci vendait des toiles. Tous deux, par un hasard singulier, se connaissaient. Gai et parfait luron, Lavy avait les coudées larges. Lui aussi plaisantait volontiers. Le voisinage de quelques pèlerins à l'hôtel lui en fournit une belle occasion. Avisant son voisin Frémiot, il lui dit sur un ton goguenard : « Tu ne te doutais pas sans doute qu'on voyait ici la sainte Vierge ! Eh bien, il paraît qu'on la voit !

— Parfaitement, ajouta Frémiot. Si tu veux venir
avec moi tout à l'heure, nous la verrons tous deux. »
Le marchand de toile ne comprit pas tout d'abord la
portée de la réponse. Il la prit pour une invitation ba-
dine, dans le sens de la phrase qui l'avait provoquée, et
répondit gaiement : « Nous irons ! » Mais lorsque poursuivant plus loin ses propos d'esprit fort, il vit son voisin battre en retraite et ne plus l'applaudir, il en éprouva
de la gêne. Rien n'est parfois écrasant comme le silence.

Au sortir de l'hôtel, la conversation avait complètement pris fin. Ce fut Frémiot qui la remit sur pied.
« Mon cher Lavy, reprit-il, tiens-tu ta promesse ? —
Quelle promesse ? — Celle de venir à la Grotte ; car moi,
je tiens la mienne. » Moitié souriant et moitié plaisan-
tant, Lavy se décida. Et voilà nos deux voyageurs à la
Grotte, l'un debout, l'autre agenouillé. Ici je laisse la
parole à la Vierge bénie....

.   .   .   .

Huit jours après, Lavy se confessait et communiait à
la place où je l'ai laissé. Parti pour l'Espagne, le soir
même de sa visite sur les bords du Gave, il y avait été
suivi par une voix intérieure qui ne se taisait ni jour ni
nuit. Partout il l'entendait, et à mesure qu'il s'éloignait,
elle criait plus fort en sa conscience.

Arrivé à Madrid, il ne put y tenir plus longtemps.
Subitement et comme entraîné par une main mystérieuse, il avait rebroussé chemin d'une centaine de
lieues, et il était rentré à Lourdes pour s'y confesser,
pour y pleurer, pour y communier, pour y retrouver la
joie inexprimable de la paix.

Heureuses violences, miséricordes tendres que l'on ne rencontre que là, combien de pareilles histoires ne pourrait-on point raconter de vous? Vous éclatez à toute heure en faveur d'une infinité d'autres égarés sur le chemin de la vie. Vous êtes l'enchantement inénarrable des âmes et du monde!....

XII

TERRE ET CIEL.

J'ai entendu le plus beau des carillons de la terre : c'est l'*Inviolata* chanté par les cloches de Lourdes !

A la Grande Chartreuse, rien n'est mélancolique comme la chute du marteau qui fait pleurer dans la solitude les heures de l'exil sur le bronze.

A Lourdes, rien n'est céleste comme la cadence de l'heure qui s'élève en prière : *O benigna !.... O Regina !.... O Maria !....*

Chaque fois que tinte le timbre de l'horloge, l'âme tressaille ineffablement. Du pied des Pyrénées paraît s'élancer un essaim de blanches colombes.

Comme cette voix est idéale ! Comme ce tintement est clair ! Comme ce cantique est divin !

Un soupir lointain d'extase l'accompagne, une brise

du Paradis la répand, un aimant indéfinissable l'attire au fond des âmes.

C'était le matin, au réveil de la nature, par l'air virginal et les premiers feux de l'aurore. J'étais monté à la cime des Espélugues.

Des neiges immaculées étincelaient en haut, des voix humaines imploraient en bas.

Voix de la terre, voix de la prière, voix du ciel !

Que disaient les neiges immaculées et que demandaient les voix ? Que le soleil était beau ! Que mon âme était grande et joyeuse !

Un son argentin ondula trois fois dans la vallée, et j'eus une vision. Au ciel des cieux, une porte s'ouvrit, je vis des millions d'anges et d'élus,

Qui étaient à genoux. Par intervalles, leurs fronts s'inclinaient ; par intervalles, ils se relevaient dans la lumière.

Quelque chose de mystérieux remplissait le fond du ciel.

Puis une lueur blanche inonda les sacrés parvis ; la Vierge sans tache était apparue.

Et j'entendis au-dessus du frémissement des ailes, avec les soupirs de l'extase, monter dans le lointain l'écho de voix pures et idéales : elles chantaient l'*Inviolata !*

A la dernière strophe, tout se tut, le ciel s'était refermé. Mais la voix d'or de Lourdes, achevant le céleste cantique, laissa tomber trois fois la cadence :

O BENIGNA ! O REGINA ! O MARIA !

Et mon âme fondit comme une cire ! Oui, j'ai entendu le plus beau des carillons de la terre.

XIII

L'AVEUGLE ET SON COMPAGNON.

Sur le chemin du Calvaire à la Grotte, dans le mouvement irrégulier des pèlerins, j'ai aperçu deux enfants se tenant par le bras. Deux frères, sans doute, pensais-je en moi-même.

Or, à mesure qu'ils ont avancé — car ils arrivaient d'en bas, tantôt visibles et tantôt disparus dans la foule — mes yeux ont douté d'eux-mêmes. Au lieu de deux enfants, j'ai reconnu un nain qui conduisait par la main un petit aveugle.

Ayant voyagé ensemble, ces deux amis improvisés, mais unis par la sympathie de leur infirmité commune, souriaient et parlaient ensemble, comme s'ils se fussent toujours connus.

Touchante rencontre et charmante familiarité, dont Lourdes seul possède le parfum et le secret !

Ils avaient un peu plus de deux mètres de taille et cinquante ans d'âge pour tous deux. Mais si leur corps était sans proportion, leur joie était sans mesure.

L'aveugle serrait la main de son compagnon qu'il ne voyait pas ; le nain l'entretenait de choses inconnues avec une petite allure vive qui me faisait sourire. La conversation paraissait fort intéressante et très animée.

Ames heureuses, malgré les disgrâces de la nature ! Le petit aveugle voyait clair par les yeux de son ami, et cette lumière, ce soleil et cet amour ont duré trois jours durant, sans aucune altération.

La foule les a vus ainsi passer et repasser avec un sourire de sympathie dont peut-être ne se doutaient-ils pas. Car ils étaient ainsi très touchants et très beaux. Petits jusque-là aux yeux du monde, ils paraissaient très grands sous le ciel de Lourdes.

Ils se sont séparés et ne se retrouveront plus jamais peut-être en cette vie. Mais Dieu les a distingués dans la foule, et Notre-Dame de Lourdes les reconnaîtra au dernier jour.

Combien sera doux alors pour eux le souvenir de leur voyage aux pieds de la Vierge de la Grotte, ô Lourdes, qu'on voit comme une vision, qu'on visite comme une terre promise, que l'on quitte en pleurant, et que l'on n'oublie jamais !

XIV

A L'HOPITAL DES SEPT-DOULEURS.

C'est pour la première fois que je visite ce rendez-vous célèbre de la misère. Sur la porte d'entrée, ma surprise est grande de rencontrer les nobles femmes de ceux que j'ai vus à la Grotte, parmi les brancardiers : châtelaines dont le 'vieux blason est descendu dans la mesure où leur cœur est monté.

Il y a huit jours, elles vivaient en leurs manoirs, sous de frais ombrages, autour de fontaines jaillissantes, entre des bouquets de fleurs. Valets de pied et valets de chambre, domestiques de toute livrée, allaient et venaient. Tout ce monde s'agitait autour d'elles pour les servir. S'écoulant avec les biens de la fortune, leur existence était luxueuse et douce, aussi luxueuse et aussi douce que l'esprit chrétien peut le permettre à l'esprit du monde.

Et aujourd'hui, les voici en tabliers blancs, avec la croix rouge de Jésus au corsage, devenues à Lourdes servantes chez les infirmes, souffrantes chez les affligés, mères, sœurs ou filles volontaires de la maladie, de l'infection la plus rebutante, de la mort. Quelle métamorphose, grand Dieu ! et quelle révolution des choses !

Qui leur a donné cette foi sublime ? Qui donc, en

moins de quelques jours, a ainsi courbé leurs fronts et
plié leurs genoux devant ces grabats de tous les pays de
France ? Qui a dressé ces si délicates mains au ministère
héroïque pour lequel elles sont venues, préparé leur
odorat à ne plus respirer, durant des nuits entières, que
les odeurs les plus nauséabondes, à la place de tous les
parfums ?

Mon Dieu, pour comprendre de telles leçons, mon
âme a besoin de vous. Si tout à Lourdes la met hors
d'elle-même, il est des spectacles qui la trouvent muette
et comme épouvantée. Vous paraissez ici vous jouer de
tous les étonnements. Où que se portent mes yeux, ils
ne voient que contrastes, anomalies, renversements prodigieux !

Depuis Bernadette, humble et frêle créature que son
siècle a voulu anéantir, et qui a été plus forte que son
siècle, jusqu'à cette phalange de baronnes, de comtesses
et de marquises devenues pour vous pauvres avec les
pauvres, souffrantes avec les souffrants, plus petites que
les plus humbles et les plus malheureux d'ici-bas, je ne
vois que vous et vous seul, ô mon Dieu. Lourdes vous
possède plus haut et plus bas qu'aucun autre lieu du
monde.

Vous y êtes visible en toutes ses œuvres. Aucune
obscurité ne vous y cache, aucun mystère ne vous y
environne. Vos prodiges y éclatent de tous côtés. Au
pèlerinage national, Lourdes est, à la face du monde
entier, le lieu du miracle permanent ici-bas.

L'hôpital des Sept-Douleurs est un vaste édifice à

peine achevé, sur les bords du Gave. C'est la charité publique qui en a élevé les murs. Beaucoup moins éloigné
de la Grotte que l'hôpital municipal, il est, comme son
nom l'indique, le lieu de refuge des plus malades.

Là se rencontrent, pour trois et quatre jours, des souffrances à vous briser le cœur. Ici, c'est un jeune homme
étiolé, sans cheveux et couvert de plaies. Là, une femme
dévorée par un horrible cancer. A côté, une figure de
cire qui exhale des plaintes étouffées.

Mais aussi, çà et là, à travers ces salles, le long de ces
rangées de paillasses et de lits posés à terre, il y a ceux
qu'on nomme les miraculés ou les guéris. Leur sourire
est céleste, les larmes de la reconnaissance tremblent
dans leurs yeux. Ils sortent pendant la journée, mais
toujours ils sont là le soir.

Que d'émotions m'attendent à leur chevet ! Je m'avance
vers eux le cœur ému et comme tremblant. Je les interroge avec une curiosité sans bornes, et ils me répondent
avec une complaisance que rien ne fatigue. Leur voix a
quelque chose de doux et de caressant. Leurs yeux
s'élèvent souvent, leurs mains se joignent volontiers.
Un chapelet est enlacé à travers leurs doigts blancs.

Celui-ci a retrouvé ses jambes à la grotte, celui-là
aux piscines, cet autre à la crypte. Certaines guérisons
ont eu lieu autrement et ailleurs. Une tumeur blanche
ne s'est évanouie que lentement et après plusieurs
bains. L'ouïe est revenue à un sourd pendant son sommeil, le matin il s'est réveillé guéri.

5*

Oh ! les trônes prodigieux que ces lits de malades !
Oh ! la promenade salutaire et bouleversante que celle
que l'on fait à l'hôpital des Sept-Douleurs !

XV

MARIE BONVALLON.

Au cours de l'année 1886, Marie Bonvallon souffrait
d'un malaise qu'elle ne pouvait s'expliquer. Des mois,
puis d'autres mois s'écoulèrent sans apporter de soulagement. Loin de s'améliorer, sa situation paraissait
plutôt s'aggraver.

Un accident terrible s'ajouta à ses douleurs. Son fils
aîné, un enfant de dix ans, lui fut un soir rapporté du
milieu de la rue, entre la vie et la mort. Renversé par
une voiture, le pauvre petit être avait la tête fendue.

L'émotion de la mère fut inexprimable. Bien que
d'après l'avis des médecins, la blessure ne fût point
mortelle, la secousse qu'elle en éprouva, au premier
moment, eut pour elle les plus funestes conséquences.
Une tumeur se révéla peu à peu, sous le bras droit, à la
neuvième côte.

Quelle en était la nature ? Etait-ce un dépôt d'humeurs
froides ou un abcès ? Marie Bonvallon ne savait que
penser. Tout travail cessa en même temps de lui être
possible. Elle crachait le sang, et en moins de six mois

la tumeur mystérieuse avait pris les proportions de la tête d'un enfant.

Alors ce ne fut plus que douleurs vives et cruels élancements. Lorsqu'un changement de température était à la veille de se produire, elle en éprouvait des tremblements intérieurs : frêle sensitive qu'aucun rayon de soleil ne réchauffait plus, que le moindre souffle de brise avait le pouvoir d'incommoder.

Le premier docteur qu'elle consulta fut le docteur Tessier, qui trouva son mal d'une nature absolument à part. « Ce n'est point à moi, dit-il, qu'il faut vous adresser. Allez à l'hospice, pour vous y faire opérer. »

Marie Bonvallon entra donc à l'hospice Saint-Antoine. Mais qui dira l'effet produit par la vue d'une salle d'infirmes sur certains tempéraments ? Chez notre malade, il fut irrésistible. Elle ne put y rester plus de quinze jours. Telle elle y était entrée, telle elle en ressortit. Des ponctions lui avaient été faites, on continua les ponctions toutes les semaines.

Sur ces entrefaites, une religieuse du quartier, qui voyait quelquefois Marie Bonvallon, lui parla de Lourdes. Hélas! la pauvre femme y avait bien songé. Elle avait autrefois lu dans un petit livre le récit d'une grande guérison. Ce souvenir lui était revenu à la pensée, dans sa maladie, aussi vivace que s'il datait de la veille.

Mais une raison primait toutes les autres. On était pauvre au ménage, et le père, galochier de profession, avait grand'peine à nourrir ses enfants. Aller à Lourdes

ne pouvait être qu'un rêve pour la mère, rêve sans
doute bien caressant et bien doux, mais aussi rêve douloureux, puisqu'à moins de choses imprévues, il ne
pouvait être qu'un rêve.

Or, la bonne Providence vint à son secours. Par l'en-
tremise de la religieuse, une personne charitable s'offrit
à lui payer son voyage, et voilà que, de désespérée qu'elle
était tout à l'heure, Marie Bonvallon est aussitôt saisie
du pressentiment de sa délivrance.

Heureuse comme on l'est quand on renaît à l'espoir,
elle abandonne le lit auquel elle était condamnée, pour
prendre le train blanc de Lourdes. Le train blanc pour
elle, c'était le train de Marie Immaculée.

A la halte de Poitiers, sur le tombeau de sainte Radegonde, elle éprouve un premier soulagement. Tremblante et saisie, elle porte instinctivement la main
gauche sur la tumeur. Son volume a diminué et les
vêtements sont humides.

A Lourdes, elle marche d'étonnement en étonnement.
Comme les pèlerins valides, elle peut aller et venir de
son pied. Le second jour, la douleur même disparaît, et
le troisième, après son entrée dans la piscine, la voilà
qui sent son bras retomber de son propre poids, sans
gêne ni douleur aucune.

Cette fois, la tumeur s'est évanouie en une seconde,
comme une bulle de savon au vent. Seuls, deux trous
imperceptibles, de la grosseur d'un bouton, restent pour

attester que la Vierge blanche a rendu saine et sauve l'épouse à son mari et la mère à ses enfants.

Marie Bonvallon chante le *Magnificat* de la reconnaissance, qui remplit tous les échos de son cœur.

XVI

CHEZ L'ABBÉ CHAVAUTY.

L'aumônier de l'hôpital des Sept-Douleurs s'appelle l'abbé Chavauty. Ceux qui lisent ont vu quelque part ce nom figurer à la quatrième page des journaux catholiques. Sous l'inspiration de la Vierge, reine des sciences, l'abbé Chavauty est devenu l'auteur d'une méthode merveilleuse pour les opérations de l'intelligence. Si ce n'est pas le don des langues qu'il possède, comme autrefois les apôtres, le jour de la Pentecôte, c'est quelque chose qui tient du même prodige.

J'ai voulu le voir et je l'ai vu. Trente personnes étaient avec moi, toutes émerveillées. Devant nous, l'abbé Chavauty, qui a recruté quelques élèves parmi les enfants de la ville, les a fait venir et les a interrogés. Ils parlent grec et ils parlent latin avec une facilité étonnante. L'allemand et l'italien leur sont également familiers. Ils connaissent les idiomes les plus divers : *loquebantur variis linguis.*

Tout ce qui est chiffre, tout ce qui est ordre, succes-

sion ou numéro, devient pour eux l'objet d'une gymnas-
tique merveilleuse de l'esprit, la note d'appel d'idées
qui se suivent et qui s'enchaînent les unes aux autres,
sans solution de continuité. Tour à tour Horace, Vir-
gile, saint Luc, le Dante et Gœthe ont été mis à contri-
bution.

C'est une science et c'est un art tout à la fois, la
science de combiner et l'art d'associer les idées. L'ensemble de sa méthode forme un tout homogène ; l'abbé
Chavauty lui a donné le nom de *mnémotechnie*.

En huit ans, nous a-t-il dit, il se charge d'enseigner
le cercle des connaissances qu'une vie entière suffit à
peine à parcourir : lettres, mathématiques, philosophie,
théologie, astronomie, le tout accompagné de huit
langues vivantes ou mortes, au choix des élèves.

Quel est son secret ? Je ne vous le dirai pas. J'ai
constaté les résultats, d'autres les ont constatés, ils sont
surprenants. Trois enfants du peuple, d'une intelligence
ordinaire, ont récité devant nous plus de vers et plus
de prose des maîtres anciens ou modernes, que la
mémoire du plus érudit professeur de lycée ne pourrait
en donner.

L'abbé Chavauty doit, cet hiver, visiter la capitale. Il
expliquera sa méthode et en saisira la curiosité des
savants de Paris. Bonne chance, monsieur l'aumônier !
Que votre découverte, aidant le clergé dans ses études,
fasse naître une pléiade d'érudits et de savants, capables
de déjouer tous les pièges que la science captieuse ne
cesse d'accumuler sur les pas de l'Eglise.

Et Notre-Dame de Lourdes aura prouvé une fois de plus au monde qu'elle est bien la Reine des arts et des sciences ici-bas.

XVII

LES CHANTRES PYRÉNÉENS.

Ils sont une vingtaine aux principales cérémonies. Ils chantent les gloires de Marie, et les pèlerins en sont émerveillés. Est-ce le lieu? est-ce le caractère même de leurs mélodies qui le veut ainsi? Je ne le sais. Mais les plus beaux concerts de l'Opéra n'offrent rien de comparable, comme émotion, aux chœurs religieux de ces montagnards béarnais, dont la plupart sont de simples tailleurs de pierre.

Lorsque leurs chants s'élèvent, quelque chose de céleste semble se jouer sous les voûtes de la basilique. Leur voix est taillée dans un métal à part, qui n'a rien de défini. Ce n'est ni l'acier, ni le bronze, ni le cuivre qui résonnent en elle. Il y a de cela tout à la fois.

Ce qui domine, c'est le bruit de la pierre que polit leur ciseau, la résonance éclatante du marbre des Pyrénées. Elles ont du grain et elles s'effritent, mais ce grain n'a rien d'aride, et la poussière qui s'élève est aussi fine que brillante. Elle flotte en l'air comme un tremblant nuage aérien !

Je les ai entendus souvent, mais deux souvenirs plus

particuliers m'en sont restés. La première fois, ils ont
chanté devant la Grotte, avec les eaux murmurantes du
Gave. C'était à la bénédiction de la bannière de Jeanne
d'Arc. La fanfare de Lourdes, qui était venue, elle aussi,
a fait tout d'abord sonner ses instruments de cuivre, en
sorte que le génie musical du peuple béarnais était là au
complet.

Quand les trompettes se sont tues, lorsque les derniers sons graves des bassons se sont endormis dans les
échos de la Grotte, alors les voix des chanteurs ont repris sur les ailes de la prière idéale. Barytons de granit,
ténors de marbre, voix éclatantes de la Grotte, envolées
autour de la bannière de Jeanne ! de la vieille Lorraine
aux vieilles Pyrénées vous me plairez toujours.

Un autre jour, ils étaient au grand orgue, sur la tri-
bune de la basilique. C'est là qu'ils ont coutume de
chanter. Mais ce soir-là, car c'était le soir, tout était particulièrement émouvant et particulièrement beau : c'était
une cérémonie d'adieu. Douze cents Alsaciens-Lorrains
étaient réunis. Il était neuf heures, et le long de ses
murs, à travers ses lampadaires, la basilique était cons-
tellée de feux.

Dans la nef, chacun portait son flambeau ; car nous
rentrions de la procession. Mille lumières étaient ainsi
allumées entre mille autres lumières ; la basilique four-
millait de tous côtés. Trois prélats, NN. SS. Turinaz,
évêque de Nancy ; Marchal, coadjuteur de Bourges, et
Lamaze, vicaire apostolique de l'Océanie centrale, prési-
daient la cérémonie. Que le spectacle était merveilleux !

Le saint Sacrement rayonnait sur l'autel. L'évêque officiant récita d'abord quelques prières, puis le murmure des lèvres tomba comme le vent. Alors, pendant une seconde, rien ne s'entendit plus, rien dans le calme absolu des cœurs. On eût dit la basilique en extase.

Puis l'orgue s'éveilla doucement, avec des murmures discrets, de mystérieuses invitations et de célestes élans. Puis encore, aussi léger que l'air, aussi lointain que les échos des Pyrénées, s'éleva le chœur des chanteurs. Il commençait le *Tota pulchra es !* Jamais je ne me suis senti dans l'idéal comme ce soir-là. La basilique, les pèlerins, tout autour de moi me parut transfiguré.

Le souvenir de cette cérémonie des adieux ne m'a point quitté depuis. J'entends encore, j'entendrai toujours monter le *Tu gloria Jerusalem*, de même que mes yeux garderont, dans un cliché ineffaçable, l'image de la statue blanche de l'Immaculée.

XVIII

FIGURES DE LOURDES.

A la basilique, dans les lacets, le long du Gave, comme à la Grotte, vous risquez fort de rencontrer, avec son rosaire à gros grains, un religieux gris, couvert d'une bure épaisse et marchant pieds nus. Sa figure est austère, sa barbe longue et, comme son front, brûlée au

fer rouge par le soleil. Figure de Christ, si elle n'était
plus encore celle de saint François d'Assise. C'est le
P. Marie-Antoine, missionnaire capucin de Toulouse,
l'apôtre indompté des grands jours de Lourdes.

Point de souvenir auquel son nom ne se rattache. Il a
parlé cent fois sur les bords du Gave, sans se répéter
jamais. Le fond de ses idées est sans fond.

Populaire, enlevant, original, il trouve sans fatigue le
mot qui convient à toutes les circonstances. Ses discours,
quelquefois décousus quand ils sont improvisés, n'en
sont pas moins remplis de féconds aperçus. De la première à la dernière, les pages de la Bible lui sont fami-
lières. Il en répand les textes à poignées sur les roches
Massabielle.

Aussitôt qu'il parle, la foule qui a vu figurer son nom
dans les rapports officiels accourt et se masse autour
de lui pour l'entendre. Elle l'applaudit parfois et pousse
toujours de nombreux vivats à la suite de l'orateur ardent, qui s'interrompt plusieurs fois pour acclamer quelque chose ou quelqu'un, souvent l'Eglise, souvent le
pape, souvent la France.

Le P. Marie-Antoine, qui est Béarnais d'origine, aime
son Lourdes passionnément, et Lourdes le lui rend bien.
Il lui a consacré, outre ses discours, divers opuscules
exceptionnellement intéressants, au milieu de plusieurs
signés d'autres noms, mort-nés pour la plupart, que le
public ne connaîtra jamais.

Mais le P. Marie-Antoine, lui, se lit aisément. Sa

piété est comme son éloquence ; elle possède un cachet particulier qui lui mérite à tous égards le surnom d'*apôtre de Lourdes*. J'en détache une page, au milieu de cent autres :

« A Lourdes, tout est céleste poésie, ravissante et divine harmonie. Il y en a au milieu des frimas comme au milieu des fleurs du printemps. Ecoutez.

» J'y arrive le 10 janvier, je venais de clôturer une mission dans la contrée, je venais remercier des grâces obtenues et en demander encore. Toutes les montagnes et toutes les vallées voisines étaient revêtues d'un immense manteau de neige. Jamais je ne l'avais vue si éblouissante ; le soleil, en disparaissant, la caressait de ses derniers rayons.

» Je longe le Gave écumeux, j'approche de la Grotte. Au milieu des noirs rochers, la Vierge se détachait encore plus blanche que la neige. C'était bien la neige céleste et immaculée, tombée tout à coup au milieu des boues de ce monde, pour en couvrir et en faire disparaître les souillures !

» La Grotte est illuminée par mille flambeaux, heureux et perpétuels témoins de la foi, de l'espérance et de l'amour des pèlerins. Dans la Grotte, à terre et couchée au milieu des fleurs, se trouvait un gracieux Enfant Jésus. C'était bien le petit et blanc agneau, près de a blanche et douce brebis immaculée.

» Près de ce petit Enfant Jésus, le caressant et lui baisant les pieds, je vois une petite fillette de quatre

ans à peine, aux cheveux blonds et crépus. Elle était
conduite là par sa mère, et quelle mère !.... Voici son
histoire :

» C'était une bohémienne, touchée tout à coup par la
grâce. En entendant parler de Notre-Dame de Lourdes,
elle avait quitté sa vie désordonnée, et s'était arrachée
à la troupe nomade et aventurière qui se l'était associée
dès l'enfance. Emportant avec elle cette petite enfant,
qui ne connaissait pas son père, elle s'était dirigée vers
Notre-Dame de Lourdes, demandant l'aumône pour elle
et pour l'enfant, afin de s'y convertir et d'y faire sa
première communion. Les bonnes religieuses de Lourdes
la préparaient à ce grand bonheur.

» Et la mère et l'enfant étaient là, faisant sans cesse
des prières ou des protestations, allant des pieds du
petit Enfant Jésus au rocher sur lequel repose l'image de
sa Mère, et dévorant tour à tour de leurs brûlants bai-
sers et ce rocher et les pieds du divin Enfant, puis
venant avec amour baiser ma croix de missionnaire, et
me demandant à deux genoux de les bénir.

» Quel tableau ravissant, à cette heure attardée, dans
cette Grotte, le paradis de la terre, en face de ces flambeaux et sous les premiers rayons de la lune et des
étoiles, dans cette solitude et ce silence, avec ce grand
manteau de neige, couvrant montagnes, collines et prairies !

» Un rapprochement facile vient tout à coup saisir
mon cœur et remplit mes yeux de larmes. Je me disais :
Voilà bien ma pauvre France, devenue, elle aussi, no-

made et bohémienne, depuis. qu'elle a quitté le Dieu de son baptême, pour s'associer à la troupe satanique des bandits de la libre pensée ; oui, la voilà, mille fois plus criminelle que cette pauvre pécheresse !

» Ah ! quel bonheur, lorsqu'elle aussi, convertie tout à coup par le miracle de la grâce que lui prépare Notre-Dame de Lourdes, reviendra tout humiliée, et demandant l'aumône du pardon, vers la Grotte où l'attend Marie !

» Dans cette Grotte, elle trouvera le salut ! Dans cette Grotte, Marie lui rendra le divin enfant de Bethléem, le roi des Français ! Baptisée avec Clovis le jour de· Noël, et aussi le jour de Noël couronnée avec Charlemagne, elle retrouvera la vie alors, et sous l'œil de Marie Immaculée, sa reine, elle consacrera cette vie à Jésus, son roi : *Fiat ! Fiat !* »

————

De chaque côté du P. Antoine, voici le P. Picard et le P. Bailly, missionnaires aussi, religieux Augustins de l'Assomption de Paris. L'un et l'autre sont les fils du P. d'Alzon, éminent esprit, d'une sagesse et d'une distinction des plus rares, dont le souvenir demeurera l'honneur du clergé contemporain.

Le P. d'Alzon a été un saint parmi les saints de notre temps. Sa place est marquée entre le curé d'Ars et le curé de Lourdes.

Très élevé dans les lumières de Dieu, il avait eu l'ins-

piration de fonder une nouvelle congrégation dont le
nom, par reflet, sortait déjà de la Grotte de Lourdes.
Reliant les temps anciens et les temps nouveaux par-
dessus les dix-huit cents ans écoulés et les dix-huit
apparitions des Pyrénées, les Pères de l'Assomption se
retrouvent à la Grotte et autour de la statue de l'Immaculée, comme les roses de son tombeau se sont trouvées
épanouies sur ses pieds.

Le P. Picard et le P. Bailly ne sont pas restés au-dessous de la mission qui paraît leur être échue. Profondément pénétrés du sentiment des affinités qui existent
entre celle qui un jour monta glorieusement au ciel, et
celle qui s'irradia du ciel à Lourdes, ils se sont consacrés, sous le nom de Pères de l'Assomption, à l'Apostolat de la Conception Immaculée.

Ce sont eux qui ont organisé le pèlerinage national,
qui le dirigent et le prêchent en partie, eux qui, après
en avoir semé l'idée dans l'esprit public, ont mené la
croisade de pénitence aux Lieux Saints, d'où ils ont rapporté la croix de Jérusalem. Le calvaire de Lourdes est
l'œuvre de leurs mains : Pénitence ! Pénitence ! Pénitence !

Ouvriers de Lourdes, ils le sont au dehors et ils le
sont au dedans. Armés de la croix, ils annoncent Jésus
crucifié au milieu des politiques et des francs-maçons.
La *Croix*, qui dans leurs mains s'est faite journal
parce que le pharisien et parce que le juif est devenu
écrivain, comme l'Evangile devient livre de lecture
parce que l'erreur s'est incarnée dans la thèse et dans
le roman.

Poussant plus loin les enseignements de Lourdes, le *Pèlerin*, sous leur inspiration, s'est fait aussi journal, et pour que rien ne manque à la variété de la doctrine, ni les formes, ni les costumes, ni le sens actuel des choses, il a pris en outre les livrées de l'Almanach, afin de pouvoir suivre partout où ils pénètrent, sous les dehors les plus différents, les ouvriers de la croisade du mensonge et de la révolution.

Pèlerinage national à la Grotte, pèlerinage de pénitence à Jérusalem, calvaire de Lourdes, la *Croix*, le *Pèlerin*, l'*Almanach du Pèlerin*, essaim d'oiseaux voyageurs, messagers de l'Immaculée Conception, toujours en mouvement entre la Grotte et le monde chrétien ! Ils sont apparus à la suite du livre de *Notre-Dame de Lourdes*, comme apparurent les disciples après les apôtres.

Quand au milieu des fêtes, sous leur barbe antique et vénérable, je vois à la Grotte, et j'entends à la basilique, le P. Picard et le P. Bailly parler aux foules, il me semble qu'ils sont à peine arrivés des confins de la Judée, du haut de la montagne où la Mère de Dieu se déroba pour monter au ciel.

Par sa ressemblance avec celle des prophètes et celle des apôtres, leur figure produit sur moi le plus étonnant des anachronismes. Suis-je à Jérusalem ou suis-je à Lourdes ? Où est Lourdes, où est Jérusalem, la Jérusalem de Jésus et de Marie, du Calvaire et de la croix ? Tout se confond dans ma pensée ; car le même mot se répète d'échos en échos par les mêmes bouches, sur les

bords du même fleuve ; Pénitence ! Pénitence ! Pénitence !

Figures de Lourdes aussi, quoique souvent perdues
parmi celles des priants, ces religieux et religieuses,
dont beaucoup portent, sous quelque vocable particulier,
le nom privilégié de Marie. Sans le vouloir et sous le
souffle de Dieu, notre siècle a fait éclore de nouvelles
milices, destinées à saluer par avance la venue de la
Vierge de la Grotte.

La fleur royale s'est épanouie d'elle-même sur leurs
bannières. Religieux et religieuses du Cœur-Immaculé
de Marie, oblats de Marie-Immaculée montaient la garde
autour de Massabielle, bien avant les Apparitions. Les
Pères gardiens de l'Immaculée-Conception sont venus
depuis.

Figures de Lourdes, ces fils de Saint-Dominique qui
ont prononcé jadis de si beaux discours, à la tête de la
France, aux fêtes du couronnement et dans les plus
grandes solennités religieuses dont Lourdes a été le
témoin, que vous rencontrez allant ou venant sur les
bords du Gave, avec le Rosaire de la statue sur leurs
lèvres et dans leur armure.

Moines blancs, revêtus de bure et portant sur leurs
reins la ceinture de cuir qui est le symbole des austé-
rités de la pénitence. Ils prêchent et ils répètent un
perpétuel *Ave Maria*, souvenir du passé qui se reflète
sur le présent. On dirait que la statue de l'Immaculée

est ébauchée depuis des siècles en eux. Dominique, leur père, tient un lis à la main.

Figures de Lourdes encore, ces carmélites dont le couvent, assis de l'autre côté du Gave, semble abrité dans la Grotte elle-même, qui ne cessent de s'immoler et de supplier, holocaustes descendus vivants au tombeau où les suit, venu des siècles et venu des espaces, sur les ailes de l'histoire et sur les brises du Gave, le mot trois fois répété de pénitence ! C'est en la fête du Mont Carmel, le 16 juillet, que l'Apparition s'est montrée une dernière fois à la terre, avant de remonter au ciel.

Figures de Lourdes aussi, ces chefs de pèlerinages bretons, alsaciens, lorrains, vendéens, qui tous les ans, à la même époque, reviennent avec de nouvelles phalanges, prier, prêcher, supplier Marie, comme l'hirondelle, après chaque hiver, revient pour une nouvelle couvée au pays du soleil !

Dix fois, douze fois, quinze fois peut-être, ils ont dans toute sa longueur traversé la France, amenant avec eux d'autres misères, d'autres maladies, d'autres infirmités, d'autres douleurs ; mais jamais une autre humanité. Après y être tant venus, ils y viendront encore, sans se fatiguer, jusqu'à ce que, partie par partie, tantôt par un côté et tantôt par un autre, le parfum de Lourdes, et ses grâces et ses bienfaits, aient créé un monde nouveau dans chacune de leurs provinces.

Figures de Lourdes toujours, ces prêtres et ces évêques, couverts de la pourpre de l'Eglise, pasteurs du troupeau, et princes à la cour terrestre de la Reine des cieux, qui viennent y bénir le peuple fidèle, et rendre hommage, comme les rois de l'Orient, à l'Immaculée et à son Fils.

Car toutes les grandeurs et toutes les gloires ont passé là. Toutes les couronnes s'y sont inclinées, tous les sceptres y ont pâli, tous les trônes y ont un moment disparu. Le grand Pie, de Poitiers, y a murmuré d'admirables discours, et Paris, et Bordeaux, et Marseille, et Lyon, et Nancy, et toutes les capitales, et tous les départements y sont venus : *Ex omni tribu, et lingua, et natione, et populo.*

La carte de l'Europe s'est repliée aux roches Massabielle. La vieille Afrique elle-même s'y agenouille souvent, dans la personne du grand cardinal Lavigerie. Lourdes est la porte de tous les diocèses. Là vont prendre lumière et conseil tous ceux que la voix du pontife de Rome élève au gouvernement de l'Eglise de Dieu ; et ces figures, et ces pourpres, et ces blancheurs, et ces princes, et tous ces prêtres de tous les pays, forment ensemble la figure totale de Lourdes, la plus imposante qui serait au monde, si Rome n'existait pas.

———

Voici d'abord, à la porte des piscines, le prêtre modeste qui, donnant un corps à la voix de Pie IX, a fait traduire et relier de pierreries la bulle de l'Immaculée Conception dans toutes les langues de l'univers. Chef-d'œuvre rayonnant de l'art, son meuble est, pour les siècles à venir, le monument indestructible du Dogme, comme la basilique de Lourdes est le monument de la Révélation.

Par lui et avec lui la bulle du pape a pris place au milieu des merveilles modernes du progrès. Elle figurait à l'exposition de 1878. Pie IX a gratifié l'abbé Sire d'un magnifique crucifix d'ivoire, et tous les ans, Marie Immaculée fait éclater un miracle à l'autel où il dit la messe, à Lourdes.

Au cours de cette revue des croyants de l'Eglise, passent et repassent des visages que tout le monde recherche, parce que tout le monde les connaît de renom. Avec eux et par eux Lourdes a ému la chrétienté. Ils ont été les hérauts de sa gloire.

Ce prêtre de haute taille, aux traits nobles et accentués, à la chevelure bouclée descendant sur les épaules, qui arrive gravement à la Grotte, sera bientôt l'objet de tous les regards. Un murmure traversera discrètement la foule, et la foule dira : c'est M. l'abbé de Musy.

Il revient tous les ans passer quelques jours chez la Dame de ses pensées ; car son action de grâces n'est point encore finie. Qui n'a été saisi jusqu'au fond de l'âme, en lisant le récit de sa guérison? Qui n'est touché d'un frémissement qu'on ne peut définir, en le retrouvant à la Grotte ?

Il vient et il prie, et sa démarche comme sa prière ont une physionomie que l'on n'oublie pas. La démarche est solennelle, la prière est pétrie de joie et d'humilité. Incliné et absorbé, il reste là des heures entières, sans regard, sans mouvement, dans l'absolue immobilité de sa personne. Le reflet du miracle est encore visible en sa prière, et quand il parle aux pèlerins, sa voix tremble, comme si les larmes de sa guérison y étaient toujours.

Cette femme encore jeune, qui s'avance avec lenteur, les yeux baissés et préoccupée par de hautes pensées, c'est aussi une des grandes figures de Lourdes. Deux fois touchée par le miracle, elle vient, comme l'abbé de Musy, continuer son action de grâces dans la prière et les œuvres de charité.

Au pèlerinage national, sa place est aux piscines du côté des femmes, où elle leur prête l'appui de ses prières et de ses mains. Et lorsqu'elle les plonge dans l'eau vive du miracle, encourageant leur foi de son expérience et de ses conseils, Jeanne de Fontenay voit souvent se produire sous ses yeux quelques-unes des scènes de sa propre guérison.

————

Non loin de Jeanne, voici une autre figure. C'est Caroline Esserteau, l'une des plus étonnantes miraculées de Lourdes. Il y a vingt ans, celle-ci n'était plus que l'ombre d'un vivant. L'hospice de Niort la voyait s'étioler lentement comme une fleur desséchée.

Atteinte d'une miélite chronique, avec dépérissement et déviation des membres inférieurs, infirmité héréditaire dans sa famille, elle avait senti la terrible maladie lui envahir la colonne vertébrale, puis les jambes, puis les pieds. L'action dissolvante du mal y avait en peu de temps opéré la décomposition générale de tous les muscles.

Mobiles à l'instar de ceux de Polichinelle, sa tête et ses pieds pouvaient tourner en tous les sens. A l'exception des bras, le corps entier ressemblait à celui d'un mollusque sans consistance. Mais les bras eux-mêmes devaient être envahis. Peu à peu ils s'engourdirent et s'alourdirent. Un fourmillement douloureux et perpétuel y courait de l'épaule à la main.

Comme conséquence de cette situation, les chairs menaçaient ruine. Desséchées et durcies autour des os, elles s'en détachaient par pellicules, comme se détache, en leur décrépitude, l'écorce de certains arbres. Et la douleur augmentait toujours ! Et les maux de tête étaient affreux, et la situation, allant de mal en pis, était absolument désespérée.

Après neuf ans de résignation sublime, dont quatre à l'hospice de Niort, Caroline avait été envoyée aux eaux de Barèges, et de Barèges s'était fait conduire subrepticement à Lourdes. Mais ni Barèges ni Lourdes n'avaient rien changé une première fois. L'année suivante, même voyage et même résultat. Du côté des apparences, l'effondrement eût été aussi complet que possible, si l'espoir, un espoir surhumain, n'eût grandi au cœur de Caroline, parallèlement à toutes ses condamnations.

Lorsque pour la troisième fois elle quitta Niort, non plus pour Barèges, mais pour Lourdes, rien que pour Lourdes, son état était plus que pitoyable. Ceux qui la voyaient ne pouvaient retenir leurs larmes. *Cadavre elle s'en va*, disait-on de toutes parts, *cadavre elle reviendra*. Triste malade en vérité qui, le 3 juillet 1873, arrivait à Lourdes avec les pèlerins niortais.

Au moment d'être plongée dans la piscine, la jeune fille dut surmonter une terrible tentation. Un cancéreux venait d'en sortir, et l'eau toute troublée et les linges tachés et sanguinolents étaient là. Caroline en éprouva une très grande torture de cœur ; mais songeant au calice de Gethsémani, se rappelant aussi que plusieurs promesses de conversion étaient attachées à sa cure merveilleuse, elle fit un effort héroïque et d'un mot commanda l'immersion.

O miracle ! A peine l'eau avait-elle touché la plante des pieds, que Caroline poussait un cri. *Elle sentait l'eau*, elle qui ne sentait plus rien ; et d'un mouvement, d'un acte subit, elle s'était redressée, envahie par les flots intérieurs de la vie qui remontait en tous ses membres, jusqu'aux fibres les plus intimes atrophiées par la mort.

Non seulement les forces physiques étaient revenues. Les muscles en même temps avaient reparu et les chairs molles s'étaient raffermies. Une poussée de sève nouvelle avait instantanément opéré le prodige. Là où la peau était livide, apparaissait une peau naissante, fraîche et vermeille, sillonnée de veines. Là où l'atrophie avait produit des déviations, une force mystérieuse avait remis tout en place : pieds et mains, dos et jambes s'étaient redressés. Elle était debout, elle se portait, elle marchait.

Sa guérison fut un événement. A Lourdes, à Barèges, à Niort, en d'autres régions où Caroline était connue, il y eut une émotion difficile à contenir. Les pèlerins de Lourdes voulurent tous la voir. On l'environna, on la suivit, on l'acclama. Sa rentrée dans sa ville natale fut un vrai triomphe. Il y eut des conversions et des larmes. Les médecins qui l'avaient soignée ne pouvaient en croire leurs yeux.

Guérie et bien portante depuis 1873, elle vient tous les ans remercier son insigne bienfaitrice à la Grotte. « Priez bien pour moi, lui disait un malade. — Oui, oui, répondit Caroline, je ne suis ici que pour demander à la sainte Vierge assistance aux malades. » Du côté des piscines ou à la Grotte, vous la rencontrerez souvent durant son séjour à Lourdes.

Ne me demandez pas quelle est sa physionomie. Lorsque parmi les pèlerins, vous aurez remarqué une femme qui ne quitte jamais son chapelet, vous serez bien près de la connaître. Et si elle est à genoux près des grabateux les plus pauvres et les plus désespérés, n'hésitez plus un instant. Dites-vous en vous-même qu'elle se nomme Caroline Esserteau.

D'autres moins connues mais aussi favorisées sont là. Ne pouvant se détacher de la terre sacrée où la vertu du ciel a tressailli dans leurs membres ou au fond de leurs cœurs, ils ne s'éloignent que pour revenir sans fin. Celui-ci rapporte ses béquilles, celui-là son appareil de cuir, un autre le siège de ses douleurs. D'autres marquent leur nom sur le marbre ou dans l'or, tous témoignent à la face du monde.

Grotte de Lourdes, que d'infirmités je vois suspendues à tes murs ! Que d'éloquents témoignages de la vertu divine qui s'échappe de ton rocher et de l'invisible aimant qui y retient. C'est l'amour qui attire en haut toutes ces reliques de l'humaine misère. Avec leurs voûtes séculaires et leurs arbres géants, les forêts de l'Amérique sont moins saisissantes et moins remplies de la présence de Dieu, que cette forêt de bâtons, usés par la chair infirme du péché,

Et abandonnée comme un trophée de victoire par cette même chair et ce même sang, purifiés au contact de la chair virginale de celle que Bernadette vit de ses yeux, en la lumière de l'Esprit-Saint qui la révélait dans la gloire.

Proche de la Grotte, je rencontre M. Ernest Artus, de Paris, l'auteur du défi public adressé à la libre pensée, à propos des miracles de Lourdes. Lui aussi aime Lourdes passionnément ; car Lourdes lui rappelle d'émouvants souvenirs. Le livre qu'il a écrit, comme *ex-voto* de sa reconnaissance, a possédé la rare fortune d'être lu et relu, sans que la science ait osé accepter le défi. Vingt éditions successives ont fait connaître au public que tous les adversaires du miracle restaient battus, dès qu'il s'agissait de risquer de l'argent au service de leurs prétendues convictions.

Le *Défi public* reste toujours suspendu, comme une épée de Damoclès, sur la tête de tous les académiciens du monde. Sans y viser et en ne songeant qu'à la Grotte où il voulait témoigner à sa façon, l'*ex-voto* de Lourdes est monté sur le fronton du palais des sciences, sur la porte de tous les laboratoires, pour y devenir l'*ex-voto* de leur défaite, après avoir été celui de la gratitude et de la foi.

XIX

LES LARMES DE FAUSTIN.

Entre neuf et dix heures, je me promenais sur les bords du Gave. Se promener à Lourdes, c'est aller incessamment de la Grotte à l'église et de l'église à la Grotte. Or, quelle n'a pas été ma surprise de faire, au milieu des pèlerins, la plus étonnante des découvertes !

J'ai vu, dans un coin, reluire les lunettes de Faustin. Ebloui et renversé, j'ai hésité quelques instants. J'avais peur d'une erreur, mais Notre-Dame de Lourdes est capable de toutes les surprises.

Elle m'avait préparé celle-là. C'était bien Faustin que je voyais à genoux, la tête un peu baissée, mais le front dans la lumière. Il priait sans chapelet encore, ce qui est le premier degré de la défaite, ou mieux encore de la victoire. Je me suis doucement approché de lui, et lui touchant de la main l'épaule.

VOUS AUSSI ! lui ai-je répété en me rappelant. Faustin s'est retourné, une larme était dans ses yeux,

ce qui en a mis deux dans les miens. J'ai pleuré de son
émotion et joui de sa joie.

Sa main brûlante a saisi la mienne ; elle eût porté le
monde. Pas un mot n'est sorti de sa bouche, mais des
milliers de mots étaient en lui ; je les sentais dans sa
main. O main bénie, tu m'as paru douce comme l'atmosphère de Lourdes, tremblante comme une lyre touchée
par un souffle inconnu !

Puis lentement, mais lentement, Faustin s'est levé
comme à regret. Il est resté debout encore quelques
minutes, ses regards buvaient la Grotte à longs traits.
Les minutes s'écoulaient pour lui sans bruit et sans
mouvement. Une force supérieure pesait sur lui de tous
côtés. Faustin voyait et il était vaincu.

Se retournant enfin, il me fait signe de le suivre, la
parole ne lui étant pas encore revenue. On eût dit
qu'elle traversait un dédale insondable avant de remonter jusqu'à ses lèvres. Une fois sorti de la foule, Faustin
ouvrit enfin la bouche et dit en pleurant de joie : « *Oui,
moi aussi !*

» Depuis hier, j'ai vu et je crois. Quel coup et que
d'émotions dans une nuit ! J'ai cru faire un rêve d'outre-
monde. Ne riez pas de moi, je vous en prie ; car c'est
bien vous qui avez raison. Voici comment les choses se
sont passées.

» Depuis trois jours, j'étais retourné à Pau, mais Pau
me paraissait absolument vide. Le souvenir de Lourdes
me poursuivait malgré moi, et je m'ennuyais. Ce n'étaient

point les guérisons annoncées, ni les discussions que nous avons eues, ni rien de ce qui appartient à la science. Le médecin et la médecine étaient étrangers à tous les battements de mon cœur.

» Et cependant mon cœur battait. Il battait à tout rompre et malgré moi. J'étais comme empoigné, Le paysage de Lourdes avait pris dans mon esprit des proportions extraordinaires. J'en avais la nostalgie et j'y suis revenu. Je voulais *revoir*.

» Bien m'en a pris. A peine y ai-je remis le pied que Lourdes m'a réjoui comme réjouit le soleil levant, comme réjouit la nature au premier printemps. Arrivé à quelques mètres de la Grotte, non loin de la place où vous voyez cet infirme, j'ai senti un tremblement nerveux parcourir tous mes membres.

» Impossible alors de plus avancer. Quelque chose m'attirait et je ne pouvais marcher. Reculer m'était affreux à penser ; faire un pas, un seul pas en avant, était au-dessus de mes forces. Que devenir ?

» Je compris qu'une invisible main me clouait là. Et battu, honteux, mis en poussière, le médecin se courba jusqu'à terre, où je le laissai rouler sous les pieds de la foule triomphante. Ce fut l'homme qui se releva, et l'homme eut permission de s'approcher. Je me sentis redevenir enfant, oui, enfant, vous dis-je, comme si j'avais tout à recommencer.

» Et j'ai pleuré, mais pleuré des ruisseaux de larmes douces et joyeuses. Jamais rien de pareil ne s'était em-

paré de moi ; je ne me reconnaissais plus. Les guérisons, les prières, les supplications, les chants, tout s'est
transfiguré au même moment. Une voix impérieuse est
montée subitement à mes lèvres, et j'ai dit : *Je crois!*

» Que ce mot fait de bien ! Comme il vous allège et
vous donne la vie ! Comme il vous met de la musique
dans l'âme ! Depuis que je l'ai prononcé, tout me sourit
dans la nature, tout y a un langage, un rayon, un regard. Je crois, je vis, j'espère !

» Dieu est visible partout à moi, qui ne le voyais pas ;
sa main me soutient dans tous mes mouvements, moi
qui ne la sentais pas ; son nom éclate partout sous mes
yeux, mes yeux qui ne le voyaient pas. J'étais aveugle
et j'ai cru. A présent, je vois. »

Et Faustin a continué de serrer ma main dans sa
main, toute pleine de cette électricité divine que la
science ne connaît pas ; car elle s'appelle grâce et amour.
Dans mon émotion profonde, j'ai compris l'œuvre maternelle de la Mère de Dieu, de l'Immaculée.

Faustin était arrivé à Lourdes avec les lunettes de la
science orgueilleuse et de parti pris, et tant que les
lunettes étaient restées sur ses yeux, il n'avait rien pu
voir. O leçon de la Providence, qui donne la lumière aux
simples et la refuse aux superbes !

Mais un jour était venu où s'accomplirait en lui la
parole inspirée qu'il avait entendue. Du milieu du
peuple, huit jours auparavant, une voix avait parlé :
Dieu a déposé les puissants de leurs trônes, et il a exalté

les humbles : *Deposuit potentes de sede, et exaltavit humiles.*

Voix éternellement vraie dans l'histoire des âmes et de l'Eglise. La foi n'est point l'œuvre du raisonnement ni de l'entendement. C'est aussi un don de Dieu, la récompense de la moindre bonne volonté, dont le ciel veut bien tenir compte.

Cette main qui attirait Faustin d'une part et l'empêchait d'avancer de l'autre était une double main de justice et de miséricorde. Le médecin était repoussé et l'homme appelé à la grâce. Dieu hait la science qui se gonfle et le repousse, il aime le cœur qui le cherche et il lui envoie sa lumière.

L'âme de l'homme est un autel que le Créateur s'est élevé. Si l'homme y monte, Dieu en descend aussitôt. Mais lorsque après s'y être adoré avec sa science et son orgueil, l'homme, fatigué de lui-même, consent à remettre le pied à terre, Dieu se hâte alors de reprendre la place.

Dans le premier cas, c'est la science ; dans le second, c'est la foi. Au milieu des péripéties de cette lutte où le médecin avait succombé, Faustin était simplement descendu de l'autel de son âme, où il se brûlait de l'encens. Notre-Dame de Lourdes l'avait aidé à la besogne, en le prenant par la main : *Deposuit potentes de sede.*

Et cela fait, remplissant cette âme de clartés nouvelles, elle avait, par son intercession, ouvert les yeux du chrétien, et montré du même coup quelle était en lui la place de l'homme et quelle était la place de Dieu. De ce rayon divin était né le *Credo : Exaltavit humiles.*

Je ne sais rien de plus victorieux que ce vaincu, de plus riche que ce mendiant qui, s'étant dépouillé de lui-même, a retrouvé, en échange de ses misérables haillons, le trésor inestimable de la foi.... En l'éclairant de son esprit, Dieu l'avait rempli de son immensité.

XX

LUMIÈRE ET TÉNÈBRES.

J'ai toujours remarqué que plus l'homme se croit quelque chose, plus Dieu se retire de lui. Le monde est plein d'aveugles qui ne voient rien, parce qu'ils ne contemplent qu'eux-mêmes. Cette vue les remplit de ténèbres qu'ils croient de la lumière, et lorsque la vraie lumière passe sous leurs yeux, ils ne la reconnaissent plus.

La corruption de l'esprit vient de ce regard constamment replié sur soi-même. Dieu punit l'orgueil par l'aveuglement, et la science qui le nie là où la foule le reconnaît est un des châtiments les plus terribles qui puissent tomber sur une âme. Que de grâces et de bontés ne faut-il point pour soulever ce poids de malédiction qui pèse sur elle ! Le miracle est aussi grand que de transfigurer le monde.

Il y a dans la société deux sortes d'esprits qui se partagent l'empire de la terre. Les uns croient et les autres ne croient pas. Quel abîme les sépare donc ainsi pour que, sortis de la même main, ils ne vivent que dans un perpétuel désaccord. Aux uns la nuit, aux autres la lumière, à tous le combat vivant de la lumière et de la nuit.

La lumière est fille de l'humilité ; car l'humilité et la vérité ne font qu'un. Là où il n'y a pas de vérité, il n'y a pas de lumière et il ne peut y en avoir. Descendez au fond de votre cœur, tout y est misère et contradiction. Si, pénétré de cette pensée, vous levez un regard suppliant vers le ciel, en demandant à Dieu de vous secourir, vous êtes dans la vérité, c'est-à-dire dans l'humilité et dans la lumière. Se connaître et se voir tel que l'on est, est la plus grande des fortunes d'ici-bas, et cette fortune est une très grande grâce de Dieu.

Ainsi disposée, l'âme porte Dieu en elle, et comme elle le sent, elle y croit non seulement en principe, mais dans les diverses manifestations de sa toute-puissance. Rien ne l'étonne et rien ne l'offusque, parce que Dieu est grand en elle, et qu'elle est petite en Dieu. Pygmée fragile', elle se garde bien de quitter la place qu'elle se connaît devant l'Infini.

La foi n'est rien autre chose que l'harmonie subsistante entre Dieu et la créature. Tout est à sa place dans la doctrine de l'Eglise. Chacun s'y voit lui-même et tout entier, et rien que cette vue fait naître la foi. A notre petitesse et à nos besoins un Dieu est nécessaire.

Ce Dieu a fait ce que l'homme n'a pu faire. Le monde, les astres, le ciel, la terre et ses lois, c'est lui qui en est le créateur. Il sème à flots la vie, comme il la retire. Sa main féconde la nature ou la dessèche par des procédés qui échappent, la plupart du temps, à nos investigations. Le chrétien qui se connaît et qui connaît Dieu ne s'en trouble pas.

Il croit possibles les faits extraordinaires, et le miracle n'est à ses yeux qu'un jeu de la divine puissance qui le fait valoir dans un dessein miséricordieux pour les hommes.

L'incrédule, lui, a pour premier caractère et première propriété de ne pas connaître l'homme en général, ni se connaître en particulier. Avant tout c'est un homme qui ne se connaît pas. Entre son âme et Dieu nul rayon n'est descendu. Dans la confusion de cette obscurité, il ne pense qu'à lui-même. Il se regarde, mais il ne se distingue pas; il se touche, mais il ne s'analyse pas; il se contemple, mais il ne se voit pas.

Une foule d'instincts qu'il prend pour des vertus trompent les yeux de son âme. Il se gonfle démesurément et finit par se croire Dieu. La science aidant, il va jusqu'à prétendre que rien ne peut subsister sans sa permission.

Le miracle, à ses yeux, offre deux raisons d'absurdité. Il suppose un autre Dieu que lui et un Dieu plus savant que lui. Pour ce double motif, il ne subsiste pas. De plus, il a contre lui les mœurs dissolues qui le condamnent, la foule qui l'affirme, l'ignorance publique vaincue par la science transcendantale, la sienne, bien entendu.

Ainsi juge l'incrédule. Il nous a toujours fait l'effet d'un aveugle qui nie les couleurs. Quantité d'esprits forts se moquent de Lourdes, depuis ses commencements. Entre ceux qui contemplent de leurs propres yeux, qui touchent du doigt le surnaturel, qui voient s'ouvrir l'oreille des sourds et entendent parler les muets, et ceux qui n'ont jamais rien vu ni voulu voir;

Qui retirés à trois cents lieues de Lourdes, au fond de leur boutique, derrière leur laboratoire, osent hardiment prétendre qu'ils en savent plus que vous, quel est le savant et quel est l'ignorant, quel est le sage et quel est le fou?

Des millions de Français, à genoux devant les roches Massabielle, affirment que des guérisons extraordinaires se sont opérées sous leurs yeux depuis près de trente ans. Et ce durant, un folliculaire à gages, un médecin sans clientèle, assis au fond de son bureau, une cigarette aux lèvres, a l'impudence de les tourner en ridicule. Pour qui se prend-il, je vous prie, et pour qui prend-il les autres?

Ne vous tourmentez pas, vous, les croyants, pour résoudre le problème. Les millions de pèlerins de Lourdes, vous et moi, nous sommes des crétins. Le folliculaire est Dieu, nous attendons ses miracles. Le premier de tous est celui de son existence; quand il nous l'aura expliqué, nous croirons en lui.

XXI

GUÉRISON.

Elle avait été bien cruelle, la maladie de Joséphine Estela, de Chaville, près Paris. Le 5 décembre 1886, à la villa Montgobert, la miraculée d'aujourd'hui tombait à la renverse sur les marches d'un escalier. Le coude droit était cassé et le dos violemment atteint. Des douleurs sourdes se déclarèrent aussitôt dans les reins, douleurs que le médecin qui soignait le bras prit pour des douleurs névralgiques.

Puis une seconde chute suivit, le 5 février, plus terrible que la première, non plus dans un escalier, mais du haut d'une chaise dont le pied s'était brisé. Précipitée de tout son poids, Joséphine vint s'abattre sur la barre du dos de la chaise, et, dans le choc qu'elle subit, les os du sacrum et du bassin furent déplacés.

Alors se produisirent faiblesses sur faiblesses. Enflure au bassin, cruelles douleurs à la jambe gauche, rien ne lui fit plus défaut. Au moindre toucher, la souffrance lui arrachait des cris.

Ne pouvant se résoudre à voir le médecin, la pudique jeune fille garda ainsi son mal pendant plusieurs semaines. Résistance héroïque, si elle eût été possible jusqu'au bout. Mais le martyre qu'elle endurait ne pouvait point se prolonger indéfiniment. Elle capitula donc, doublement vaincue et par le mal et par les instances réitérées de tous les siens.

Par malheur pour elle, le premier médecin qu'elle consulta ne comprit point la vraie situation. Là où se cachaient de graves lésions internes, il continuait à ne voir que de névralgiques douleurs. Pour endormir ces ennemies imaginaires, l'emploi des vésicatoires fut requis.

La jeune fille cependant avait perdu le sommeil. Des maux de cœur étaient survenus, et peu à peu l'appétit s'était entièrement éteint. En guise d'aliment, elle absorbait à grand'peine un peu de bouillon, de la tisane ou de l'eau sucrée, mêlées à quelques gouttes de rhum.

Ceux qui tous les jours la voyaient étaient loin de supposer qu'un tel régime fût le sien. En dépit du manque absolu de toute nourriture solide, la figure restait boursouflée et, par intermittence, chargée de couleur. De guerre lasse on se décida à recourir à d'autres consultations. La médecine pure était vaincue, il fallait interroger l'homéopathie. Ce fut le docteur Jousset fils, de la nouvelle école, qui fut appelé à se prononcer.

Le docteur Jousset, après examen, se déclara incompétent. Comme tous les médecins dans les cas difficiles, il invoqua une autre branche médicale que la sienne. Par son conseil, Joséphine passa sans aucun arrêt aux mains du docteur Piedvache, qui l'envoya se faire soigner à l'hôpital Saint-Jacques, où elle entra le 16 avril.

On débuta par les pointes de feu. En deux séances, la

patiente en reçoit cent soixante-douze sur le dos. Puis c'est le tour des médicaments internes. Les ordonnances se multiplient autour de son lit : hamamilis, pulsati, coffea, thuya, platina, thébaïcum, fécale, sépia, paquets, doses, potions, se succèdent avec autant de persévérance que d'inefficacité.

Le 10 mai, la pauvre infirme est enfermée pour six semaines dans un appareil de silicate qui lui va des bras aux genoux. Epreuve douloureuse entre toutes, où la pauvre patiente s'étiole et dépérit. Ligotée et immobile dans son étui durci, on la voit s'évanouir jusqu'à douze fois par jour. A la quatrième semaine, on est obligé de la dégager, de peur d'un accident, et c'est encore pour suivre de nouveaux traitements, aussi inutiles que les autres.

En face de ces insuccès répétés, la science, dirait-on, se sent fatiguée; Joséphine est renvoyée à Chaville, pour y prendre le grand air. Elle y arrive le 13 juillet, traînant avec elle le cortège de ses pitoyables infirmités. Dans cette villégiature aux abois, six semaines vont s'écouler, qui n'aboutiront à rien.

La malade, sa mère, son père, sa sœur, se désolent. Tout le monde demande le salut, et le salut ne vient pas. Le médecin qui la traite ne comprend rien à cette singulière situation. Lui aussi voudrait bien en devenir le maître. Il va et vient autour de l'incurable, comme une âme en peine à la recherche d'une solution qu'elle ne trouve pas.

La jambe gauche maigrit de plus en plus. Un commencement d'atrophie se déclare, les nerfs se contractent, le pied ne touche à terre que par le bout. De plus les articulations ont disparu, et Joséphine est dans l'impossibilité de se mettre à genoux.

Ces divers symptômes n'échappent pas au docteur, qui en poursuit la marche avec un redoublement d'attention. Passant des causes aux effets et des effets aux causes, il sonde, il examine, il réfléchit. Finalement il secoue la tête, et c'est là toute sa conclusion.

Désespoir sublime de la mère ! C'est au moment où tout semble perdu, malgré la malade et malgré le médecin, que celle-ci entre en scène. Subitement on la voit pâlir, puis elle reconduit sa fille à l'hospice Saint-Jacques. Que va-t-on essayer à nouveau, alors que tout a été fait ? Si ce n'est moins, ce sera pire.

N'y aurait-il pas quelque tumeur cachée qui a rendu vain l'effet de tous les médicaments ? Six boutons de feu sont appliqués sur les reins du côté gauche, à une profondeur de six centimètres, jusqu'à la rencontre des articulations. Six boutons de feu, c'est-à-dire quarante nouveaux jours de repos imposés à la patiente, pendant lesquels les plaies ouvertes ne cesseront de suppurer.

Quand elle se relève, l'anchylose a envahi les jointures, et les articulations sont à refaire. On la masse, on l'électrise, on s'efforce de réveiller le sang et les nerfs par tous les procédés de l'art. Suit un dernier essai. Le cuivre et l'or sont appelés en témoignage pour savoir si le mal ne se complique pas d'une affection des nerfs ; l'antipyrine et la morphine, afin de s'assurer si la marche tient son empêchement de la faiblesse ou de la douleur.

Précautions, hélas ! qui n'aboutissent à aucun résultat. Ennuyée et découragée, désireuse, d'autre part, de se retrouver au milieu des siens, la malade se décide une seconde fois à quitter l'hôpital. Elle revient donc passer l'hiver à Chaville, avec la pensée de retourner chaque semaine à Saint-Jacques, en consultation. Un kyste, né sous son jarret, est tout ce qu'elle emporte avec elle de nouveau dans sa situation.

Mais il était écrit que toutes les étapes de l'épreuve attendraient la pauvre fille sur son chemin. Au mois de mai 1887, ses souffrances deviennent subitement très aiguës. Elle maigrit à vue d'œil, et si fort que ses parents en sont consternés. A la consultation qui suit, on lui trouve toutes les apparences de la phtisie. Que de péripéties, mon Dieu ! La terre est à bout.... c'est alors que le ciel commence.

« En ce pitoyable état, raconte Joséphine, le pèlerinage » de Lourdes se représenta à mon esprit avec une très » grande vivacité. Déjà, en 1887, j'avais éprouvé ce désir, » que les circonstances n'avaient point favorisé. Mais » cette année-ci, mes prières ont été exaucées. Le comité » de Notre-Dame du Salut m'a reçue. Après une neuvaine » de prières et de messes dites pour ma guérison, je » partais en compagnie de ma sœur, malade aussi des » yeux.

» Une première immersion a eu lieu sans résultat. » Pourtant ma confiance est restée inébranlable. Quelque

» chose d'intérieur et de très fort parlait en moi de gué-
» rison. Aussi, lorsque le mercredi, à quatre heures, je
» suis sortie des piscines avec ma pauvre jambe telle
» qu'elle y était entrée, aucun trouble n'a pris possession
» de mon âme.

» Le saint Sacrement, apporté en procession de la
» basilique à la Grotte, y était alors exposé, et la béné-
» diction descendait sur la foule à genoux. Les voix qui
» s'étaient tues dans le silence reprennent le cri qu'elles
» poussaient tout à l'heure : *Seigneur, ayez pitié de*
» *moi! Jésus, fils de David, guérissez-moi!*

» Or, à mesure que l'Hostie sainte s'est approchée,
» mes douleurs sont devenues plus aiguës, mes espérances
» plus invincibles. Je n'ai pas douté un seul instant que
» Notre-Seigneur ne fît un miracle en ma faveur.

» Placée sur le passage de la procession, entourée de
» pèlerins et de malades, je m'étais assise, la main droite
» appuyée sur mon bâton. Puis, à l'approche de l'osten-
» soir, je me suis levée par respect, redoublant de sup-
» plications et de prières.

» Qui pourrait rendre le saisissement indescriptible
» dont j'ai été frappée? Au moment même où Notre-Sei-
» gneur passait devant moi, mes douleurs en bloc sont
» tombées à terre. J'ai lâché mon bâton et me suis pré-
» cipitée d'un bond vers les rayons d'or du saint Sacre-
» ment, avec ces mots : *Moi aussi, je suis guérie!* Cri
» d'une émotion que je n'oublierai jamais!

» *Aux deux premiers pas, ma jambe trop courte me*

» *fait boiter;* mais cela n'a été que la durée d'un éclair.
» Puis je l'ai sentie s'allonger doucement, et, toute hors
» de moi-même, j'ai volé à la Grotte, plutôt que je n'y
» ai couru, pour y tomber à genoux.

» Effrayés de mes étranges et brusques mouvements,
» deux brancardiers se sont ouvert passage pour me
» porter secours, mais la foule a tressailli. On récitait
» les prières.... on chanta le *Magnificat.* Mes yeux se
» sont mouillés de douces larmes, et alors j'ai eu comme
» une vision du ciel ! »

XXII

L'ANGELUS.

Comme le Sacré Cœur, Notre-Dame de Lourdes a son
chant national, qui a été divinement inspiré. C'est l'histoire de ses apparitions, rythmée dans une cantilène
moitié pastorale et moitié berceuse, toute remplie de
grâces tendres et d'effusions naïves.

La Vierge et la Bergère parlent tour à tour dans le
récit. Leur dialogue, que rien ne fait oublier, se déroule
et s'alterne en strophes continues, qui flottent autour
de la scène comme une guirlande parfumée de roses et
de lis.

Qui n'a savouré une fois dans sa vie le miel céleste
de cette mélodie, si obstinée dans sa cadence, si variée

dans ses 'élancements, si touchante et si vraie dans la succession des visions qu'elle raconte? C'est elle qui, sur ses blanches ailes, s'envole au-devant des âmes, qui les amène par des sentiers semés de fleurs;

Qui les berce tendrement autour de la Grotte, et qui les accompagne au départ; qui au milieu de toutes les épreuves, à travers tous les orages, reste l'écho ravissant de leurs joies, le souvenir inoublié de leurs amours.

Un soir que j'étais à genoux dans une église de campagne, j'ouïs, à la fin du mois de Marie, s'élever un chœur de voix fraîches qui se mirent à chanter. Alors mes yeux s'ouvrirent et je vis. Une femme du peuple assise à mes côtés pleurait. M'étant penchée vers elle — car je l'avais connue à Lourdes — je ne pus m'empêcher de lui demander la cause de ses larmes.

Et j'entendis murmurer à demi-voix : « Je pleure, parce que je me souviens. » Réponse sublime, qui est celle de tous les pèlerins. Le cantique de Lourdes est une mélodie dont l'écho ne meurt pas. L'âme dont le clavier a vibré une seule fois sous le charme de cette pastorale tombée des cieux ne l'oublie plus jamais.

> L'heure était venue
> Où l'airain sacré,
> De sa voix connue,
> Annonçait l'*Ave*.

C'est une sonnerie de cloches qui en fait l'ouverture. Marie, qui a inspiré elle-même le fond du poème, a mis sous la plume de son librettiste quatre vers aussi simples que courts. Mais quel spectacle se déroule déjà sous vos regards ! Toute la nature est en mouvement. Tandis qu'au ciel un solennel carillon remplit les nuées, les fronts se découvrent sur la terre, et du Nord comme du Midi, une voix pareille à celle des flots de la mer s'élance.

Mais les flots sont si nombreux et si profonds, si larges et si dispersés, que leur murmure ne peut être ni une seule émission de voix ni un seul concert. Ce sont des rumeurs successives, s'élevant de loin en loin, comme s'élèvent les divers *Angelus* des clochers et les diverses salutations du peuple chrétien.

Et ces élévations sont admirables : *Mirabiles elationes maris, mirabilis in altis Dominus ! Ave, Ave, Ave, Maria !* Six fois de suite le refrain salue, et sous chacune de ces vagues de voix humaines qui montent, on sent tressaillir une immense allégresse.

Mais la vision va seulement commencer. Chaque couplet qui la raconte passe doucement comme un récitatif discret. Les couplets eux-mêmes ont la durée exacte de l'Apparition. Un messager du ciel est descendu sous le toit du meunier Soubirous ; l'ange Gabriel dispose et prépare toutes choses. A l'ombre de ses ailes, l'innocence et la pauvreté vont en ambassade du côté de l'Immaculée.

> D'une main discrète,
> L'ange, la prenant,
> Conduit Bernadette
> Au bord du torrent.

Et les cloches comme les cœurs continuent à se renvoyer de l'un à l'autre, sur le terrestre méridien, l'écho de leurs solennelles salutations : *Ave, Ave, Ave, Maria !*

> Un souffle qui passe
> Avertit l'enfant
> Qu'une heure de grâce
> Sonne en ce moment.
> *Ave, Ave, Ave, Maria !*

L'heure de grâce qui sonne, *gratia plena,* n'est point seulement pour Bernadette et pour le moment où la vision se produit, elle est pour tous les jours où le cantique se chante, pour tous les pèlerins qui le redisent sur leurs lèvres. La grâce évoquée par l'harmonie sacrée se trouve dans les paroles mêmes qui lui servent de récit. On la sent fondre dans son cœur comme une rosée du ciel, avec le souffle des hauteurs qui passe et le couplet miséricordieux qui se balance.

Puis le rideau se lève ; Bernadette tombe à genoux dans l'extase :

> Sur Massabielle,
> Son œil voit soudain
> L'éclat qui révèle
> L'astre du matin.
> *Ave, Ave, Ave, Maria !*

Ici, les *Ave* redoublent de force ; car les voix qui montent avec l'*Angelus* saluent, avec des mouvements plus passionnés, la saisissante image de celle qui est apparue. Pendant que mille échos répètent les *Ave Maria* de la foule, chaque pèlerin sent que l'Apparition est proche, et croit voir par moments s'entr'ouvrir, au-dessus de sa tête, une nuée au milieu de laquelle se dessine

le sourire d'une idéale beauté qui s'incline en ouvrant
les bras.

C'est un doux visage
Rayonnant d'amour,
Qu'entoure un nuage
Plus beau que le jour. *Ave.*

Son regard s'inspire
D'un reflet divin,
Mais un doux sourire
Dit : ne craignez rien. *Ave.*

Elle a la parure
D'un lis immortel,
Elle a pour ceinture
Un ruban du ciel. *Ave.*

On voit une rose
Sur ses pieds bénis,
Fraîchement éclose
Dans le Paradis. *Ave.*

On voit un rosaire
Glisser dans sa main,
Et de la prière
Tracer le chemin. *Ave.*

L'âme palpitante,
Le cœur enivré,
L'heureuse Voyante
Répétait *Ave ! Ave.*

Le chant de ces couplets, interrompu par la voix continue de l'*Angelus* et les acclamations de la terre, peut
se prolonger pendant un quart d'heure. C'est le quart
d'heure de la première extase de Bernadette. Les émotions, les surprises, les épouvantements de l'enfant passent et repassent dans l'âme des pèlerins. La vision elle-
même, comme dans un miroir mystérieux, s'y reflète
avec ses virginales blancheurs et son ineffable beauté.

Quelle douceur et quels transports ! Quelles éblouissantes lumières jaillissent de chaque couplet qui passe !
On chante et l'on sent, on raconte et l'on voit, on s'enivre
et tout est transfiguré. La Voyante est sous vos yeux,
le Gave bouillonne à vos pieds, le souffle impétueux de
l'Apparition se lève sur vos têtes, l'Apparition tout
entière vous enveloppe de ses reflets et de ses béati-
tudes : Bernadette, c'est vous !

Cette pénétration intime des âmes par les phases successives du poème de l'Immaculée n'est point l'œuvre
de l'imagination populaire. Elle est si réelle, si profonde,
si en possession des fibres réjouies du cœur, que votre
être surpris croit retomber sur lui-même, lorsque s'évanouit la surnaturelle manifestation de Marie.

> L'extase s'achève,
> Le monde revient,
> L'enfant se relève
> Disant : A demain !

Suit l'histoire des visions ultérieures avec les paroles
qui fournissent le caractère doctrinal de chacune. Rien
n'est oublié dans l'exposé, rien ne manque à la physionomie du chef-d'œuvre divin. Au cours de l'idylle qui
en poursuit la charmante narration, telle strophe est
délicieuse d'innocence et de tendre naïveté.

> Mère de la terre,
> Ne défendez pas
> D'aller voir la Mère
> Qui paraît là-bas.

> Elle était si belle,
> Je veux la revoir.
> Que me voulait-elle ?
> Je veux le savoir.

Lorsque loin de Lourdes le souvenir de ces joies vous revient comme une réminiscence de beaux jours évanouis, quelque chose de plus doux et de plus tendre que le reste murmure au fond de votre cœur. Ce n'est point une mélodie mélancolique ni rien qui vous abatte ou vous fasse regretter d'avoir vécu. C'est quelque chose de virginal, de consolant et d'espéré, comme le retour d'un ciel serein.

Qui ne les a répétées dans le secret de son cœur, au lieu le plus profond et le plus pudique de ses pensées, ces quatre vers, moitié dans la lumière et moitié dans l'ombre, moitié de la patrie et moitié de l'exil, à la fois pleins d'amour et de céleste inquiétude? Rien ne peut les effacer de l'âme, et les années s'écoulent sans que cette nostalgie de Lourdes, chez ceux qui en ont goûté les douceurs, menace de diminuer ou de s'évanouir.

Une voix intérieure répète obstinément, en guise de « rappelle-toi, » l'interrogation de Bernadette entre deux apparitions.

> Elle était si belle !
> Je veux la revoir.
> Que me voulait-elle ?
> Je veux le savoir.

La nostalgie de Lourdes ! Voilà bien la seule maladie dont on ne puisse y guérir. Avant de s'éloigner du sol sacré, les pèlerins ne savent que faire pour tromper la douleur du départ. Ils se couvrent de souvenirs et remplissent de photographies leurs sacs de voyage. On en voit passer des nuits autour de la Grotte, pour en détacher une parcelle de pierre, et la conserver comme une relique indestructible. De crainte de ne plus revoir Lourdes, ils essaient de l'emporter avec eux.

XXIII

SURGE, ILLUMINARE, JERUSALEM.

Mais si tendre et si doux qu'il soit, n'importe le lieu où il est chanté, le poème qui traduit si bien les émotions de Bernadette possède néanmoins son orchestration spéciale.

Lorsque le soir est venu, que des milliers d'étoiles brillent au firmament bleu, que la terre et le ciel semblent faire silence au loin pour écouter, voici venir de tous les points de la ville des musiciens sacrés.

Ils se massent, ils se groupent, ils inondent les bords du Gave. Ils n'ont ni instruments ni chef d'orchestre ; tout tressaille d'avance et se mesure au fond des cœurs. Ils sont innombrables.

De huit à dix heures, des milliers et des milliers de feux, rangés comme une armée devant la Grotte, prennent le défilé de la montagne, la sillonnent comme une voix lactée terrestre, en tournant cinq fois sur eux-mêmes.

Et tandis que de toutes parts, de chœur en chœur,

de replis en replis, par intervalles successifs et non inter-
rompus, s'élèvent, en se déroulant les uns derrière les
autres, les couplets du récit, entremêlés d'*Ave Maria*
sans fin,

La procession redescend avec ses étoiles, rivière étincelante et scintillante de diamants, inonde les sentiers
de la promenade, décrit une spirale infinie, dont la
rumeur lointaine et profonde murmure comme un
océan d'harmonie.

> Belles nuits, déroulez avec magnificence
> Les pages du livre des cieux.
> Astres, gravitez en cadence
> Dans vos sentiers harmonieux.

Le ciel est sur la terre, l'Immaculée Conception n'a plus
qu'à paraître, et Lourdes, dans un interminable *Ange-*
lus, qu'à chanter toujours.

Nul pinceau ne rendra jamais ce spectacle, dont rien
au monde ne peut donner une idée. Les plus beaux
chœurs de théâtre, les plus vastes chorales de nos basiliques, ne sont rien à côté de ce concert de feu.

A la procession du soir, l'*Angelus* de Lourdes devient
une marche féerique, chantée par dix mille élus, sur la
route étoilée du ciel. Tout y éclate et tout y triomphe,
tout y déborde et tout y salue, hosanna immense où
l'âme s'envole au fleuve harmonieux des félicités infinies.

> Heureux qui voyage
> En ces lieux bénis ;
> On y prend passage
> Pour le Paradis.

XXIV

CHEZ LES PÈRES.

L'administration du pèlerinage appartient aux missionnaires de la Grotte, les Pères de l'Immaculée-Conception. Quel fardeau à certaines époques de l'année ! Mais aussi que de consolations et de joie !

Du haut de leur terrasse, lorsque la nuit est tombée, que tout s'est illuminé dans la nouvelle Jérusalem, ils assistent tous les soirs, pendant l'époque des grands pèlerinages, à ce spectacle digne du ciel. La procession féerique se déroule sous leurs yeux.

C'est la récompense à côté du travail, l'encouragement à côté de la peine. Ainsi verrons-nous de nos yeux, lorsque le jour sera tombé, au soir de notre vie, après la lutte, après la souffrance, après le service de Dieu, s'allumer la Jérusalem des cieux, ce Lourdes agrandi, où le Fils sera visible comme la Mère, et qui n'aura ni saisons ni fin.

Plusieurs évêques étaient là, et beaucoup de chefs de l'armée catholique en France. Il y avait des généraux, des anciens zouaves de Pie IX, des sénateurs et des orateurs. Et l'on fit des discours ; car si Lourdes est le lieu de l'esprit, il est aussi la terre du cœur, et le cœur a toujours quelque chose à dire au cœur, avec esprit.

7*

« Je suis heureux, dit M⁶ʳ Billière, moi, simple enfant
» du pays, montagnard, si vous le voulez, des Pyrénées,
» d'être l'évêque de Tarbes, puisque Tarbes renferme
» dans son diocèse une des merveilles du monde.

» Mais si l'évêque est, à ses yeux, bien au-dessous
» de l'honneur qui lui est fait, il se rappelle avec dou-
» ceur que les apôtres de Jérusalem étaient des pêcheurs
» de Galilée, hommes simples, dont Dieu fit les con-
» tinuateurs de son œuvre.

» C'est à ce titre, et à ce titre seul, Messieurs, que
» je crois à ma vocation dans ce diocèse et dans cette
» œuvre, moi, de ce pays de montagnes, terre des
» pêcheurs du Gave, des bergers, où est née la bergère
» Bernadette. »

Et ceux qui étaient là applaudirent l'évêque, l'évêque
au milieu des Missionnaires de Lourdes !

Depuis qu'elle leur appartient, l'œuvre de la Grotte
s'est agrandie. La basilique du Rosaire, cette façade
monumentale de la basilique de l'Immaculée-Conception,
que tout le monde contemple dans sa forêt de pierres,
est l'œuvre de leurs mains.

En sorte qu'aujourd'hui, la nouvelle Jérusalem est
aussi une nouvelle Rome. La pierre des deux cités se
confond dans le plan de Lourdes, comme elle se confondait à l'origine dans le Saint-Esprit,

Lorsque Dieu y conçut Rome après Jérusalem, Jérusalem sur Bethléem et Bethléem sur Nazareth, ces deux-
ci résumées dans la Grotte de la Conception Immaculée.

XXV

APRÈS UNE PRIÈRE.

Quatre jours durant, j'avais été le témoin de nombreuses guérisons obtenues. Sous mes yeux, devant la Grotte et dans les piscines, s'étaient levés les infirmes, avaient marché les paralytiques et vu les aveugles; j'étais ébloui et plein de ravissement. Mais, hélas! le bonheur complet n'est point de ce monde.

Après être monté au troisième ciel, saint Paul dut en redescendre. Après cinq jours passés à Lourdes, chez Marie Immaculée, l'heure allait aussi finir de ces incomparables ascensions de l'âme aux régions de l'infini.

Quitter Lourdes, s'arracher à la Grotte, où toutes les puissances de l'être vous retiennent, s'éloigner de ses chants, de ses processions, de ses lumières inouïes qui vous pénètrent l'âme de béatitude éthérée, quelle peine, quelle douleur d'exil, si par un privilège particulier, la Reine du ciel n'avait eu soin de protéger, chez tous ses visiteurs, le vase de leur cœur rempli jusqu'au bord de la liqueur enivrante qu'elle y a versée.

Cette perspective étant la mienne, toutes les heures qui tintaient dans le clocher aérien de la basilique ne faisaient que rendre plus précieuses encore celles qui me restaient à écouler dans la joie de Lourdes.

Un matin, celui de la veille de mon départ, je m'étais agenouillé sur un petit banc, non loin de la Grotte, dont mon cœur ne pouvait plus se séparer. Cherchant à résumer dans une supplique plus touchante l'objet de toutes les prières que j'avais faites, il me vint à la pensée de demander aussi ma petite faveur à Notre-Dame de Lourdes.

Et voici ce que mes lèvres prononcèrent tout bas : « O bonne Mère, vous qui m'avez appelé ici d'une voix si douce et si tendre, je désirerais savoir si la façon dont j'ai répondu à votre maternelle invitation a été agréable à votre cœur.

» Veuillez donc, avant mon départ, me donner cette assurance qui m'est nécessaire. Je ne puis me résigner à m'éloigner de vous si, aujourd'hui même, vous ne m'indiquez par un signe sensible, une surprise qu'il me sera impossible de ne pas reconnaître, la satisfaction que je vous ai donnée.

» Mon bonheur ne serait pas complet si, en vous faisant mes adieux, je n'emportais au fond de mon âme la conviction absolue que vous êtes contente de l'enfant qui voudrait vivre et mourir ici à vos pieds ! »

Cette supplique jaillit de mon cœur avec un accent de sincérité tel que je ne saurais le définir. Il était dix heures du matin. Les malades affluaient à la Grotte, si bien que je dus faire place aux arrivants. M'étant donc ouvert un passage au milieu de la foule, je pris la direction de la Vierge couronnée, avec mon chapelet à la main.

Or, en passant devant la porte du bureau des brancardiers, j'aperçus tout à coup un homme haut de taille, dont le visage me frappa. J'avais dû le rencontrer quelque part sur le chemin de la vie. Son grand front, ses yeux vifs et noirs, toute sa physionomie, n'étaient point d'un inconnu.

Ce doit être lui, pensai-je après quelques secondes de réflexion, et le nom du pèlerin était venu sur mes lèvres. Je m'approchai, et m'étant assuré que c'était bien celui auquel se reportait ma mémoire :

« Permettez-moi, monsieur, de vous serrer la main à Lourdes, comme il y a dix ans, je vous l'ai serrée à Paris.

— Votre nom, s'il vous plaît ?

— Celui d'un pauvre petit écrivain qui s'est trouvé quelquefois à côté du vôtre, dans la *Revue du monde catholique*. Je suis X.

— Ah ! très bien, je me rappelle. »

Et ce disant, l'homme au grand front et aux yeux noirs me prit alors par le bras et m'entraîna avec lui.

Tout rempli des merveilles de Lourdes, je donnai libre carrière à mes épanchements. Je racontai mes joies, mes émotions, mes étonnements. Lourdes, ajoutai-je, est bien la terre du miracle ; la vision de Bernadette n'est point encore évanouie : c'est une aurore boréale qui ne s'éteint pas.

On alla doucement. Le cours de la conversation resta si soutenu, que nous arrivâmes dans le vieux Lourdes sans nous en apercevoir. Tout à coup mon compagnon s'arrêta. Nous voici, dit-il, à peu près sur le chemin suivi par Bernadette quand elle se rendait à la Grotte. Puis il indiqua du regard et du bras cet itinéraire historique que le nouveau Lourdes a couvert, mais que l'on retrouve au *Panorama*.

Arrivés au milieu d'une petite rue noire, dissimulée derrière le château fort et bordée de maisons basses, une curiosité, dont j'ignorais la présence, suspendit un instant notre marche.

« Connaissez-vous, interrompit mon charmant interlocuteur, la chambre qu'habitaient les parents de Bernadette, à l'époque des apparitions ? — Non. — Attendez une minute, je vais vous y conduire. » Et ce disant, il entra par une porte voisine, puis reparut aussitôt avec une clef à la main.

Au fond d'un corridor sombre, aboutissant à une petite cour sans lumière, une porte était ouverte. C'était, dans sa glorieuse obscurité, celle de la chambre unique habitée par François Soubirous et sa famille, lors des grands événements.

Bien qu'il l'eût cent fois contemplée de ses yeux, mon *cicerone*, je le sentis, éprouva un frémissement intérieur, lorsqu'il en franchit le seuil. Puis il se mit à genoux et baisa comme une relique le pavé de cette étable, le marbre de ce palais.

Emu de sa propre émotion et de la mienne, je l'imitai. « C'est ici, dit-il, la source obscure des merveilles de Lourdes ! » Puis il se leva, et je vis, à travers les miennes, deux grosses larmes rouler dans ses yeux. « Que désirez-vous comme souvenir de ce lieu privilégié ? — Ce qui vous plaira. »

La chambre était nue, comme un mur de vieille église. Au milieu de la demi-obscurité dont elle était remplie, se révélait une sorte de cheminée encadrée de bois, sur laquelle reposait une statue de Notre-Dame de Lourdes, tournant le dos à un petit tableau qui représentait l'Apparition. A gauche, devant la fenêtre borgne qui reçoit le jour de la cour intérieure, deux caisses étaient au repos.

Où les chaises, où la table ? Je ne les vis point. Où les sabots qui, le 11 février, avaient traversé le ruisseau du moulin ? Mes yeux, qui les recherchaient, ne les découvrirent nulle part.

Mais à défaut des reliques dont la Voyante avait usé, un peu de bois de la cheminée pouvait bien me suffire. Mon nouvel ami ouvrit donc son canif et en détacha une petite parcelle qu'il m'offrit en souriant. Souvenir doublement cher, je le saisis avec un empressement joyeux.

Ici, le détail échappe à la narration. Une heure ne s'était pas écoulée depuis ma prière à la Grotte, qu'à mon très grand étonnement et à ma joie profonde, je me trouvais assis à côté de l'abbé de Musy, le miraculé de l'Assomption, dans la maison de Louis Bourriette, le premier miraculé de Lourdes.

Plusieurs notabilités étaient là, M. l'abbé Paradis,

curé de Sainte-Marguerite à Paris, un jeune Roumain, porteur de la bannière de son pays à Lourdes, des dames, des prêtres, une petite société choisie, quinze personnes qu'un aimant mystérieux avait attirées, toutes baignées dans l'atmosphère des miracles, toutes initiées aux moindres détails de l'histoire des apparitions.

A une heure, la causerie suivit le déjeuner ; puis tous les convives prirent congé de leur charmant amphitryon. Notre-Dame de Lourdes avait besoin de chacun de nous. En quelques minutes, la petite réunion n'existait plus. M. de Musy se disposait à parler à la Grotte, les autres s'y dirigeaient, pour l'entendre, à grands pas.

Seuls, le Roumain et moi, nous étions restés, mais pas pour longtemps. Tandis que le grand front et les yeux noirs nous retenaient sous le charme, une voiture fit halte sur la porte. C'était pour nous prendre et nous conduire à la Grotte, où nous arrivions quelques instants après.

La foule, revenue sur les bords du Gave, chantait dans le lointain : *Ave, maris stella.* Descendu de voiture à quelque distance, j'allai m'agenouiller sur le sol. A ce moment même, je me le rappelle, montait l'invocation pleine de tendresse et d'espoir : *Monstra te esse matrem,* montrez-vous notre Mère.

Or, quelle ne fut ma surprise de reconnaître, par la perspective exacte des lieux, que ma prière du soir recommençait à la place même ou j'avais terminé celle du matin. Le petit banc près duquel je m'étais agenouillé, et l'endroit même que le hasard des circonslances m'avait obligé d'occuper, n'étaient autre que le banc et le lieu précis où j'avais demandé, à dix heures du matin, une surprise à la sainte Vierge, qui témoignât de son contentement.

Une lumière intérieure m'éclaira subitement, le rideau tomba de mes yeux et je compris. Notre-Dame de Lourdes m'avait entendu. Pour me le dire, elle avait ajouté plus qu'une surprise à mes émotions du départ.

Elle venait de me rapprocher d'un noble cœur. Le lecteur aura reconnu dans cette âme si radieuse et si charmante, si élevée et si délicate, celle qui en a fait vibrer des millions d'autres.

Avec Bernadette Soubirous et M⁹ʳ Peyramale, celui que j'avais rencontré portait le nom le plus connu de Lourdes : il s'appelait Henri Lasserre.

XXVI

LES ADIEUX [1].

Je l'ai vue, je l'ai vue, la Grotte du miracle ! Je l'ai vue, la blanche statue se détachant lumineuse de l'enfoncement du rocher et me montrant du regard le ciel, où est Marie.

---

(1) Ces adieux ont été écrits par un pèlerin inconnu.

Je l'ai vue, la source miraculeuse! Je l'ai vue, la foule pieuse des pèlerins, se presser émue pour regarder, pour prier, pour pleurer, pour boire à longs traits l'eau de la fontaine donnée par la sainte Vierge. Et comme à l'heure où je voyais ces merveilles, leur souvenir m'émeut, me fait pleurer, me rend heureux.

Et il me semble que j'aurai beau vieillir, il me semble que j'aurai beau contempler les splendeurs de la nature et de l'art.... ô merveilles de Lourdes, Grotte, statue, source, foule pieuse, jamais, jamais je ne vous oublierai.

Pourquoi m'émeut-il si profondément, ce souvenir? Pourquoi, dans mes rêves, la nuit, vois-je toujours scintiller, comme des étoiles au ciel, ces paroles étincelantes que je lisais autour de la statue : *Je suis l'Immaculée Conception ?* Pourquoi me suis-je surpris à pleurer, en voyant l'image fidèle que j'ai apportée, et en baisant le gros chapelet bénit qui a touché la Grotte privilégiée ?

C'est que ces souvenirs ne sont pas seulement de ceux qui émeuvent, charment et ravissent ; ils ravissent et ils fécondent tout à la fois.

J'avais soif de foi! Et cette atmosphère de doute qu'on respire dans le monde pénétrait mon âme peu à peu et la desséchait. Il lui fallait, comme il faut aux poumons de la poitrinaire, un air plus pur, plus embaumé, plus céleste. O rocher de Lourdes ! c'est là-bas, autour de toi, que j'ai respiré.

C'est là-bas, près de la chapelle, que mon âme s'est

épanouie aux choses du ciel et que le miracle est devenu pour elle comme une chose naturelle, et qu'à cette heure elle crie avec la joie d'un cœur satisfait : *Je crois, je crois !*

J'avais soif d'espérance ! Tout semblait mort et de partout retentissaient ces douloureuses paroles : *C'en est fait de la société et de la France !* Non elle n'est pas morte, la société qui se dresse, comme au temps des Croisades, pour proclamer la divinité de Jésus, la puissance de Marie, la force de l'Eglise catholique.

Non, elle n'est point morte, la *France* qui se lève et s'en va tout entière baiser avec transport la trace qu'ont laissée les pieds de la sainte Vierge.... et puis revient, le front haut et rayonnant de courage, comme si elle avait reçu une communication céleste, et comme si un nouveau sang coulait dans ses veines !

Non, elle n'est point morte, la *famille* qui conserve avec un respectueux amour l'eau puisée à la source miraculeuse, et la fait boire à ses malades, avec la conviction que cette eau a reçu du ciel une puissance merveilleuse.

Et en présence de la société, de la France, de la famille, qui, le regard tourné vers le ciel, attendent avec confiance, qui donc ne crie pas : *J'espère, j'espère !*

J'avais soif d'amour ! O ma mère, ô ma Mère du ciel ! je ne puis dire ce qui s'est passé en moi, mais je sens que, près de votre Grotte aimée, mon cœur desséché a retrouvé sa puissance d'amour !

L'enthousiasme de la foule ardente et émue s'est communiqué à mon âme, et me voilà prêt à tout.... à tout pour vous que j'aime, ô Jésus-Christ, ô Marie, ô Eglise catholique, ô ma France bien-aimée ! Qu'il soit donc béni, ce pèlerinage qui a raffermi ma foi, ranimé mon espérance, réveillé ma charité.

Puissé-je bientôt le recommencer encore ! Puissé-je bientôt encore aller rajeunir mon âme dans ton atmosphère embaumée, et retremper mes lèvres dans les eaux miraculeuses de ta source, ô Notre-Dame de Lourdes.

LIVRE III

L'IMMACULÉE CONCEPTION (1)

I

DANS LE TEMPS.

Après une journée remplie de mille émotions, je me pris à désirer le silence. Lourdes est un océan. Son bruit, c'est le bruit de la mer. Les airs y sont pleins de chants, la foule y est en perpétuelle fluctuation.

Mais quand la voix immense des prières publiques s'est perdue dans les ténèbres de la nuit, l'âme éprouve le besoin de se recueillir pour les prières privées.

---

(1) Trois livres de ce volume traitent de la même question, mais sous un point de vue différent. Ici, c'est l'Immaculée Conception en Marie; au livre IV, c'est l'Immaculée Conception en Jésus, et enfin, au dernier livre, le Panorama divin, c'est l'Immaculée Conception, en tant qu'elle qualifie Jésus et Marie, Marie et Jésus, qu'il ne faut jamais séparer essentiellement l'un de l'autre à Lourdes : gratia plena, Dominus tecum.

A minuit donc, par un ciel magnifique et doux, me voilà sur le chemin de la Grotte. Un silence profond est descendu peu à peu sur la vallée; seul le Gave y prolonge son murmure, murmure qui est une plainte éternelle.

Je m'approchai. Une centaine de pèlerins, les uns inclinés, les autres à genoux, priaient en silence. Par intervalles, le mystérieux bruissement des lèvres se détachait de la foule, puis retombait comme celui du vent qui passe et qu'on n'entend plus.

Le tableau était d'une incomparable majesté. Quel colloque intime entre les âmes et le secret du rocher!

Après les chaleurs du jour et les acclamations des multitudes, après les processions triomphantes et les infinies rumeurs, Notre-Dame de Lourdes, comme rendue à elle-même, s'était recueillie dans sa pudique beauté.

Sa statue, éclairée par la lumière des cierges, avait l'air de se pencher. Quelque chose de vague et de flottant l'enveloppait d'une étonnante blancheur. Vision d'extase! Une auréole de tendres lueurs se dessinait sur le rocher!

Je m'agenouillai. L'œil perdu dans le fond de la Grotte et comme hors de moi-même, je priais.

Or, peu à peu, mon esprit s'envola de la terre. Je ne vis plus rien et je n'entendis plus rien. Ou plutôt, au milieu du silence religieux de toutes mes facultés, je crus entendre une voix d'outre-monde.

Ce n'était point un murmure confus qui arriva tout
d'abord de loin et grossit en se rapprochant. La voix
sortait de la Grotte et de mon cœur tout à la fois,
comme une confidence qui allait se faire, une mélodie
communicative dont les notes montaient, montaient
toujours !

Voix profonde et voix intime, voix caressante et
surhumaine, voix immense et idéale, voix de l'éternelle
beauté.

Sortie des profondeurs de l'aurore du monde, elle
me raconta ainsi, à travers la succession des âges,
la merveilleuse histoire qui a préparé le solennel *Jubilé*
de Lourdes.

Au commencement et avant tous les siècles, Dieu me
conçut comme la base et le point d'appui de l'œuvre
qu'il méditait dans son génie. *Initio viarum suarum
possedit me.* En moi et avec moi fut conçu le Verbe
chair, sans lequel je ne pouvais exister, avec lequel je
portais les destins du monde : l'ange, l'homme, toutes
les créatures.

Et toutes ces conceptions s'appuyaient sur la mienne,
et la mienne fut la condition d'être ou de n'être pas du
plan divin prêt à sortir de l'éternité.

La conception du ciel avec les anges entra la première dans le temps. Lorsque survint la révolte de
Lucifer, un trouble profond parcourut l'immense em-
pyrée ; mais lorsque Adam et Eve, créés pour remplacer

les milices célestes, désobéirent comme elles avaient désobéi, ce fut une universelle révolution.

Dieu, pris de repentir et de colère, ferma les portes du ciel, et ainsi la première réalisée de ses conceptions dans le temps ne fut plus qu'une ruine, une sorte d'immense avortement. La terre d'exil et l'enfer étaient nés. Alors le soleil pâlit, les éléments se soulevèrent les uns contre les autres, la création tout entière se couvrit de deuil.

Condamné au bannissement et à la mort, l'homme erra sur une terre ingrate, et portant en son cœur le souvenir éblouissant du ciel qu'il venait de perdre, il ne put que répéter, de solitude en solitude, ce mot d'une profondeur terrible : « Je suis la ruine dernière de l'écroulement du monde ! »

Cri sinistre qui se lamenta pendant quatre mille ans, au milieu de tous les crimes et de toutes les angoisses. Mais ce qui est conçu en Dieu ne peut point ne pas s'accomplir. Après des siècles et des siècles de promesses et d'attente, une heure sonna pour restaurer l'édifice en poussière de la conception du Paradis de mon Fils.

Du fond de son éternité, la seconde à réaliser des conceptions divines, celle de l'Incarnation, prit un corps dans le temps, et ne pouvant plus s'unir à l'homme primitif, le Verbe fait chair dut extérieurement couvrir sa très sainte humanité de toutes les infirmités de celle de l'homme déchu. Depuis que le péché était entré dans le monde, il fallait que le Christ souffrît dans sa chair : *oportuit Christum pati.*

Ainsi le voulait en ses décrets le poète divin, dont l'infinie fécondité ne devait ni ne pouvait s'arrêter en chemin dans la réalisation de son concept éternel. Aussi y eut-il dans le ciel, qui venait de se rouvrir, un inénarrable Jubilé, lorsque, le jour de l'Ascension, l'Homme-Dieu ramena triomphante avec lui l'humanité dans son Paradis : le plan divin était sauvé.

Cependant, à la réouverture des cieux, l'enfer ne s'était point fermé. Si Jésus avait rapporté la loi de bannissement, il n'avait point détruit le royaume de Satan. A la tête du cortège des morts, Adam comme les Patriarches, les Patriarches comme les Prophètes, tous les justes de l'ancienne loi l'avaient suivi dans sa gloire.

Mais le sang du péché continuait d'arroser la terre. Le ciel reconquis n'était point une cité de bonheur rendue gratuitement, mais la récompense promise à un combat couronné par la victoire. Libre dès l'origine, puisqu'il s'était volontairement fait condamner, l'homme restait libre, à l'avenir, d'accepter ou de rejeter sa grâce.

En concevant l'incarnation de son Verbe, Dieu avait résolu qu'il n'entrerait point dans l'humanité par voie de simple création. Du même acte de son éternelle volonté, le décret était sorti qu'il serait le fils de l'homme, conçu dans le sein d'une femme, chair très pure et sans mélange, conçue elle-même avec lui et associée à sa gloire.

De là, la conception du Fils et la conception de la Mère réunies en une seule conception, créature incomparable, unie par d'indissolubles liens à la prédestination du Verbe dans l'éternité, dans le temps, dans l'exécution de ses œuvres, dans la consommation de tous les siècles.

Les abîmes n'étaient point encore, ni les sources des eaux, ni les montagnes, ni les collines, que j'étais déjà conçue et enfantée. Je suis sortie de la bouche du Très-haut, la première-née de toutes les créatures : non point par mon être naturel, mais par mon être idéal et par l'éternel amour que Dieu m'avait voué, comme Mère de son Fils bien aimé ; mère-vierge et vierge-mère, canal de toutes les grâces, ornée de toutes les infinies beautés.

Avant d'être enfantée dans le temps, tous les âges, par une succession ininterrompue d'admirables symboles, ont annoncé ma venue. C'est moi que Dieu promit à Adam pour écraser la tête du serpent, à Abraham, à Isaac, à Jacob et à David.

Je suis la fleur épanouie sur la racine de Jessé, l'arbre verdoyant de la vie, l'arche de Noé, dans laquelle le monde sera sauvé du déluge ; la mer Rouge où devait être englouti Pharaon ;

Le tabernacle, la maison et le temple de Dieu, l'arche de la nouvelle alliance ; le propitiatoire de la terre, le chandelier à sept branches, la coupe sacrée du vin des vierges ; la tour de David, environnée de mille boucliers ; le chariot de feu où le nouvel Elie est monté ; la fournaise ardente où le Fils de Dieu a paru.

Je suis la sage Rébecca, la belle Rachel, la prophétesse Débora, à la tête des armées de Dieu ; la mère de Samuel, Judith qui coupa la tête d'Holopherne, Esther victorieuse d'Aman, qui apaisa la colère d'Assuérus irrité contre son peuple. Je suis toutes ces figures, tous ces symboles, toutes ces prophéties ; je suis l'attente universelle des nations, MARIE AVEC JÉSUS.

— La plénitude des temps étant arrivée, l'Esprit de Dieu m'a réalisée hors de lui, *en moi-même*, avec toutes mes splendeurs et tous mes attributs, aurore blanche du jour doré, lune matinale reflétant le soleil qui doit venir.

Mais toutes ces lumières dont j'étais remplie, tous ces rayons que le Créateur m'avait donnés, sont demeurés, au cours de mon existence terrestre, profondément cachés aux regards des hommes. Révélée à Dieu et révélée à moi-même, je suis remontée au ciel SANS ÊTRE RÉVÉLÉE A L'HUMANITÉ.

Dans l'étable de Bethléem, à Nazareth, à Jérusalem, sur la cime ensanglantée du Golgotha, je ne me suis montrée que comme une humble femme séparée de l'humble Jésus. Fille d'Anne et de Joachim, on ne savait rien autre de moi ; car l'immense majorité du peuple juif ne m'appliquait point les prophéties. Vivant dans une obscurité volontaire, je me suis tenue à la peine et jamais à l'honneur.

Une parole, une seule parole est tombée de mes lèvres, au jour de l'*Annonciation : Voici la servante du Seigneur ;* très humble rôle, choisi par moi-même qui, de toute éternité, remplissais le ciel des cieux de ma gloire. Et faisant les fonctions de servante, l'Egypte m'a recueillie comme une simple nourrice ; Jérusalem m'a vue errer en cherchant Jésus du côté du temple, Jésus qui me donnait le nom de femme.

Plus tard, lorsque l'heure de la Rédemption est venue, j'ai pleuré jusqu'aux sanglots. Le long du chemin du Calvaire, un ruisseau de larmes est tombé de mes yeux. Pauvre mère, cœur tendre et percé d'un glaive de douleurs, je n'ai reçu pour toute consolation, par un étrange renversement de toutes choses, qu'une phrase fugitive de mon Fils dans son agonie : *Femme, voilà votre fils....*

Et encore c'était de saint Jean qu'il s'agissait, et non de mon Fils. De sorte qu'en mourant, le fruit béni de mes entrailles ne m'a rien dit de particulier ; pas un cri apparent du cœur, pas un mot d'adieu.

Mystère ! Mystère ! Pourquoi cette attitude et pourquoi cet oubli apparent de la part de celui en qui résidait la sagesse infinie des cieux ? C'est que mon heure n'était point venue d'être *glorifiée* dans le monde.

Femme cachée, je devais rentrer dans l'oubli sans être connue, tandis que Jésus, mon Fils, laissait déjà pressentir, pour un avenir lointain, les rayons de sa gloire (1). Transfiguré une première fois sur le Thabor,

_____

(1) Marie a précédé le Verbe dans la chair, mais le Verbe, étant l'auteur des grandeurs de Marie, l'a précédée à son tour dans la gloire.

il allait couronner de ses splendeurs le mont des Oliviers.

Mais ce jour du Christ n'était point en propre le jour de Marie conçue avec lui dans la gloire : je n'étais que réalisée sur la terre et non point révélée. Demeurée ici-bas, après l'Ascension de mon Fils Rédempteur, j'ai coulé le reste de mon existence, comme je l'avais commencée, dans la retraite, si bien que le monde ne voyant en rien transpirer l'incomparable gloire qui était en moi, l'Esprit-Saint l'avait invité par avance à se détacher des apparences du dehors, pour pénétrer les mystérieuses profondeurs du dedans. C'est là, dit le prophète, que réside toute la beauté de la fille du roi : *Pulchritudo filiæ regis ab intus.*

Beauté inénarrable, en effet, mais qu'aucun œil mortel n'a vue, que nul œil ne verra de mon vivant, ni de long-temps après ma mort ; car le moment n'est point venu de la révéler. Le poème de la création, achevé du côté du ciel, n'en est qu'à son second chant du côté de la terre, lequel vient de finir avec l'*alleluia* du Christ ressuscité.

Et de même qu'entre la création du ciel et des anges, de la terre et d'Adam, et la création de l'Homme-Dieu, première et deuxième œuvre de l'Eternel dans l'ordre

Bien que révélé par elle et en elle, il est le premier révélé. Voilà pourquoi il a parlé le premier à Lourdes. Pénitence ! Pénitence ! Pénitence ! Il est comme l'entraîneur de sa Mère : c'est lui qui l'a fait entrer dans la Famille divine. De là l'erreur de ceux qui croient que la sainte Vierge était seule à la Grotte. Le Verbe marchait devant elle, dans ce chemin de gloire : *Maria propter Christum.*

des temps, des milliers d'années se sont écoulées, de même, entre la révélation charnelle du Christ que j'accompagne à titre de simple servante apparue dans l'ombre, et la révélation de ma gloire comme Reine du ciel, des anges et des hommes, une série d'autres siècles s'écoulera encore. Voilà pourquoi j'ai quitté la terre sans aucun témoin.

Je suis demeurée cachée jusqu'au dernier jour, et si les anges sont venus me chercher dans mon tombeau, c'est à la dérobée, à une heure dont nul n'a parlé ni aux apôtres, ni aux disciples, ni aux premiers chrétiens. Pour tout souvenir, je n'ai laissé qu'un lit de roses, roses du souvenir qui renfermaient une promesse de retour, mais dans lesquelles ne se trahissait point le plus petit de mes rayons (1).

Et ainsi le secret de la Fille du Roi restait inviolé. Tandis que les élus du ciel saluaient par des cris d'amour ma virginale beauté, là terre ne recevait en héritage que mon cercueil vide, quoique parfumé : *Pulchritudo filiæ regis ab intus.*

Mon culte, il est vrai, ne se sépare point de celui de mon Fils. Partout où le Crucifié du Golgotha ouvre les bras, je suis debout à ses côtés. Mais je suis dans l'ombre quand il triomphe. Si l'Eglise chante mes magnificences, la foi du peuple chrétien se prosterne de préférence devant mes douleurs.

_____

(1) La raison pour laquelle Marie ne s'est point montrée, c'est qu'elle n'a point voulu se révéler *seule* au monde, sans le Verbe, auteur et source de sa gloire. Le Verbe était remonté au ciel.

Comme j'ai vécu dans la retraite toute ma vie, mon effigie, dès les premiers temps du christianisme, ne survit que sous des teintes absolument sombres. On m'appelle la *Vierge noire*. Image de tristesse et de deuil où je reviens de Bethléem, de Nazareth, de l'Egypte, de Jérusalem, du Temple, du Prétoire et enfin du Calvaire. Je suis *noire*, et cependant sous ce voile, j'ai certifié, dès l'origine des siècles, que j'étais belle : *Nigra sum, sed formosa*.

On y vénère la Vierge et la Mère que Jean et Madeleine accompagnaient, que les bergers ont trouvée dans l'étable, que les prêtres ont connue à la Présentation, que le charpentier Joseph a épousée, fille d'Anne et de Joachim, la servante du Seigneur dans le grand travail de la rédemption du genre humain.

Mais nulle part ce n'est la créature idéale avec Jésus, conception éternelle et immaculée du Saint-Esprit, son épouse, la mère du Verbe, chef-d'œuvre dans le chef-d'œuvre divin, troisième chant du poème de la révélation, le premier conçu en Dieu et le dernier révélé ici-bas.

La France que, le jour de mon Assomption, j'ai choisie pour l'œuvre de mes providentielles préparations, la France entre sur la scène, à la tête de toutes les nations. C'est elle qui commence à élever mes premiers autels. A l'imitation d'Israël, auquel fut confié par Dieu le dépôt de l'Arche sainte et des traditions hébraïques, en vue de l'avènement du Rédempteur, la France, fille aînée de l'Eglise, reçoit de mes volontés la mission de préparer, derrière une multitude de petits trônes, le trône solennel de mon couronnement sur la terre.

Les sillons de son territoire se fécondent : le germe virginal y est semé. Çà et là s'élèvent des églises, çà et là se dressent des statues. De tous les sanctuaires qui se bâtissent, de toutes les statues qui sont érigées, aucune, en quelque sorte, ne se double ni ne se répète. C'est un accroissement perpétuel dans la variété : *circumdata varietate*. Mon culte ne se fonde point d'un jour, il se développe graduellement par fractions nouvelles, dont chacune contient une partie, dont aucune ne possède le tout de mes grandeurs.

Ici, Notre-Dame de Bon-Secours; là, Notre-Dame des Victoires; ailleurs, Notre-Dame des Sept-Douleurs. Si un grand nombre portent le nom du pays où elles trônent, toutes restent circonscrites dans un rayon de peu d'étendue. Mon culte et mes attributs sont ainsi morcelés à l'infini. Notre-Dame de Sion appartient à la Lorraine, Notre-Dame de la Treille à la Flandre, Notre-Dame de la Délivrande à la Normandie, Notre-Dame de l'Osier au Dauphiné, Notre-Dame de la Garde à la Provence et à la mer.

Du haut de ces divers trônes et du fond de tous ces sanctuaires, je suis reine de canton, de département ou de province, liée à l'histoire locale d'un pays, mesurée dans mon petit royaume par le bourdon légendaire et le pied poudreux des pèlerins. Quand le peuple chrétien dit *Ave, Maria*, c'est bien moi qu'il salue, mais quand il ajoute *gratia plena*, sa prière, très vraie du côté du ciel, n'est qu'une prophétie du côté de la terre.

Nulle part je ne suis invoquée par tous; nulle part aussi je ne suis honorée dans la plénitude de ma puissance et de mes grâces. On dirait autant de parties d'un tout inconnu. Les parties peuplent la France et l'Europe, le tout est absent du monde. C'est que les temps se préparent et ne sont point venus.

J'entends les siècles chrétiens chanter mes louanges. Ils sont trois, ils sont quatre, ils sont dix, ils sont quinze, ils seront bientôt *dix-huit*. Messagers dont les mains sont pleines de présents, les voici qui s'avancent vers leur reine, sous la bannière fleurdelisée de la France.

Ne crains pas qu'ils se trompent, ils me rencontreront en chemin dans le solennel appareil de ma gloire. Jeanne d'Arc avec son étendard m'annonce de loin. Quand le vieux lis des rois sera tombé du fanion français ; quand les anneaux du serpent se seront enroulés autour du trône pour siffler la révolte à la France, alors les temps seront proches.

Car au lis détruit doit succéder mon lis immaculé, dont il n'était que la figure ; car la tête du serpent terrestre doit aussi être écrasée ; car je dois prendre possession de mon royaume prédestiné pour y être couronnée reine du monde.

L'aube virginale ne peut plus se faire attendre longtemps. Avec le xviiie siècle les heures se pressent sur le cadran éternel. Voici le clan des philosophes et voilà la chute du lis, moissonné par un épouvantable orage. L'*Encyclopédie* naît : c'est la bête rampante qui enseigne en faisant des cercles.

Pendant qu'au dehors tout fait ainsi pressentir l'avènement de l'Immaculée, au dedans tout se prépare également à la recevoir. Les églises blanchissent mes autels, la foi populaire démarque mes statues de leurs vocables anciens. JEAN-MARIE, qui doit parler, n'a encore rien dit à la terre, mais déjà un fils de Jean (1), tantôt retiré au désert de la Grande Trappe de Mortagne, tantôt revenu à Paris, capitale de la révolution, écrit deux livres avec la plume d'un premier précurseur.

L'un crie : *Pénitence ! pénitence !* C'est l'*Esprit et la Chair*. L'autre signale au fond du monde politique et social la présence de mon immortel ennemi ; il a pour titre *Les Serpents*.

Que va-t-il advenir, ô Dieu éternel, qui m'avez conçue avec l'Homme-Dieu comme vous avez conçu l'Homme-Dieu avec l'humanité? Quels signes avant-coureurs m'annonceront à la terre? D'où sortiront mes témoins, où est mon évangéliste, où la grande voix qui doit aplanir les voies : *Vias planas?*

Regarde, mon enfant, autour de toi. Sur les hauteurs du Puy-Marie, je vois se lever mon aurore. Mon voile, vieux de dix-huit siècles, commence à se déchirer, et avant que je le lève moi-même dix-huit fois, Notre-Dame de France annonce déjà au monde que sous mes couleurs noires se cachent réellement de merveilleux rayons : Je suis noire, mais je suis belle : *Nigra sum, sed formosa.*

---

(1) Henri Lasserre, fils de Jean-Baptiste Lasserre, et aussi de Jean-Marie Mastaï.

C'est la France qui dresse mon trône, c'est Rome qui
prépare mon diadème. Ces lettres que tu vois briller
comme une auréole d'or autour de mon front, c'est
Pie IX, mon précurseur prédestiné, qui les a préparées.
Mais il en a été de Jean-Marie comme de Jean-Baptiste.
Sa voix s'est perdue au désert du monde incrédule, le
monde de la science écoutait siffler les serpents.

Quand il s'est donc levé pour décréter, après tous les
oracles, que le monde chrétien devait se courber sous
le poids de mon éternelle gloire, les reptiles se sont
mis à siffler avec redoublement. Leur dard à double
pointe s'est dirigé contre mon prophète pour piquer en
lui le nouvel Adam et la nouvelle Eve. Mais les cieux
se sont inclinés et j'ai dit : Me voici !

La sixième année du règne de Napoléon-César, Rou-
land étant ministre et de Massy préfet, Dutour procureur impérial et Jacomet commissaire, le onzième jour
du douzième mois de l'année, à l'ouverture des joies de
Carnaval ;

Dix-huit cents ans après mon Assomption dans le
ciel, sous le pontificat de Pie IX, le plus long des pon-
tificats de l'histoire, par un temps froid comme le monde,
dans une Grotte abandonnée sur les bords du Gave ;

Proche de la petite ville de Lourdes, en mon royaume
de France, l'an 1858, avec le joyeux carillon des cloches
de midi, je suis descendue une première fois dans l'éclat
incomparable de ma beauté.

Ce n'est ni le soir ni le matin. C'est à midi, heure du

jour plein, alors que dans la révolution du monde sidéral, le soleil est à son apogée : *sublimis inter sidera*. Minuit avait été l'heure de Bethléem, midi fut l'heure de Lourdes.

Minuit, heure des humiliations et de l'agonie ; midi, heure de l'Ascension et de mon Assomption ; midi, heure de la gloire. Les anges, du milieu des nues, avaient annoncé au monde le minuit de la terre ; les clochers d'en bas annoncent à la terre le midi du ciel.

> L'heure était venue
> Où l'airain sacré,
> De sa voix connue,
> Annonçait l'*Ave !*

Ce midi n'était point seul pour accompagner ma venue. Depuis l'époque bénie de mon Annonciation dans la chair, des milliers de mains s'étaient levées, des milliers et des millions de salutations étaient montées vers moi, à la douzième heure du jour.

Au milieu des champs comme dans la solitude, sur le sillon fécondé par le laboureur, comme sur le pavé des demeures claustrales, les fronts inclinés s'étaient découverts. Voix tremblantes des vieillards et voix pures des enfants, chœurs des moines et chœurs des vierges, voix immense de l'univers suppliant, un concert universel m'avait appelée de tous les points de la terre.

Et comme si la prière eût voulu multiplier à l'infini sa force et ses échos, une cloche sonore s'était ébranlée. Partie des hauteurs de France, la voix de l'*Angelus* trois fois répété avait fait le tour du monde chrétien.

Dans le silence religieux des airs, à travers les immensités du ciel, une suite ininterrompue de solennels carillons m'avait apporté les espérances et les vœux de l'Eglise.

Car le globe terrestre, dans son mouvement circulaire, ne cesse de se trouver, que ce soit le jour ou que ce soit la nuit, par quelque point particulier du côté du soleil. Comme il est soir et comme il est matin, il est toujours midi pour saluer mon nom à la surface du *méridien*.

C'est ainsi que depuis mon invisible Assomption, la terre avait envoyé une perpétuelle félicitation au trône incommensurable de ma gloire. Elle m'a invoquée et je l'ai entendue. Elle m'a appelée le matin, à midi et le soir, et je suis descendue avec l'aube du matin, le soleil de midi et le crépuscule du soir : ME VOICI !....

Ce n'est pas une, ni deux, ni trois, ni quatre fois que j'ai quitté mon trône éternel des cieux. Dix-huit siècles m'avaient saluée depuis mon Incarnation [1], j'ai répondu à chacun et j'ai salué dix-huit fois. C'était pour dire au monde que je l'avais entendu et pour couronner mon œuvre par un admirable poème.

Ce chapelet que tu vois, je l'apporte avec moi comme une récompense pour le passé, comme une arme redoutable pour l'avenir. Je l'ai orné de toutes les prières qui ont été dites, de tous les *Ave Maria* qui ont été récités. Voilà pourquoi il est plein de grâces. Chacun de ses

---

[1] Marie peut dire *mon Incarnation*, puisque, comme *Conception*, elle est une avec Jésus : *Gratia plena, Dominus tecum !*

grains d'albâtre porte avec lui les immenses salutations des chœurs angéliques et des siècles chrétiens.

Je l'ai réservé pour ce lieu et pour ce moment, car voici l'heure d'un combat formidable entre l'Eglise et Lucifer. Récite-le tous les jours, et demande à tes frères dans la foi de le réciter. C'est à ce signe que je reconnaîtrai les miens.

Je suis descendue en puissance pour écraser la tête de ce serpent des anciens jours, contre lequel j'ai donné mon Fils une première fois, contre lequel je me donne moi-même, et avec moi mon Fils une seconde fois. Selon ce qui est écrit dans les prophéties : *Ipsa conteret caput tuum,* elle-même te brisera la tête.

Ma bannière est un lis blanc, mes armes sont ce chapelet destiné à ceux qui viendront s'enrôler dans ma milice et recevoir de moi l'investiture de chevaliers de Marie. Ma croisade est la dernière de toutes les croisades. Elle durera autant que doit durer l'Eglise. Je suis à Lourdes le dernier trône de France et la dernière souveraine du monde.

Ici se donnent rendez-vous les prophéties et les figures ; ici, la plénitude de mes grâces et de mes amours. Isaïe m'a vue, Salomon m'a dépeinte, David m'a chantée. Je suis ici l'échelle mystérieuse par laquelle on monte au ciel ;

Le *trône de Salomon sans pareil dans tous les royaumes,* le *lis des sept vallées,* lilium convallium, l'*aqueduc du Paradis,* la *rose mystique de l'églantier,*

le *filet d'eau qui devient une source d'une immense abondance, sur le bord d'un fleuve qui court se jeter à la mer.*

Je suis la *fontaine très claire, jaillie pour arroser la
terre,* la *piscine probatique qui guérit ceux qui s'y
plongent,* la *charmante colombe enfin que les prophètes
ont entrevue avec ravissement dans les creux du rocher
et la grotte de la vallée :* IN FORAMINIBUS (1) PETRÆ ET
CAVERNA MACERIÆ.

Ces roses que tu vois, roses de l'adieu et roses du retour ; ces yeux levés au ciel, c'est la Foi ; ces mains
jointes qui suivent les yeux, c'est l'Espérance ; ces pieds
nus, c'est la Charité. Cette ceinture bleue qui flotte et
qui retombe aux deux extrémités, c'est la mortification
et la pureté. Mon attitude entière est le résumé de ce
que je viens demander aux âmes.

Regarde à l'intérieur de la Grotte, deux excavations s'y
dessinent : celle où je me trouve et celle qui est à côté.
Celle-ci figure la trace que j'ai marquée comme *suivante*
ou servante du Seigneur sur la terre, trace plus petite et
moins profonde que celle de l'Immaculée Conception,
mais visiblement liée avec elle par une ligne circulaire
dont mon auréole a laissé l'empreinte sur le rocher.

Je suis la lune éclatante du monde, apparue pour le
réjouir dans la nuit d'exil. Ma blancheur colore l'immensité des âges qui ne sont plus. Ma clarté découvre en
ses profondeurs le livre entier des Ecritures. Troisième

---

(1) Comme ce mot exprime bien, dans son pluriel latin, *les Espélugues,* c'est-à-dire les grottes : *speluncæ.*

définition du ciel donnée à la terre, je *confirme* et je *rajeunis*, en l'*épanouissant* dans le Saint-Esprit, la révélation du Verbe qui est avec moi, la révélation des Evangiles.

Je suis l'étoile de la mer, levée au firmament de l'Eglise, vaisseau mouvementé des nations, entre le rivage qui fuit et le port qui vient, entre l'Orient et l'Occident des âges chrétiens. D'un côté, mes reflets remontent jusqu'à Bethléem et au Paradis ; de l'autre, ils se perdent dans la nuée qui couvre la face de Jésus. Aube timide de l'incarnation dans la chair à Nazareth, je suis l'Incarnation révélée dans la gloire à Lourdes.

De la longueur ou de la brièveté de l'aube que j'ai à parcourir, je ne puis rien te dévoiler. C'est un secret que Jésus n'a révélé ni aux anges ni aux hommes. Mesure le nombre des années qui séparent le Sinaï de Bethléem et Bethléem de Lourdes, tu auras la durée du premier et du second jour.

Voyageuse du dernier matin, astre doux et glorieux lancé sur l'océan des siècles, je ne dois disparaître que sous les rayons du soleil de justice, au grand lever du jour éternel.

Alors seront transformés la terre et les cieux. J'étais au commencement et avant toutes choses : *ab initio et ante sæcula*. Je serai à la consommation de tous les siècles : *in sæcula sæculorum*.

JE SUIS L'IMMACULÉE CONCEPTION !

J'écoutais encore.... j'écoutais toujours. Mais la voix s'était tue. Alors je sortis la tête de mes mains et je rouvris les yeux. Autour de moi la foule avait grandi. Un va-et-vient nouveau commençait à se produire. Il était une heure du matin.

Dans la Grotte, un prêtre revêtait les habillements sacerdotaux. L'heure des messes était revenue, et avec les messes, la voix des chants nocturnes réveilla les échos de Massabielle, à peine assoupis.

Nuit divine, nuit ineffable, je ne vous oublierai jamais. Mille bras s'étaient rouverts : *in noctibus extollite manus vestras in sancta*, demandant pardon pour la France et pour le monde.

Abîmé d'inexprimables émotions, je quittai la Grotte. Derrière moi, j'entendis monter encore longtemps les concerts de la prière. La lune blanche et tranquille continuait sa course, faisant pâlir les astres semés autour d'elle dans le bleu firmament.

Et ainsi s'acheva cette nuit de la Grotte, sous le ciel étoilé des Pyrénées.

II

DANS L'ÉTERNITÉ.

Immaculée Conception !.... Ce dernier écho des roches Massabielle ne me quittait plus. Comme Bernadette, après la seizième apparition, je ne cessais d'ouïr en moi-même la voix d'or de la Grotte répéter : *Je suis l'Immaculée Conception!* Comprenant le mystère du côté de la place qu'il occupe dans la mise en scène terrestre du plan divin, je l'ignorais toujours du côté de lui-même et de l'idée de Dieu.

Comment une conception peut-elle être maculée et une autre conception immaculée? Pourquoi, avant leur chute originelle, Eve et Adam ne portaient-ils point ce titre privilégié? Par quel prodigieux renversement de choses l'humanité sacrée de Jésus, prise en elle-même, ne s'est-elle pas définie ainsi [1]? Quelque chose de souillé serait-il donc sorti des mains de Dieu? Questions profondes auxquelles la réponse est admirable.

De même qu'un artiste, avant d'entreprendre son tableau, commence à en élever les lignes jusqu'aux sphères indéfinies de l'idéal, ainsi procéda Dieu, l'éternel artiste, dans l'ordonnance et l'exécution des mondes qu'il créa.

Le ciel, aussi bien que le paradis, posséda son roi. L'ange en haut, l'homme en bas, tous deux sortis du néant, tous deux formés à l'image de Dieu, mais par médiation, c'est-à-dire dérivés d'un prototype unique, image même du Très-Haut, que l'ouvrier divin avait placé sous ses yeux, dès l'origine, dans son mystérieux atelier.

---

(1) Elle ne s'est pas définie ainsi, parce que Marie l'a définie elle-même, quand elle a dit : *Je suis l'Immaculée Conception.* Elle a parlé avec son fils, comme une mère respire avec celui qu'elle porte dans son sein : *Dominus tecum.*

Or, cet idéal qui, chez l'homme, n'existe qu'à l'état d'idée fugitive, ne pouvait point ne pas être une existence. En Dieu, concevoir, c'est créer. Les deux mots ne font qu'un, mot substantiel et vivant, dont la place est immuable, dont la durée est éternelle, Marie, saluée dans l'Eglise première parmi toutes les créatures.

Conçue avant les anges et les hommes, mais avec le Verbe, elle était au commencement, alors que rien n'existait encore. A l'instar du divin Raphaël, sur le point de prendre son merveilleux pinceau, Dieu la possédait, *idéalité* comblée d'amour, aux profondeurs de son idée infinie : *Dominus possedit me in initio viarum suarum.*

Dérivée de Dieu seul, c'est d'elle, par contre, que dérivent toutes les autres créatures. Fille de l'Eternel, reine des anges et reine des hommes, elle est la première conception conçue, la conception typique, dont l'ange et l'homme ne sont pas la *réalisation*, mais une *réalité dérivée*. Tournez vers elle vos regards ; Jéhovah sort de son éternel repos, la création tout entière va se dérouler dans le miroir de ses perfections et de sa beauté.

Et le lis des vallées chantera sa blancheur, et l'eau des claires fontaines symbolisera sa pureté, et la rose s'épanouira, reine au milieu des fleurs, comme elle est reine au milieu de toutes les créatures. Ni sur le monde terrestre ni dans le monde sidéral, rien n'échappera au souvenir de sa gloire et de son nom.

Salut, radieux arc-en-ciel ; car tu me parles d'elle. Salut, firmament bleu ; car tu portes ses couleurs ! Salut, vieilles étoiles toujours jeunes, semées par myriades dans l'immensité du ciel ; car vous êtes les pierreries éblouissantes du manteau de l'Immaculée.

Pluies abondantes, fécondes rosées, perles étincelantes, déposées par la nuit sur la feuille parfumée et dans l'herbe odorante des prairies, je vous salue et je vous bénis. Car vous rapportez perpétuellement à la terre, fécondée par vous, quelque chose de la plénitude des grâces de celle qui a fécondé le monde.

Salut, flambeau des nuits, lune souriante, protectrice du voyageur, reine silencieuse et lointaine penchée sur le globe terrestre, comme une mère sur un berceau ! Vous êtes les pages du divin poème, et par vos reflets et par votre langage, je reconnais qu'en sortant des mains du créateur des mondes, vous avez passé devant la face idéale de la Conception immaculée.

———

Mais si sublime que soit cette fonction de Marie dans le concept de la création, elle ne justifie pas encore sa qualité de conception sans tache. Conception immaculée, qu'est-ce à dire ? Le créateur aurait-il donc eu dans le détail des conceptions maculées ? Est-ce que de ses divins doigts, soit en formant Adam du limon de la terre, soit en ouvrant le séjour du ciel à Lucifer et à ses anges, serait tombée une goutte de poison subtil dans l'océan des êtres ?

Immaculée Conception ! J'avoue que ce mot me terrasse. J'y découvre, à première vue, une incommensurable dissonance. Car ce n'est point à la suite de la révolte de Lucifer ni de la désobéissance d'Adam que Marie a mérité et revêtu son titre d'immaculée. Ni la chute de l'ange ni l'opprobre d'Eve n'ont rejailli sur elle en flots de gloire.

D'où vient donc le privilège unique qui lui est accordé? Si je regarde au ciel, je le trouve en révolution ; si je redescends sur la terre, le paradis lui-même est bouleversé. Un élément fatal est intervenu, qui a rompu l'harmonie des relations du créateur avec sa créature : on le nomme la liberté !

Non pas dans sa perfection, mais dans ses défaillances, Dieu, souverainement libre, est souverainement attaché au bien. Il ne peut se détourner de lui-même, ni ne point s'aimer. Et ce n'est pas là une impuissance, croyez le bien ; c'est une indéfaillance. Car éternellement Dieu a fait ce qu'il a voulu, puisque voulant s'aimer sans fin, il s'est aimé toujours.

Il n'en est pas de même de moi, pauvre créature. Que de fois j'ai vu mon but sans valoir y arriver ! Combien d'heures passées au milieu d'une lutte pénible, entre le devoir entrevu et le chemin tracé pour y conduire ! J'admire le beau et je veux aimer le bien ; mon cœur se soulève de lui-même, sur l'aile de brûlants désirs, vers ce qui est noble et porte le caractère de la grandeur.

Et cependant, hélas! ma liberté me trahit tous les jours par les plus déplorables capitulations. En même temps que les forces d'en haut m'attirent, d'autres forces contraires me retiennent en bas. De rigueur, je puis triompher, mais en moi, l'imperfection de la liberté est telle qu'au lieu de suivre les conseils de la raison, ma volonté chancelle et finit par défaillir.

Pouvoir tomber dans le mal, ce n'est point jouir de la liberté ; c'est cesser d'être le maître absolu de son vouloir du côté du bien qui constitue son seul élément.

Il est vrai que ni Lucifer ni Adam ne me ressemblaient à leur origine. Sortis des mains du Créateur dans la grâce et l'innocence, sur le type éternellement conçu dans son divin génie, ils n'éprouvaient en eux ni révolte ni contradiction. Tout y était harmonie, unité et douceur : harmonie dans la personne, unité dans l'esprit de l'ange.

Etat sublime assurément! le plus sublime qui eût pu se concevoir si, en redescendant l'échelle dont Marie occupe le sommet, la grâce de son *idéalité* divine ne perdait de son plein rayonnement. A Marie comblée de Dieu succèdent l'ange et l'homme, placés moins haut dans la lumière, comme le tableau, comme la statue, succèdent à la brillante conception de l'ouvrier de l'art.

Vainement l'artiste humain s'élève peut-être jusqu'à l'infini ; sa main, en quête de formes et de couleurs, s'arrête toujours à moitié chemin sur les hauteurs. Chez l'artiste divin il n'en a pas été autrement. *Sa puissance ne pouvait aller où la sagesse ne va pas.* Si en raison même de son infinie grandeur, Dieu ne peut exister comme Dieu sous deux modèles, Marie, dans l'ordre des créatures, devait forcément jouir du même privilège.

L'unicité de sa conception avec Jésus est fille propre de ses perfections.

De là cette condition inférieure, quoique sublime encore, qui est échue à toutes les autres créatures. Marie est inaccessible à la défaillance, l'ange peut la subir ; Marie est la Tour de force, Adam n'est qu'une tour forte, qui peut être ébréchée ; Marie est comblée, l'ange et l'homme ne sont que dotés ; Marie enfin n'a point de potentialité au mal, ni de près ni de loin, tandis que l'homme et l'ange, à l'état de primitive perfection, peuvent entrer en relation avec lui.

Conçus avec la grâce et l'innocence, dans une proportion relative et limitée, il est impossible de leur attribuer la propriété d'être immaculés. *Par cela seul qu'ils peuvent déchoir, ils sont déjà virtuellement déchus.*

Leur conception dérivée n'est plus qu'un chef-d'œuvre, et quand il s'agit de trouver l'idéal dans lequel rayonne la pureté par essence, il faut, après avoir remonté la hiérarchie de tous les êtres, s'arrêter forcément devant vous, et devant vous seule,

O Vierge des vierges, Conception fondamentale et immaculée, en laquelle le Fils de Dieu a confondu lui-même sa propre conception, virginité des virginités, blancheur des blancheurs, prototype indéfectible des perfections du Christ, et par le Christ, de toutes les créatures.

Plus je vous étudie et moins je comprends le langage grossier des hommes. Ils osent bégayer que vous avez échappé au triste héritage du premier Adam, comme si vous n'étiez pas née bien avant Adam.

Ils vous félicitent de ne point avoir contaminé votre robe blanche à la souillure originelle, comme si de toute éternité Dieu ne vous avait pas placée à d'incommensurables distances au-dessus de sa source. Aveugles qu'ils sont, on dirait qu'ils ne se souviennent plus.

N'est-ce point vous, au contraire, dont la propre source a coulé sur la source d'Adam, pour la purifier ; vous dont l'héritage a refait sa fortune par la restauration de ses ruines ? Et vous auriez échappé, disent-ils à la sentence prononcée au Paradis !

Mais Dieu n'eût point été Dieu, si la faute originelle avait un seul instant pu remonter jusqu'à vous. La possibilité de vous maculer eût atteint en plein la toute-puissance du Créateur des mondes.

Eh quoi ! Celui qui a décidé de tirer du néant le ciel, la terre, les anges et les hommes, aurait eu assez peu de sagesse ou assez peu de génie pour lancer dans les espaces une œuvre sans pivot fixe, pour composer un poème incapable d'immortalité !

Son pouvoir eût été assez borné, son cœur assez insouciant, pour qu'il se mît en péril d'être battu par l'œuvre sortie librement de ses mains ! Et moins heureux que la colombe de l'arche, il n'eût pas même retrouvé chez lui une branche d'olivier pour se reposer !

De sorte que convaincu d'impuissance, du côté de son

génie comme du côté de son amour, Dieu en eût été réduit à s'exiler du milieu de sa famille, comme un père qui déplore sa fécondité et la maudit à jamais ! Mais c'eût été une lamentable défaite.

Non, non, il ne pouvait en être ainsi. La puissance comme l'honneur et comme la bonté de Dieu étaient en jeu. Encore une fois, Dieu n'eût plus été Dieu, si telle avait été et telle eût pu être la solution de son plan conçu.

Et voilà pourquoi, à la cime de toutes les choses créées, il n'a pas pu ne pas vous placer, ô Marie, point blanc et point inaccessible, arche immobile dans le naufrage des mondes ;

Conception immaculée, diamant de chair, prisme éblouissant de toutes les couleurs, miroir réflecteur de la Beauté qui a retenu au monde l'Amour fugitif ;

Statue de marbre inaltérable, porte d'ivoire par laquelle Dieu désarmé est rentré en pleurant dans son divin poème : *Domus Dei et porta cœli.*

Le ciel et la terre, avant d'être formés, vous demandaient à grands cris : le ciel pour l'honneur de son roi, la terre pour le salut de l'humanité !

Sans vous, l'éternel ouvrier ne fût jamais sorti de sa gloire ; avec vous, il a tout risqué. A la vue de votre visage, toujours souriant et serein, il a déposé toute crainte. Lorsqu'il s'est mis à créer, c'est vous qui avez soutenu son bras, vous qu'il a interrogée dans son amour avant de prononcer son premier *fiat*.

Marie, colonne inébranlable et sel incorruptible du monde : *Cum eo eram, cuncta componens.*

Aussi ne puis-je vous dire quel est le tressaillement de mon âme lorsque, redescendu des hauteurs de l'Esprit-Saint, je vous retrouve à la Grotte de Lourdes, dans le plein épanouissement de votre grâce et de votre beauté.

La source qui coule à vos pieds, ces flots purs que vous avez fait jaillir des entrailles du rocher, prennent pour moi des proportions presque infinies.

J'y vois le plan et le recommencement de toutes choses. Cette source et ce Gave n'ont point changé. Ils sont toujours séparés l'un de l'autre : le Gave plus bas et la source plus élevée ; le Gave, source d'Adam ; la fontaine de la Grotte, source de Marie.

Ce n'est point le Gave qui remonte, c'est la fontaine qui descend. Il n'y a pas de souillure dans le mélange, c'est une purification.

Source de Lourdes, source immaculée, laisse couler vers le Gave et vers les fils d'Adam tes eaux transparentes et inépuisables.

De même que tu te mêlais, dans le concept de Dieu,

aux jours lointains de son éternité, mêle-toi dans son œuvre, fille du temps, au torrent tumultueux des montagnes!

Lave, nettoie, purifie! Tu es la fontaine divine et humaine tout à la fois, l'eau du rocher de cristal, tombée sur les innombrables souillures du présent et les courants troublés de l'avenir;

Source de Lourdes, réserve de la sagesse de Dieu, céleste musique destinée à remettre l'harmonie dans la discordance universelle des mondes!

LIVRE IV

———

JÉSUS DE LOURDES

〰〰〰〰〰

I

Ecoutez la voix prophétique du Bienheureux Grignon de Montfort : Elle annonce de loin la Vierge blanche et Jésus de Lourdes !

« Comme c'est, dit-il, par la très sainte vierge
» Marie que Jésus est venu au monde, c'est aussi
» par elle qu'il doit régner dans le monde.

» La divine Marie a été inconnue jusqu'ici à
» la plupart des chrétiens, et c'est une des raisons
» pour lesquelles Jésus-Christ n'est point connu
» comme il doit l'être.

» Si donc, comme il est certain, le règne de

» Jésus-Christ arrive dans le monde, ce ne sera
» qu'une suite nécessaire de la connaissance et du
» règne de la très sainte Vierge,

» Qui l'a mis au monde la première fois, et le
» fera éclater la SECONDE.

» Marie n'a presque point paru dans le premier
» avènement de Jésus-Christ, afin que les hommes,
» encore peu instruits et peu éclairés sur la per-
» sonne de son Fils, ne s'éloignassent pas de lui
» en s'attachant trop fortement et trop grossière-
» ment à elle. »

Mais dans le SECOND AVÈNEMENT DE JÉSUS-CHRIST,
Marie doit être connue et révélée par le SAINT-ESPRIT,
afin de faire, *par Elle, connaître, aimer et servir
Jésus-Christ.*

« Quand et comment cela sera-t-il ? Dieu seul le sait.
» C'est à nous de nous taire, de prier, de soupirer et
» d'attendre : *Expectans expectavi.* »

Paroles d'une merveilleuse transparence ! La révélation de la Mère avec le Verbe dans le Saint-Esprit a été
le perfectionnement de la révélation de la Mère avec le
Verbe dans la Chair de Nazareth. Jésus-Hostie, achevant ce nouvel enfantement de la Grotte, remplira de
grâce ceux que l'Immaculée Conception a remplis de
vérité.

Voilà pourquoi, ô bienheureux Grignon, je salue d'un
cœur transporté ta béatification solennelle à Rome,

l'année même où Celui que tu as annoncé est sorti de la Grotte de Lourdes ;

Pourquoi aussi je reconnais le signe des célestes concordances dans l'arrivée de ta statue à la basilique, au lendemain du jour où les foules, au dedans et au dehors, ont entonné l'*Hosanna* du Verbe-Hostie et du Verbe-Evangile.

Avec le comte de Maistre, qui annonça pour la fin du siècle un mouvement immense dans l'ordre divin, tu fus dans le lointain un grand voyant des roches Massabielle.

Deux cents ans avant leur 25 mars, sous le ciel de la Bretagne, tu dressas des calvaires d'attente, et les fils de Saint-Dominique te virent, comme eux, réciter le rosaire, ce rosaire que le monde contemporain a reçu des mains de l'Immaculée à Lourdes.

II

LES TROIS APPARITIONS.

En 1846, en un point culminant des Alpes, apparaissait la Vierge de la Salette. A son cou pendaient un crucifix, des tenailles et un marteau. De ses yeux, sur nos rires et sur nos plaisirs, tombait un ruisseau de larmes. La bouche était pleine de reproches amers, d'avertissements, de prédictions difficiles à entendre.

Qu'annonçait à la France et au monde cette vision de
la douleur ? Pourquoi ces insignes du Calvaire ? Je vois
les tenailles et le marteau passer d'abord aux mains
des pouvoirs publics, et le crucifix, au milieu des foules,
se teindre du sang du Golgotha. Mais est-ce fini ? Non.
Du haut des Alpes, tournez vos regards vers les Pyrénées.

Voici, douze ans après, une autre Apparition, non
plus dans les pleurs. Celle-ci se montre dans un immense rayonnement de gloire. Mais alors que l'Immaculée Conception crie pénitence à Lourdes, la *Sainte
Face de Jésus*, couverte des sueurs du chemin et des
crachats du Prétoire, se révèle à Tours, par les plus
singuliers prodiges.

Douze autres années après, a lieu l'Apparition de
Pontmain. La Vierge y est triste d'une tristesse infinie.
Dans ses mains, elle montre aux hommes, pour la troi-
sième fois, la victime expiatoire des péchés du monde.
Le crucifix y est empourpré du sang de la flagellation.

Très différentes en elles-mêmes, les trois Apparitions
se rencontrent en un point commun : JÉSUS CRUCIFIÉ !
A la Salette comme à Lourdes, à Lourdes comme à
Pontmain, elles font la même prophétie. En chacune
d'elles, ici dans les pleurs et là dans la gloire, la Mère
découvre son Fils, Verbe de Dieu, attaché sur la
croix !

III

LES CROIX DE JÉRUSALEM.

Où que je regarde, je les vois se dresser un peu de tous côtés. De l'Est à l'Ouest, du Nord au Midi, les voilà qui s'avancent, triomphalement portées par les nouveaux croisés de l'Eglise. Les montagnes les plus célèbres de France en seront bientôt pourvues ; le Calvaire de Lourdes ne cesse de réenfanter d'autres calvaires.

C'est l'Evangile, c'est le récit du drame humain et divin de la Rédemption qui a rouvert ses pages sous nos yeux. Pénitence ! Pénitence ! Pénitence !

Le signe de Dieu n'est point seulement visible dans l'Eglise. Paris, la ville du plaisir, est devenue elle-même la vie du Calvaire. Trente ans après le *panorama* de Lourdes, d'autres panoramas font leur apparition. A Montmartre, c'est le diorama de Jérusalem telle qu'elle est aujourd'hui ; plus bas, c'est le drame du Golgotha, sous Hérode, qui se déroule dans un palais des Champs-Elysées.

Ainsi, au centre même de la capitale, sur son boulevard le plus fréquenté, là même où les courants de la civilisation cosmopolite refluent de tous les points de la France et de l'Europe, avec le cortège de tous les oublis, de toutes les luxures et de toutes les frivolités, l'Evan-

9*

gile se rouvre, la Passion se renouvelle, le ciel tonne, la terre tremble, les rochers se fendent, Jésus-Christ ouvre ses bras sanglants.

Le front couronné d'épines, les pieds et les mains percés, le côté ouvert, les os brisés, le corps entier déchiré par les soldats romains qui l'ont mis à mort, le divin Crucifié attend, lui aussi, l'ouverture de l'exposition du centenaire de 1889 !

Deux panoramas sont ainsi en présence. A côté de celui des palais, des dômes et des hautes tours, monuments de l'industrie et de l'orgueil du siècle, il y a celui de Jérusalem au temps de la Synagogue, avec son exposition des humiliations du Verbe, monument immortel du péché. Oui, il sera là, sous les couleurs les plus rajeunies, dans un tableau qui saisira tous les yeux.

De sorte qu'à peine sorti du panorama destiné à glorifier la Révolution, l'homme des temps nouveaux, par une transition subite, se trouvera transporté à l'autre bout du monde, au Calvaire sanglant, devant le condamné de l'Evangile.... face à face avec Jésus de Lourdes !

IV

LA SAINTE FACE.

Je réfléchissais à toutes ces choses, non sans admiration pour l'œuvre de la Conception immaculée, lorsqu'à la vieille église paroissiale, j'ai trouvé la Sainte Face sous un dais de velours pourpre.... Sainte Face de Jésus, montant au Calvaire de Jérusalem, aujourd'hui visible au pied du Calvaire de Lourdes.

Elle pleure, comme pleurait Notre-Dame de la Salette. Une sueur de sang dégoutte de son front ; les crachats de la persécution la couvrent. C'est l'outrage infâme, tous les opprobres du crucifiement, la plainte du Verbe à la Grotte : Pénitence ! Pénitence ! Pénitence !

Elle aussi, la divine abandonnée, demande à l'homme sensuel de souffrir, au monde oublieux de revenir à l'Eglise, de retourner à ses enseignements. Elle aussi est pleine de reproches à l'égard des siècles contemporains ! Elle aussi veut être plus honorée et mieux connue !

Pour ramener sur elle les yeux égarés de la foule, la voilà qui fait des prodiges. Alors que les montagnes de la Salette ont parlé, que les grottes de Massabielle montrent au monde la Mère en sa gloire, tout révèle en même temps la figure de Jésus en ses opprobres. La Mère découvre le Fils.

Bafoué par Straus et par Renan, par l'orgueil du pharisien, par l'oubli du publicain, par l'indifférence des masses à écouter sa voix, on l'a vu sortir à nouveau du Prétoire, monter et redescendre les pentes du Golgotha, et s'élançant subitement de son suaire, après dix-huit siècles de silence, réapparaître au monde avec l'auréole du miracle, comme au premier des jours.

Prodige sur prodige ! C'est l'heure de l'opprobre et c'est l'heure de la glorification. En rendant la vie à la face de Jésus, les rayons de l'Immaculée Conception lui rendent aussi l'amour. Le monde va s'ébranler, il s'ébranle déjà. Pour le mettre en mouvement, Marie rouvre le poème tout entier de la création.

Rappelant ses inénarrables origines, elle réenfante aux Pyrénées, dans un immense feu d'aurore, le plan divin sur les siècles présents et sur les siècles futurs. En sorte que Lourdes reflète ensemble et la pensée de Dieu et Jérusalem, que Lourdes est une autre Jérusalem, toute rayonnante de nouvelles clartés.

— Rempli de ces pensées sublimes, je m'agenouille devant la Sainte Face, lui demandant pardon de si peu la contempler et de si peu l'aimer. Puis, pendant que mon cœur bat, à la vue de ce portrait rajeuni d'un Dieu mort, il y a dix-huit siècles, pour moi, un fait très singulier de l'histoire de Lourdes me revient à la mémoire.

Je me rappelle Henri Lasserre et le saint Homme de Tours, celui-ci priant pour les yeux de son visiteur, celui-là sentant ses paupières de nouveau alourdies se dégager subitement et se raffermir pour jamais.

Souvenir qui me bouleverse ! J'y vois les mêmes yeux deux fois touchés par la vertu du ciel, sur lesquels viennent successivement se rencontrer, dans un ordre parfait, et l'eau de la source de Lourdes et la Sainte Face de Tours.

Le miraculé de Marie devient en même temps le miraculé de Jésus !

V

LE CALVAIRE.

Partout où la Mère est conçue, le Fils est conçu aussi : *ubi Maria, ibi Jesus* [1]. L'un est au sommet et l'autre au pied du Calvaire. Tous deux ne cessent de toujours racheter l'humanité. Aussi Lourdes a-t-il son Calvaire. Lourdes et le Calvaire sont inséparables ; Dieu les a unis dès l'origine.

Le Calvaire, conception du sang ; Notre-Dame de Lourdes, conception de l'innocence, préparée pour la conception du sang, l'une et l'autre conception double en une seule, inventée par la miséricorde et exécutée par l'amour infini : *Je suis l'Immaculée Conception !*

Le premier ouvrier de la croix, c'est l'homme coupable ; l'artiste de la Conception immaculée, c'est Dieu rédempteur. Le péché sans mesure de la terre a été comblé par la miséricorde sans bornes du ciel.

Je te salue, ô Croix de Lourdes ! Je te bénis aussi, ô

---

(1) Marie sans Jésus ne serait point Immaculée Conception. Elle ne serait pas même une *conception*, Dieu ne l'ayant pas créée pour elle-même. Elle ne serait qu'un hors-d'œuvre, c'est-à-dire une impossibilité et un *contresens* dans le plan divin.

nouvelle Eve du genre humain racheté ! Le Calvaire devait apparaître là d'où la grâce et la miséricorde sont venus. Eternellement la Croix de Jérusalem et la Grotte de Lourdes se sont donné en Dieu le baiser de l'amour.

Par Marie, on monte à Jésus ; avec la Mère on retrouve l'Enfant. Marie n'est elle-même que la figure du Verbe chair : Je suis l'Immaculée Conception !

Dans le concept du Créateur, la Grotte de Lourdes a figuré l'étable de Bethléem, comme son Calvaire a préparé le Golgotha. Marie est à l'avant-scène à Lourdes, comme elle y était dans l'Esprit de Dieu : *Initio viarum suarum possedit me.* Il m'a possédée, dit-elle avec l'Eglise, *au commencement de ses voies.*

Mais comme, au premier jour de sa conception, convergeaient déjà vers elle toutes les avenues du divin poème : *Viarum suarum*, ainsi se reflètent, dans son image idéale à Lourdes, toutes les lignes de l'ordonnance de l'œuvre.

Lucifer est tombé, Adam est déchu, le monde est racheté. Entendez-la, cette merveilleuse créature ; le plan divin s'épanouit en sa fécondité. Elle a beau ne montrer que sa figure, ses pieds, sa ceinture bleue, aux yeux de Bernadette éblouie, c'est déjà et toujours la voix du Verbe qui parle en elle : Pénitence ! Pénitence ! Pénitence !

Comme il était au commencement, comme il fut à Jérusalem, le voilà de nouveau à Lourdes, rapporté aux hommes avec la Vierge, non dans une chair passible et couverte de plaies, mais sur les ailes du Saint-Esprit, dans l'épanouissement plénier de sa grâce et de sa vérité : *Plenum gratiæ et veritatis !*

Hier, par-dessus l'avenir, il répétait trois fois le mot de pénitence dans la bouche de l'Immaculée. Aujourd'hui il accomplit des prodiges sous la forme de Jésus-Hostie. Demain, il ressuscitera à la Grotte, Verbe de Dieu, pour une nouvelle prédication de l'Evangile ; et le monde l'acclamera comme il l'acclama jadis : Hosanna au fils de David, *Hosanna filio David !*

Pénitence ! Pénitence ! Pénitence ! Mot du Sinaï, mot du Jourdain, mot du Gave ! Pénitence dans le Père : je suis le condamné du sein du Père ! Pénitence dans le Fils : je suis le condamné de Jérusalem ! Pénitence dans le Saint-Esprit : je suis le condamné de Lourdes !

VI

O CRUX, AVE.

Nous sommes dix mille aux Espélugues ; dix mille autres pèlerins nous attendent sur les bords du Gave. Il est trois heures, heure de la mort et heure de la vie, heure triomphante et pleurante du chemin de la croix.

A chacune des quatorze stations, la foule tombe à genoux. Prostration sublime d'amour, où, après dix-huit siècles, le cœur de la France pénitente palpite encore, comme aux premiers jours, sur les pas de Jésus.

Nulle de ses chutes, nulle de ses plaintes, nulle de ses innombrables gouttes de sueur n'est oubliée ce jour-là. Lourdes paie la rançon de tous : Pénitence! Pénitence! Pénitence !

Parvenus sur le sommet, les premiers groupes ont attendu. Tantôt à pied, tantôt à genoux, le front découvert sous le ciel brûlant du Midi, la foule les a rejoints. La voici debout et frémissante sur le Golgotha d'Occident.

Ce qui déprime ou soulève ces flots, je ne puis vous l'exprimer. Jésus règne en vainqueur. Il y a des chants, il y a des cris, il y a des soupirs, il y a des larmes.... Il y a tous les frémissements et toutes les fièvres de l'amour!

Quel moment unique pour le Fils de Marie, à la face du siècle le plus corrompu et le plus sensuel, sous les yeux de la France et du monde!

Abrités par les ailes de la croix, les pèlerins ont chanté son hymne de gloire : *Vive Jésus! Vive sa croix!* Puis, exaltant l'opprobre du Crucifié, je les entends redire le *Vexilla regis.* Heure émouvante du Calvaire de Lourdes, je ne t'oublierai jamais !

Et Pilate qui livre, et Caïphe qui condamne, et Hérode qui veut tuer, et Judas qui trahit, et les pharisiens jaloux, tous ces traits, toutes ces figures de l'homme ennemi que l'Esprit de Dieu voyait le jour où il conçut Jésus dans le sein très pur de l'Immaculée, c'est-à-dire au commencement et avant tous les siècles ;

Je les revois, je les retrouve, je les touche dans le panorama de Lourdes! Second avènement, lumière d'aurore irradiée sur le présent, pour rapprocher, pour découvrir et pour épanouir, avec la Mère et par elle, le règne de Jésus-Christ en sa double survivance dans l'Eglise : le Verbe grâce et le Verbe-vérité, le Verbe-Hostie et le Verbe-Evangile.

VII

MARIE-MADELEINE.

Elle est à moitié chemin du Calvaire. Sous les voûtes de colossales excavations, creusées par la nature au flanc des Espélugues, elle est à genoux sur un rocher nu.

Ses cheveux sont épars, ses traits sont brûlants, ses mains se joignent au cœur, ses yeux pleurent des pleurs qui vous bouleversent l'âme. Madeleine, Madeleine, comment te trouves-tu ici, et pourquoi répands-tu encore des larmes ?

Etais-tu nécessaire à l'œuvre de Dieu, lorsque, du fond de son éternel repos, il décréta de tirer le monde du néant ? Et te mit-il aussi en première ligne dans le plan réfléchi par l'Immaculée Conception ?

A travers les temps, serais-tu la France, serais-tu l'humanité qui pleure ses péchés à Lourdes ? Car la France, car l'humanité, sont aussi deux prostituées. Je les trouve ici, essuyant de leurs cheveux les pieds du Crucifié, leur maître et leur roi.

La France est ici, je l'entends qui se lamente. Ses cris s'élèvent, sa voix gémit, ses chants éclatent. Elle demande grâce pour elle et pour le monde : *Parce, Domine, parce populo tuo !*

La France est ailleurs, sur divers points du territoire où la croix de Jérusalem est plantée. O France, ô Madeleine pécheresse, lève-toi, remonte vers les hauteurs sanglantes et chante, courbée sur les pieds de Jésus de Lourdes, l'hymne éplorée de ton repentir et de ta résurrection !

VIII

JÉSUS A LA GROTTE.

Le voici, le Sauveur annoncé. Sur le chemin, en redescendant les Espélugues, j'ai rencontré les rayons d'or du saint Sacrement. La procession qui, à cette heure, ne manque jamais de se faire pendant le pèlerinage national, porte le nom de procession des miraculés.

Ce jour-là étant le premier de l'arrivée, nul infirme rendu à la santé ne suit l'Agneau de Dieu. Cependant la procession avance solennellement, et la foule recueillie chante, en inclinant le front devant la majesté du Dieu trois fois saint :

« Je t'adore à genoux, ô divinité cachée, toi qui, sous
» la figure blanche du pain, voiles réellement tes divins
» traits. Oui, mon cœur se soumet à toi tout entier ; car
» en te contemplant, il se sent défaillir d'amour ! »

Plus de six mille chrétiens prient ainsi. Or, lorsque
l'Hostie sainte apparaît sur les bords du Gave, une pensée sublime s'empare de tous les priants. Lourdes n'est
plus Lourdes ; c'est Jérusalem au temps de Jésus, qui
reparaît avec ses prodiges inouïs. En une minute,
l'Evangile se rouvre et se reproduit à nouveau sous nos
yeux ravis.

De ma vie je n'oublierai ni ces cris, ni ces foules, ni
ces supplications, ni ces larmes. Un vent d'enthousiasme
divin souffle sur toutes les têtes. De tous les grabats, de
toutes les voitures où gisent dans la souffrance tant
d'humaines infirmités, s'élève quelque chose de suppliant et de déchirant. Dix mille voix leur font écho et
crient au Fils de l'Immaculée, comme le firent jadis
et Zachée, et la mère de la fille de Jaïre, et l'aveugle de
Jéricho :

Seigneur, si vous voulez, vous pouvez me guérir !
Seigneur, je ne suis pas digne que vous entriez dans
ma maison, mais dites seulement une parole, et mon
âme sera guérie !
Seigneur, sauvez-moi !
Seigneur, aidez-moi !
Jésus, fils de David, ayez pitié de nous !
Seigneur, voici celui que vous aimez qui est malade !

Puis une invocation plus frémissante que les autres

jaillit de toutes les poitrines à la fois. Au milieu de la foule, au milieu de l'amour, au milieu de ce qu'il y a de plus élevé dans les âmes ici-bas, en face du Fils de Dieu bénissant, et au regard de tous les pèlerins, une femme se lève, tenant ses béquilles en l'air, un second malade roule de sa couche et se retrouve debout : *Tolle grabatum tuum et ambula.*

Alors, sous le coup d'une commotion subite, la multitude n'y tient plus. Elle pousse, de ses profondeurs, un de ces inénarrables cris que seul l'amour peut inventer. Jésus l'a touchée, elle le sent, elle le reconnaît et elle l'acclame : *Hosanna au Fls de David ! Béni soit celui qui vient au nom du Seigneur !*

On se presse, on se précipite, on pleure comme jamais on n'a pleuré. Après avoir souri à son nouveau peuple, Jésus-Hostie quitte la Grotte, remonte le chemin des lacets, entre l'infirme guéri qui le précède et celui qui marche sur ses pas. Escorte triomphale, toi non plus, j'en fais le serment le plus sacré, je ne t'oublierai jamais.

IX

HOSANNA FILIO DAVID.

Hosanna au Fils de David ! Ainsi chantaient autrefois sur la terre de Judée, en cette Jérusalem qui le reçut prêchant son Evangile et le vit mourir avant de le voir régner, ainsi chantaient les foules, ainsi imploraient les malades sur ses pas.

En remplissant la mission qu'il avait reçue, l'Enfant de Bethléem faisait éclater des prodiges parmi la foule. Les peuples le virent et l'acclamèrent, la Judée tout entière se prosterna sur son chemin, chantant à Jérusalem, comme on chantait à Lourdes : *Hosanna au Fils de David ! Béni soit celui qui vient au nom du Seigneur !*

Alors, trente ans s'étaient écoulés depuis Bethléem, comme ils se sont écoulés depuis la Grotte. Ainsi, les deux vingt-cinq mars se touchent, l'un dans l'obscurité, l'autre dans la gloire ; ainsi, dix-huit siècles recommencent ; ainsi, le présent et le passé se donnent la main. Les bords du Gave et les rives du Jourdain chantent le même Jésus ; la porte de Jérusalem est devenue comme la porte glorieuse de Lourdes.

Gloire au Fils de l'Immaculée ! Le voici révélé dans son second avènement. Ce qui s'était obscurci est redevenu clair, ce qui avait vieilli s'est transfiguré. Maintenant, la nouvelle lumière de Dieu s'épanouit à la Grotte, en face de toutes les lumières nouvelles du progrès !

Entendez les multitudes, comme elles chantent sur ses pas ! C'est bien le Fils de la Beauté sans tache, plein de grâce et plein de vérité. Hostie sous la forme du pain, Verbe dans la parole des Evangiles. D'une part acclamé et glorifié par le Musée eucharistique de Paray et par les Congrès eucharistiques de France ; de l'autre, accueilli à son apparition par l'Hosanna du peuple chrétien ; puis mis en terre, froment divin qui germe avant de devenir l'épi nouveau, destiné à raviver les générations chrétiennes.

C'est Marie, Mère du Verbe, qui l'a rapporté en sa gloire ! C'est par Marie révélée que le monde doit aller à Jésus mieux connu : *Haut la Mère, haut le Fils!*

Marie qui s'est montrée à Lourdes telle qu'elle a existé en Dieu dès le commencement, c'est-à-dire en possession de toutes ses fécondités, mère future de Jésus-Hostie, Mère aussi de l'Eglise et de l'Evangile, Verbe-vérité du Verbe de Dieu !

Hosanna au Fils de David ! La Grotte nous le montre sous ses deux survivances à la fois, puisqu'en acclamant l'Agneau de Dieu qui lui répond par des prodiges, elle retraduit au milieu des foules, et pour nos yeux contemporains, les principales scènes de l'Evangile.

X

PROPOS INTERROMPUS.

Tout proche des piscines, je rencontre un dominicain de mes amis. C'est pour la deuxième fois qu'il est venu à Lourdes. Frère Henri m'apparaît hors de lui-même. Comme moi, comme tant d'autres, comme tous ceux qui sont là, il sent que quelque chose d'extraordinaire vient de se passer. Son visage est bouleversé.

« Que pensez-vous, mon Père, de cette apparition de Jésus-Hostie opérant ici des prodiges ? La Vierge immaculée fait aujourd'hui les honneurs de la Grotte à son Fils. Toute la matinée nous avons prié la sainte Vierge, sans pouvoir obtenir de guérison, et voilà que subitement, à l'arrivée de l'Agneau de Dieu, la voix des priants se retourne vers lui, et que les guérisons éclatent de tous côtés. »

Frère Henri s'essuya les yeux : « Il y a là, dit-il, une de ces surprises que l'on pouvait prévoir, mais que l'on n'a pas prévue. Cependant, Marie pouvait-elle apparaître seule là même où elle s'est révélée telle qu'elle a existé dans le plan divin, au premier des jours ? Non, mon ami. Si, obscure et vivant dans l'humilité, elle nous a donné le Verbe fait chair une première fois, comment voulez-vous qu'elle ne le rapporte point en esprit dans la plénitude de sa grâce et de sa vérité, alors qu'elle est apparue dans la plénitude de sa gloire ?

» En douter serait ne rien comprendre aux choses de Dieu. Ce grand mouvement d'amour qu'on nomme les pèlerinages de Lourdes, ce n'est point pour elle seule que la Vierge les a suscités. Avant de songer à elle-même, croyez bien que la Mère de Jésus a songé au règne de son Fils.

Sa mission à Bethléem était de le présenter à l'adoration des Mages et des bergers ; sa mission à la Grotte est de le rendre éclatant et victorieux au cœur refroidi du peuple chrétien.

» Plus j'étudie Lourdes, plus je m'y perds ; plus je

contemple la Mère, mieux je découvre le Fils. Je viens de le voir, de le sentir, de l'acclamer comme s'il était là. Lourdes commence seulement, mais déjà quel immense horizon se découvre, quels mystérieux symboles y sont apparus !

— Mon Père, vous m'intéressez au delà de ce que je puis vous dire. Hâtez-vous d'achever votre pensée, elle réjouira toutes les miennes. »

Frère Henri veut continuer, mais le *Magnificat* s'élève au même moment. D'elles-mêmes nos voix se mêlent aux voix de la foule électrisée, et nous chantons d'un plein cœur : Mon esprit a tressailli en Dieu, mon Sauveur : *Et exultavit spiritus meus, in Deo salutari meo.*

XI

LE PREMIER MIRACULÉ DE JÉSUS.

Celui que les pèlerins accueillent en ce moment est un enfant aux yeux bleus, aux cheveux blonds, au front radieux. On se précipite pour le voir, on l'admire, on se le montre. Le cœur de toutes les mères est palpitant autour de lui.

Louis Tribout a dix ans. Il est venu de Paris, 62, rue de la Boétie, sans être accompagné de sa mère ; car on est pauvre, très pauvre chez les siens. Dès l'âge le plus tendre, il a compris la vie. Habitué à voir les larmes couler autour de lui, lorsque l'ouvrage y manquait, le pauvre petit allait prier la sainte Vierge à l'église Saint-Philippe du Roule et se hâtait de rentrer chez lui pour dire à sa mère : « Ne pleure plus, maman, j'ai prié la bonne Vierge pour toi. »

Or, il faut que je vous redise ici la charmante histoire de cet enfant, qui vient de sortir des piscines avec l'auréole du miracle sur le front.

Louis était paralytique de naissance. Chez lui le côté gauche, porté par le côté droit, était resté glacial, petit et inerte. Collé le long du corps et rigide comme un bâton, le bras, terminé par une main rachitique, se montrait à peine du côté du dos. La jambe étiolée suivait la même inclinaison. Louis la traînait, comme une jambe de compas, avec le secours d'une béquille.

Malgré leur pauvreté qui était grande, le père et la mère songèrent pourtant un jour à consulter la science sur ce triste cas. Plus l'enfant avait grandi, plus l'infirmité avait paru s'accuser. En le voyant, le docteur Thorin n'hésita pas à déclarer la situation sans remède. « C'est une paralysie atrophique essentielle, dit-il, il n'y a rien à faire. »

Cet *il n'y a rien à faire* plongea les deux époux dans la plus noire tristesse. D'autres enfants étaient venus en leur ménage. Maintenant Louis était l'aîné de cinq. C'était trop. Qui donc aiderait un jour le père à les nourrir?

Tristes, mais non encore désespérés, les pauvres ouvriers ne se tinrent pas pour battus. On prit, chez les Tribout, le parti d'aller plus loin. Conduit à l'*Enfant-Jésus*, Louis est à nouveau examiné. Ai-je besoin d'ajouter qu'il est à nouveau condamné ? « C'est incurable, » dit le médecin à première vue. Et comme la mère insistait : « Non, non, ajouta le praticien avec un ton absolu. Inutile de dépenser de l'argent et des remèdes en pure perte. »

Cette fois, ce fut le désespoir qui entra dans le cœur du père et de la mère. Ils s'en retournèrent donc chez eux, laissant pour la forme leur petit Louis à l'Enfant-Jésus, comme s'ils eussent encore espéré contre toute espérance. Les divers traitements qu'il subit furent en effet plus qu'inutiles.

Or, dans cette famille de pauvres gens, la Providence agissait à leur insu. A côté de ses parents, qui pourtant étaient de braves chrétiens, puisque la mère avait tout récemment amené deux couples irréguliers à se faire marier par l'Eglise, Louis possédait une tante, très dévouée à Notre-Dame de Lourdes.

Chez le baron de Witt, où elle est concierge, il y a dans une niche une petite statue de la Vierge, qu'elle invoque souvent. « Voudrais-tu, lui dit un jour la tante, en la montrant à Louis, voudrais-tu aller à Lourdes ? Puisque les médecins n'ont rien à faire avec toi, la sainte Vierge saura bien s'y prendre pour te guérir. Elle en sait plus à elle seule que tous les docteurs ensemble. »

A cette proposition, le visage de l'enfant s'épanouit.

« Oui, oui, dit-il, je veux y aller. » Et sur-le-champ on décida qu'une neuvaine aurait lieu, pour obtenir un billet gratuit du comité du pèlerinage. La neuvaine finie, le billet arriva comme par enchantement. Ce fut le P. Hippolyte, des Augustins de l'Assomption, qui le délivra.

Qui l'aurait cru ? Par un retour étrange des choses, la mère, au lieu d'en être heureuse, s'en montra inquiète. Tout au moins aurait-elle voulu accompagner son fils, bien que, dans la réalité, elle ne crût pas à sa guérison. « C'est de nature, disait-elle souvent. Si quelque chose manque à Louis, soit dans les os, soit dans les nerfs, la sainte Vierge ne peut rien pour cela. Ce qui est de nature est de nature : on ne redresse pas les bossus. »

Et ce disant, elle était prise d'angoisse. Le départ de Louis, son long voyage à travers la France, son isolement, sa faiblesse, son impuissance, son jeune âge extrême, tout la mettait dans l'épouvante. A mesure que les jours approchaient, la pauvre mère sentait augmenter ses perplexités.

L'année, du reste, était mauvaise. Louis, qui ne pouvait supporter le froid, en avait beaucoup souffert. A travers cet été sans exemple, la pluie, les vents humides, la température pleine de crudité et de courants d'air froids, étaient de tous les jours. Que deviendrait son enfant si délicat ? Comment supporterait-il ses nuits en wagon !

Louis, lui, n'était point du même avis. Il avait hâte

de s'en aller. Les nuages, l'humidité, les ondées battantes, il voyait tout en bleu. Sa jeune âme était obsédée par l'unique pensée du voyage : car la statue devant laquelle il s'était agenouillé pendant sa neuvaine lui avait souri.

« Maman, ne pleure pas, dit-il en partant ; je t'assure que ça ira bien et que je serai guéri. Oui, je t'assure, il y a quelque chose qui me le dit tout bas. » Mais la mère garda son incrédulité, tout en laissant son innocent pèlerin à l'espoir qu'elle ne partageait pas. Le père, lui, commençait, chose singulière, à ne plus douter.

A la gare, Louis se trouva placé à côté d'un jeune homme de santé chancelante, mais qui n'était point alité. Il s'appelait aussi Louis, mais celui-ci avait vingt ans. L'aîné remarqua le plus jeune, qui lui plut aussitôt. Une conversation suivie s'engagea, et nos deux amis improvisés firent route ensemble, très heureux l'un de l'autre.

L'intimité devint telle qu'à toutes les haltes ils ne se quittèrent pas. Le plus grand protégeait le petit, qui à son tour l'intéressait à un singulier degré.

De combien d'épisodes charmants de ce genre ne pourrions-nous pas couper ce récit ? Ils abondent à la Grotte. L'abbé de Musy, on s'en souvient, se lia d'amitié avec petit Pierre. Caroline Esserteau, infirme et seule pour se rendre à Lourdes, trouva sur son chemin, pour l'aider et la traîner, un ange envoyé de Dieu qui devint son intime amie. Elle s'appelait, — car elle vient de mourir, — Pauline Mercier, de Tarbes.

A Lourdes, Louis Tribout ne fut pas admis de suite aux piscines. Ce sont les malades qui toujours ont les prémices de l'eau. Son tour ne vint que dans la soirée du deuxième jour, à l'heure même où s'avançait à la Grotte, au milieu des chants sacrés, la procession du saint Sacrement.

Déshabillé et mis à l'eau, il promit que s'il était guéri, *il se ferait prêtre*. Ceci se passait sur le bord même de la piscine. Or, il n'eut pas le temps de commencer les prières d'usage. Le cri que la foule poussa au dehors, pour annoncer l'arrivée de Jésus, produisit en lui un indéfinissable bouleversement.

A l'instant même où pour la première fois à Lourdes s'élevait cette prière suppliante : *Seigneur, si vous voulez, vous pouvez me guérir !* une secousse violente parcourut le corps de l'enfant, de l'épaule jusqu'à la plante des pieds, suivie d'un craquement tel qu'il en fut tout étourdi. Le tout ne dura que quelques secondes : la commotion avait passé comme un éclair.

Ce fut grande merveille lorsque Louis Tribout arriva sans béquille à la Grotte. Les pèlerins qui, un instant auparavant, l'avaient vu traîner le bras et la jambe, en le revoyant sortir alerte et tout d'une pièce, lui firent une véritable ovation. Du milieu des priants, une femme lui jeta un chapelet. Un monsieur lui acheta un béret; car, dans son émotion, Louis avait perdu son chapeau.

Survint un troisième inconnu, qui s'approcha et s'offrit à télégraphier aux parents. Quant à l'autre Louis, son compagnon de route, il était toujours là, et sa joie était au comble. S'il n'était point guéri pour son compte, il partageait sans jalousie le bonheur de la guérison de son petit ami. Il avait prié pour lui.

La dépêche, arrivée à Paris, y produisit un singulier effet. Le père en fut très ému, mais la mère devint toute tremblante. Si c'était une erreur ! Mon Dieu, si ce n'était pas vrai ! Et pleine de terreur, n'osant arrêter sa pensée ni d'un côté ni de l'autre, elle lisait et relisait sans cesse son papier bleu : *Je suis guéri; louange à Jésus et à Marie. Arrive par le train blanc.*

Deux jours s'écoulèrent ainsi, pendant lesquels le père était confiant et la mère très agitée. Elle revoyait en esprit, jusque dans leurs moindres détails, toutes les infirmités de son enfant. La jambe plus petite, l'épaule plus basse et moins saillante, ne cessaient d'être devant ses yeux, et plus elle y songeait, moins elle penchait du côté de l'espérance.

Ce fut le père qui, au retour de Louis, alla à sa rencontre à la gare d'Orléans. Lorsque l'enfant parut sur la porte du logis, 62, rue de la Boétie, la mère poussa ce seul cri : *Oh ! l'épaule !* Puis, l'émotion l'étranglant, elle faillit s'évanouir. L'épaule, en effet, se retrouvait en place, et la jambe fonctionnait comme l'autre.

A dater de ce jour, la femme Tribout a cessé de douter. Plus d'une fois, en songeant à son bonheur inattendu, elle a prié et pleuré, remerciant Dieu de l'avoir bénie dans sa pauvreté. Mais à peine lui a-t-il rendu son enfant que Dieu l'a déjà repris.

Deux demoiselles de Saintes, en lisant le récit de sa guérison dans le *Pèlerin*, ont offert, sans le connaître, d'acheter son trousseau et de payer sa pension au séminaire. C'est donc à Saintes que Louis Tribout se trouve aujourd'hui, mettant à exécution, avec ce concours visible de la Providence, la promesse qu'il a faite de devenir prêtre s'il était guéri.

De cette façon, il rendra à Dieu ce qu'il en a reçu. Désormais, sa vie ne sera plus qu'une action de grâces. Au buot de ce chemin où il marche, il rencontrera un jour l'Hostie sainte à laquelle il doit son miracle, et l'ayant rencontrée, il la glorifiera, la prêchera, s'en nourrira pour en nourrir les autres, semant partout Jésus avec la vie, à travers l'humanité.

Moins heureux que lui, l'autre Louis, son fidèle compagnon, est toujours dans le même état de mauvaise santé. Mais il parle volontiers et avec bonheur de son petit ami. La faveur obtenue par celui qui est revenu ne cesse de faire le charme de celui qui s'en va. Il en sera de même jusqu'à la mort; car nul n'est allé à Lourdes sans y être consolé.

Qu'elle est charmante, cette guérison du premier des miraculés de Jésus de Lourdes !

XII

L'AGNEAU.

L'Hostie sainte, qui vient de prendre ainsi possession
de la Grotte, inaugure un nouveau règne. C'est son
règne social, depuis si longtemps combattu. « Si la
France doit revenir socialement chrétienne, il lui faudra
un siècle et au delà pour désinfecter son vêtement jour
par jour de la vermine révolutionnaire qui l'a envahi. »

Ces paroles, le grand cardinal Pie les écrivait en 1860.
Combien de signes depuis lors nous sont apparus ! Que
d'inspirations privées ou publiques ont réagi pour la
glorification de Celui que le protestantisme, le jansénisme et la révolution ont successivement mis à l'index
des Etats chrétiens. Le protestantisme l'avait tué, le
jansénisme l'avait relégué, la révolution avait confisqué
son trône au profit de je ne sais quel *Etre suprême*.

Mais voilà que depuis vingt ans, au milieu de notre
société malade, sous les chauds rayons de la Grotte de
Lourdes, Jésus-Hostie redevient par la France chrétienne l'objet de l'attention publique. Le gouvernement
païen qui détient le pouvoir a beau lancer contre lui
des édits de proscription, un mouvement prodigieux
s'accentue en sa faveur. Çà et là Jésus-Hostie commence
à soulever de splendides manifestations.

A Reims, à Toulouse, à Lyon, à Paris, à Liège, les évêques et le clergé se réunissent en de solennelles assises qui s'appellent Congrès eucharistiques. De tous les diocèses de France on y vient, pour y discuter des voies et moyens, pour y lire les Annales où sont inscrits les nouveaux fastes de Jésus-Hostie. De grandes processions sont organisées, dans une idée de réparation, pour acclamer l'Agneau de Dieu, vivant parmi les hommes.

Je dis l'Agneau ; car Jésus vit dans l'Hostie comme il est dans le ciel, c'est-à-dire dans la gloire de son règne. Lorsque saint Jean raconte les destinées du Fils de l'homme, lorsqu'il le voit du haut de son trône régissant tous les empires, il oublie le doux nom de Jésus. Le roi, le vainqueur, le triomphateur, sont appelés *Agnus*, Agneau, nom eucharistique du Fils de Marie.

Celui qui règne s'immole en même temps. Il s'immole là où il règne, il règne là même où il s'immole. Plus que cela et mieux que cela : il ne s'immole que parce qu'il règne, il ne règne que parce qu'il s'immole. Règne et Eucharistie ne sont qu'une seule chose. Les pierres, la toile, le bronze, l'art chrétien tout entier, le crieraient du fond de tous les siècles, si les croyants de notre temps ne le comprenaient pas.

Mais ils le comprennent et ils le font comprendre. Une Vierge est apparue aux Pyrénées, non plus comme les autres Vierges, avec un costume qui rappelle ceux de la terre. Elle portait son vêtement du ciel. Avec elle, le ciel touchait la terre, et l'Agneau de Dieu, *Agnus*, devenait son Fils propre ici-bas, comme il est son Fils dans la gloire. Le Fils de la Reine du ciel au ciel, c'est l'Agneau qui triomphe ; le Fils de la Reine du ciel sur la terre de Lourdes, c'est l'Agneau eucharistique, adoré et chanté par tout l'univers.

Hosanna au Fils de David ! Les foules l'ont salué à la Grotte, et il leur a répondu par des manifestations de royauté et de toute-puissance. Ce jour-là, le ciel entier a visité Lourdes. En passant de Marie Immaculée à Jésus-Hostie, les prières des pèlerins ne sont point trompées. C'est Marie elle-même qui en a dirigé le mouvement, elle qui, pareillement à ce qu'elle fit à Jérusalem, l'a réoffert au monde par ses propres mains. *Hosanna !* Béni soit celui qui vient au nom du Seigneur !

Il grandira, il a déjà grandi. Préparé par les congrès eucharistiques, son règne social est annoncé, aussi bien sur les murs de Paray-le-Monial que sous la coupole de l'église du Sacré-Cœur. La basilique de Montmartre est sortie des flancs de la basilique de Lourdes.

Paray ne s'est point mis en retard. Il a ouvert un musée unique sur la porte duquel je lis : *Règne social de Jésus-Hostie.* De plus, une revue vient d'y être créée à l'adresse des catholiques militants. C'est le Bulletin de la fédération du Sacré Cœur. Son cri de ralliement, adopté à Fribourg, est : *Vive Jésus-Christ-Hostie ! Fidélité à son règne social* (1) !

---

(1) Cette revue a été créée par le baron Sarachaga, noble espagnol, qui tout entier s'est dévoué à la cause du Sacré Cœur, à Paray.

XIII

LA VOIX DE L'AGNEAU.

En avant de Jésus à Bethléem, parut sur les bords du Jourdain Jean le baptiseur, pour annoncer le royaume de Dieu. Je suis la voix, disait-il, de celui qui crie au désert : Convertissez-vous, faites pénitence !

En avant de Jésus-Hostie, sur les bords du Gave, une seconde voix a été entendue, qui répétait avec celle du Précurseur : Je suis la voix de celui qui crie au désert : Pénitence ! pénitence ! pénitence !

« Dès ses premières années, on se demandait quel » serait Jean. On le lui demandait à lui-même. La ré- » ponse qu'il donna fut étrange. Il confessa qu'il n'était » pas Élie, qu'il n'était pas le Christ, qu'il n'était pas » prophète, mais qu'il était une voix. Et il ajouta qu'il » était la voix d'un autre, de celui qui crie dans le dé- » sert.

» Il ne dit pas : J'ai une voix. Il ne dit pas : Ma voix » crie. Il dit : *Je suis une voix.* Je suis la voix de celui » qui crie, je suis la voix du criant. Il était tout entier » une voix. Ses yeux, sa physionomie, son costume, » son geste, sa personne, son jeûne lui-même, tout ce » qui était lui, tout cela était une voix, et ce n'était pas » sa voix, c'était la voix d'un autre. Toute voix se rap-

» porte à la parole. Tout saint Jean-Baptiste se rappor-
» tait à Jésus-Christ (1). »

Pareillement, en avant de Jésus-Hostie et de Jésus-
Evangile à Lourdes, est apparue en ce siècle l'œuvre de
la Propagation de la foi. Voix de Jean, précédant la
venue du nouveau Verbe dans les âmes, partout où s'é-
tendra son royaume.

Le règne social de l'Evangile précédera le règne de
l'Agneau. Leur intimité est telle qu'ils ne font qu'un.
L'un porte la vérité et l'autre porte la grâce. Tous deux
sont le trésor rajeuni de l'Eglise, fécondée, dans l'Esprit-
Saint, par la Conception Immaculée.

L'œuvre de la Propagation de la foi, c'est au dehors
la voix de celui qui crie dans le désert : Convertissez-
vous, faites pénitence! C'est la prédication commencée
de l'Agneau, du Verbe, que Marie épanouit dans le
monde.... c'est la voix de Jésus de Lourdes.

Elle s'est élevée à l'heure la plus favorable, que le
Créateur avait attendue de loin, pour multiplier ses
échos. Avec elle et par elle, le monde chrétien évolue
à un deuxième âge, celui de la lumière perçant jusqu'au
fond les plus épaisses ténèbres. Jésus de Nazareth a
parlé à la superstition et à la barbarie. C'est à la science
et à l'incrédulité, avec la superstition et la barbarie, que
s'adressera Jésus de Lourdes.

Les deux milieux sont ressemblants. Voyez Rome et

---

(1) Ernest Hello.

voyez Lourdes. Aux deux époques, les chemins sont préparés. Là où passaient autrefois les armées romaines, passent dix fois plus rapides les puissances du progrès. A droite comme à gauche, l'empire est universel. A Rome, Jésus emboîte le pas derrière l'armée des Césars; à Lourdes, il avance sur les ailes de la locomotive et des navires, pour faire le tour du monde.

Et c'est par vous, ô Vierge blanche des Pyrénées, par vous que, dans l'univers chrétien, s'accomplira d'âge en âge, de peuple en peuple, de région en région, ce merveilleux épanouissement; par vous qui, à Lourdes comme à Bethléem, êtes pleine de grâce, *avec Jésus,* le fruit béni de vos entrailles, dont le bienheureux Grignon a annoncé de loin la seconde venue.

Vous près de laquelle, le 25 mars 1858, s'inclina Bernadette pour saluer la nouvelle fécondité de la Vierge dans la gloire de la Grotte, comme l'archange Gabriel avait salué la première dans l'obscurité de Nazareth : « Je vous salue, Marie, pleine de grâce, le Seigneur est avec vous : *DOMINUS TECUM.* »

Vous enfin, qui non seulement pleine de grâce, mais encore pleine de vérité, êtes à Lourdes le vêtement glorieux de Jésus, la couronne épanouie du mystère de la rédemption du monde.

LIVRE V

LA QUESTION SOCIALE A LOURDES

I

AUTOUR DU MIRACLE.

Lourdes, lieu des manifestations de Dieu du côté de la terre, est aussi celui des manifestations de l'homme du côté du ciel. La miséricordieuse bonté d'En Haut appelle la perfection d'en bas. Avec ses mœurs, ses pratiques, ses tolérances, le monde doit en être impitoyablement banni. Ce qui n'est ailleurs que poussière ou infirmité serait sacrilège sur les bords du Gave. Le Gave, lieu unique où la terre s'évanouit, où le ciel commence.

Ainsi s'explique le spectacle incomparable qui s'y déroule sous les yeux. Berceau prophétique du Christ, la Grotte de Lourdes, comme l'étable de Bethléem, a mis au monde un nouvel homme : l'homme selon l'esprit.

C'est le miracle de Dieu qui a produit ce visible prodige de tous les jours et de toutes les heures, action de grâces de Lourdes, solde de sa dette, condition de la durée des bénédictions spéciales dont il est gratifié. Sorti du monde profane où le scandale et l'iniquité trônent comme des rois, j'ai retrouvé là le monde, un monde retourné, où les grands sont au pied des petits, les princes au rang des serviteurs, les riches, prodigues de leur main et de leur fortune.

J'ai vu rayonner la pauvreté, régner l'infirmité, trôner la misère. J'ai vu les fronts les plus hauts courbés le plus bas, les mains les plus nobles étendues comme les bras de la Croix ; tous les rangs, toutes les classes, toutes les castes, confondus dans une merveilleuse unité : j'ai vu la nouvelle humanité !

Par elle le miracle a vécu jusqu'ici, et par elle il vivra. C'est à la voix de ses héroïques vertus qu'il s'échappe des mains de l'Immaculée Conception. Le jour où la foi y vieillirait au point de ne plus être une foi sublime et toujours agissante, c'en serait fait de Lourdes ; car le monde chrétien aurait failli à sa mission.

A la place où Dieu fait éclater sa toute-puissance, il est juste que l'homme aussi fasse éclater tous les efforts de sa bonne volonté. Le miracle, sorte d'œuvre de surérogation du Créateur, appelle en retour la pratique des conseils évangéliques, œuvre de surérogation pour la plupart des fidèles, d'obligation pour les pèlerins de

Lourdes. Vos yeux ont beau ne point voir, vos oreilles ne point entendre, votre intelligence ne point saisir, le miracle est un fruit des hauteurs.

Quels que soient la personne, son passé, son mérite ou ses fautes, quels que soient même ses vices ou ses invisibles perfections, si le miracle la touche, c'est qu'il arrive porté sur des ailes que vous ne connaissez pas. Il vient du passé ou il vient de l'avenir, quand il ne vient pas du présent. Malgré les apparences parfois contraires, les ailes existent, en quelque lieu dérobé, où Dieu les a reconnues. Le miracle est d'ordre præternaturel.

Il ne se produit qu'entre ciel et terre, dans ce milieu inconnu où Dieu s'étant incliné et l'homme s'étant soulevé de ses propres mains ou sur les mains d'autrui, l'un et l'autre se rencontrent dans le baiser de l'amour. Frémissement électrique qui vous saisit quand le miracle passe, et qui met subitement des larmes dans vos yeux.

Toute réminiscence profane, comme toute pratique, fût-elle d'ailleurs tolérée dans l'Eglise, est donc hors de saison et de lieu à Lourdes. La terre du miracle est une terre à part, une terre sainte et inviolée. Le niveau vulgaire des pratiques vulgaires mettrait Dieu à la gêne et finirait par épuiser le trésor de ses bontés. Devant un pareil sans-façon, Marie et son fils Jésus, c'est-à-dire l'Immaculée Conception tout entière, pâliraient peu à peu dans la Grotte, obscurcie par la grave indélicatesse de chrétiens qui, sur la source miraculeuse elle-même, source gratuite et source inépuisable, auraient assez peu

de foi pour vivre de tolérance, là même où Dieu pour
eux ne cesse de vivre de miracles.

Laisser le ciel agir librement et collaborer à l'œuvre
de ses miséricordes par la pratique des conseils évangéliques, voilà la vie chrétienne imposée aux âmes qui
ont reçu, à un degré quelconque, la grâce d'une mission
de réforme et de salut social à Lourdes. Voilà ce qui
explique l'homme nouveau, supérieur à celui des origines du christianisme, que vous voyez, depuis trente
ans, se presser autour de la Grotte sainte.

Si la France, si l'Europe entière s'appelait Lourdes,
nul des grands problèmes contemporains ne resterait
sans être résolu. Emporté par une tourmente dont il
ignore la fin, travaillé de toutes parts par un besoin de
transformation et d'unité qu'il poursuit sans pouvoir les
rencontrer ni s'entendre pour les conquérir, notre
siècle, gros d'orages et de révolutions, verrait, comme
par enchantement, toutes les ténèbres se dissiper, toutes
les difficultés s'aplanir.

Lourdes, Lourdes seul, avec son mouvement de retour
à l'Evangile, imprimé par l'Apparition quand elle a
prononcé trois fois le mot de pénitence ; Lourdes, voilà
le lieu choisi de la paix, de la concorde, de la résurrection ; voilà le berceau glorieux où le salut du nouveau
monde est né.

Dans le dessein de rasseoir le monde social sur de
nouvelles bases, la révolution du dernier siècle avait
prononcé trois mots, comme l'Apparition de Lourdes,
mots sublimes, mais mots menteurs sur ses lèvres,

puisque dans la pratique de ses nouveaux commandements, l'arbitraire, le despotisme et la discorde n'ont
cessé de remplacer la *liberté*, l'*égalité*, la *fraternité*.
Dieu manquait au nouvel édifice bâti par elle, édifice
dont le Christ était banni, œuvre de Satan et du serpent, qui avaient osé redire ensemble à l'homme :
liberté, égalité, fraternité en toi-même et sans Dieu,
car c'est toi-même qui es Dieu.

Ecrits dès le commencement sur la pierre angulaire
de la vérité révélée, ces trois mots sont un contresens
ailleurs que dans le temple où ils sont nés. Dieu seul les
a apportés au monde, nul autre que lui ne peut les posséder. L'homme qui s'en empare pour les jeter, en son
nom, à la tête des multitudes, est un usurpateur du
droit divin. Il ment et il trompe, il séduit et il perd. La
liberté n'est point de l'homme, l'égalité n'est point
laïque, la fraternité ne descend jamais dans la rue.

Dieu est le père de toute liberté, de toute égalité, de
toute fraternité. C'est en lui et en lui seul que l'homme
déchu les retrouve après les avoir perdues, chez lui
qu'elles s'épanouissent dans le rayonnement des fêtes
chrétiennes, les plus belles fêtes du monde.

Avez-vous assisté à l'une de ces magnifiques solennités religieuses qui, à certains jours, transportent l'âme
sous les hautes voûtes de nos grandes cathédrales,
comme par exemple la communion des hommes, le
matin de Pâques, à Notre-Dame de Paris? Quelle harmonie parfaite, quelle délicieuse paix, quelle imposante
concorde dans la plus intime des unités ! Nulle place n'y
est réservée, et chacun y est à sa place. Les voix se

mêlent d'elles-mêmes, et la petite et la grande, et celle du simple employé qui chante entre l'académicien et le vieux général.

A ce banquet de l'homme convié à la table de Dieu, l'on voit s'avancer, les uns parmi les autres, dans un ordre que rien ne trouble, tous les rangs, toutes les professions, toutes les fortunes. Pendant que Dieu donne à chacun la même paix et la même chair, sans distinction ni de richesses ni de dignités, les colonnes du temple, tressaillant en leurs vieux échos, redisent à nouveau les paroles que chanta le Christ, en fondant son Eglise sur l'esclavage universel du monde : *Hosanna de la liberté, Hosannna de l'égalité, Hosanna de la fraternité !*

Avec ses titres et ses distinctions la société tout entière n'existe plus. Dans mon ravissement je ne vois et je n'entends que le nom de chrétien. Ses milliers de voix ne font plus qu'une seule voix ; ses milliers de cœurs ne font plus qu'un seul cœur. Au lieu de se disputer la terre, ils sont unis en Dieu. Il y en a pour tous, et tous sont rassasiés. Chacun le possède tout entier et tous ensemble n'en possèdent qu'un. Liberté, égalité, fraternité ! Les voilà incarnés dans l'homme, quand l'homme lui-même se déifie en Dieu.

Témoins de ces spectacles nouveaux pour eux, les païens d'autrefois s'écriaient avec étonnement : Voyez comme ils s'aiment ! Spectacles qui émouvaient Rousseau et faisaient pleurer Diderot, que l'on ne retrouverait plus ailleurs que dans nos temples, si Lourdes n'existait pas.

Mais Lourdes existe et Lourdes est un second berceau. Lourdes, qui retraduit l'Evangile, répète Bethléem, et rapporte Jérusalem, cité du christianisme rajeuni pour la science et pour la démocratie ; Lourdes, greffe divine, plantée pour la deuxième fois, par la main de Marie, sur l'arbre à deux branches du progrès et de la révolution, qu'elle vient transformer en arbre de vie : *Ipsa conteret caput tuum*, elle-même t'écrasera la tête.

Les temples ne sont que l'asile privilégié où l'Evangile enseigne au peuple ses commandements ; mais Lourdes est le lieu découvert où la vérité tout entière s'épanouit jusque dans ses conseils. De là, cette physionomie unique qu'il offre au monde et que nul autre lieu du monde n'offre comme lui. Au milieu de la carte de l'Europe, Lourdes est un couvent au grand air, sous le vaste ciel des Pyrénées, illuminé par les reflets du miracle. Nulle part comme là ne s'expriment, dans leur sublime harmonie, les trois mots du christianisme usurpés par la révolution : *Liberté, égalité, fraternité.*

Liberté du côté de la *foi*, *égalité* par les mêmes *espérances*, *fraternité* dans la *charité.*

II

LIBERTÉ.

Si loin que l'on se trouve, la liberté vient au-devant de vous, dès que vous prenez le chemin de Lourdes.

C'est la première hôtesse qui vous reçoit, bien avant d'arriver chez elle, au bord du Gave. S'approchant avec un sourire, elle vous prend la main dans sa franche main. Liberté sainte, comme je t'aime ! Liberté rare, comme tu me ravis ! Liberté entière, comme de toi je jouis ! Tout à l'heure, j'appartenais au monde et tous les yeux du monde étaient sur moi.

Si j'entrais à l'église, on me suivait des yeux ; si je saluais la croix du plus humble clocher, on souriait ; si je passais dans la rue avec une prière sur mes lèvres, on éclatait. Le politique comptait mes pas, le sophiste me voyait de travers, le païen m'accablait ou croyait m'accabler de son mépris. Taxé, mesuré, vexé jusque dans les moindres mouvements d'une existence qui pourtant est bien à moi, j'allais de par les chemins, rencontrant le mensonge et la tyrannie insolente, partout où s'élevait le cri pompeux de *vive la liberté*.

Mais je suis monté en wagon et me voilà parti pour Lourdes. Ma poitrine se desserre, mes mains se laissent aller, mes yeux ne rencontrent que des sourires. Je respire à pleins poumons, et mon cœur, qui bat à loisir, répète, dans le secret de mon amour devenu libre, le mot que mes yeux ont lu partout, la chose qu'ils rencontrent aujourd'hui pour la première fois : *liberté !*

Telle est l'intensité du bien-être qui est le mien, que si je prie, tout le monde prie, que si je chante, tout le monde chante. Je serai demain à Lourdes, et loin de diminuer au contact de la foule, ma liberté ne fera que grandir toujours. Sitôt que le train m'aura déposé à la

gare, le chapelet, qui se cache ailleurs, sortira lui-même
de ma poche. Il pendra à ma main, et la chose lui sera
si naturelle que des milliers d'autres pendront, au même
instant, à la main de tous et de chacun.

Credo, *Pater*, *Ave.* Ils chantent, ils montent, ils
volent : vive Dieu et vive la liberté !

Elle n'est pas encore à son apogée. A mesure que
j'approche de la Grotte, la voilà qui s'épanouit de plus
en plus. Liberté, liberté chérie, arme et soutiens nos
bras vengeurs ! Ces bras vont s'ouvrir, mon front va
toucher terre, ma personne tout entière, abîmée dans
son néant, devenir l'image de la croix. Il y a tant de
besoin dans mon âme, tant de faiblesse dans mon cœur,
tant de pauvreté dans mon existence, tant d'hommes
passés à l'ennemi en France et de par le monde, que ma
prière ne peut jaillir de ma poitrine qu'avec l'attitude de
la pénitence.

Alors mes mains prient avec ma bouche, mes bras
s'étendent comme ceux d'un mendiant, ma tête se
baisse, demandant grâce pour moi d'abord, ensuite pour
tous les pécheurs. Je suis un croisé de l'Eglise du Christ,
un chevalier du royaume de Dieu, en proie à la violence des méchants : *Cœlum vim patitur.* Liberté,
liberté chérie, arme et soutiens nos bras vengeurs !

Si on le regarde à Lourdes, personne ne le sait et ne
veut le savoir. Si on rit, personne ne le voit, et le rire
qui se montre chez les incrédules du siècle se cache si
profondément ici, que personne ne lui permet de se
trahir. Mais ce rire n'existe pas. Tout y est larmes

douces, joies tendres, émotions tremblantes et voix sup-
pliantes, lèvres collées dans la poussière ou sur les pavés
de la Grotte. Tout y est vérité, et cette vérité, résumant
toutes les libertés de l'homme ici-bas, lui permet, sans
être vu, de se dire tout haut fils d'Eve et fils de Marie
dans cette vallée de larmes.

Lourdes est le refuge de toutes les infirmités. De même
que le malade ne craint point d'y mettre à nu son pied
couvert de plaies ou sa figure labourée d'ulcères, de
même aussi, le chrétien infirme du péché ne rougit pas
de faire voir, dans leur simple nudité, les blessures de
son âme. Quel qu'il soit, le pèlerin s'y sent un pauvre
de Dieu, venu pour y étaler sa misère, comme l'indigent
révèle quelquefois la sienne sur la porte de l'église où
doivent passer, à la sortie de l'office, la compassion des
fidèles et les mains de la charité.

Afin que personne n'ignore les sentiments dont il est
rempli, un chapelet pend à son cou, ou bien à sa ceinture, invincible aux traits de l'ennemi. Et il va de par
les rues, à travers les sentiers, le long des boulevards sur
les murs desquels il lit de tous côtés, en lettres d'or, des
noms de liberté : Hôtel du Rosaire, Hôtel de la Basilique, Restaurant de la Grotte, A Bernadette, A Notre-
Dame de Lourdes, A la Sainte-Famille, A l'Immaculée
Conception, A l'Etable de Bethléem.

Quel triomphe sur les mots profanes ! Quelle atmosphère à part ! Quel ciel vivifiant de force, de béatitude
et de santé ! Le pèlerin y est heureux d'un bonheur
inconnu, et pour la première fois à ce degré chante, au
fond de sa misère héréditaire, le commencement de

l'hymne de la Résurrection qui le transporte par avance sur une autre terre et sous un autre ciel, le ciel de la liberté des enfants de Dieu.

Pater, Ave, Credo. Ils chantent, ils montent, ils volent : vive Dieu et vive la liberté !

Au-dessus de lui, par delà les grands arbres qui bordent le Gave, les espaces sont à découvert. Ses yeux n'y pénètrent point, mais son âme les a franchis. Ce poids de misère que Bossuet nomme l'inexorable ennui qui fait le fond de la vie humaine, le pèlerin ne le connaît plus. L'affreux cauchemar s'est évanoui pour lui, et libre de son âme, comme il est libre de son corps, il respire à pleins poumons les effluves de la liberté.

Grotte de Lourdes, Grotte unique !... En toi et en toi seule se retrouvent le paradis et ses délices ; Adam et Eve tombés sous la malédiction du Très-Haut, leur misère, leurs supplications, leurs larmes ; Jésus, le rédempteur sur la croix, sa mort, sa résurrection, sa gloire ; l'Immaculée Conception tout entière, en laquelle ont été conçus et le Christ, et l'ange, et l'homme, et la terre, et les cieux, Marie, mère de Jésus, prototype de l'Homme-Dieu et d'Adam, lequel fut avec nous tous le résumé de l'univers.

Comme à l'époque où Dieu décréta de tirer son œuvre du néant, tu reposes sur l'élément fondamental qui en fut la source. Les poètes lui ont donné le nom de premier amour, je l'appelle première liberté ; car

La liberté naquit le jour
Où naquit le premier amour.

Et voilà pòurquoi, où que vous l'envisagiez, soit du côté de Dieu qui l'a fait, soit du côté de l'homme qui vient y prier, Lourdes est, avec Rome, la capitale de la liberté du monde.

III

ÉGALITÉ.

L'égalité fut le rêve de Lucifer, qui voulait être l'égal de Dieu : *similis ero Altissimo*, je serai semblable au Très-Haut. Ce fut aussi le rêve d'Eve et d'Adam au paradis, lorsque Lucifer-serpent répéta devant eux son insidieux blasphème : Vous serez les égaux des dieux : *eritis sicut dii*. Et c'est encore le rêve de l'humanité.

Rêve chimérique, puisque ni l'ange ni l'homme ne l'ont jamais réalisé ; rêve dangereux, puisqu'il les a conduits à toutes les catastrophes. Ce n'est point la justice qui l'a enfanté, c'est l'orgueil, c'est-à-dire cette tendance à troubler, à son profit, l'ordre providentiel, que manifestent tous les révolutionnaires.

Egalité ! Egalité ! ne cessent-ils de crier sur les toits. Pour arriver à leurs fins, ils brisent, ils tranchent, ils abattent. Mais comme si la nature protestait elle-même contre leur erreur, elle renaît à mesure qu'ils essaient de violenter ses lois. Aujourd'hui l'égalité règne, demain l'équilibre sera rompu. Là où vous avez mis votre égoïsme à la place de la sagesse de Dieu, vous subissez honteusement la défaite. A défaut des événements, s'ils n'arrivent pas, ce sera votre propre nature elle-même qui s'élèvera pour vous condamner vous-même.

Egalité ! Egalité ! Et l'on voit à côté de toutes les Facultés et de toutes les Académies, côte à côte avec les palais les plus brillants et les maisons les plus luxueuses, s'élever des milliers d'édifices, hospices d'aliénés, établissements d'aveugles, de sourds, de muets, refuges d'infirmes, de mendiants, de vieillards, qui, à la ville comme au village, offrent la plus étonnante des contradictions.

Egalité ! Egalité ! Et j'entends l'un pleurer et l'autre rire ; celui-ci heureux dans ses projets, celui-là renversé dans toutes ses entreprises, l'un descendant mollement les pentes de la vie, l'autre entraîné et meurtri par la main d'un dur destin, tous engagés sur une route différente, d'une façon qui n'est point pareille, bien que tous soient fils de la même origine et du même père, qui est au ciel.

Egalité ! Egalité ! Et l'intelligence de l'enfant qui sort du berceau ici, n'est point celle qui sort du berceau là-bas. Egaux tous deux jusque-là, ils vont, avec l'épanouissement de leurs facultés, entrer en disproportion pour toujours.

Peut-être ne se rencontreront-ils plus jamais. Le premier montera à toutes les dignités, le second gravira péniblement les plus humbles sentiers, jusqu'à ce que la mort arrive pour les confondre à nouveau dans le temps. Car la mort est le niveleur social contre lequel la nature n'a pu résister, victorieuse d'elle, comme le fut la tentation de Lucifer, à laquelle elle ne résista pas.

Que personne ne s'avise d'accuser de ces inégalités le créateur de toutes choses. Il les fallait à son œuvre. Elles lui étaient nécessaires, comme est nécessaire au tableau d'un maître la variété des tons et des couleurs. Sans elle, point de lumière ni d'harmonie, point de vie ni de beauté. Si, du reste, quelque chose de heurté semble çà et là s'y révéler, ce n'est pas Dieu qui en est l'auteur. En se mouvant à contre-temps dans l'œuvre divine, l'homme y a produit un désordre dont elle reste toujours ébranlée. Défaillances de détail qui parfois obscurcissent le tableau à la surface, sans jamais atteindre son indestructible unité.

Mais voici, pour ses amateurs passionnés et jaloux, que se présente enfin l'égalité! Tous les hommes sont enfants du même Dieu, qui les aime du même amour. Nul ne peut sortir de son origine, ni montrer un acte de naissance qui n'appartienne pas à chacun. Le plus grand et le plus petit selon le monde se rencontrent et se confondent dans le même berceau, le berceau qu'ils tiennent l'un et l'autre de la magnificence de leur commun père.

Unis aux sources de la vie, ils le sont aussi aux sources de la mort. Le péché et la mort, voilà le patrimoine commun. Ni supérieurs, ni domestiques, ni privilégiés, ni disgraciés. Pied pour pied, la justice du créateur a suivi le sillon de son amour. Vengeance de la désobéissance originelle, la mort enfante à la terre, sans en oublier un seul, tous ceux qu'Adam a enfantés au démon.

Loi bien faite, disent les apôtres de l'égalité. Et ils ont l'air de ne point se douter qu'elle n'est pas d'essence dans l'œuvre de Dieu, puisqu'elle est restée au-dessous de cette incomparable créature qui s'appelle la bienheureuse Vierge Marie.

L'esprit révolutionnaire a poussé si loin cette faveur de l'égalité, qu'après avoir créé pour ses desseins la victime et le bourreau, il a entrepris de remettre au creuset l'homme refait par ses mains. C'est de lui qu'est né le suffrage universel tel qu'il s'exerce aujourd'hui, sans distinction ni réserve. Conception contradictoire s'il en fut jamais, qui, sous le spécieux prétexte de justice pour tous, aboutit à l'injustice perpétuelle, puisqu'elle ne peut élever les uns qu'en abaissant les autres. Armé d'un chiffre comme d'un marteau de nivellement, le suffrage additionne avec brutalité les unités les plus disparates et les plus inégales, que Dieu a faites pour la hiérarchie et la variété.

Sur les marches de cette tour de Babel, je vois se presser en désordre tous les rangs sociaux. Les derniers sont montés avec les premiers, et parvenus sur le faîte, chacun s'y gonfle de la parole du premier révolutionnaire qui essaya de monter aussi : je serai, je suis déjà semblable à celui qui est placé le plus haut : *Similis ero altissimo !* Ainsi est né le peuple souverain le jour où, ne se considérant plus du côté de Dieu, qui est le vrai père de sa royauté, il a commencé à se nourrir de la vie présente, comme si c'était là l'unique terme de sa destinée.

Triste lot que les défaillances de la foi ont jeté en

pâture aux multitudes inassouvies. Par une conséquence logique de la violence imposée à l'œuvre du
Créateur, plus l'égalité politique s'est étendue, moins
les gouvernements ont joui du bien-être et du repos.
De nouvelles couches ne cessent de pousser les unes
derrière les autres, comme le flot qui pousse le flot,
cherchant à écumer à la surface, au nom du même principe et du même mot : *Similis ero Altissimo*. Révolution ne veut pas dire autre chose que mouvement circulaire imprimé par celui qui monte.

De même que tous les hommes se tiennent par la
main en face de la mort, tous ressusciteront aussi ensemble avec Jésus-Christ ressuscité, mais les uns à la
gloire, les autres au châtiment. Jésus est mort pour tous,
son sang n'a oublié personne : troisième des grandes éga-
lités d'ici-bas. Elle serait la dernière, si tous n'étaient point
appelés à la félicité des élus. Et encore, Dieu aime la
variété à tel point que ceux qui l'auront méritée n'en
jouiront pas également. Au-dessus de la hiérarchie des
anges, existera la hiérarchie des élus.

Les uns plus grands, les autres plus petits, repro-
duction, sans aucun de ses défauts, de l'ordre social sur
la terre, dont personne ne pourra pas plus se plaindre
là-haut qu'il ne lui aura été permis de se plaindre ici-
bas. Dotés gratuitement de l'existence sur laquelle ils
auront greffé leurs mérites, les élus, quelle que soit leur
place, inférieure ou supérieure dans l'échelle de la gloire,
chanteront éternellement en actions de grâces : « Saint,
saint, saint, est le Seigneur Dieu des armées. » *Sanctus,
sanctus, sanctus Dominus Deus Sabaoth.*

Egalité ! Que de fois ce mot n'a-t-il pas dissimulé les ambitions les plus furieuses. Après l'avoir prononcé à tout venant dans leurs discours, on a vu ses plus ardents champions escalader tous les pouvoirs et ne se servir du peuple, dont ils caressaient les mains autour des urnes, que pour s'en faire un piédestal où trônerait leur orgueil : vils flatteurs d'hier, aristocrates aujourd'hui, devenus despotes et absolus dans le gouvernement des hommes. *Fusillez-moi tout ça*, s'écriait l'un deux, en désignant d'un geste vingt mille de nos soldats en déroute.

Il a fallu que Lourdes, sommet le plus proche de Dieu qui soit sur la terre, vînt rendre au mot d'égalité sa signification, et mieux que tous les économistes, il a résolu le problème. Quel que soit son rang ou sa fortune, le pèlerin l'oublie à la Grotte. Il n'y apporte rien autre chose que sa qualité de chrétien, de fils de Dieu, d'enfant de Marie, déchu par Adam, racheté par Jésus, consolé par les délices de l'Immaculée. La révolution avait prêché l'égalité de bas en haut, Notre-Dame de Lourdes l'a fait épanouir par un mouvement de haut en bas. C'est à force de descendre que la société chrétienne a fini par la saisir dans ses bras pour la montrer à tout l'univers.

Là, un spectacle tout nouveau s'offre à mes yeux. A la Grotte, le plus grand parle au plus petit. Tous les rangs y sont confondus et tous les cœurs profondément unis. Il n'y a plus là que des genoux ployés et des bras ouverts. Le même destin a passé son niveau sur tous, tous priant : *Ora pro nobis peccatoribus!* Tous chantant : *Ave Maria !*

Si l'un deux, fût-il le plus petit, le plus infirme, le plus pauvre, est touché par la vertu de Dieu dans ses membres souffrants, pas un cœur qui ne soit ému, un regard qui ne s'intéresse, une reconnaissance qui ne s'oublie. Le *Magnificat* s'élève aussitôt, et l'action de grâces d'un seul devient l'action de grâces de tous. L'égalité est telle que la moindre distinction, venue du Dieu devant lequel tout le monde est à genoux, met en relief celui qui en est l'objet au-dessus de la foule. D'un signe, en une minute, en une seconde, le plus humble du siècle est le plus grand de Lourdes.

Là, pourtant, se rencontre aisément ce qu'il y a de plus illustre par la position et par le nom, princes du siècle et princes de l'Eglise. Portant un cierge comme moi à la procession, ils chantent au milieu de tous l'*Angelus* de Lourdes. Expression des mêmes besoins et de la même allégresse, l'*Ave Maria* de Massabielle a plus démontré de quel côté est résolue la question sociale, que tous les discours de tous les révolutionnaires ensemble.

L'égalité ! La voilà aussi chez les malades que l'on amène, et parmi lesquels riches ou pauvres sont confondus, serviteurs privilégiés de la loi d'expiation qui s'étend à tous. Ici une paralytique appartenant à la meilleure société du Midi, là une femme du menu peuple, attendent côte à côte leur guérison. M. l'abbé de Musy et Petit-Pierre prient à l'unisson devant la Grotte, et l'enfant de l'ouvrier de Nay, et le fils du château de Digoine, s'éprennent l'un pour l'autre d'une ardente amitié.

Ce spectacle, Lourdes, depuis ses commencements, n'a cessé de l'offrir. Bernadette en sabots y représente toujours l'humanité, et tous ceux qui l'ont suivie ont oublié s'ils étaient pauvres ou s'ils étaient riches, savants ou ignorants, dignes de faveurs ou dignes de pitié. A Lourdes, comme au ciel, les premiers sont déjà les derniers. Ce sont les plus humbles qui deviennent les plus grands, les plus grands qui deviennent les plus humbles, afin d'être aussi grands que les plus petits. *Liberté*, *Egalité*, et j'ajoute avec le prêtre qui dit *mes frères*, quand il porte la parole de Dieu à la foule : *Fraternité !*

IV

FRATERNITÉ.

Plus encore que la Liberté et plus que l'Egalité, la Fraternité triomphe à la Grotte. Ce ne serait point assez de dire que nulle part elle n'est dépassée. La Fraternité de Lourdes est, sans comparaison, la première des fraternités du monde.

Des frères, des frères, des frères ! Echo fameux de la révolution, qui, dans la pratique, n'a élevé que des frères ennemis. Ce n'est entre eux que ruses, conspirations, fureurs politiques ou religieuses. Des frères, des frères, des frères ! Et le mensonge est mis en jeu, et la calomnie déchire quand l'intérêt commande. Des frères, des frères ! Et Robespierre et Danton montent à leur tour sur le bois de la guillotine, qu'ils ont dressé pour leurs ennemis. Des frères toujours et des persécuteurs toujours, si bien qu'on dirait inventé pour eux l'adage fameux : *Homo lupus homini*, l'homme est un loup pour l'homme.

Ainsi, avec son mot incessant de fraternité, la révolution n'a réussi qu'à tout morceler et tout désunir. Sous le vent aride de ses doctrines d'insoumission et d'orgueil, on dirait que le vieux cœur des enfants de France s'est desséché. L'égoïsme y a pris les plus formidables proportions, égoïsme pratique par excellence, et maladie universelle : *chacun pour soi!*

C'est que Dieu seul dilate les cœurs. Dieu, père de l'amour, de la compassion sainte, de la vraie fraternité ici-bas; Dieu, que la révolution a banni, que Notre-Dame de Lourdes ramène, Conception Immaculée qui a redit au monde le premier mot de Jean, lequel a conduit au premier commandement : *Aimez-vous les uns les autres;* Dieu enfin, qui, dans sa révélation avec sa Mère féconde, a résumé à nouveau l'économie du plan divin à Lourdes.

Vous donc, qui ne cessez de répéter que les hommes sont des frères, sortez de vos clubs, où tout le monde grince et bave ; de vos cercles, de vos loges, pour apprendre ailleurs que là ce que sont véritablement des frères dans le sens chrétien. Montez sur le train de Lourdes, un jour de pèlerinage national, et agenouillez-vous une heure au pied des roches Massabielle ; vous y verrez ce que ni vous ni les vôtres n'ont jamais vu ni pratiqué : la charité la plus héroïque mise au service de la souffrance : des frères, des frères, des frères....

d'être au bout du chemin de fer qui conduit à Lourdes.
Sur le train des malades elle est déjà écrite en lettres
d'or par les mains de la charité ; car c'est l'argent
d'âmes compatissantes, connues ou inconnues, qui leur
permet ce voyage d'espérance et de guérison, l'offrande
du riche et l'obole de la veuve qui deviennent la bourse
de ceux qui n'ont rien.

Fraternité où personne n'est oublié, ni le prêtre, ni
le fidèle, ni le soldat, ni le pays, ni le pécheur, ni
l'hérétique, ni le schismatique, ni les nations, ni les in-
dividus ; fraternité immense qui embrasse sur son
cœur le présent et l'absent, aujourd'hui et demain,
toutes les destinées de l'âme et du corps, et de la France
et de l'univers.

Reine épanouie de la nation du lis, Marie a non
seulement rapporté la liberté de la foi, l'égalité par l'espérance, mais encore la fraternité par la charité. Fraternité qui se trouve à l'opposé des principes sur lesquels
s'appuie la fraternité de la révolution. Au lieu de se produire de bas en haut, elle se produit de haut en bas, où
Dieu lui donne le baiser de la paix, au sein même de
toutes les humaines infirmités : *Similis ero infirmissimo,*
je descendrai jusqu'au plus faible parmi les faibles.

VI

DANS LES PISCINES.

Sur la froide pierre, en des tombeaux de mourants, j'ai vu le comble de l'amour de l'homme pour l'homme. Les piscines de Lourdes en sont le lieu le plus éloquent. Leurs échos transis ont un langage inouï de misère, d'espérance, de pardon.

Ici souffre le sang d'Adam ; ici se dévoilent toutes les plaies de la chair. Sous ces voûtes écrasées, le long de ces souterrains descendants où l'infirme tremble, où son pied glisse, où la misère rencontre la misère ;

Dans cet asile où se réfugient avec espérance tant de désespérés, avec résignation tant de condamnés, j'ai découvert la plus sublime des fraternités.

Elle ne chante pas : des frères, des frères...., elle gémit ; elle ne se vante pas, elle est suppliante. Sa prière soulève parfois les pierres de la tombe et y remet debout le cadavre des morts.

Autour du malade, il y a celui qui le déshabille. Besogne difficile, très souvent héroïque, toujours féconde en douloureuses révélations. Fraternité, celle-là, qui, par son dévouement surhumain, arrive à toutes les hauteurs de la maternité.

Quand le malade est dépouillé et que ses souffrances sont à jour, il s'appuie sur deux aides qui tantôt le soutiennent et tantôt le portent à l'entrée de la piscine, où l'attendent les *baigneurs*, où tremble la voix des priants. Prière si poignante et si tourmentée qu'elle vous arrache les larmes des yeux.

L'infirme est plongé dans l'eau glaciale, puis, mêlant sa voix aux autres voix, il implore, avec une indicible ardeur, la miséricorde de Marie. Par trois fois s'élève : *Bénie soit la sainte et immaculée Conception de Marie, mère de Dieu !*

Par trois fois aussi : *Notre-Dame de Lourdes, priez pour nous ! — Ma mère, ayez pitié de nous !.... — Notre-Dame de Lourdes, guérissez-nous pour la gloire et la conversion des pécheurs !*

Par trois fois : *Espérance des infirmes, guérissez-nous !.... — Secours des malades, ayez pitié de nous !.... — O Marie, conçue sans péché, priez pour nous qui avons recours à vous !....*

Puis le malade se lève, souvent avec une amélioration sensible, toujours avec un air de renouveau gravé sur son visage. Alors ceux qui l'avaient apporté le reprennent, qui l'avaient dépouillé lui rendent ses vêtements. Un autre a déjà repris sa place dans l'eau miraculeuse, et du fond de ces pavés humides, d'heure en heure, de minute en minute, monte l'hymne de la Fraternité !

A la vue d'un spectacle si nouveau parmi les gens du monde, plus d'un curieux, incrédule jusque-là, a senti

sa raison défaillir. On en a vu ressusciter en leur âme, infirmes de la foi, tandis qu'un paralytique descendu dans
la piscine priait à fendre le rocher.

Là se réalise la perfection du christianisme. La loi et
le conseil s'y acccomplissent avec de telles splendeurs
d'amour qu'il est impossible de ne point en être saisi,
si l'on n'a l'âme couverte de tous les vices.

> Descendez, descendez pour voir ces catacombes,
> Au plus bas lieu ;
> Descendez, le cœur monte, et du fond de ces tombes,
> On voit les cieux !....

LES TÉMOINS DE LOURDES

LIVRE VI

_____

BERNADETTE

~~~~~~~

I

PREMIER MIRACLE DE LOURDES.

L'action surnaturelle se meut à Lourdes, comme dans le ciel, entre trois personnes distinctes qui résument la société : un Enfant, un Prêtre, un Homme du monde. Bernadette y représente le peuple ; le curé de Lourdes y figure l'Eglise ; Henri Lasserre, la partie élevée des classes sociales. Ainsi les Etats Généraux d'une contre-révolution servent de cadre terrestre à l'avènement de l'Immaculée Conception.

Bernadette est au premier plan, comme les bergers à la crèche. Cela devait être ainsi. De toutes les puissances de la terre, l'innocence et la pauvreté sont les premières sur le cœur de Dieu. C'est de ce côté que se penche le ciel, quand le ciel se communique aux hommes.

Principal témoin de Lourdes, Bernadette est peut-être le plus étonnant de tous les témoins. Non seulement par son âge, son ignorance, sa faiblesse, son obscurité, mais encore et surtout par la nature du procès qu'elle a soutenu et la qualité des juges devant lesquels elle a déposé.

Regardez-la, dans sa timidité native, dans sa frêle nature, dans sa petite taille, sous ses étonnants haillons. Entendez ce qu'elle dit, et comme elle le dit, et à qui elle le dit. Tout y est contraste étrange et hors de toute proportion. Tout y serait contresens, si tout n'y était divin.

Lorsque l'homme entreprend ici-bas une œuvre quelconque, voyez-le. Sa science fait de longs calculs ; elle mesure, elle étudie, elle sonde. Sa première habileté consiste à mettre les moyens en regard de la fin : sagesse des proportions, équilibre des causes et des effets, harmonie longuement préparée de toutes choses.

Ainsi l'homme décide, ainsi le veut non sa force, mais sa faiblesse native ; car l'homme n'est capable de suppléer à rien par son immédiate puissance. Lorsque ses moyens, qui sont des agents intermédiaires, viennent à se détraquer, tous ses effets sont avortés du même coup. Or, il n'en est pas ainsi de Dieu.

Contenant en lui-même toutes les vertus, tous les pouvoirs, toutes les suppléances, il aime à se jouer dans l'ordonnance de ses combinaisons : *Dominus ludens in orbe.* Ce que l'homme disposerait avec proportion, il le dispose avec contradiction. Là où vous mettrez la foudre,

il placera un cheveu. Son cheveu écrasera votre
foudre et bouleversera l'univers.

Alors, toute raison humaine, terrassée et dans l'épouvantement, sera obligée de s'écrier : Ce n'est pas
moi qui ai fait cela ! Le doigt de Dieu est ici : *digitus
Dei est hic*.

———

En 1858, le dix-neuvième siècle était dans l'éclat de ses
grands travaux. C'était aussi l'époque la plus favorisée
du côté des découvertes. L'Europe émerveillée avait les
yeux tournés sur le mont Saint-Gothard et le mont
Cenis. Le génie du progrès affrontait ces trouées colossales qui ont supprimé d'un trait les amoncellements
laissés par les eaux du déluge.

Mais à l'aide de combien de bras ? Mais avec la durée
de combien d'années ? Mais par l'intermédiaire de combien de machines ? Or, supposez un seul instant qu'à la
veille d'entreprendre le percement de l'isthme de Suez,
M. de Lesseps se fût fait accompagner par une petite
fille trouvée au hasard de son chemin.

Rien tout d'abord n'eût paru plus étrange. Qu'est-ce
que ce mystère ? se serait-on dit de toutes parts. Mais
l'étonnement fût devenu autrement prodigieux, si une
fois arrivé par de là les mers, le célèbre ingénieur avait
dit à sa petite compagne, en lui montrant le tracé de
l'isthme : Regarde cette direction. D'ici au bras de mer
qui est là-bas, la distance est de quarante lieues. Je
veux y creuser un canal profond, capable de recevoir les

navires, afin d'abréger les détours, et c'est toi que j'ai choisie pour cet ouvrage.... En avant ! ! !

N'est-il pas vrai qu'un inextinguible sourire eût traversé l'Europe, à ce dernier mot, et que le nom de M. de Lesseps, si considéré jusque-là, serait devenu la risée des nations ? Tous les asiles d'aliénés se fussent ouverts, tous les médecins fussent accourus à l'envi pour étudier le changement phénoménal produit dans ce cerveau assez détraqué pour amuser les deux mondes.

Eh bien, ne riez pas de la comparaison ; notre siècle a vu quelque chose de plus inouï. Au cours de ses gigantesques entreprises, tandis que par un effort inconnu jusque-là il faisait jouer tous les ressorts et toutes les découvertes du progrès, une enfant naissait dans un coin des Pyrénées.

Et cette enfant grandissait à peine ! Et elle ignorait tout ici-bas ! L'horizon de ses yeux se bornait à la hauteur de ses montagnes natales, celui de ses souvenirs ne dépassait point dix ans.

Or, un jour que rentrée chez les siens, après avoir été mise en nourrice et gardeuse de moutons dans les champs, elle allait ramasser quelques brindilles de bois, il se trouva que subitement et sans aucune préparation, elle comparut seule en face du plus puissant des siècles. Croyant saisir une branche tombée, elle souleva le monde.

Sublime spectacle ! Le progrès qui avait réussi à tout

dompter, fleuves, mers, cataractes et montagnes, ne put triompher de cette humble enfant. Avec toute sa science, toutes ses découvertes, toutes ses conquêtes, il en fut réduit à capituler devant celle qui s'appelait Bernadette Soubirous.

Lourdes n'eût-il point d'autres prodiges à offrir au monde, il resterait toujours à expliquer celui-là. Ces millions et ces millions de pèlerins qui sont venus, qui viennent tous les jours et de toutes les régions de l'Europe, même de l'Amérique et de l'Asie, sont un incomparable témoignage.

Ils m'émeuvent et me bouleversent au delà de tout, et quand je les vois passer et repasser devant la Grotte, sans jamais s'arrêter ni diminuer, je m'écrie en tombant à genoux : *Non, ce n'est pas la science qui a triomphé ! C'est Bernadette qui a vaincu la science, alors que la science croyait avoir convaincu le monde.* Le doigt de Dieu est ici : *Digitus Dei est hic.*

II

PREMIER PÈLERIN DE LOURDES.

A genoux devant sa « Dame, » Bernadette est tout d'abord l'image de chacun des pèlerins qui vont se lever sur ses pas. L'Apparition ne lui parle que pour se faire entendre à tout l'univers.

Le cierge qu'elle porte, le chapelet qu'elle récite, sont le chapelet et le cierge de tous les priants du Gave. Les persécutions que lui font subir les gens du pouvoir, libres penseurs et prétendus savants, ne sont point des ombres disparues sur les abîmes du temps. C'est un présent qui ne mourra pas.

Depuis sa première jusqu'à sa dernière extase, je la retrouve sur tous les chemins de Lourdes. A la Grotte, Bernadette s'appelle l'âme avec ses joies, ses intimes et profondes douceurs, ses indomptables espérances. Au tribunal de la police et sous l'influx des vents contraires, c'est toujours le pèlerin aux prises avec son siècle qui sourit, qui se moque, qui persécute, et qui, malgré tous ses efforts, ne peut l'empêcher de porter sa prière publique à Lourdes.

Combien de cierges son cierge n'a-t-il point allumés! Combien de chapelets son chapelet n'a-t-il point fait passer en d'autres mains!

O Bernadette, ô naïve et sublime enfant, tu es bien aussi, toi, la première-née du nouveau peuple de Marie. Si humble et si petite que tu sois, tu portes sous ton capulet blanc la leçon des âmes, le cœur des peuples, la prière des croyants, le pied des infirmes, les haillons du pauvre, la faiblesse de tous les faibles d'ici-bas.

Du haut du piédestal où Dieu t'a placée, à la face de tous les orgueils et de toutes les convoitises, ton portrait est le portrait modèle, formé par Notre-Dame de Lourdes, de ceux qu'elle veut combler de ses biens. Opérant une révolution dans le monde, elle est venue, comme son

Fils Jésus, pour confondre les puissants et exalter les humbles : *Deposuit potentes de sede, et exaltavit humiles.*

La voilà donc, créature prédestinée comme Marie entre toutes les créatures. La voilà dans toute la splendeur de son élection. Ce que ni les apôtres, ni les disciples, ni Jacques, ni Jean, ce que les yeux d'aucun homme ne connurent dès ici-bas, Bernadette l'a vu, Bernadette l'a goûté, Bernadette l'a raconté.

Elle en a fait son testament. Et les peuples enrichis par elle, et les générations sorties de sa lumière, ses fils, ses petits-fils, et les fils de ses petits-fils, tous ceux qu'elle a enfantés à la Grotte, n'ont plus cessé de l'appeler bienheureuse : *Beatam me dicent omnes generationes.*

———

Premier des pèlerins de Lourdes, Bernadette y a fait aussi le premier des pèlerinages. La suivre à la Grotte, c'est l'imiter ; s'y agenouiller, c'est éprouver quelque chose de sa joie ; interroger la statue, c'est en ouïr les paroles dans l'écho de son propre cœur.

Bernadette prie toujours, et l'Immaculée ne déparle pas. Le livre qu'elles ont composé ensemble n'a point de passé. Depuis trente ans, il ne cesse de recommencer ; livre toujours ancien et toujours nouveau, mouvement perpétuel dans l'immobilité, diversité infinie dans la parfaite unité.

Au premier jour, Marie invite la Voyante à réciter le

chapelet, leçon que toute âme reçoit dès son arrivée à la Grotte, car l'*Ave Maria* n'a pas discontinué d'être la prière unique que la Mère de Dieu met sur les lèvres de tous ses pèlerins. Souvent même, dans la solitude de leurs inspirations, elle les a prévenus en leur montrant de loin le rosaire béni qu'elle tient à la main.

Peu après, Bernadette reçoit un secret. Secret de vocation, secret de grâces, secret de délices inconnues, se répétant et se multipliant sans fin, secret des forts et des faibles, secret des heureux et des malheureux. Qui ne l'a reçu, ce secret intime, et qui n'a promis, avant de quitter la Grotte, de le garder avec fidélité au milieu des orages de ce monde?

Priez pour les pécheurs ! Invitation qui s'adresse à moi, à vous, à tous. Marie n'est descendue que pour convertir les âmes; mais les âmes sont corrompues, mais les cœurs sont si endurcis, que les bons doivent l'aider dans sa croisade. L'Immaculée formera une armée de priants, et ces priants viendront s'enrôler dans sa milice, à Lourdes. *Priez pour les pécheurs !* c'est le premier mot de ralliement.

Pénitence, pénitence, pénitence ! Voilà le second. Mais comme la pénitence, qui expie les débordements de la chair, ne serait point agréable si elle n'était offerte par des mains sans souillure, l'Apparition se hâte d'ajouter : *Maintenant, venez boire à la fontaine, et vous y laver :* condition de rigueur, avant de prier et de pratiquer la pénitence !

Ainsi intimée et ne voyant aucune fontaine, Berna-

dette tout d'abord ne comprend pas. Pour se conformer
à l'ordre qu'elle entend, la voilà qui se dirige du côté du
Gave. Erreur et malentendu. D'un geste de la main, la
Vierge l'arrête : *Je ne vous demande pas, reprend-elle,
de boire au Gave; allez à la fontaine, elle est* LA.

LA, c'est l'endroit où, la veille, la Voyante s'était
traînée sur ses genoux. Aucune eau jaillissante ne s'y
trouvait, aucune trace, même la plus légère, n'y apparaissait. Un regard suppliant vers la Vierge exprima
l'embarras de l'enfant ; mais bientôt, guidée par une
lumière intérieure, elle se courba et, de ses petits doigts,
creusa le sol sablonneux. Quelques gouttes d'eau se
mirent à suinter et à se mêler à la terre.

Bernadette recueillit ce liquide dans sa main, le porta
à ses lèvres par trois fois, et ne put se résoudre à l'ava-
ler, tant l'eau était bourbeuse. Mais un signe de l'Apparition l'encourageant, elle fit un nouvel effort, triompha
de sa répugnance et but. Après avoir plongé à nouveau
la main dans le trou qu'elle avait formé, elle se leva,
puis mangea ensuite quelques feuilles d'une espèce de
cresson amer qui poussait sur le sol de la Grotte.

Qui ne reconnaîtrait dans tous ces détails les conditions tracées pour tous les miracles à l'avenir ? La source
inconnue est à la place même où Bernadette est déjà
montée à genoux. Ce n'est point du côté du Gave, qui
est celui du monde ; c'est du côté de la Grotte, lieu de
la prière, lieu de la foi, lieu de la pénitence.

Lieu de la prière, où l'on ne doit point se lasser
de venir ; lieu de la foi, où l'esprit fait tout, où les

yeux de la chair ne sont rien ; lieu de la mortification
et de l'abaissement, où l'on va sur ses genoux, sans
craindre la boue, en mangeant l'herbe amère de la souffrance, l'herbe aussi de l'humiliation. C'est la chair qui
a péché, c'est la chair qui doit souffrir.

A l'heure même de l'Incarnation, Marie ne sait que
dire, sinon : « *Voici la servante du Seigneur;* » et ce fut
à cet *adverbe* d'humilité et de néant, *ecce*, que descendit le
Verbe. Bernadette ne fait point autrement. Elle se traîne
à genoux, elle gratte la terre, elle mange de l'herbe, et
c'est alors que la source jaillit sous sa main.

Source de la Grotte, miracle des miracles de Lourdes !
Ce qu'elle a fait, devront le faire tous les pèlerins qui
voudront à leur tour la découvrir dans la vertu de ses
ondes. Le miracle n'en sortira qu'après les prières les
plus persévérantes et les plus humbles, les actes répétés
de l'esprit de pénitence, unis à la résignation de subir
jusqu'au bout l'amertume de l'épreuve.

Eternellement se répétera pour eux ce qui fut la force
de la bergère ; éternellement, au milieu des foules sup-
pliantes, s'élèvera l'*exaltavit humiles*, c'est-à-dire le
triomphe du croyant et du petit, la victoire du pénitent.
Dieu ne met en jeu sa puissance qu'avec les faibles : un
jour il créa le grand monde sur le grand néant !

Le 25 mars, après les plus ardentes prières, l'Apparition, en signe de béatitude profonde, leva les yeux du
côté de la voûte azurée, et tandis que ses mains se rejoi-
gnaient sur sa poitrine, elle ouvrit les lèvres et dit : *Je
suis l'Immaculée Conception !*

Mot qui fit tressaillir Bernadette, qui fera tressaillir
l'immensité de l'univers ! Ce fut le triomphe absolu de
la Voyante, et ceux-là seuls verront à la Grotte leurs
vœux accomplis qui auront imité Bernadette,

Bernadette, premier pèlerin de Lourdes.

III

LA DAME MYSTÉRIEUSE.

S'il est une chose qui ait le don de me ravir au delà
de tout chez Bernadette, c'est la façon dont elle dépose.
Tout y est si naturel et si profond, que l'évidence y
éclate aux yeux. Ecoutez-la bien ; pas une de ses paroles
qui ne soit une allégorie.

Elle a tout d'abord vu une première fois quelque chose ;
mais on dirait qu'elle a peur d'elle-même. Se retournant vers ses compagnes, elle leur demande si elles
n'ont rien vu. A leur réponse négative, Bernadette ajoute
simplement : Si vous n'avez rien vu, je n'ai rien non
plus à vous raconter.

Malheureusement pour elle, son trouble la trahit. A
force d'instances, Marie et Jeanne finissent par obtenir
une explication. « J'ai vu, dit-elle, quelque chose d'habillé de blanc. » C'est un peu plus que la première fois.
Puis elle en fait la peinture ; mais craignant aussitôt

d'avoir trop parlé, elle recommande le silence : « Je vous
en prie, n'en parlez pas. »

Elle a vu *quelque chose,* ce quelque chose était *habillé
de blanc;* mais qu'on n'en dise rien.

Poursuivons. A peine rentrées à la maison, les confi-
dentes de la petite bergère ne peuvent garder longtemps
le fameux secret, deux fois recommandé. Marie raconte
tout à sa mère, c'est-à-dire tout ce qu'elle sait, rien de
plus. Ainsi, ce n'est point Bernadette qui se livre, peut-
être même n'eût-elle rien dit, si ses amies, moins dis-
crètes, parce qu'elles n'ont rien vu ni senti, n'eussent
pris les avances de parler pour elle.

Mise en demeure alors de s'expliquer, Bernadette
recommence son récit, récit auquel la mère Soubirous
hausse les épaules. L'apparition était trop indéterminée
aux yeux de l'enfant pour qu'elle pût y ajouter foi.
Défense fut faite à Bernadette de retourner à la Grotte.

Mais voyez comme elle en souffre. Elle ignore qui lui
apparaît, puisqu'elle ne peut le désigner, et cependant
elle l'aime déjà. Ce petit être devient distrait. Une vive
passion est née dans son cœur innocent, tant est bonne
la vision qui la tourmente, qu'elle revoit toujours et
qu'elle croit une dame, bien qu'elle ne ressemble à
aucune de celles qu'elle a jamais vues. Naïveté charmante et sublime, qui ferait sourire si elle ne faisait
pleurer.

C'est peut-être quelque chose de méchant, lui disaient
ses compagnes, auxquelles elle confiait ses ennuis de

l'absence. — Ce n'est point possible, répondait Bernadette ; la dame est merveilleusement douce.

Or, le dimanche étant venu, on fit si bel et si bien
autour de la mère Soubirous, que la défense fut levée.
Bernadette avait deux avocates : sa sœur Marie et
Jeanne Abadie. Elle s'en servit, car elle avait grande
envie de retourner à la Grotte.

Les voilà reparties. Cette fois, elles ont une bouteille
d'eau bénite. Si c'est le diable qui s'est déguisé, elles le
verront bien. Bernadette, retombée en extase, mais non
inconsciente d'elle-même, asperge la dame, selon ce qui
est convenu, en disant : Si vous venez de la part de Dieu,
approchez.

A ces mots, la vision s'incline et s'avance presque sur
le bord du rocher. Mais lorsque, pour achever sa leçon
et faire la contre-épreuve, elle veut prononcer : « Si vous
venez de la part du démon, allez-vous-en, » la parole
s'arrête au fond de sa gorge ; la phrase lui paraît mons-
trueuse.

Cette obéissance de Bernadette au conseil de ses compagnes, plus âgées qu'elle, m'a toujours paru un fait
admirable dans son admirable histoire. Bernadette sait
que le démon ne peut être le personnage de sa vision,
tant elle la comble de joie. Mais dans son désir de connaître l'absolue vérité, elle se soumet à en faire l'épreuve.
C'est un comble que je ne puis définir.

Il me bouleverse et m'enchante. Il me montre Berna-

dette dans une lumière à part. Qui donc eût jamais
inventé pareil détail?

Le divin y éclate d'une façon irrésistible, je le touche
du bout du doigt, et celle qui en est l'héroïne ne m'apparaît plus que sous le jour d'un témoin contre lequel
peuvent venir se briser toutes les eaux du siècle. L'eau
bénite de Bernadette sera plus forte que leurs flots tumultueux. Par elle, la vision qui s'appelait d'abord *quelque
chose*, puis quelque chose d'habillé de blanc, devient tout
à coup *quelque chose d'habillé de blanc, qui vient de la
part de Dieu.*

Nous voilà fixés maintenant. C'est bien sur la route
du ciel que nous marchons, que Bernadette marche avec
nous, où, d'étape en étape, de clartés en clartés, elle
finira par tomber devant la face auréolée de l'Immaculée
Conception.

Cependant, la rumeur publique va son train. On fait
toutes les hypothèses avant de faire la bonne. Quelques-
uns y voient une âme errante qui demande des prières;
d'autres, la personne de quelque mort récent qui repa-
raîtrait dans la gloire. Le champ des suppositions existe
toujours, mais déjà il devient limité. Du reste, qui serait
assez exigeant pour désirer, soit parmi le peuple, soit
du côté de Bernadette, une intelligence plus claire de
l'Apparition?

Le peuple ne voit rien que par reflet; Bernadette ne
sait pas un mot de théologie, et, d'autre part, Marie,
mère de Dieu, n'est jamais ainsi apparue. Si donc un
secret profond continue à planer sur la Grotte bénie, c'est

que du côté du ciel, comme du côté de la terre, il se produit, en ce moment solennel du monde, une incomparable nouveauté.

Mais le jour finira bien par se lever complet sur « la dame mystérieuse. » Il y a dix-huit siècles qu'elle est debout dans l'Eglise, dix-huit siècles qu'elle a été pressentie par le génie des docteurs et la foi du peuple chrétien. Afin de mieux les rappeler à la mémoire de tous, elle va les compter elle-même. Ses apparitions sont une répétition, c'est lentement que son voile se déchire.

L'Immaculée Conception entre dans l'esprit de Bernadette, et par Bernadette dans l'esprit public, comme elle est entrée dans la doctrine de l'Eglise, peu à peu et par rayons successifs, jusqu'à ce qu'entièrement découverte, elle se montre dans la plénitude de sa blancheur et de son nom : *Gratiá plena ! Dominus tecum !*

« La Dame, » « Notre-Dame, » « la Dame toujours, » « Notre-Dame toujours!.... » Est-ce Bernadette ou bien l'Eglise qui parle ? N'est-ce point l'écho profond des siècles, en même temps que celui des apparitions !

La « Dame mystérieuse » se révèle enfin ; mais au prix de quels désirs ! — « Oh! Madame, supplie Bernadette, veuillez avoir la bonté de me dire qui vous êtes et quel est votre nom? » — La royale Apparition sourit, mais ne répond pas encore. Trois fois la même question se répète, et trois fois se produit le même silence. *La Dame* se contente de rayonner de plus en plus, symbole radieux de sa lumière, qui a grandi de la même façon au firmament de l'Eglise.

Voilà longtemps que Bernadette est en extase, longtemps qu'elle prie, longtemps que les plus étonnants
prodiges ont éveillé ses désirs. Dès sa troisième visite à
la Grotte, obéissant à la foule et à son propre cœur, elle
a déjà supplié : « Ma-Dame, si vous avez quelque chose
à me communiquer, voudriez-vous avoir la bonté d'écrire
qui vous êtes et ce que vous désirez. »

Mais « Ma-Dame » n'a point entendu ce *qui vous
êtes ;* car ce n'est pas l'heure de le révéler. Se conten-
tant de répondre à *ce que vous désirez,* elle sollicite de
Bernadette, devant laquelle elle devient suppliante à
son tour, la grâce d'une quinzaine de visites, visites qui
seront entravées de mille obstacles, mais en échange
desquelles, pour l'armer de courage, elle lui promet le
bonheur en l'autre vie.

Touchante preuve de la bonté ineffable de Marie !
C'est son désir violent de pouvoir un jour se communiquer tout entière à la Voyante qui la pousse à interver-
tir les rôles.

Certaines conditions et certains délais étant requis par
la sagesse de Dieu, Marie les demande comme une
faveur, à la bergère à genoux, afin que rien ne manque
à la réalisation tant désirée de son œuvre de grâces
parmi les hommes. Ainsi en a-t-elle agi avec le peuple
fidèle depuis les origines du christianisme, ne cessant,
par des communications répétées, d'implorer des prières
de tous, comme si elles étaient nécessaires à sa félicité.

Tout cela, parce qu'elle désirait avec ardeur arriver
au terme voulu pour la définition dogmatique de son

privilège et la révélation de ses grâces. J'ai ardemment désiré, disait déjà le Christ à ses apôtres, manger la Pâque avec vous : *Magno desiderio desideravi Pascha manducare vobiscum.*

Malgré ces retards et ces lenteurs, la Vision ne se repose pas. Ses manifestations, même muettes, sont un progrès. Chacune d'elles est une nouvelle page, un nouveau chant qu'elle ajoute à la composition de son mystérieux poème. A la *sixième*, elle demande une chapelle : double intention où je vois le symbolisme se détacher en lettres d'or sur la réalité. C'est à l'aurore du vi⁰ siècle que Clovis courbe son front barbare devant saint Remi ;

Et que tu nais sous le soleil chrétien, ô très noble et très haute nation de Marie, toi qui fus son sanctuaire universel, prédestiné à l'origine des temps.

Mais au milieu de combien de larmes et de combats ! Si Bernadette souffre, si elle est en proie à la persécution, c'est que tu souffres et que tu fus aussi persécutée. A la *septième*, j'entends descendre trois fois le mot de pénitence ! Avant de le prononcer, la Dame a confié un nouveau secret à Bernadette, pour l'aider à traduire cette triple invitation, si contraire à l'esprit du temps, comme l'Eglise, encore jeune, la traduisit au vii⁰ siècle de Brunehaut et de Frédégonde.

A la *huitième*, une source jaillit. Ainsi, au viii⁰ siècle, tu jaillis sur tout l'Occident, vérité divine, sous la main de Pépin le Bref et de Charlemagne. Pépin te découvrit, Charlemagne arrosa son empire avec la pleine fertilité de tes ondes.

Et pendant que la nouvelle Fontaine régénératrice de Massabielle est en train de grandir, le 25 et le 26 février, l'Eglise, toujours ancienne et toujours nouvelle, chante dans sa liturgie ces merveilleuses paroles : « J'ai vu une eau qui jaillissait du temple, du côté droit, et tous ceux à qui cette eau arrivait ont été sauvés. » *Vidi aquam egredientem de templo, a latere dextro, et omnes ad quos pervenit aqua ista salvi facti sunt.*

L'Eglise parle pour l'Apparition, lorsque l'Apparition ne parle pas.

La source a jailli, la Vision a parlé, commandé, demandé. Une chapelle est promise, des grâces extraordinaires ont de toutes parts été accordées ; et néanmoins la « Dame mystérieuse » a persévéré à ne point révéler son secret, qui est son nom.

De rayons en rayons, les jours ont succédé aux jours, et les visites aux visites. Le 25 mars, une foule immense s'est rendue à la Grotte : vingt-cinq mars, fête de l'Annonciation, date de la *seizième* Apparition, et, dans l'histoire de l'Eglise, de l'effroyable erreur du *protestantisme.* Par une coïncidence inouïe, le chœur universel de l'Eglise est en joie. Tandis que la Voyante, éclairée par l'extase, reste abîmée dans sa prière, il chante : « Sainte et immaculée Virginité, quelles louanges pourrais-je te donner? En vérité, je ne sais. Car tu as porté, enfermé dans ton sein, celui que les cieux ne peuvent contenir. »

Et il continue de la sorte, avec un redoublement de ferveur, dans le grand silence qui sépare chacune des

trois premières supplications de l'enfant à « la Dame. »
On dirait, par avance, l'accompagnement d'un orgue qui
s'exalte et donne l'intonation répétée d'une mélodie,
avant que s'élève, sous la grande voûte du temple, la
voix articulée du soliste qui va chanter. Quelque chose
de transporté monte à travers les sphères incommensurables.

Mais lorsque Bernadette répète sa demande une quatrième fois, la voix de l'Eglise baisse de ton. Le sens
prophétique est remplacé par la vieille invocation des
siècles. Comme hier, comme il y a mille ans, comme
toujours, depuis l'Assomption, il redit avec l'archange
Gabriel : *Ave, Maria, gratia plena, DOMINUS TECUM!*

Bernadette et l'Eglise ne font plus qu'une seule voix.
Elles parlent ensemble ; car elles éprouvent le même
tressaillement. L'une a parcouru des siècles nombreux,
l'autre arrive au terme de nombreuses Apparitions.
Toutes deux ont prié et supplié longtemps. Depuis
quatre ans, l'Eglise a défini *Notre-Dame*, mais la Voyante,
elle, ignore toujours le secret de la Dame.

« O Madame, je vous en prie, insiste-t-elle à nouveau, veuillez avoir la bonté de me dire qui vous êtes
et quel est votre nom? » C'est sa dernière demande,
car voici l'heure incomparable qui réjouira le monde.
Pie IX n'a fait que parler ; « la Dame » va parler et révéler tout à la fois. Sa parole est une création.

Et l'Eglise et Bernadette se lèveront dans l'allégresse,
et toutes deux proclameront enfin, devant l'univers ému,
le secret de leur Reine.

« L'Apparition avait les mains jointes avec ferveur et
» le visage dans le rayonnement splendide de la béati-
» tude infinie. C'était l'humilité dans la gloire. De même
» que Bernadette contemplait la Vision, la Vision con-
» templait sans doute, au sein de la Trinité divine,
» Dieu le Père, dont elle était la Fille ; Dieu le Saint-
» Esprit, dont elle était l'Epouse ; Dieu le Fils, dont elle
» était la Mère.

» A la dernière question de l'enfant, elle disjoignit ses
» mains, faisant glisser sur son bras droit le chapelet
» aux fils d'or et aux grains d'albâtre.

» Elle ouvrait alors les deux bras, et les inclina vers
» le sol, comme pour montrer à la terre ses mains vir-
» ginales, pleines de bénédictions. Puis, les élevant vers
» l'éternelle région d'où descendit, à pareil jour, le di-
» vin messager de l'Annonciation, elle les rejoignit avec
» ferveur, et, regardant le ciel avec les sentiments d'une
» indicible gratitude, elle prononça ces mots :

JE SUIS L'IMMACULÉE CONCEPTION ! »

IV

LES LIBRES PENSEURS.

Par elle-même, Bernadette n'est rien, mais la Vision
lui donne des proportions inouïes. Ne pouvant s'atta-
quer à l'Immaculée Conception elle-même, les libres penseurs essaient de la détruire en Bernadette. A mesure

que l'Apparition se dessine, l'empire des ténèbres se trouble. D'un côté, vous voyez le nombre des croyants se multiplier; de l'autre, celui des impies se mettre en fureur.

Chose singulière ! ce n'est qu'à partir de la troisième Apparition que l'incrédulité entre en scène. Jusque-là, demeurée étrangère à tout mouvement, elle se contente de garder un profond silence. On ne sait où elle est. Mais depuis l'instant où l'eau bénite a été mise en œuvre pour faire reculer « la Dame, » elle commence à s'inquiéter. L'impuissance de l'eau bénite a réalisé ce prodige.

C'est que les libres penseurs ont flairé là le divin. Aussi, voyez-les peu à peu sortir de l'ombre. Plus la Vision rayonne, plus Bernadette diminue de valeur à leurs yeux. Tout à l'heure, ils ne la voyaient point; maintenant, c'est un prodige d'imposture. Demain, ce sera une cataleptique, une visionnaire, une hallucinée.

Du côté de sa mission, la petite bergère représente ce que leur orgueil a l'habitude de qualifier de néant. Elle est en quelque sorte leur négation, ou mieux encore leur antithèse. Sa faiblesse est aux prises avec leur force, son ignorance avec leur science, sa pauvreté avec leur richesse, sa simplicité avec leur ruse, son innocence avec leur malice acharnée. Contraste perpétuel, qui serait une œuvre de démence, s'il n'était l'œuvre de l'Immaculée Conception.

Mais ne craignez pas, il n'y a là que des apparences. Sous ces dehors trompeurs se cache un infiniment petit

qui est irréductible : c'est ce grain de sable qu'on
nomme le diamant de la vérité.

Fut-il jamais rien d'extraordinaire comme l'émotion
des gens de la police, leurs tours et leurs détours pour
prendre Bernadette en défaut ? Leur attitude incomparable m'a toujours paru d'un comique achevé. Humai-
nement parlant, jamais le ridicule n'est monté si haut.

Voyez-les, ces grands hommes qui représentent le
siècle, comme ils se torturent le cerveau. Ils ne souf-
flent plus, ils ne dorment plus, ils n'en ont plus le
temps. Quelque chose de colossal a surgi sous leurs
yeux. Peut-être une armée innombrable de brigands
qui traverse en ce moment les Pyrénées ?

Le commissaire de police, le plus fin des limiers de
son temps, vient d'user les ressources pourtant inépuisables de son esprit. Voici venir en hâte, pour le secourir, le procureur, les médecins, les autorités civiles, ju-
diciaires et militaires, le préfet, le ministre du plus
puissant empire de la terre : toutes les sciences et
toutes les puissances, qui tour à tour se mettent en
mouvement.

De quoi s'agit-il donc ? De tout et de rien ;
d'une chétive fillette de quatorze ans qui ose contredire
toutes les lumières du progrès et engager contre elles
un combat sans merci. Son armure porte le nom de
pauvreté, d'ignorance et d'innocence. O comble de stupeur ! son bouclier se nomme simplicité.

Pour inventer Lourdes, il eût fallu la puissance de

l'or, Bernadette ne possède rien ; la lumière de la science, Bernadette ne sait rien ; la rouerie tortueuse de la mauvaise foi, Bernadette ne calcule rien. Elle est innocente, elle est simple, et elle témoigne de la seule chose qu'elle sait. Elle a vu une *Dame* (1), rien de plus.

C'est parce que tout en elle échappe à l'action de la justice, que la justice est aux abois. A force d'être inégales, ses armes deviennent absolument terribles.

Tout s'effrite et s'émiette autour d'elle, elle seule ne s'émiette pas. Menaces, pièges, persécutions, tortures morales, tout est mis en œuvre, et rien ne fait. Les montagnes s'écroulent, elle seule ne croule pas. Un atome ne peut ni se briser ni se diviser.

Depuis que l'océan s'agite avec ses flots tumultueux, dévorant les navires et des flottes entières, il est une chose qu'il n'a pas pu vaincre : c'est ce grain de sable imperceptible qui, tous les jours, lui dit à la même heure et à la même place : « Tu n'iras pas plus loin ; »-ce grain de sable que Dieu a placé là.

Celle qui avait prédestiné Bernadette à être le canal de sa révélation l'avait, en quelque sorte, placée au-dessus de tous les témoins des choses d'ici-bas. Ne possédant absolument rien de ce dont ceux-ci ont coutume d'être pourvus, elle tenait toute sa fonction de grâces surnaturelles qui, au lieu d'un témoin, faisaient d'elle

---

(1) Il est à remarquer que Bernadette n'a jamais nommé son Apparition *Marie* ; c'est toujours la *Dame*, et cette dame n'a pas un nom de *personne* : il y a là un vague prodigieux.

l'évidence elle-même. Il suffisait de la voir pour être
ému, de l'entendre pour sentir couler les larmes de ses
yeux.

« Il me serait difficile, dit son historien, d'exprimer
à quel point j'avais été remué jusqu'au fond de l'âme,
tant à Nevers qu'à Lourdes, toutes les fois que Dieu
m'avait fait la grâce de m'entretenir avec cette enfant
de prédilection, et de l'entendre parler de la Vierge sans
tache qui lui était apparue dix-huit fois aux roches
Massabielle.

» Rien ne peut donner une idée de son imposante
candeur et de la pure lumière de ses yeux limpides et
profonds. Je ne sais quoi de supérieur à la terre, non
par la puissance, mais par une pureté auguste, paraissait habiter en elle. Son regard était un reflet du firmament, l'accent de sa parole était un écho du Paradis.

» En l'écoutant, en la voyant, mes larmes, malaisé-
ment contenues, oppressaient ma poitrine, et j'éprouvais
quelque chose de ce que ressentirent les disciples
d'Emmaüs, alors qu'ils abandonnaient leur oreille
charmée et leur cœur tout brûlant à l'entretien du divin
voyageur. Ainsi étais-je en moi-même, en présence de
cette innocence radieuse, me racontant à moi, indigne,
les apparitions de Marie et les beautés de la Vierge
Immaculée.

» Et lorsque, recueillant mon âme, je commençais à
en écrire la divine histoire, j'avais toujours devant moi
la mémoire et l'image de cette âme virginale, tout embaumée du parfum des cieux. Puis, dans le cours du

récit, quand je venais à rencontrer le souvenir de Bernadette, à esquisser son portrait, à redire ses paroles, voilà que ma plume s'attendrissait, voilà que mon pinceau allait chercher de lui-même ses plus délicates couleurs;

» Et qu'il s'attardait avec amour et piété à tracer les contours si purs de ce céleste visage humain, de cette angélique figure d'une fille de la terre, de cette idéale réalité ! »

V

JEANNE D'ARC.

Ayant vécu ignorée, Bernadette ignore aussi le monde. Tous deux sont profondément inconnus l'un à l'autre. Sa première enfance vient de s'écouler dans la solitude d'un petit village enclavé entre deux collines, où personne ne l'a vue, où elle n'a vu que le ciel et la nature.

J'ai visité ces lieux, je suis allé y baiser la trace de ses pas. J'ai vu les coteaux de Bartrès avec leurs haies verdoyantes, leurs petits préaux enclos, leurs landes semées en désordre sur le dos des collines.

Et devant ce spectacle qui remplissait mon cœur des émotions les plus intimes, je me suis rappelé les coteaux de Domremy et les champs de Vaucouleurs. Même physionomie, même retraite, même berceau !

Jeanne la Pucelle garde les moutons, Bernadette Soubirous les garde comme elle. Jeanne ne sait ni *a* ni *b*, Bernadette ne connaît au monde que le *Pater* et l'*Ave Maria*.

Deux enfances, deux ignorances, deux innocences ! Filles du peuple toutes deux, devenues, par ordre du ciel, l'instrument du salut de leur peuple !

La première a rendu le lis au royaume des lis ; la seconde a reçu le nouveau lis dont l'autre, une seconde fois disparu, n'était que la figure. Le lis de Jeanne était la prophétie de celui de Bernadette.

Comme elle délivra son pays de l'envahisseur, ainsi Bernadette a confondu les ennemis du sien. L'une et l'autre n'ont eu pour toute arme que le lis, le vieux lis de France, que Dieu a replanté deux fois :

Par la main de Jeanne, sur le trône de Charles VII ; par la main de Bernadette, à la place du trône écroulé de la Maison de France. C'est bien le même sol, mais ce n'est plus la même tige.

Le divin a pris la place de l'humain. Le royaume des rois du lis a passé aux mains du lis substantiel. Lorsque la vieille fleur est tombée, la Vierge est descendue elle-même ; tant le lis est né et ne doit mourir qu'avec la France.

Lis de France, fleur immortelle, je te bénis. Ton parfum d'autrefois et ton parfum d'aujourd'hui embaument mon âme de délices divines. C'est de leurs émanations réunies que se compose le parfum de Lourdes.

Je le respire avec Jeanne aussi bien qu'avec Bernadette ; car la bergère de Domremy et la bergère de Bartrès ne m'apparaissent plus séparées l'une de l'autre.
Sur les cimes de l'histoire chrétienne, où je les contemple, leur visage de quatorze ans se confond dans
l'auréole d'une céleste bergère,

Celle qui, à l'ombre de son lis et dans l'étable de
Bethléem, reçut, à l'âge de quatorze ans aussi, la garde
de l'Agneau de Dieu !....

VI

LES DEUX TRANSFIGURATIONS.

Chez la Voyante, le témoin privilégié n'absorbe point
l'enfant. La bergère de Bartrès reparaît à Lourdes et à
Nevers, avec son caractère enjoué et le lot de la souffrance, qui remplace celui du bonheur surnaturel évanoui.

Sa mission une fois finie, elle se retrouve seule,
non plus sous l'auréole de l'extase, mais dans la trans-
figuration de l'épreuve. La fille de Marie n'est point
dispensée d'être la fille d'Eve.

Sa « Dame » lui a bien promis la félicité ; mais ce
n'est point pour ce monde-ci. Avant d'entrer dans la
terre de promission, elle doit stationner sur la terre
d'exil, de *l'autre côté* de ce Gave, où la dernière des
dix-huit apparitions l'a quittée en lui promettant, par
un long regard silencieux, de ne point la perdre de vue.

Au temps même où toutes les faveurs du ciel tombent sur elle à l'envi, les plus étonnants contrastes se révèlent de tous côtés. Ailleurs qu'au moulin Soubirous, ailleurs aussi que dans la chambre nue et obscure de la rue des Petits-Fossés, je lui vois perdre subitement ses célestes rayons. Passant par toutes les extrémités où une créature humaine puisse atteindre, elle m'apparaît, tantôt à la Grotte et tantôt au milieu des foules.

Ici, acclamée comme une sainte ; là, accusée, discutée et traquée en tous les sens ; passant des mains d'Hérode à celles de Pilate, pauvre victime de l'iniquité et de la calomnie, alors que son nom, devenu un sujet de contradiction au milieu des peuples, vole de bouche en bouche jusqu'aux extrémités de l'univers.

Eternelle destinée promise aux ouvriers du ciel ! La loi de souffrance est commune à tous. Le premier semeur, le semeur divin, Dieu lui-même, ne voulut point s'y dérober. On le vit naître dans une étable et mourir sur une croix !

Après lui, l'Eglise ne suivit pas une autre voie que la voie royale. En même temps qu'elle reçut le dépôt de la semence, elle reçut aussi celui des sueurs, de la croix et du sang. Pierre et Paul moururent dans la pourpre de Jésus, presque tous les apôtres subirent le même destin. Le sang coula pendant quatre siècles, et quand l'ère des martyrs fut fermée, quand la semence de la vérité fut assez trempée, elle germa, grandit et s'épanouit dans la beauté et dans la gloire.

Bernadette souffrit donc, faible roseau exposé à tous les vents, un jour caressé par le soleil, un autre jour

battu par l'orage. Le commissaire de police la met à la
question ; ses parents, intimidés, lui défendent l'accès de
la Grotte ; la Dame l'appelle de son côté. Un jour même,
l'Apparition ne se montre plus. Mon Dieu, que de contradictions et de tiraillements ! Que de brisements intérieurs et de combats !

Et cependant, que d'harmonies dans ce désaccord !
Tout y est nécessaire et tout y est voulu. Si Bernadette
n'eût pas souffert, son témoignage eût été sans valeur.
La perfection du témoin, c'est la grandeur des contradictions dont il triomphe. Nul ne peut dire qu'il vient
de Dieu s'il ne marche sur ses pas et s'il ne présente au
monde, comme preuve de sa mission, la blessure sainte
de sa couronne d'épines et de ses clous.

Mais en même temps que Bernadette était soumise à
la condition ordinaire de tous les envoyés du ciel, elle
portait avec elle un second témoignage, non moins visible que le premier, de la vérité de sa mission : c'était
le calme profond de son âme et son extérieure gaieté. A
Saint-Gildard de Nevers, Bernadette frappa ses compagnes par sa grâce, sa bienveillance, sa cordiale gaieté
d'enfant, le tour original, imprévu et prime-sautier de
son esprit alerte et vif.

Malgré la maladie, malgré les douleurs physiques les
plus cuisantes, elle ne perdit pas un instant le relief de
sa naturelle physionomie. Elle souffrait dans la joie. Son
historien et son confident nous la représente comme un
rossignol qui aurait quitté les grands bois, les bois immenses, sans autre limites que la fantaisie de son vol, et
qui aurait élu pour sa patrie l'enceinte d'un jardin fermé.

« Volontairement prisonnière dans l'enclos sacré de la vie religieuse, elle s'y mouvait, voltigeait, battait des ailes et chantait toute joyeuse, dans la sainte liberté des enfants de Dieu. »

La souffrance et la joie ! voilà Bernadette dans la seconde de ses transfigurations. L'auréole de la Grotte vient ainsi se confondre en elle avec l'auréole de la sainteté. Double rayon qui couronne d'une ineffable gloire la fille de Marie et la fille d'Eve, avant de se perdre dans la lumière des élus,

Quand elle sera fille éternellement victorieuse, assise sur le trône de Dieu.

VII

SOEUR MARIE-BERNARD.

Le résumé de Bernadette, c'est sœur Marie-Bernard, et le résumé de sœur Marie-Bernard, c'est l'humilité. Là convergent tous les traits de cette incomparable physionomie.

Au lendemain des Apparitions, elle éprouve un impérieux besoin de solitude. Le bruit des flots humains qu'elle a mis en branle vers la Grotte la fatigue et l'étourdit. Chacun veut la voir, l'interroger, toucher ses vêtements. Elle voudrait ne voir personne et sortir du monde qu'elle remplit.

C'est qu'elle tient absolument à se faire oublier.

Mais au moment de réaliser son dessein, un singulier scrupule la tourmente. Ayant été pendant toute son enfance témoin de l'activité et des vertus des sœurs de Nevers, elle se considère comme indigne de prendre place dans leurs rangs. Sa vocation la pousse d'un côté, son humilité la retient d'un autre.

« A quoi pourrais-je bien servir ? » se disait-elle. Et ne sachant que se répondre en la conscience de son néant, elle laisse un jour échapper sa peine devant un vénérable personnage qui recevait ses confidences. « Comment oser leur demander de me recevoir ? Comment charger les chères sœurs de cette inutilité et de ce fardeau ?

— Il est vrai, ma pauvre enfant, que vous êtes bien peu capable, lui répondit-il, mais enfin, je viens tout à l'heure de vous voir peler des pommes de terre. Vous pouvez toujours être employée à la cuisine pour éplucher les légumes. Et puis, ce sera de la part des chères sœurs une œuvre de charité.

— Et de bien grande charité ! » s'écrie l'humble enfant, qui avait eu la gloire de s'entretenir avec la Mère du Dieu trois fois saint, et dont le nom avait déjà retenti dans les deux continents.

Entrée à Saint-Gildard, elle souffrait quand, à travers une porte entr'ouverte, elle devinait qu'un regard étranger tentait avidement de contempler ses traits.

« Pourquoi chercher à me voir, disait-elle doulou-reusement, et qu'ai-je de plus que les autres ? Le bon Dieu s'est servi de moi comme il s'est servi des bœufs de Bétharram, dont le pied s'est arrêté et a frappé à coups redoublés au-dessus de l'endroit où était enfouie la statue miraculeuse. Voilà tout ; rien de plus [1]. »

Se cacher à tous les yeux, voilà bien la dernière passion de Bernadette. Elle se croyait la dernière de toutes les religieuses, je pourrais même ajouter de toutes les créatures.

C'est ainsi qu'il en a été de tous les saints à des degrés divers. A mesure que la lumière de Dieu est montée en eux, ils ont disparu à leurs propres yeux. Plus elle les éclaire, mieux ils se voient dans leur néant : *Fecit mihi magna qui potens est, et sanctum nomen ejus !*

C'est le cri de Bernadette à Nevers. Comme l'Immaculée Conception qui s'est révélée à ses yeux, elle ne cesse plus de chanter en secret son *Magnificat,* vivant aussi bas en elle-même qu'elle monte haut avec Dieu dans la splendeur. Elle y est même arrivée si haut qu'elle ne se voit plus du tout.

On peut donner à cela le nom que l'on voudra ; moi je l'appelle, dès ici-bas, la première consommation dans la gloire. Lorsque la nature humaine en est arrivée à ne plus se voir, c'est que la greffe divine absorbe toute la sève.

Bernadette est morte ainsi. Sœur Marie Bernard l'a emportée dans ses bras pour se perdre sans secousse dans l'extase d'elle-même, en la bienheureuse Vision qui ne finit plus.

---

[1] Henri Lasserre.

LIVRE VII

MONSEIGNEUR PEYRAMALE

I

SA MISSION.

Marie-Dominique ! C'est le premier trait de lumière qui jaillit de son berceau. L'abbé Peyramale reçoit en naissant deux prénoms qui, séparés l'un de l'autre, n'eussent été qu'étonnants, qui, réunis, sont visiblement marqués par la toute-puissante main de Dieu.

Je ne les retrouve ailleurs qu'une seule fois dans l'histoire des contemporains, et, chose très singulière, ce n'est point hors de Lourdes. Le traducteur dans toutes les langues de la *Bulle* de l'Immaculée Conception s'appelle aussi Marie-Dominique Sire.

Ainsi, l'apôtre des Apparitions et l'apôtre du Dogme se rencontrent dans l'harmonie du même nom, et ce nom, ressuscité d'un grand souvenir de France, contient tout le parfum du Rosaire. Ainsi, leur mission est écrite en lumineux caractères sur les registres de leur baptême, et quand ils se présentent au monde de la part du ciel, ils n'ont pas besoin de montrer d'autres papiers : Marie-Dominique est le signe auquel on les reconnaît.

Etant les ouvriers de l'Immaculée, ils ne pouvaient pas ne pas être ceux du Rosaire ; car la Vierge de Lourdes est apparue avec un rosaire à la main. Que ce soit dans l'Eglise ou que ce soit à la Grotte, chez Marie-Dominique Sire ou chez Marie-Dominique Peyramale, saint Dominique et la Vierge reparaissent, dans la lumière humaine à Rome, dans la lumière divine à Lourdes. Aux deux places, le même chapelet est porté par la même main.

Les chroniques anciennes racontent que de temps immémorial, la petite ville de Lourdes fut dévote à la bienheureuse Vierge, Mère de Dieu. Malgré l'exiguïté de son église, tous ses autels, au nombre de sept, lui étaient consacrés. Lors donc que l'abbé Peyramale y arriva, ce fut, de la part de Dieu, non moins la reconnaissance d'un long passé de prières, que la préparation d'un avenir encore inconnu.

Placé comme trait d'union entre deux époques, il apportait avec lui deux églises : la basilique de la Grotte et la basilique paroissiale, différentes l'une de l'autre, mais toutes deux greffées sur la statue même de l'Apparition. La première allait être demandée, la seconde ne l'était pas. L'une était le secret de la Dame, l'autre était le secret des hommes. Seul, semblait-il, Mˢʳ Peyramale portait le dernier secret dans son nom.

Le curé de Lourdes est mort, et ce n'est pas le vieux Lourdes qui possède l'église du Chapelet, ni Marie-Dominique qui l'a élevée. Poursuivant sa tâche de fondateur divin, il s'est arrêté, avec sa mission finie, plus tôt qu'il ne le croyait, image du Sauveur, à Jérusalem, au milieu d'un amas de ruines, sous des arceaux mélancoliques, où le pèlerin cherche un nouveau temple, où ses yeux ne découvrent que des murs déjà noircis, retombant sur un *sépulcre* abandonné.

Ainsi a été enseveli, après avoir élevé face à face les deux Jérusalem, le curé de Lourdes, immolé dans l'une et dans l'autre cité, laissant derrière lui, pour faire de sa Jérusalem nouvelle une nouvelle Rome avec l'église du Rosaire, une douzaine d'apôtres, ses dévoués successeurs.

II

DATES CURIEUSES.

L'abbé Peyramale naquit le 9 janvier 1811 et fut baptisé le même jour, dans l'église de Momères. Ce 9 janvier, qui n'offre rien de saillant par lui-même, est cependant une des plus prodigieuses dates que je connaisse. Ouvrez l'histoire des Apparitions, vous la retrouverez jour par jour, trente ans plus tard, dans l'acte de baptême de Bernadette à l'église de Lourdes.

Mais ce n'est là qu'un premier jeu de Celle qui dit avoir été avec Dieu dès l'origine, pour disposer toutes choses. Commencée au berceau, cette corrélation se poursuit en un troisième point commun. C'est encore le 9 janvier, onze ans après, jour anniversaire du baptême de l'un et du baptême de l'autre, que l'abbé prend possession de la cité sainte.

Unis à leur naissance, puis séparés un instant dans leur course, les deux berceaux finissent, sous l'action d'un fil mystérieux, par se rencontrer à nouveau pour un même dessein. Et la date et le lieu sont toujours prodigieux. La date n'a point changé, c'est le 9 janvier ; le lieu n'est point inconnu, c'est l'église de Lourdes.

Coïncidence plus frappante encore ! Bernadette et l'abbé Peyramale font mieux que de se souligner, mieux que de s'attendre et de se réunir. Le curé de Lourdes décrit autour du berceau de la bergère une sorte de spirale divine qui figure la tutelle dont il est chargé de la couvrir. Né trente-trois ans avant sa naissance, il meurt trente-trois ans après. Bernadette arrive ainsi au centre de ses années, pour marquer quel sera le centre de sa mission ici-bas (1).

Si ces harmonies divines, qui éclatent irrésistiblement à chaque pas sur le chemin de Lourdes, pouvaient surprendre certains esprits inconsidérés, je les prie de réserver l'explosion de leur étonnement. Je n'ai pas fini

---

(1) Henri Lasserre. Tout ce qui suit est également, sinon de forme, du moins quant au fond, résumé du Curé de Lourdes avant les Apparitions. (Revue du monde catholique, livraison du 31 mai 1879.)

d'écrire, et la Providence n'a pas fini de composer. Le moindre épisode de l'histoire de l'Immaculée est à lui seul un petit poème. En y côtoyant les·faits, on y découvre des abîmes ; en y interrogeant les hommes, on y rencontre Dieu.

Pendant que Lourdes recevait ainsi son nouveau curé, les regards de l'univers étaient tournés vers Rome. C'était aux derniers jours de novembre 1854. Un fait inouï dans notre siècle et depuis bien des siècles allait s'accomplir : la définition d'un nouveau dogme par la voix du chef de l'Eglise.

Or, c'est à la date précise où les évêques se réunissent pour préparer la définition dogmatique de l'Immaculée Conception, que la Providence rend vacante la cure de Lourdes et prépare l'arrivée du grand ouvrier de Marie. Je ne puis relater les dates dans le détail, sans éprouver un inexprimable frémissement. Si je me tourne du côté de Rome, c'est :

Du 20 au 24 que la mémorable définition est sollicitée par l'épiscopat ; si je reviens à Lourdes, c'est également du 20 au 24 — le 23 — que Mgr Laurence, évêque de Tarbes, se sent inspiré de nommer l'abbé Peyramale à Lourdes ;

Du 2 au 8 décembre, que tout se prépare à Rome, que les pièces officielles se signent, que les joies sont sur le point d'éclater ; du 2 au 8 décembre — le 6 — que le *Moniteur* publie en France le nom du nouveau curé de Lourdes ;

Du 8 au 10 décembre — le 9 — que les évêques de

Rome reçoivent congé du saint-père ; du 8 au 10 décembre — le 9 — que le décret de la nomination de l'abbé Peyramale, signé le 6, est expédié du ministère des cultes à l'adresse de l'évêque de Tarbes.

Après cela, s'il reste des sourds ou des aveugles, rien au monde, pas même la source miraculeuse, ne sera capable de rouvrir ni leurs oreilles ni leurs yeux La puissance du miracle ne va pas jusque-là.

III

AVANT LES APPARITIONS.

Le père du curé de Lourdes était médecin. Grand chrétien aussi devant son Dieu, devant son roi, devant sa médecine, qu'il aima par-dessus tout ici-bas. Pour récompenser ce triple amour, Dieu lui donna trois enfants : un marin, un médecin, un prêtre.

Premier détail qui me frappe entre tous : le marin, s'étant fixé en Amérique, y devint grand-père par alliance du président de la république de l'Equateur. Ne dirait-on pas qu'en unissant son nom à celui de Peyramale, le saint et illustre Garcia Moreno ait été l'instrument de la Providence pour acclimater l'apostolat de Notre-Dame de Lourdes dans les deux mondes ?

Il est un second point qui mérite d'être relevé : c'est la ressemblance généalogique entre deux témoins de

Lourdes également renommés. Si l'abbé Peyramale est fils de médecin, Henri Lasserre ne l'est pas moins. Son père est un ancien médecin de la marine. Ainsi la science médicale se rencontre deux fois autour de la Grotte.

Elle vient de la terre et elle vient de l'océan, comme si la Reine de toutes les sciences et le remède de tout le genre humain avait voulu indiquer par là qu'elle était apparue, par-dessus tous les médecins, pour être, dans l'état actuel du monde, le grand médecin à consulter de la terre et des mers.

Marie-Dominique Peyramale était un enfant robuste et charmant, qui, dès son plus jeune âge, résolut de se consacrer à Jésus-Christ. Il entra donc au séminaire avec la pensée de devenir un saint. Après les progrès les plus rapides faits dans la science divine, il reçut la prêtrise en 1835. Nommé vicaire de Vic-en-Bigorre, il y resta deux ans; puis de Saint-Jean de Tarbes, il y demeura cinq ans.

En 1842, le curé d'Aubarède étant venu à mourir, Marie-Dominique y fut envoyé comme desservant. Aubarède le posséda neuf ans, c'est-à-dire jusqu'en 1851, époque à laquelle Mgr Laurence l'appela aux fonctions d'aumônier à l'hôpital civil et militaire de Tarbes.

Ici finit la première étape de sa vie. L'abbé Peyramale, dirait-on, se résume en ce moment. Hier il était prêtre, aujourd'hui le voilà devenu prêtre et soldat.

Quels souvenirs particuliers laissa-t-il de ces différents ministères? Une plume infiniment plus autorisée que la

mienne le dira un jour. Le curé de Lourdes, avant les
Apparitions, a déjà figuré dans la *Revue du monde
catholique* du 31 mai 1879, où nous avons puisé, en les
résumant, tous ces détails. C'est une préface de génie,
où, jour par jour, le héros du livre dicte une page tantôt
charmante et tantôt admirable.

Du milieu des anecdotes et des épisodes qui la remplissent, une chose domine toutes les autres : le dessein
particulier de la Providence. L'avenir s'y reflète sur le
présent, comme les rayons de l'astre caché sur les
ombres de la nuit. Les teintes du matin et les lueurs de
l'aurore ne sont, dans la nature, que le pressentiment
du roi-soleil.

IV

PENDANT ET APRÈS.

Du jour où sa mission commence, Marie-Dominique
Peyramale entre dans la lumière. Ce n'est plus le vicaire obscur de Vic-en-Bigorre, ni celui de Saint-Jean de
Tarbes, bien qu'il ait gardé de saint Jean la charité et
l'amour. C'est par la porte d'une ville de guerre, et sous
les couleurs de la patrie française, le curé de Lourdes,
c'est-à-dire le premier curé du monde.

Prêtre, apôtre et témoin de l'Immaculée, il représente
à lui seul tout le clergé réuni ; ses mains sont celles
mêmes de l'Eglise.

Je la retrouve en lui, dans sa vivante image, sous les traits dix-huit fois séculaires qu'elle tient de sa ressemblance avec Dieu. L'Eglise est forte, l'Eglise est tendre, l'Eglise est patiente. Comme à son fondateur divin, l'éternité lui est dévolue. Rome, son ancienne capitale, que les Latins expriment par *Roma*, ne signifie pas seulement, dans leur langue royale, la force qui triomphe.

Le ciel y a caché un secret divin. Rome engendre *amor*; amor engendre *mora*. Rome est une force trempée d'amour qui procède avec lenteur, et cette force est de tous points celle du curé de Lourdes. Placé en face d'un événement immense dans l'ordre divin, il reste inébranlable au milieu de tous les courants.

Comme si la nature, au jour où elle le forma, eût reçu la mission de façonner son corps à l'image de son âme, l'abbé Peyramale est d'une stature athlétique. Sa physionomie a quelque chose du lion, comme celle de Bernadette a quelque chose de l'agneau. Touchant contraste de deux extrêmes symbolisant à la fois l'Eglise enseignante et le peuple chrétien.

Lorsque la police menace d'enlever la Voyante à ses Apparitions, le lion, jusque-là très calme, se réveille. Bernadette est confiée à sa garde; c'est à travers sa poitrine et sur son corps que la force du siècle devra passer. Pressé, par divers côtés, de céder à l'enthousiasme commun, il résiste à tous les conseils d'une curiosité indiscrète. Son clergé appartient à l'esprit naturel, l'abbé Peyramale appartient à l'esprit de Dieu.

Sous les dehors de cette force étonnante, le curé de

Lourdes cachait une inexprimable bonté. « Un mélange de brusquerie et de tendresse, d'innocente gaieté et de piété naïve, de sensibilité exquise et de fougue indomptable, formait le fond de sa nature, les puissances de l'esprit se rencontraient en lui avec toutes les vivacités du cœur. »

Aussi, d'après le témoignage de tous ceux qui l'ont connu, sa générosité d'âme ne possédait-elle point de bornes. Le souvenir en est demeuré si vivant et si profond, qu'il a atteint les proportions de la légende. A Vic-en-Bigorre, à Saint-Jean de Tarbes, à Aubarède, comme à l'hôpital militaire et comme à Lourdes, on le vit donner sans fin, comme il aimait sans mesure.

Quand il ne lui resta plus rien, il finit par se donner lui-même. Au soir de sa vie, Dieu lui ménagea les plus cruelles épreuves, afin que sa charité, comme celle du fondateur de l'Eglise, n'eût plus rien d'inachevé. Et de même que sa force avait été sans faiblesse, de même aussi son amour fut sans défaillance. Parvenu sur les sommets de l'âme, à côté de cette Vierge qui avait été la Vierge de la Croix avant de se révéler avec Jésus, il dut boire le calice jusqu'à la lie.

Heure sublime entre toutes dans cette sublime vie, où le don, à force de se répéter, finit par s'appeler pardon! Là où le saint prêtre s'était arrêté après avoir lassé la charité elle-même, Dieu écrivit le mot du Calvaire. De sorte qu'on ne peut décider qui l'emportait de la force ou qui l'emportait de l'amour. *Roma, amor!* Qui donc a représenté l'Eglise sous ce double aspect, mieux que le curé de Lourdes?

Vu par un autre côté de sa physionomie, il ne reproduit pas moins, trait pour trait, la figure de cette Rome dont il est le lieutenant ici-bas. A côté de la force qui dompte et de l'amour qui se donne, l'Eglise aussi possède la prudence qui marche avec lenteur : *mora.*

Or, en lisant le récit des Apparitions, il est impossible de ne pas être saisi de la réserve absolue gardée par le clergé, au milieu du mouvement des populations. Les rives du Gave ont beau se couvrir d'étrangers ; les rumeurs de la foule ont beau aller, venir, se multiplier comme à l'infini et de toutes parts : pendant que tout s'ébranle à la ville et aux environs, seul le curé de Lourdes ne bouge pas.

« Avant de permettre à son clergé de faire un seul pas et de se montrer à la Grotte, avant de se le permettre lui-même, M. l'abbé Peyramale résolut d'attendre que les événements eussent pris un caractère nettement déterminé, que les preuves se fussent produites dans un sens ou dans l'autre, et que l'autorité ecclésiastique eût prononcé.

» Laissons faire, disait-il aux impatients. Si d'un côté nous sommes rigoureusement obligés d'examiner avec une extrême attention les faits qui se passent en ce moment, de l'autre, la plus vulgaire prudence nous interdit de nous mêler, de nos personnes, à la foule qui court vers la Grotte en chantant des cantiques. Attendons et laissons agir la Providence. »

Sa façon d'accueillir une première fois Bernadette, la position qu'il prit en dehors de tout et de tous fit plus

contre ceux qui se définissent les ennemis de la superstition, que toutes les forces de tous les théologiens
réunis. Confondue une première fois du côté du clergé,
qu'elle ne put accuser ni de trame ourdie ni de compli-
cité, la police dut forcément se rabattre sur Bernadette
seule et se retrouver face à face avec un enfant. Situation des plus embarrassantes qui se puisse imaginer, en
raison de la grandeur elle-même des événements.

Ainsi placée entre la Voyante d'un côté-et les innombrables multitudes de l'autre, il lui restait à résoudre le
plus difficile de tous les problèmes. Comment expliquer,
dans une cause si minime, le levier gigantesque qui
soulevait ainsi les peuples? Il y avait là quelque chose
d'absolument inouï, que les hommes de l'autorité
cherchèrent longtemps à découvrir.

Ne pouvant y parvenir dans la personne de Bernadette,
le commissaire sortit à nouveau de son sujet ; car le
sujet tout seul écrasait son génie. Extérieurement, se
dit-il, il n'y a rien ; mais il est impossible que par
un comble d'habileté de la part du clergé, le secret de
toute cette affaire ne consiste point dans de souterraines manœuvres. L'anguille est sous roche.

Et ce disant, il se remit en campagne. Aux portes de
l'église, aux portes du tabernacle, aux portes du presbytère et jusque dans le secret des confessionnaux, des
espions parurent. Nuit et jour on fit bonne garde, et
jour et nuit on ne vit rien. Nouveau désespoir et nouvelle défaite! La demande faite au Rosier de fleurir
acheva de tout confondre. A force de patience, le curé

de Lourdes mettait ainsi l'ennemi en demeure de capituler une seconde fois.

Alors, rendus aux proportions de la vérité toute nue, force fut aux libres penseurs de rentrer, comme Jacob, en lutte avec l'ange ; et dans un temps où l'Eglise est combattue comme l'arsenal des vieilles superstitions, d'en voir une nouvelle, une formidable, s'implanter sous ses propres yeux et sans l'Eglise, malgré les vents les plus contraires, par le seul fait d'une fillette de quatorze ans ;

Et y obtenir plus de crédit, et y soulever plus d'admiration, d'enthousiasme, d'indomptables amours, que toutes les découvertes de tous les savants de l'univers !

O prudence admirable, ô lenteurs inspirées du prêtre, de l'apôtre et du confident de la Conception Immaculée, je vous comprends et je vous reconnais du côté de Dieu. Avec la faiblesse, l'innocence et l'enfance de Bernadette, vous avez été, de par l'Esprit de Dieu, la grande, l'incomparable force de Lourdes : *Roma, amor, mora !*

Mais lorsque la source eut jailli, que les guérisons se furent produites, que d'éclatants miracles eurent témoigné de la véracité de Bernadette, la foi du curé de Lourdes perdit ses lenteurs. Elle fut absolue. Son rôle, jusque-là passif, entra dans le domaine de l'action.

Devenu témoin, il confia le dépôt de son témoignage une fois recueilli à Mgr Laurence, qui agit à l'égard du

curé comme celui-ci avait agi à l'égard de Bernadette,
avec une sage lenteur. Une commission d'enquête fut
simplement nommée : *Roma, amor, mora !*

Achevée du côté de l'Eglise, la mission du saint curé
ne faisait que commencer du côté de Lourdes. La
Jérusalem nouvelle était à fonder, un message céleste
avait été entendu, le *super hanc petram* avait été in-
timé. En quittant la Vierge bénie, la Grotte célèbre
passait entre ses propres mains.

Aussitôt que la voix de l'évêque se fut prononcée dans
un Mandement rendu public, l'abbé Peyramale se mit à
l'œuvre. Profondément pénétré avant tout du respect
qui était dû aux souvenirs de la Conception Immaculée,
il mit tout son scrupule à conserver, dans les limites
du possible, leur physionomie aux lieux touchés par
ses pieds transfigurés.

La Grotte, ses contours, l'île du chalet, le ruisseau
du moulin, la base des Espélugues et les rives du Gave
parurent à ses yeux autant de pages qu'il ne fallait point
altérer de l'histoire de Lourdes, écrite, dès le commencement et pour l'immortalité, par les mains du Dieu
créateur de la nature.

Il se contenta de tracer des lacets, d'ouvrir quelques
chemins aux endroits voulus, de préparer sur le rocher
et dans la pierre vive les assises de la chapelle demandée, sans jeter aucun trouble sur la carte du paysage divin.

Quant à la Grotte, elle resta dans son relief inaltérable, prête à recevoir, des quatre vents de l'horizon, tous les pèlerins du monde.

Lorsque la basilique de l'Immaculée-Conception fut à peu près terminée, l'abbé Peyramale se tourna du côté de son église. Voici, dans sa teneur abrégée, la lettre d'invitation qu'il adressa à ses confrères du clergé :

« Monsieur le curé, c'est sous les auspices d'un nom » bien cher à votre cœur de prêtre, de Notre-Dame de » Lourdes, que je viens frapper à votre porte et faire » appel à votre bienfaisance. Ma pauvre et vieille église, » bâtie vers l'an 950, c'est-à-dire à l'époque où la ville » comptait à peine un millier d'habitants, est devenue » absolument insuffisante pour une population qui s'est » accrue de siècle en siècle, et qui dépasse aujourd'hui » cinq mille âmes.

» Depuis bientôt vingt ans que je suis curé de Lourdes, » j'ai été constamment préoccupé de cette situation, qui » est un grand obstacle au bien ; et déjà, dès la pre- » mière année de mon installation, j'avais songé à cons- » truire une nouvelle église et fait quelques efforts dans » ce but. Ce fut alors que se produisirent dans ma pa- » roisse, aux roches Massabielle, les événements qui » devaient plus tard attirer ici les peuples de toutes les » langues, de toutes les nations. La Reine du ciel appa- » rut à une petite fille, Bernadette Soubirous, la source » jaillit, les miracles commencèrent.

» Devant la demande faite par la Vierge d'un temple » à ériger aux roches Massabielle, j'ajournai immédiate- » ment l'exécution de mes projets pour me consacrer à

» réaliser, autant qu'il était en moi, la volonté exprimée
» par la Mère de Dieu.

» Maintenant que la piété du monde chrétien a ré-
» pondu à l'appel de Marie et que la royale basilique est
» à peu près terminée, je viens, comme c'est mon
» devoir, aux besoins spéciaux et aux nécessités de ma
» chère paroisse. Je retrouve ces besoins plus grands et
» ces nécessités plus pressantes. Les étrangers affluent
» dans nos murs de toutes les parties du monde, et, en
» remplissant mon église, la rendent de plus en plus
» insuffisante pour mes paroissiens.

» En outre, quand les pèlerinages arrivent au nombre
» de mille, de quinze cents, de deux mille personnes,
» il advient très souvent qu'ils se réunissent tout
» d'abord dans notre église, pour se rendre de là en
» procession à l'église de la Grotte : témoin les pèle-
» rinages de Poitiers, de Nantes, d'Angers, de Toulouse,
» de Marseille, d'Avignon ; témoin l'imposante mani-
» festation du 6 octobre 1872.

» Souvent aussi, en rentrant de la Grotte, c'est à
» l'église de Lourdes que les pèlerins disent leur der-
» nier adieu à la Vierge apparue ici. L'église de la ville
» est devenue, par la nature et la force des choses,
» l'annexe, le complément de l'église de la Grotte, et,
» pour parler plus exactement, la première et la der-
» nière station des pèlerinages. . . . .

. . . .

» C'est la catholicité tout entière qui, par ses pèleri-
» nages, rend mon église trop étroite ; c'est la catholicité

» tout entière, par l'obole de tous et de chacun, qui en
» élargira l'enceinte. Quiconque espère un jour visiter
» la *ville de Marie* voudra être un des fondateurs de
» ce temple.

  » Les offrandes qu'elle recevra, Marie les rendra au
» centuple.... »

L'église fut commencée, elle n'est point finie ;
elle ne le sera peut-être jamais ! Jérusalem nouvelle à
la Grotte, Lourdes restera, jusqu'à la fin des temps,
l'image de l'ancienne Jérusalem à la paroisse de Mgr Peyramale, image lui-même du Christ au Saint Sépulcre.
Ainsi apparurent sur le Thabor Moïse et Elie, à côté
de Jésus transfiguré.

V

COMMENT L'ÉGLANTIER FLEURIT.

Le curé de Lourdes, d'après son histoire, éprouva un
échec du côté du ciel : celui de son fameux Eglantier.
Ayant demandé à la Vierge de le faire fleurir, l'Eglantier,
dit toujours l'histoire, ne fleurit pas.

Ce fut au presbytère un moment de douce gaieté,
paraît-il, où chacun devisa sur le fait à sa façon. L'un
pensait que sa demande avait été indiscrète ; l'autre,
qu'elle avait été formulée de travers. Ne se prenant
point pour battu, l'abbé Peyramale, lui, se contenta de
sourire et d'attendre.

Et il eut raison ; car tout le monde se trompait et lui seul, à mon avis, ne se trompait pas. Loin d'être un non-sens, la requête du curé, sans qu'il s'en doutât nullement, était la seule qui fût en harmonie avec les desseins de l'Apparition. Les volontés de l'un et les volontés de l'autre étaient même si concordantes, qu'avant toute prière les branches de l'arbre s'étaient métamorphosées.

Descendue du jardin de son bienheureux Paradis, la Rose des roses venait de s'y épanouir : fleur divine greffée sur l'églantier sauvage, réalité victorieuse du symbole, résumé de toute figure, terme accompli des prophéties.

Voilà pourquoi, en entendant Bernadette lui exposer la requête du curé, l'Apparition ne put s'empêcher de répondre autrement que par un sourire. Sourire de la Rose elle-même, qui disait en son langage mystique à la bergère :

« C'est moi qui suis la fleur, regarde sur mes pieds ! L'églantier n'a plus à fleurir, il est déjà fleuri. La Rose qu'il porte est la rose d'or, épanouie au soleil qui n'a point d'hiver. Première Rose conçue parmi toutes les roses, je suis la Rose du ciel descendue en terre, la Rose qui ne défleurit pas, la Rose éternelle. »

Non, le curé de Lourdes n'a point subi d'échec. Il n'a fait que confondre le symbole avec la réalité. Mais quel hasard qu'il soit tombé sur une rose ! Et quelle heureuse coïncidence que ce jour-là, ce soit la Rose mystique qui soit venue à la rencontre de ses pensées ! Eux seuls pouvaient ainsi se comprendre.

VI

ANECDOTES.

Je les copie dans le *Curé de Lourdes avant les Appa-ritions*. Peu de temps après son arrivée à Aubarède, un malheureux père de famille, poursuivi pour dettes, vint lui conter ses peines et chercher un conseil. L'abbé Peyramale garda le silence et réfléchit un instant. La somme était trop forte, et il n'avait point d'argent.

« Le seul conseil que je puisse vous donner, dit-il enfin en allant ouvrir une porte, c'est de prendre cette bride-là, que vous voyez attachée à un clou.»

Le pauvre homme, étonné, regardait le prêtre d'un air stupéfait, n'osant point se fâcher, mais trouvant en lui-même que cet ecclésiastique choisissait assez mal l'occasion de plaisanter et de faire des railleries.

« Après quoi, continua le prêtre, vous irez passer cette bride au cheval que vous apercevez là-bas, paissant dans la prairie. Vous conduirez ensuite ce cheval à la foire de Tarbes, qui a lieu aujourd'hui, vous le vendrez, et le prix que vous toucherez vous sauvera.

— Mais, balbutia l'homme, ce cheval.... — Ce cheval est le mien, et je vous le donne. » L'infortuné faillit eu perdre le sens. « Ah! monsieur le curé, que pour-rais-je jamais faire pour vous? — Vous pouvez faire beaucoup, mon ami. — Et quoi donc ? — Vous taire absolument et ne jamais parler de cela. Si vous parlez, je vous réclame la somme et je vous envoie un huissier. »

Quand le docteur Peyramale revint chez son fils, ce dernier trouva mille prétextes pour l'empêcher d'entrer à l'écurie. Mais enfin, à la visite suivante, le père demanda des nouvelles du cheval. » Il marche très bien, dit le curé. L'autre jour, il est allé à Tarbes d'un trait, sans perdre haleine.

— Pourquoi n'est-il pas là ? — Impossible de le garder à l'écurie. — Mais je ne le vois pas davantage dans le pré. » Silence, embarras, vague recherche de quelque faux-fuyant. Le vieux docteur comprend le trouble du coupable. « Oh ! l'enfant prodigue ! Je parie que tu as vendu et dépensé le cheval. — Père, j'ai gardé la selle ! Il y a des circonstances atténuantes. »

Bien que cette réponse ne dénotât pas un repentir très profond, le criminel reçut sa grâce.

C'était par une nuit assez sombre, entre minuit et une heure du matin. A ce moment-là, en province, tout le monde est depuis longtemps couché : les rues étaient entièrement désertes. Deux habitants qui revenaient de la campagne, où ils étaient allés souper chez un ami, et qui s'étaient attardés, rentraient en ville.

Arrivés sur la place du Marcadal, ils aperçoivent, longeant mystérieusement les murs, un individu qui s'empressa de hâter le pas dès qu'il les entendit derrière lui. Ce rôdeur de nuit était chargé d'un énorme paquet dont il était impossible de distinguer la nature.

« Qui vive ? » s'écrient les deux voyageurs. Nulle réponse. L'homme s'était mis à marcher plus rapidement et à courir, pour s'échapper, vers une rue transversale.

Les deux Lourdais — ceci se passait à Lourdes — ne manquaient point de courage : ils n'hésitent point et s'élancent à sa poursuite. Mais l'inconnu, qui avait de l'avance, ne se laissait point gagner. — La peur de la prison lui donne des jambes, pensèrent-ils.

Ils firent alors semblant d'abandonner leur chasse nocturne et eurent recours à la ruse. Ils prirent une ruelle détournée, et un instant après, ils se trouvèrent face à face avec l'homme au paquet et le saisirent en même temps au collet. « Halte là, camarade ! nous te tenons. »

Quel coup de théâtre ! Cet homme était le curé de Lourdes. Le paquet énorme dont ses épaules étaient chargées n'était autre chose qu'un matelas. Il l'apportait chez un pauvre malade. Tenant à cacher les excès de sa charité, il avait cherché à dissimuler dans l'ombre de la nuit le bien qu'il faisait, et choisi l'heure des crimes pour perpétrer sa bonne action.

Aucun voleur pris en flagrant délit ne fut jamais plus confus que le pauvre abbé Peyramale dans cette touchante et étrange aventure.

VII

DEUX FIGURES.

Avec ses traits taillés dans la force et dans la bonté, l'ouvrier de Dieu rappelle singulièrement un de ses contemporains, comme lui bâtisseur de basilique, et comme lui, dans la chrétienté, grand ouvrier de Dieu. Le curé de Saint-Epvre, de Nancy, a été comme une copie vivante du curé de Lourdes.

Quiconque a connu ces deux prêtres sera frappé de la ressemblance. Même physionomie, même stature de colosse et de lion bénin, mêmes étapes dans la vie sacerdotale. Morts tous deux prélats, après avoir été, sur deux points extrêmes de la France, les deux Esdras du XIXe siècle.

Il n'est pas jusqu'à leurs derniers jours qui n'offrent d'étonnantes analogies. Placés par les œuvres de leur charité et leur haute renommée sur le chandelier de l'Eglise, ils y ont connu l'un et l'autre les épreuves nécessaires aux missions providentielles.

L'un, né en 1808 dans la Lorraine, l'autre, en 1811 au pays béarnais, ordonnés en 1833 et 1835, nommés vicaires, puis curés, puis aumôniers militaires ensemble, ils sont arrivés à leur basilique respective, après avoir laissé derrière eux un sillon si profond de charité, que la légende s'est emparée au même point de leur nom.

Des rivages de la Meurthe aux bords du Gave, Mᵍʳ Peyramale et Mᵍʳ Trouillet se sont fait écho.

Mon dessein ne peut être ici de découvrir les âmes ; car les âmes n'appartiennent qu'à Dieu. Placé plus haut dans l'ordre de la vocation et plus proche des surnaturelles lumières, le curé de Lourdes, par un unique privilège, avait entendu la voix du ciel lui intimer son message.

En accomplissant le sien, celui de Saint-Epvre n'obéit qu'à la voix de la grâce commune, laquelle atteignit chez lui d'étonnantes proportions. Il bâtit des écoles, des maisons de refuge, plusieurs magnifiques églises ; il ouvrit la main à tous avec une inépuisable charité. Sa gloire est une gloire d'impulsion ; celle du curé de Lourdes est d'élection. L'une procède plus de l'homme, et l'autre procède plus de Dieu.

Je les retrouve tous les deux en même temps, à la même époque, au milieu du même clergé, tenant très haut l'étendard de l'Eglise ; ouvriers prodigieux du bon combat, faisant jaillir du marbre, comme d'une pierre à feu, l'étincelle de l'esprit sur les débordements de la chair.

Ames héroïques, je vous unis, parce que je ne puis me défendre de vous trouver ressemblantes. Et comme vous étiez du même âge et du même courage, il me semble vous reconnaître, comme sortis du même granit et de la même main. Gloires de l'Eglise tous deux, et tous deux aussi gloires de la France !

Au dernier moment, lorsque Mgr Peyramale fut sur le point de mourir, un merveilleux hasard voulut que le nom de Nancy fût tracé en lettres de pourpre à son chevet. Mgr Jourdan, alors malade, se trouvant très éloigné de Tarbes, l'absolution *in articulo mortis* du curé de Lourdes lui arriva de la main de Mgr Foulon, l'évêque et l'ami du curé de Saint-Epvre.

L'ombre du survivant poursuivait ainsi l'ombre du mourant, et les rayons de leurs destinées, traversant les distances comme s'ils étaient inséparables, se retrouvaient côte à côte, à l'heure du départ, comme elles l'avaient été à l'heure de l'arrivée.

Dernier détail et dernière similitude. Ayant donné toute leur vie, ils en arrivèrent au même dénuement. De sorte que non contents de se rappeler l'un à l'autre dans le suprème adieu, le « plus grand des maçons de la chrétienté » et « le plus illustre curé du monde » sont encore réunis, même par delà le chemin de la vie.

Après avoir tout fait pour la maison de Dieu, il arriva que l'un et l'autre s'étaient oubliés ; tous deux moururent sans presbytère : Marie-Dominique, le jour de la Nativité de Marie ; Joseph Trouillet, le jour de la Saint-Joseph. Ils dorment maintenant, l'un à Nancy et l'autre à Lourdes.

Tous deux, sortis des humaines misères, sourient dans la céleste Jérusalem !

LIVRE VIII

HENRI LASSERRE

~~~~~~~~~~

I

LE TÉMOIN LAÏQUE.

Bien que parler des vivants soit chose difficile, je ne puis me dérober à Henri Lasserre. Je le rencontre de toutes parts. Après Bernadette comme après Mᵍʳ Peyramale, il n'y a pas d'autre nom écrit à la première base du monument. Lourdes est, à son origine, un édifice triangulaire fondé par l'Immaculée Conception et continué par trois architectes différents : un enfant, un prêtre, un homme du monde.

L'enfant, symbole du grand menu peuple ; le prêtre, figure royale de la royale Eglise ; l'homme du monde, ambassadeur des classes élevées, chargé par l'Apparition de leur rapporter, dans un livre écrit pour la société tout entière, l'affirmation désintéressée de son témoignage. Car, avant tout, Henri Lasserre est le témoin désintéressé.

Il a vu et compris Lourdes, comme Bernadette à l'origine : *hors du corps de l'Eglise enseignante*, ce qui est un chef-d'œuvre de force aux yeux des hommes, dans ce chef-d'œuvre de Dieu.

Quand le pape Pie IX proclama le dogme de la Conception Immaculée de Marie, le siècle de la science ne murmura-t-il point sur ses hauteurs : « Choses de l'Eglise que tout cela! » Que serait-il donc advenu si c'eût été un prêtre, un moine, un évêque, qui se fût présenté à la barre de l'incrédulité, avec l'histoire des Apparitions de Lourdes à la main? Choses de l'Eglise! eût-on répété de toutes parts. Et l'histoire n'eût point été lue.

Cela est si vrai, qu'en dépit de mille essais tentés, tous les livres écrits par la plume du clergé ont subi le destin commun d'être implacablement ignorés. Manifestement, ils étaient hors du plan divin.

Moi-même qui écris celui-ci, je n'eusse pas osé l'entreprendre sur les marches du sanctuaire. Quand l'inspiration m'en est venue, au milieu de mes craintes et dans la parfaite conviction de mon insuffisance, j'ai senti une force supérieure me soulever : celle de ma qualité de laïque, c'est-à-dire de trait d'union nécessaire à l'esprit du temps entre l'Eglise, paria du monde, et le monde, paria très volontaire, mais aussi très réel, de l'Eglise.

Si donc certains esprits plus irréfléchis que judicieux se sont trouvés enclins à faire un procès à Notre-Dame de Lourdes du choix singulier qu'elle a fait pour écrire son histoire, qu'ils reviennent de l'erreur de leur sens. Tout devait être nouveau dans le style et dans le livre, en face de ce siècle très nouveau, lorsque l'Apparition elle-même n'était pas autre chose qu'une prodigieuse nouveauté.

Henri Lasserre n'a-t-il pas été le premier à s'étonner de la mission qui lui est échue ? Ne pouvant se résoudre à monter les degrés du temple, il s'est longtemps débattu contre la force qui s'était emparée de lui. Epouvanté et tout tremblant à la vue de l'Immaculée, il reculait, reculait sans cesse devant elle, en lui disant comme Zachée à Jésus : *Domina, non sum dignus !*

Il fallut même que le curé de Lourdes usât de rigueur. Un jour que le brillant écrivain se trouvait chez lui, le fils du docteur Peyramale n'épargna point le fils du docteur Lasserre. Pour le guérir de ses incurables épouvantements, il le prit par le collet, le poussa dans une chambre de son presbytère et tourna la clef. C'est ainsi que l'histoire de Notre-Dame de Lourdes commença *aux travaux forcés.*

Et que de secrets gémissements ! Combien d'excuses demandées au ciel et à la terre ! Mais aussi quelles pages exquises et quel succès inouï ! Plus l'historien s'efface, plus l'histoire prend d'étonnantes proportions. Chaque page, chaque ligne, chaque mot porte le sceau de l'émotion inspirée. Le livre entier n'a pas été écrit, il a été pleuré dans les larmes de l'onction débordante,

entre un idéal entrevu et un cœur baigné du parfum
virginal.

Une grâce mystérieuse le pénètre de part en part.
L'Apparition y est vivante, toujours vivante aux yeux de
l'écrivain. Il s'y attarde, il s'y plonge, il s'y noie. Il la
fait passer avec ses rayons les plus enchanteurs dans
l'âme de ceux qui le lisent, comme si la langue dont il
se sert, comme si l'encre dont il l'écrit, jaillissaient à
flots de la fontaine des grâces tendres dont Marie a la
plénitude : *Gratiâ plena.*

Ainsi composée, l'histoire de Lourdes est une de celles
qui ne se refont pas. Y toucher serait la défaire. Le
moule dans lequel elle a été coulée est de main divine.
Cette pénétrante onction, cette matinale rosée, cette
manne idéale et sainte, ce miel si délicat et si pur qui
vous embaume, qui vous élève, qui vous transporte, ne
peut passer d'un vase à un autre.

Tous ceux qui s'y sont essayés n'ont pu y réussir. Au
moment même où ils se mettaient à l'œuvre, l'âme et le
parfum de Lourdes, célestes oiseaux, se sont envolés de
leurs mains.

———

Placé en dehors de la hiérarchie sacrée, H. Lasserre
reçoit pourtant des mains de l'Eglise les documents de
son histoire. C'est à lui que M⁸ʳ Laurence remet tous
les travaux de la commission d'enquête, tous les dossiers, tous les témoignages recueillis sur les diverses
apparitions.

C'est la commission d'enquête aussi qui fut sa règle de tous points et qui prima tout de son autorité. Des visites répétées à Lourdes et à Nevers, pour y interroger Bernadette, lui donnèrent et la physionomie de l'ensemble et la précision des détails particuliers. Comme le sculpteur qui étudie son grand homme avant de le tailler dans le marbre, Lasserre étudia sa « Grande-Dame. »

Il ne voulut point d'à peu près. Son œil fouilla avec une minutie extrême les plis et les replis du manteau de l'Immaculée. Et l'ayant ainsi étudiée, il la moula en ces formes éblouissantes et flottantes que tout le monde connaît, sans que ni la clarté du rayonnement ni la douceur des contours nuisissent aucunement à la précision des lignes.

Sa statue n'est nullement un fantôme. C'est une figure idéale, saisie sur le vif dans l'épanouissement supérieur de ses divins attributs. Le livre qui en dessine les traits *ne serait point vrai*, s'il n'était une nouveauté de forme comme de ton. Ce que l'infirmité de nos yeux bornés et la conscience de nos actes ont l'habitude de considérer comme roman, c'est la rencontre fortuite de perfections qui ne correspondent à aucune réalité.

Mettez ensemble toutes les grandeurs, toutes les puissances, toutes les beautés; ornez-en un personnage magnifique dans la nature et faites-le mouvoir dans un cercle inaccessible aux efforts d'ici-bas, les ignorants crieront au roman, les saints et les génies salueront une surnaturelle histoire.

Or, Notre-Dame de Lourdes est la plus sublime, sans

14*

comparaison, de toutes les créatures. J'allais dire qu'elle est le roman de Dieu lui-même, si le mot, mis à la taille de notre langue, pouvait lui être attribué. Mais ce n'est point Dieu qui a fait le roman; il n'a primitivement écrit qu'un livre merveilleux, que l'homme a divisé en deux.

Une part est descendue dans l'ombre avec lui, et parce qu'il y végète avec un peu de lumière et beaucoup de nuit, il se figure, l'orgueilleux, que c'est lui qui est l'histoire, et Notre-Dame de Lourdes le roman.

Tais-toi, tais-toi, censeur secret, esprit incrédule et cœur endurci! Tu ne cries au roman, en lisant Lasserre, que parce que tu as cessé d'être le livre !

II

LE DOCTEUR LASSERRE.

Je n'ai jamais connu personne d'aussi noble et d'aussi bien, nous disait une chrétienne de Belvès, en parlant du docteur Jean-Baptiste Lasserre. Il était incapable de médire de quelqu'un. Tout ce qui sortait de sa bouche était fleur et bonté. Aussi avions-nous pour lui plus que de l'estime et du respect : il était universellement vénéré.

Le souvenir ineffaçable laissé par le docteur Lasserre n'est point particulier à certaines familles ni à certaines localités. Il est universel dans la Dordogne. Pendant les trente ans qu'il y a exercé la médecine, aucun de ses malades n'a connu le tarif de ses visites ni le prix de ses remèdes. De façon qu'après le médecin *Tant pis* et le médecin *Tant mieux*, la France posséda un jour le médecin *gratuit*. Création difficile, à ce qu'il paraît, puisqu'elle ne lui survécut pas.

Au temps où il était médecin en chef de la marine, un événement tragique avait subitement fait éclater ce que ce cœur renfermait de profondément généreux. Sous le canon de Trafalgar, en 1805, le *Berwick*, après la mort de son capitaine, le *Berwick*, criblé de balles et d'obus, s'étant mis à faire eau de toutes parts, une rumeur subite éclata : le *Berwick* coule ! le *Berwick* coule !

A ce cri de détresse, une panique impossible à décrire gagna l'équipage, et tout aussitôt, cinq ou six chaloupes, glissées en hâte, reçurent dans un sauve-qui-peut général les hommes valides, qu'elles emportèrent du côté des Anglais. Seul le docteur Lasserre, au milieu des blessés et des mourants, resta debout, intrépide en face de la mort qui arrivait à grands pas. Touchés de son héroïque dévouement, les Anglais lui ayant offert de le recevoir, il se contenta de répondre : « *Mes malades et moi nous ne faisons qu'un. Je demande le salut ou la mort avec eux.* »

Alors un spectacle inouï s'offrit à tous les regards. Le vaillant soldat confia successivement chacun de ses blessés à la mer. Vingt fois la même gondole ne cessa d'aller et de venir. A la dernière heure, lorsque l'équipage était enfin sauvé de la mort, Jean-Baptiste Lasserre,

sentant le navire se dérober sous ses pieds, se précipita
dans les flots.

Or, à peine était-il parvenu à bord de l'embarcation
anglaise qu'il avait gagnée à la nage, qu'un tourbillon
d'eau bouillonna derrière lui, avec un bruit d'englou-
tissement : c'était le *Berwick* qui venait de couler.

III

JOSEPH-PAUL-HENRI [1].

Sur les bancs de l'école, rien ne faisait pressentir la
future destinée de son fils Henri. Il paraît même que
chez lui, la littérature cédait de beaucoup le pas à l'amour
des sciences exactes. La mécanique, dans ses applica-
tions, exerçait sur sa trempe d'esprit un ascendant si
impérieux que son premier maître de pension, émer-
veillé, offrit à la famille Lasserre de diriger gratuitement
ses études.

A la façon de Pascal, il faisait pressentir un découvreur
de procédés capable de fonder la renommée d'un collège
ou d'une institution. Mais le docteur Lasserre avait
d'autres desseins sur son fils. De Sarlat, Paul-Joseph-

---

(1) Le comte Henri d'Ideville, de qui viennent tous les détails qui
suivent, connaissait sur l'historien de Lourdes, son ami et son camarade à l'Ecole de droit, quantité d'anecdotes où celles-ci ont été
prises au hasard de la conversation. Je ne les garantis pas autrement.

Henri de Monzie Lasserre passa à Cahors, et de Cahors à Périgueux.

Sa santé était alors des plus délicates. Sa croissance avait été si rapide, que le grand jeune homme chancelait sur ses bases. Un coup de vent l'eût abattu. Après de brillantes humanités, on fut obligé de lui donner du repos, pour permettre à sa constitution de se fortifier.

Ce fut durant ces vacances forcées, qu'un certain trouble passager, disent ses anciens camarades, se produisit dans ses idées. Il lut, il compulsa, il dévora. Mais bientôt le calme reprit le dessus ; car le cœur du collégien était demeuré sans trouble : il avait dix-huit ans. Par un hasard très singulier, il fit alors une pièce de vers intitulée *la Pologne*, inspirée de si nobles sentiments, que les journaux la reproduisirent avec éloges.

Quand les forces lui furent revenues, il tourna ses regards vers Paris, Paris, où son condisciple et ami, Charles de Freycinet, qu'il avait connu sur les bancs du collège de Cahors, poursuivait ses études de polytechnicien. Henri lui écrivit une lettre ardente, puis alla le rejoindre bientôt après. Mais l'Ecole polytechnique fut loin de répondre à l'idéal qu'il poursuivait.

Quelque chose de singulier commençait à le tourmenter intérieurement. Il cherchait en son esprit où poser le pied, et nulle part il ne voyait le lieu. Sans éclairer ses doutes et dissiper les cruelles angoisses de son âme, il s'en fut à Saint-Acheul, faire une retraite chez les Jésuites,

Où il séjourna dans le recueillement et la solitude,
accomplissant jusqu'aux moindres détails toutes les
prescriptions de l'Institut. Un mois durant, il parcourut
ce que les ascètes appellent *Manrèze*, c'est-à-dire la
série des grands exercices laissés par Ignace de Loyola
dans le célèbre volume de ce nom.

De retour à Paris, le cours de ses idées était changé.
Renonçant à l'Ecole polytechnique, il alla se faire inscrire
à la Faculté de droit, où il reçut tous ses grades. Puis
l'ennui, un inexorable ennui vint le ressaisir. La carrière,
du barreau fut comme celle des armes; elle ne présenta
que le vide aux aspirations vagues et inconnues de son
âme.

Il se souvint de la devise qui ornait le blason de
ses pères : *Comes justitiæ,* chevalier de la justice ; et la
profession d'avocat, avec la défense forcée des gens équi-
voques et la constante préoccupation d'intérêts secon-
daires, ne lui parut pas répondre à cette haute et véritable justice dont il voulait être en sa vie le compagnon
fidèle et le serviteur de tous les instants.

« *Il pensa que la Vérité est sur terre l'éternelle*
» *accusée, que le procès du Calvaire se juge toujours,*
» *et il résolut de choisir Dieu pour son client. Dans le*
» *cours habituel des choses, disait-il, c'est l'avocat qui*
» *sauve la cause; ici, c'est la cause qui sauve l'avocat* (1). »
Au lieu donc de plaider devant les tribunaux, sa parole

---

(1) Ces lignes ont été imprimées en 1886, dans une biographie de
l'historien de Lourdes.

si fine, si pétillante, si charmante, mit une plume entre
elle et le public.

IV

SUR LE CHEMIN DE LOURDES.

Dans le va-et-vient de ces nombreux tâtonnements,
tandis que le jeune homme était en proie aux mille
inquiétudes du choix de sa carrière, quelque chose de
très singulier frappa soudainement sa vue : le merveilleux
vint au-devant de lui, comme pour le prendre par la
main ; non pas une fois ni vaguement, mais plusieurs
foi et d'une façon évidente.

Au temps où il n'était que le spirituel étudiant du
cercle de l'hôtel de l'Europe, vivait une pauvre femme
connue sous le nom de mère Vassal, au quartier latin.
Henri Lasserre, surnommé *le catholique*, qui faisait
partie de la société de Saint-Vincent de Paul, eut l'occasion de la visiter souvent. Or, la mère Vassal avait
une main absolument percluse. Elle était infirme et elle
était pauvre, deux titres qui lui valurent ses préférences.

Elle en avait un troisième : la mère Vassal était une
croyante des premiers âges. De temps immémorial elle
avait espéré sa guérison. Elle en parlait souvent à son
ami ; car une véritable amitié s'était établie entre ces
deux âmes. Je guérirai, j'en suis sûre, lui disait-elle ;
mais le moment n'est pas encore arrivé. Quand il sera

venu, je vous en avertirai; nous ferons ensemble une neuvaine au tombeau de sainte Geneviève.

Le temps arriva. Un matin que Lasserre le catholique était entré chez elle avec son aumône accoutumée, la mère Vassal, toute radieuse, lui annonça avec la plus entière assurance que la *neuvaine* allait commencer; et le lendemain les deux amis se trouvaient à l'église de Sainte-Geneviève, l'étudiant servant la messe, la mère Vassal priant avec ferveur, accoudée sur la grille du tombeau de la sainte.

Les jours qui suivirent, la même scène se reproduisit : la *neuvaine* était accompagnée de neuf messes.

A la dernière, au moment même où le prêtre élevait au ciel l'hostie sainte de la consécration, la main de la mère Vassal reprit corps subitement. Alors il y eut un cri, un cri qui fit pâlir Lasserre. Ce fut celui de la pauvre femme, qui voyait enfin se réaliser ses vieilles et indomptables espérances. Il y eut aussi des larmes de part et d'autre : le prêtre unit sa joie reconnaissante à celle de ses deux clients.

Quand il fallut payer les honoraires des neuf messes, la mère Vassal, qui avait économisé sou par sou vingt-sept francs sur le produit de ses quotidiennes aumônes reçues, les offrit au prêtre (1), sans que son ami y fît opposition. Mais à la minute même où les vingt-sept francs quittaient la main de la miraculée, une autre main les arrêta.

---

(1) Ce prêtre est mort il y a quatre ans.

« Vous en aurez le mérite, murmura l'étudiant, puisque vous les avez offerts. De grâce, laissez-moi vous imiter. Vous avez payé devant Dieu, moi, je paierai devant les hommes. Ce sera profit pour tous deux. » Et Henri Lasserre paya. Mais ce ne fut point là le dénouement de cette touchante histoire.

Intimement lié avec le musicien Delsarte, le futúr historien des *Episodes miraculeux* eut la généreuse pensée d'organiser un concert au profit de sa vieille amie. La chose lui paraissait d'autant plus facile que Delsarte était le *familier* de la princesse Marcelline Czartoryska, musicienne de grand renom dans les salons de Paris.

On songea tout d'abord à l'hôtel Lambert, mais le prix des bancs qu'il fallait louer à la ville ayant atteint un chiffre trop élevé, ce fut la salle Herz, toute aménagée, qui fut définitivement choisie. Delsarte joua à ravir, la princesse Marcelline se surpassa, et Lasserre, lui, demanda la charité à tous.

Or, le jour qui suivit, à la première heure, un grand jeune homme, tout triomphant, gravissait à pas pressés, en compagnie de Delsarte, les escaliers obscurs d'un logement haut perché de la rue Saint-Jacques. C'était l'ami qui portait douze cents francs à la mère Vassal, pour la remettre sur pied, ou plutôt pour la faire redescendre; car la rue compta bientôt, dans un petit emplacement du rez-de-chaussée, la boutique d'un nouveau charbonnier qu'elle ne connaissait pas.

La pauvre femme, ainsi rendue à la vie, ne profita pas longtemps de sa nouvelle existence. Elle mourut peu d'années après. Plus d'une fois néanmoins, elle revit son bienfaiteur avec joie, et quand arriva pour elle l'heure du départ, elle lui dit avec une admirable simplicité : « Que désirez-vous que je fasse pour vous au ciel?

— Demander la conversion d'une personne qui m'est chère, répondit l'étudiant tout ému. — Je le ferai, je vous le promets. » — A quelques jours de là, la mère Vassal rendait le dernier soupir. Il était cinq heures du soir, et, si je ne me trompe, un samedi. Or, à six heures, le même jour et à la même date, à cent cinquante lieues de Paris, une personne qui habitait le Périgord faisait subitement, et en pleine santé, demander le curé de sa paroisse.

Comme l'étonnement était général parmi les siens : « Moi, c'est moi, dit le héros de l'histoire, moi seul qui réclame M. le curé. Il y a quelque chose qui me parle là, que je n'ai jamais entendu. » Et le confesseur arriva, et la personne se confessa dans les sentiments du plus admirable repentir. L'épisode miraculeux venait de finir.

Il est curieux de penser que cette petite histoire, si pleine déjà du parfum de Lourdes, ouvrit au jeune étudiant les portes de l'hôtel Lambert, où il eut ses entrées libres au milieu de la colonie polonaise. Sa grâce parfaite, la distinction et la sympathie de son esprit, ses saillies vives et profondes, le mirent aussitôt en relief dans ce nouveau milieu.

L'ouvrage qu'il publia sur la Pologne et la catholicité acheva de lui conquérir toutes les sympathies. Aussi, dès que la question des revendications polonaises contre la Russie mérita d'être portée à Rome, le prince Constantin Czartoryski ne voulut d'autre secrétaire attaché à sa personne que l'ami de Delsarte et, avec celui-ci, de la mère Vassal, pour remplir le message dont ses compatriotes l'avaient chargé.

Mêlé au courant de la diplomatie, Henri Lasserre noua les relations les plus élevées. La cour romaine et le souverain pontife le connurent ainsi ; Saint-Pierre l'entendit prier à l'ombre de ses murs.

En sorte que vingt ans plus tard, lorsque parut ce livre merveilleux qui porte le nom de *Notre-Dame de Lourdes*, ce ne fut ni un inconnu ni un étranger qui frappa aux portes du Vatican. Bien des fois auparavant, Pie IX l'avait appelé mon fils : *Figliolo !*

V

A TOULON.

A l'époque du grand choléra qui décima une partie des populations du Midi, le jeune écrivain, dont on venait de lire l'*Evangile selon Renan*, pris du désir d'expier ses fautes, s'embarqua pour courir au soin des pestiférés.

Personne n'osant plus partir du côté du Midi, les voies ferrées marchaient à vide. De Paris jusqu'à destination, Henri Lasserre fut seul dans son compartiment.

Arrivé à Toulon, il se présenta au médecin en chef des hôpitaux de la ville, le docteur Arlaut (1), je crois. Mais le docteur, ne comprenant point que le dévouement seul pût amener ainsi à Toulon un infirmier de Paris, refusa le concours qu'il venait spontanément lui offrir.

Soupçonné d'espionnage, il redescendit dans la rue, et se mit bravement au service de la garde-chiourme.

Or, quinze jours n'étaient pas écoulés, que le nouvel infirmier tombait malade à son tour. Les signes avant-coureurs du choléra s'étant même déclarés d'une façon non équivoque, l'entrée à l'hôpital s'en fût suivi, si l'inconnu n'avait eu une chambre où le docteur fut appelé à soigner celui-là même qu'il avait jugé prudent tout d'abord de ne point recevoir en bonne santé.

Devinant que sa situation était grave, Henri Lasserre interrogea son médecin, et sur l'avis de celui-ci, qui concluait au cas mortel, à moins peut-être de quitter Toulon pour respirer une nouvelle atmosphère, il résolut de regagner la Dordogne, pour y reporter ses cendres, dans un wagon-lit qui l'emmena à Lyon tout d'un trait.

En entendant son client lui parler au départ du montant de la note à payer, le docteur, cette fois mieux informé, répondit : « Merci, monsieur Lasserre. L'auteur de l'*Evangile selon Renan* ne me doit pas un denier, je ne le souffrirai pas. »

---

(1) Le docteur Arlaut, qui vit toujours, a raconté cette anecdote à bien des personnes.

Et Lasserre arriva sur les bords du Rhône, où son état, aggravé par le voyage, l'obligea d'attendre l'heure de la résurrection ou de la mort, à l'ombre de Notre-Dame de Fourvières. Ce fut la résurrection qui arriva.

VI

AU DÉSERT.

Le nombre des couvents où il s'est enfui est une des choses les plus singulières de sa jeunesse. Il n'est pas de Trappe ni de Chartreuse, pas de monastère connu où il ne soit allé faire une cure, tant était profond chez lui le besoin de méditation et de repos.

A certains jours, le pavé des rues lui brûle les pieds. Il se fatigue, il se tourmente, il s'ennuie sous les apparences même de la gaieté. Le spirituel écrivain ne sait plus où il en est. Alors, quittant tout à coup l'asphalte et le boulevard, le voilà parti dans la retraite, à l'insu de ses amis, qui le recherchent partout et ne le retrouvent plus.

C'est Saint Acheul, Vauclair, Aiguebelle, qui le dérobent tour à tour à leurs yeux, et chacun plusieurs fois. Mais Solesmes a toutes ses préférences. Dom Guéranger l'attire, dom Guéranger le reçoit. L'un dit mon père, et l'autre dit mon fils. Et le fils reste des mois entiers à côté du père, lisant, étudiant, discutant et s'instruisant. Son étude favorite est celle de la sainte

Ecriture, dont il ne peut se rassasier. Il la chante et il la lit.

A midi comme à minuit, à Laudes comme à Matines, il est debout dans la stalle des moines. Il aime ces grandes ombres et ces grands silences. Il se plonge avec délices sous ces voûtes austères, le long de ces cloîtres solennels, où grandit sa pensée, où s'épanouit son cœur, d'où s'envole la prière sereine de ses lèvres avec l'harmonieuse hymne des saints. Un instant, les fils de Saint-Benoît finissent par croire qu'il sera un des leurs.

C'est au cours de l'une de ces nombreuses retraites, dans je ne sais plus quel couvent de la Trappe, qu'ayant appris la guérison d'une religieuse par Notre-Dame de la Salette, il interrompit brusquement ses méditations pour courir du côté de Honfleur, où se trouvait la miraculée.

Haletant comme un homme pris de vertige, il lui adresse les questions les plus circonstanciées sur sa guérison, cherchant à découvrir ces détails, à saisir ces fils imperceptibles, à tourner les pages de ce splendide poème que l'on nomme *Episode miraculeux,* et que nulle plume au monde n'a décrit comme la sienne, dans aucun temps ni dans aucun pays.

Son enquête finie, il acheva sa retraite, puis de là regagna Paris.

VII

LA VOIX DU DÉSERT.

C'est le 25 février 1828, d'après le *Dictionnaire des contemporains*, que Henri Lasserre est venu en ce monde. Le 1828 de Carlux, en Dordogne, son pays natal, se lève, *cara lux*, chère lumière, en avant du 1858 des Pyrénées, comme son 25 février annonce dans le lointain la source de Lourdes. — Jour pour jour, elle a jailli trente ans après.

Or, il arriva que le fils de Jean-Baptiste Lasserre selon la chair, et de Jean-Marie Mastaï selon l'esprit, tournant le dos au tourbillon de Paris pour la dixième fois, se retira de nouveau au désert. Sous le nom de Pie IX, Jean Mastaï venait de définir le dogme de la Conception Immaculée. Ceci se passait entre 1854 et 1858.

Arrivé à la Grande Trappe de Mortagne, non loin de la mer de la Manche, il en heurta la porte du bout de son bâton de voyage. Et la porte s'ouvrit. Après quelques minutes d'attente au seuil de ce palais de la pénitence, le fils de Jean vit, du bout d'un corridor, venir à lui deux religieux lentement. Ils étaient couverts de bure ; leurs reins portaient la ceinture de cuir.

Quand ils se furent approchés de lui, ils se prosternèrent en silence et lui baisèrent les pieds. Puis, se rele-

vant aussitôt, ils vinrent se placer l'un à sa droite, l'autre
à sa gauche, et, toujours en silence, le conduisirent ainsi
de cloître en cloître, de voûte en voûte, de solitude en
solitude, jusqu'à une chapelle perdue, au lieu le plus
profond du monastère.

Sur le premier degré de l'autel, trois ombres silen-
cieuses tombèrent à genoux, et l'une d'elles, tirant de
dessous sa robe blanche un petit livre, l'ouvrit et le déposa aux mains de l'inconnu : c'était l'*Imitation de
Jésus-Christ*, au chapitre de la Pénitence.

Puis les deux religieux, sans prononcer une seule parole, s'éloignèrent comme ils s'étaient approchés, aban-
donnant ainsi leur hôte à l'isolement absolu de ces
lieux. Le lendemain, accoudé dans sa cellule, entre les
offices du jour et les offices de la nuit, Henri Lasserre
avait laissé l'ombre la plus épaisse s'étendre entre lui et
le monde. Emerveillé du spectacle qui se déroulait sous
ses yeux, il étudiait la nature humaine dans ses mystères, cherchant à y saisir le secret de ces existences
qui, au lieu de poursuivre le plaisir, ne vivent que de la
perpétuelle immolation d'elles-mêmes.

Et il y vit la gloire, et il y découvrit le salut de l'humanité. Alors, prenant une plume, il écrivit ce petit
chef-d'œuvre, qui est intitulé : l'*Esprit et la chair*, ou
Philosophie des macérations, le premier des livres fils
de sa pensée, la première des pages filles de son cœur,

Où je lis, en tête de la préface : « L'égoïsme, le désir
» effréné de jouir, l'amour du luxe, tel est, sauf l'ex-
» ception formée par quelques rudes chrétiens, le cou-

» rant général du XIXᵉ siècle. Quand Eve eut discuté
» avec le serpent, elle regarda le fruit, il lui sembla ex-
» cellent au goût, et elle en mangea.

» Nous en sommes à cette période, c'est-à-dire au
» règne du *plus absolu sensualisme.* »

L'*Esprit et la chair!....* Livre premier-né, parole de
vérité et d'or, voix de l'envoyé de Marie qui s'élève
au désert, cri sublime du précurseur qui prépare les chemins et annonce l'approche de Celle en qui le Verbe
doit redire au monde : Pénitence ! pénitence ! pénitence !
S'ouvrant avec le sensualisme effréné, il se ferme avec
le *culte de la douleur.*

« L'irrésistible attrait de l'homme, y est-il dit, n'est
pas le plaisir, c'est la vie elle-même, et la plaie lamentable de son âme n'est point la douleur, c'est l'ennui.
L'homme veut vivre et se sentir vivre, et c'est là, avec
l'amour que nous examinerons aussi, tout le principe de
ses passions et de ses actes.

» Il veut constater, pour ainsi dire, sa vie, et en sa-
vourer les tressaillements, soit dans la puissante ivresse
du plaisir, soit dans les terribles émotions du danger et
de la douleur. C'est une loi fatale de son être ; il ne se
peut supporter dans cet état incolore et tiède où som-
meillent, dans la torpeur, toutes les activités et toutes les
exubérances de sa vie.

» Un ennui semblable à la mort le saisit au milieu de
cette atonie de son âme, tant il est vrai de dire que
l'homme n'est pas fait pour se reposer ici-bas.

» Il regarde autour de lui, il parcourt parfois le monde, cherchant le plaisir, cherchant la douleur, c'est-à-dire cherchant la vie dans son miel le plus doux ou dans ses plus âcres saveurs; et, par une étrange antithèse, ne trouvant quelque tranquillité qu'au sein même de l'agitation.

» Cette recherche d'émotion à tout prix, c'est la passion. De là cet impétueux courant qui emporte l'homme vers la frénésie des sens ; de là aussi ce singulier attrait pour le danger, cet amour pour l'aventure, qui se rencontrent plus ou moins comprimés au fond de certaines âmes, et qui, soit dans le bien, soit dans le mal, constituent jusqu'à un certain point le thermomètre de leur grandeur native et de leur énergie.

» Les âmes lâches fuient l'émotion qui vient du danger pour ne chercher que celle qui vient du plaisir, et elles s'abaissent encore par la pratique de ce culte avili. Les puissantes âmes, au contraire, ne sauraient croupir dans cette fange : elles se plaisent à mesurer et à développer leur propre force et l'énergie de leur vitalité au sein des combats, et dans la rude tâche de dompter la douleur et de surmonter le péril.

» Pour ces âmes-là, le plaisir n'est qu'un accessoire, une halte, une heure de repos entre deux batailles, une fleur ou un fruit cueilli au bruit de la fusillade et au galop du cheval; pour les autres, c'est le but de la vie : « Hâtons-nous de parer et d'embellir l'humanité, » s'écrie galamment le sensualisme moderne, en se ressouvenant des roses du bel âge.

» Il suffit d'avoir vu le visage martial et doux des hommes qui ont vécu dans le danger, celui de certains vieux soldats qui ont mené la vie des camps sur le sol brûlant des champs de bataille; il suffit d'avoir rencontré quelque vieillard qui, ayant porté pendant de longues années le poids du malheur dans les travaux, dans les foudroyantes séparations ou dans l'exil, garde sur son front attristé, mais calme, la majesté et la mansuétude d'une âme sereine et élevée.

» Il suffit d'avoir pénétré dans la cellule de quelque bon et austère religieux, transfiguré par les pratiques du cloître, pour bien comprendre que la douleur est la grande et véritable école où se forment les âmes humaines.

» Voyez, au contraire, les hommes de plaisir : fronts avilis, regards durs, bouches sensuelles, dont un œil observateur ne tarde pas à découvrir la secrète férocité; égoïsme profond, mal dissimulé sous des formes caressantes, tel est ce type affreux. L'habitude de le rencontrer, en ce temps de mœurs dépravées, ne peut blaser une âme honnête sur l'horreur qu'il doit inspirer. »

— Du fond du désert de la Grande Trappe, Henri Lasserre vient de parler; entendez la voix de Lourdes lui faire écho bientôt après : Pénitence!.... pénitence!.... pénitence!....

VIII

LES SERPENTS.

Entre la guérison des yeux de Henri Lasserre et la publication du livre de l'Immaculée, le libraire Victor Palmé publiait aussi les *Serpents*. C'était en 1862. L'*Esprit et la chair* qualifiait le monde voluptueux, les *Serpents* qualifièrent le monde incrédule et révolutionnaire. Ce fut, dans ses deux courants, le faux *progrès* tout entier.

L'Esprit et la chair !.... Les Serpents !.... Quelle réunion de mots étranges murmurés par une seule voix, quand cette voix murmurera tout à l'heure celui de *Notre-Dame de Lourdes!*

N'avez-vous pas lu quelque part les nombreux *meâ culpâ* avec lesquels l'historien de Lourdes se reproche la lenteur qu'il a mise à écrire son livre ? Si vous l'en croyiez, il aurait tout simplement mérité la corde.

Pauvre pénitent ! tu n'étais point si en retard que tu nous le dis. Avant de composer le récit des apparitions de Lourdes, il fallait en écrire la préface. Et les *Serpents* ne sont autre chose que la préface des Apparitions.

Puis le séjour de Rome, où tu allas représenter la Pologne, était nécessaire à ta mission. Destiné à élever

le monument des siècles futurs, ne devais-tu point
visiter Pie IX, lui baiser la main et tressaillir aux battements de son cœur?

Pie, qui venait de poser au front de la Reine du ciel
le plus beau des diadèmes; Pie, qui allait la couronner à
nouveau sur la terre, et déposer ton livre merveilleux
sous les yeux des pèlerins du monde, à la Grotte de
Lourdes!

IX

LA MÈRE AVEC LE FILS.

De même qu'elle s'était fait précéder, l'Immaculée
Conception s'est fait suivre en sa venue. Le volume
intitulé *Notre-Dame de Lourdes* n'est que le tome qui
tient le milieu d'une magnifique histoire, tome troisième, comme nous venons de le voir, mais tome qui
est loin d'être le dernier. Plusieurs l'ont déjà suivi ou
côtoyé, d'autres viennent l'agrandir tous les jours.

Or, poursuivant ici mon voyage enchanté au pays du
surnaturel, je lis, à la date de 1883, un livre plein d'à-
propos, toujours signé du même nom. Il a pour titre
nouveau : *l'Evangile selon Renan.* Mieux que cela, le
volume est aussitôt suivi par un autre qui s'appelle *le
Treizième Apôtre.*

L'Evangile selon Renan produit un retentissement
considérable à son apparition. Trente et quelques éditions, en peu de mois, y font voir à la France la face

ridicule de celui qui, faussant le sens des Ecritures, vient d'obscurcir la *Sainte Face* de l'Homme-Dieu dans la *Vie de Jésus*.

Le *Treizième Apôtre* fait suite à l'*Evangile selon Renan*, comme *les Apôtres*, chez Renan, font suite eux-mêmes à la *Vie de Jésus*. Réponse d'infiniment d'esprit au petit Voltaire du Collège de France !

Il y est mis en regard de lui-même, avec une mimique inouïe, dans un épilogue fameux : *le Retour de l'île d'Elbe*, sorte d'histoire, racontée à la façon de Renan, dans laquelle l'île d'Elbe et Napoléon lui-même prennent les couleurs de la légende.

X

LA GUÉRISON DE TOURS.

On lit au chapitre des *Episodes*, qu'après avoir été guéri par la vertu de la source sainte, Henri Lasserre faillit retomber en l'état critique dont il était sorti.

A la suite d'une faute, d'une indiscrétion commise, quelque chose de lourd et d'inconnu pesa subitement sur ses paupières. Alors, troublé jusqu'au fond de l'âme, il se retira de nouveau dans un monastère.

Chemin faisant, pris du désir de consulter le P. Gratry, il passa par Tours, où se trouve la première maison de l'Oratoire; Tours, où Dieu conduisit réellement ses pas pour le mettre en relation avec la *Sainte Face*, qui, elle aussi, opérait des miracles. Son nouvel apôtre s'appelait pour cela le « saint homme de Tours. »

Arrivé chez lui, sur l'indication du P. Gratry, Lasserre y fut, en entrant, le témoin de plusieurs prodiges. Puis il se mit à genoux devant la Sainte Face du Christ, et le vénérable M. Dupont avec lui.

Tous deux prièrent ensemble et tous deux espérèrent de la même espérance. Le raffermissement des yeux se fit attendre. Mais quelques jours après, pendant que M. Dupont continuait à implorer la sainte Image, voilà que tout à coup le miraculé de Marie devint le miraculé de Jésus. Le poids pesant de ses paupières s'évanouit comme un songe.

En s'ouvrant à Paris, les yeux du malade voient le premier récit des Apparitions qui accompagne l'eau miraculeuse envoyée par l'abbé Peyramale. En se raffermissant à Tours, ils découvrent sous les opprobres du monde la face obscurcie du Dieu trois fois saint.

La brochure domine l'historien de Notre-Dame de Lourdes, comme la Sainte Face domine, dirait-on, l'apôtre et l'avocat de l'Evangile.

LIVRE IX

LES GUÉRISONS

~~~~~~~~~~

I

LA PETITE MUETTE.

« Céleste Genoux ?

— La petite muette ?

— Oui, monsieur, la petite muette qui parle.

— Deuxième bâtiment, au deuxième étage, salle Michel Brézin, n° 14. »

Ce dialogue avait lieu, le 15 octobre 1888, devant le bureau de la Salpêtrière.... De voûte en voûte, de cour en cour, je pressai le pas. En quelques minutes, je me trouvais en face du lit devant lequel travaillait au crochet Céleste Genoux, que j'avais vue couverte d'infirmités, à l'hospice des Sept-Douleurs, à Lourdes.

Céleste Genoux, qui attend une place d'infirmière

15*

dans l'établissement où elle est restée si longtemps
infirme, m'a reçu de la façon la plus aisée du monde. Je
la reconnaissais à peine, tant elle était changée. Sa
physionomie respire la joie, son front épanoui porte les
couleurs du renouveau. On devine qu'un sang rajeuni
circule en ses veines ; elle est vive comme à quinze
ans. C'est que Céleste-Armandine Genoux est une des
grandes miraculées de Lourdes.

Née à Tillières-sur-Avre, dans l'Eure, le 5 mai 1855,
elle n'a reçu pour toute fortune, en héritage, qu'un
fond d'infirmités douloureuses ; ses deux grands-pères
sont morts d'attaques : l'un de paralysie, et l'autre
d'apoplexie compliquée d'une maladie de cœur. Une de
ses grand'tantes était à moitié sourde et son père a
l'ouïe très dure. Du côté de la mère, la situation est
meilleure. Toutefois l'aïeule a succombé à la rupture
d'un anévrisme, après avoir vécu l'âge d'un vieillard.

Ce n'est point à Tillières que Céleste a été élevée. Dès
l'âge de quatre ans, elle a passé aux mains de sa
grand'mère maternelle, à Gauville, dans l'Orne. La
pauvre enfant était déjà infirme. Tristement marquée
des signes de sa descendance, elle avait l'ouïe dure et
la parole difficile. Articulant mal ce qu'elle disait, pro-
nonçant à peine d'autres syllabes, elle était de plus
incapable de ce qu'on appelle un son continu. Chanter
lui était impossible.

Les mots traversés par une r ou par un z étaient dans
sa bouche uniformément tronqués. Oui se traduisait par
i, non s'exprimait par on. Dans les mots à deux syllabes, l'émission de voix n'était pas moins pénible.

Ainsi, le mot le plus facile et le plus doux, celui qui sort le premier de la bouche des petits enfants, était coupé en deux : *Ma.... man !* Ailleurs, c'était le mouvement des lèvres qui achevait seul la phrase commencée.

L'effort perpétuel qu'elle était obligée de s'imposer dans la conversation lui faisait éprouver certaines lassitudes. Le soir venu, il était rare qu'elle ne fût point fatiguée. Elle parlait peu pour son âge. La joie bruyante, elle ne la connaissait pas.

La grand'mère auprès de laquelle elle grandissait était une de ces croyantes de vieille roche qu'on ne retrouve plus, même à la campagne. Inlassable au travail du côté de sa maison, elle ne l'était pas moins du côté de la maison de Dieu. A trois heures de la nuit, la plupart du temps, elle était debout ; le soir, elle ne se couchait guère que sur le coup de onze heures, doublant ainsi ses journées pour pouvoir suffire à sa rude tâche.

Car il faut vous dire que chaque matin elle assistait à la messe, que chaque soir elle s'adonnait à la prière. « Estelle, disait-elle à l'enfant — c'est ainsi qu'elle appelait Céleste — Estelle, ne me laisse pas dormir, afin de ne pas être obligée de recommencer mes prières. » Si, par hasard, la petite fille n'avait pas fait bonne garde, l'aïeule, surprise par le sommeil, se réveillait en sursaut ; puis, ne sachant plus à quel endroit de son chapelet ses doigts s'étaient arrêtés, elle recommençait le tout.

La dévotion à la sainte Vierge occupait une large

place ; elle communiait à toutes ses fêtes. Toute sa
science se résumait dans la vie des saints. Ne sachant ni
lire ni écrire, elle trouvait une lectrice complaisante dans
la sœur près de laquelle Céleste allait à l'école. Quelquefois aussi, c'était Céleste qui prenait en main le livre.
« Ma pauvre enfant, répétait alors l'aïeule, comme tu
prononces mal, et comme tu martyrises tous mes vieux
saints ! »

Le 1er juillet 1886, la petite fille eut le bonheur de
faire sa première communion à Tillières-sur-Avre, où
elle était retournée chez ses parents. Mais son séjour fut
de courte durée. Un de ses oncles, l'oncle Fleury, de
Sainte-Gauburge, ayant manifesté le désir de l'avoir
auprès de lui, Céleste s'y rendit l'année suivante.

C'est là que se déclarèrent les premiers symptômes
d'une crise dont nul ne pouvait alors mesurer les conséquences. A peine âgée de quatorze ans, l'enfant commença à ressentir de violents maux de tête, puis
d'inexplicables douleurs d'entrailles. Elle ne pouvait
plus se porter.

Traînant les jambes comme un vieillard, elle s'en
revenait à la maison en gémissant. Une fièvre mu-
queuse suivit à peu d'intervalle, puis la fièvre typhoïde,
puis des troubles cérébraux. Les délicats organes de l'enfant y furent paralysés. Lorsque après trois mois d'une
terrible crise Céleste revint à la santé, la parole et
l'ouïe ne lui furent pas rendues.

Par bonheur pour elle, le vicaire de Sainte-Gauburge

connaissait la dactylologie ; il lui apprit l'art de parler avec les doigts. Le travail fut difficile. Au cours de sa maladie, Céleste avait perdu la mémoire de tout ce qu'elle avait appris à l'école ; il fallut beaucoup de patience, beaucoup de gravures et beaucoup de temps.

Les médecins n'hésitaient pas. Ils étaient tous d'accord pour déclarer incurable la petite muette. « Impossible d'en revenir, disaient-ils : une infirmité qui provient de *nature et de fièvre* tout à la fois ne se guérit pas ! »

L'oncle Fleury, lui, n'était pas homme à se décourager si vite. Lorsqu'il n'eut plus rien à attendre du côté de l'art humain, il songea à se retourner ailleurs. On fit neuvaine sur neuvaine autour de lui pour la guérison de Céleste, et un jour il la conduisit à Notre-Dame de la Délivrande, à Caen. — Notre-Dame de la Délivrande ne la délivra pas.

Un peu désappointé, le vieillard s'en revenait tout songeur, avec sa petite-fille à la main, lorsqu'une femme de Sainte-Gauburge, Mme Buisson, l'arrêta sur sa porte : « J'avais un frère, lui dit-elle, qui, à l'âge de cinq ans, ne marchait pas. Ma mère l'ayant conduit à Sainte-Eulalie, à Aunou, il y fut guéri.

» Après l'élévation, il dit à ma mère, en regardant la statue miraculeuse : Regardez donc, maman, comme elle est belle, la Dame ; je voudrais bien l'embrasser. — Va, lui fut-il répondu, et l'enfant courut d'un trait aux pieds de la martyre. Ma mère faillit pousser un cri : mon frère était guéri. Si c'était de moi, à votre place, monsieur Fleury, c'est là que j'irais. »

La sainte, en effet, jouit d'un grand crédit au pays normand. Sainte Eulalie *lie ou délie*, disent les paysans de l'Orne ; ce qui signifie que si elle ne guérit pas, c'est peine perdue de recourir ailleurs ; car le mal est confirmé pour toujours. Aussi, lorsqu'un cas désespéré se présente, c'est d'ordinaire là qu'on vient. Sainte Eulalie est leur dernier refuge.

Réconforté par le conseil qu'il venait de recevoir, l'oncle Fleury n'hésita pas, et quelques jours après, accompagné de sa petite muette et de Mme Buisson, il prenait bravement la route d'Aunou.

—————

Aunou est situé à quelques kilomètres de Séez. On fit le chemin, partie en voiture et partie à pied ; il était neuf heures du matin quand on arriva. La messe à dire étant pour nos trois pèlerins, le curé de la paroisse les attendait à l'église. Agenouillée entre son oncle et Mme Buisson, Céleste priait avec ferveur, lorsqu'au moment de l'élévation, elle sentit la sueur lui couler subitement à grosses gouttes sur le corps. En même temps elle souffrait beaucoup de la langue et des oreilles.

Ont-ils bien compris ? Est-ce une illusion ? Toujours est-il que l'oncle Fleury et Mme Buisson croient alors avoir entendu les noms de *Jésus* et de *Marie* sur les lèvres de l'enfant. La messe pourtant s'achève en silence. Mais voilà, au sortir de l'église, que Céleste, se tournant vers Mme Buisson : « Comme j'ai eu mal aux oreilles tout à l'heure ! lui dit-elle sans songer à rien.— Mais elle parle ! » s'écrièrent les deux pèlerins.

Et comme Céleste· s'unissait à la conversation, ils constatèrent avec le même étonnement que l'ouïe était aussi reconquise. Remerciant donc du fond de leur âme sainte Eulalie de les avoir exaucés, ils rentrèrent à Sainte-Gauburge tout heureux.

L'enfant parlait, l'enfant entendait, la petite sourde-muette n'existait plus. Toutefois, la parole ne lui était rendue que dans la mesure où elle la possédait auparavant. La prononciation restait difficile, avec les mêmes défectuosités qu'autrefois.

La guérison avait eu lieu en juillet. Or, le 12 février qui suivit, un événement prodigieux vint à nouveau troubler le cours de cette existence. C'était le jour où, dans toute l'Eglise, se célèbre la fête de la glorieuse vierge martyre Eulalie.

« J'avais communié le matin, nous dit Céleste, en » action de grâces de ma guérison. Le soir venu, j'étais » allée au lit comme de coutume. A peine mes yeux » furent-ils fermés, que la sainte m'apparut comme en » rêve, toute belle dans la lumière.. Elle avait la tête » nue. Autour de ses reins tombait une longue robe » flottante, bleu de ciel, parsemée de blanches étoiles. » A ses pieds, que je ne voyais pas, étaient deux ins- » truments de torture ; à la main droite, une palme » blanche.

» La vision était dans tout l'épanouissement du rêve, » lorsque brusquement je me sentis secouée : une

» main légère m'avait touchée à l'épaule. Alors je
» m'éveillai.... La vision ne disparut pas. De mes yeux
» grands ouverts, je la vis comme je vous vois, sou-
» riante et belle, devant mon petit lit.

» Après quelques secondes de repos absolu, elle me
» montra de la main gauche les instruments de torture,
» puis, levant la main droite avec les yeux du côté
» du ciel, elle me fit voir sa palme, transformée en
» palme d'or. En même temps une couronne de roses
» blanches lui ceignit le front.

» Ravie par la contemplation de la sainte, je restai
» tout entière, sans dire un mot, à la pensée de mon
» bonheur.... Il se prolongea un moment que je ne
» puis apprécier, puis peu à peu la vision s'évanouit
» dans un nuage d'argent. Je crus qu'elle s'était fondue.
» Quand ce globe vaporeux se souleva en l'air, la robe
» traînante la suivit, relevée. Alors je vis les pieds dé-
» couverts : ils étaient nus. »

Que pouvait bien signifier pour l'enfant cette apparition fort inattendue ? Elle en fut toute troublée. Avait-
on fait à Aunou quelque vœu que l'on n'aurait pas rempli,
promis des messes qui n'auraient pas été dites ? Céleste
ne savait que penser. Sans raconter ce qui lui était
advenu, elle interrogea son oncle, s'enquit près de
Mme Buisson, consulta M. le curé, qu'elle instruisit
de son secret, et chacun répondit que tout était bien
en règle.

La vision resta donc, jusqu'à nouvelle preuve, suspendue sur sa tête comme un point d'interrogation

mystérieux, et souvent elle y arrêtait sa pensée, sans rien y comprendre.

Jusqu'à l'âge de vingt-deux ans, sa santé, sans être bien robuste, ne laissa rien à désirer. La nièce avait vécu paisible et recueillie auprès de l'oncle ; elle ne songeait point alors que cela dût changer un jour. La première épreuve sérieuse que Dieu lui demanda ne tarda pourtant pas à venir. Chargé de travaux bien plus encore que d'années, l'oncle Fleury s'éteignit dans ses bras.

Le vieillard, avant de la quitter, avait tenu à fixer l'avenir de Céleste, qu'il affectionnait particulièrement et dont il était tendrement aimé. Un jeune homme de Sainte-Gauburge, Pierre-François Mériel, dont la famille lui était connue, et qui revenait du service militaire, lui parut convenir à sa pupille. Le patriarche le fit venir à son chevet, et là, la main dans la main, eurent lieu les fiançailles de Céleste, retrouvant par cet acte du mourant l'appui dont elle allait être privée.

Le mariage eut lieu le *16 février 1878,* quatre jours après la Sainte-Eulalie, et huit ans, pour ainsi dire jour pour jour, après l'apparition bienheureuse. A la fin de la même année Céleste était devenue mère. Son mari, de retour du service militaire, ne possédait encore aucune position bien définie. Avec les nouvelles charges qui pesaient sur lui, il éprouva le besoin de se fixer, et dans ce but, il fit une demarche pour obtenir une place de gardien de la paix.

Est-ce hasard, est-ce Providence? N'est-ce plutôt

qu'un de ces jeux au milieu desquels se dénoue la trame
de certaines existences ici-bas? Je ne sais; mais nous
voici encore et toujours face à face avec sainte Eulalie.
C'est en *février* que les deux époux, ayant quitté leur
village, débarquèrent au n° 110 de la rue Cambronne,
pour y attendre la place demandée, place qui devait
arriver de jour en jour et qui n'arrivait pas.

On avait trop espéré et on s'était trop hâté. Plusieurs
mois difficiles s'écoulèrent ainsi, pendant lesquels,
gagnant péniblement son pain, Pierre-François remplissait çà et là les fonctions d'homme de peine. Le mois
d'août vint enfin, et avec le mois d'août la position si
désirée. Admis aux gardiens de la paix, l'ancien soldat
fit partie de la brigade C, dont le poste se trouve avenue
de Longchamps.

Dans les premiers temps, la mère avait nourri son
enfant, mais à son départ pour Paris, elle l'avait laissé,
en attendant mieux, chez ses parents, à Tillières. Du
reste, il faut dire que depuis l'époque de sa maternité,
sa santé n'avait plus été la même. Souvent elle ressen-
tait de fortes douleurs d'entrailles qu'elle ne comprenait
pas. « Je ne sais ce que j'ai, disait-elle, je crois que mes
intestins se nouent. » Et faisant péniblement son ménage, elle était pâle comme une cire.

Ce fut bien pis lorsque vint l'anniversaire de la naissance de son enfant. Elle prit le lit, qu'elle ne devait
plus quitter : tout son sang se tournait en eau. Les
hémorragies qu'elle eut alors furent terribles. Vainement, pour en arrêter le cours, le médecin lui fit-il
prendre, à haute dose, du perchlorure de fer. Une pelvi-

péritonite survint presque aussitôt, et après force cataplasmes de laudanum demeurés sans résultat, la malheureuse s'entendit condamner aux quatre murs d'un
hospice. C'est ainsi qu'en *février* 1880, elle entrait à
l'hôpital Necker, dans le service du docteur Potin.

Le docteur Potin ne tarda pas à découvrir que la
malade était atteinte d'une *métrite*. Un traitement très
douloureux, la cautérisation, fut jugé nécessaire, avec
l'emploi de tampons intérieurs. Se trouvant un peu
mieux à la mi-septembre, elle fut envoyée au Vésinet,
lieu de la maison de convalescence qui dépend de l'hôpital.

Hélas! ce ne fut là qu'une bien courte illusion. Céleste,
très fatiguée en arrivant au Vésinet, fut ressaisie par son
mal terrible d'entrailles, au point qu'elle put à peine
prendre un peu de repos. Endormie ce soir-là, après une
suite de crises, ce ne fut pas sainte Eulalie qui lui apparut pendant son sommeil.

Vers le milieu de la nuit, sans doute à l'heure de la
vision, un épanchement cérébral se produisit à son
insu, qui lui rendit épouvantable son réveil. Lorsqu'elle
voulut se retourner, elle ne sentit plus ni sa jambe ni
son bras gauches. Son teint formait le plus étrange des
contrastes. Une moitié était blanche et l'autre moitié
était violacée. La face était bouleversée et la bouche allait
de travers.

« C'est une *hémiplégie gauche*, » dit l'interne de

service appelé près de son lit. Puis il ordonna cataplasmes, synapismes, purgations, bromure en potion, etc.,
médicaments dont aucun ne réussit. Une très forte
fièvre se déclara et il fallut recourir au quinine pour la
calmer. Le quinine eut raison de la fièvre, mais la paralysie s'étant montrée rebelle à tous les remèdes, ordre
fut donné à Céleste de quitter la maison de convalescence pour retourner sur un lit de douleur.

C'était la seconde fois que passant d'un médecin à un
autre médecin, elle reprenait son rude sentier, mais ce
n'était point la dernière. Voyageuse extraordinaire au
pays de l'épreuve, elle ne faisait que commencer, là où
d'autres se seraient crus en droit de finir, sur cette
longue route où elle est engagée, navigateur au long
cours, pèlerin aux innombrables étapes de la science
toujours renouvelée et toujours vaincue par la maladie.

Couchée sur un misérable brancard, Céleste arriva
place du Parvis Notre-Dame, à l'Hôtel-Dieu. Les forma-
lités le voulaient ainsi, avant de reprendre place dans
un des hôpitaux de la capitale. Comme elle sortait du
Vésinet, l'administration la renvoya à Necker, où elle
fut réintégrée le même jour, non plus avec le docteur
Potin, mais dans le service particulier du docteur Rigal.

Quelques jours après, parcourant d'un œil distrait les
plafonds de la vaste salle où elle gisait infirme, elle fut
saisie d'une émotion que rien ne saurait rendre. Sur la
porte d'entrée, une inscription qu'elle n'avait point
remarquée jusque-là lui éclata aux yeux comme un
éclair dans la nuit. Prodige ou hasard ! Céleste Genoux
était dans la salle *Sainte-Eulalie*.

A la lecture de ce doux nom, le voile qui couvrait son apparition se déchira. Elle comprit sur le coup et les instruments de torture, et la palme blanche, devenue palme d'or, et la couronne de roses que la vision lui avait successivement montrés. Pleurant à ce souvenir, vieux de dix ans, rajeuni comme s'il datait d'hier, elle y trouva la résignation dont elle avait besoin et l'explication de sa terrible épreuve.

———

Le docteur Rigal ne changea rien tout d'abord aux ordonnances du docteur Potin. Les cautérisations, les tampons intérieurs, les cataplasmes laudanisés, continuèrent autour de la métrite chronique. Mais la paralysie, fraîchement survenue, avait besoin d'être étudiée de plus près. Le bromure fut essayé et ne réussit pas. Au bromure succéda la strychnine.

Céleste en prenait à dose d'homme, sans éprouver aucun symptôme d'empoisonnement. Un jour pourtant il y eut un malaise assez sérieux, qui fut de courte durée. Lorsqu'il eut entièrement disparu, la strychnine ne fut reprise qu'à des degrés progressifs de force. On commença par deux, on continua par quatre et l'on finit par six milligrammes, divisés en une, en deux et en trois cuillerées par jour.

Elève du docteur Charcot, le docteur Rigal, qui s'étonnait de ne pas obtenir de changement, eut la pensée de consulter son maître. Il lui expliqua la marche qu'il avait suivie, dans un petit billet qui se terminait ainsi : « Dans de telles conditions, pensez-vous que je doive continuer l'emploi de la strychnine ? Je vous envoie le sujet, veuillez l'examiner. »

Lorsque Céleste, appuyée sur sa béquille, eut présenté le billet, le docteur Charcot l'interrogea et la soumit à un minutieux examen, après quoi il prit une plume. Voici sa réponse : « Cessez le traitement par la strychnine et envoyez-moi votre jeune malade trois fois la semaine, à l'électricité. Elle est atteinte d'une paralysie organique, *par lésion cérébrale.* » A dater de ce jour, Céleste se rendit donc à la Salpêtrière, comme il était indiqué.

La pile électrique ne fut point paresseuse. Elle fonctionna de toutes les façons. Mais à ce jeu de l'étincelle, ce fut encore le sujet qui triompha du docteur. Sur cet instrument de chair, dont toutes les cordes paraissaient brisées, l'électricité eut beau fouiller en tous les sens, elle ne trouva pas une fibre à réveiller. Après visites sur visites à la Salpêtrière, la malade, mise en liberté, reprit, chez le docteur Rigal, le cours des vieilles expériences.

L'insuccès des deux célèbres praticiens eut le don de mettre à l'envers les idées de l'interne de service. De deux choses l'une, se dit-il, ou c'est le docteur Charcot qui se trompe, ou c'est le docteur Rigal ; et dans un monologue où régnait le désir d'y voir clair, notre Esculape se dit : « Nous saurons le fin mot de la chose. »

Au fond, il penchait vers le docteur Rigal. Voilà pourquoi, entrant sur la scène, après que les deux maîtres en étaient descendus, il se retroussa les manches jusqu'au coude et évoqua le dieu du magnétisme. Passes sur passes, mains sur mains, il enveloppa Céleste de ses gestes enchantés. Le regard était fixe, la volonté était terrible.

« Le diable n'a pas de prise sur le bon Dieu, » dit en riant une sœur qui assistait à l'opération. En effet, Céleste ne fléchissait pas. Cependant l'agent y allait de son reste. Pendant dix minutes bien comptées, il redoubla d'instances et multiplia les gestes, si fort et si bien que, n'en pouvant plus, il s'affaissa sur une chaise qui était là, pris d'un engourdissement subit : notre endormeur n'était ni plus ni moins qu'endormi. C'était le bon Dieu qui, sans doute, d'après la sœur, avait fait la nique au diable.

L'hôpital Necker possédait alors un interne de renom, qui n'avait pas son pareil du côté du fluide. Son regard était d'une puissance à laquelle rien ne résistait. Désireux d'une petite revanche, notre endormi réveillé le fit chercher sur-le-champ. Elle est déjà fatiguée, pensa-t-il, ce sera vite fait d'en venir à bout. Quand l'homme fort arriva, son triomphe lui parut d'autant plus assuré, qu'il se vit face à face avec une petite femme, une vraie mouche devant la gueule d'un lion.

Nouvelles passes de mains et nouveaux yeux plus fulgurants que les premiers. Ce fut une charge à fond de train. Mais, hélas ! la cavalerie ne réussit pas mieux que l'infanterie, et le dompteur redoutable en fut quitte, après dix minutes d'un travail d'hercule, pour battre en retraite, non sans être mortifié d'avoir quelque peu

compromis sa réputation d'invincible. La partie était
restée égale des deux côtés.

Que faire ! Capituler avec une défaite ? Cela ne se
pouvait pas. Un troisième interne fut requis ; il fallait
cette fois vaincre ou mourir. Ce fut mourir qui échut en
partage. Le triple assaut fut soutenu jusqu'au bout par
la prétendue *hystérique* du docteur Rigal, qui, ce jour-là,
fit mentir l'exclamation sublime du vieil Horace : « Que
vouliez-vous qu'il fît contre trois ? Qu'il mourût !... »
Céleste Genoux avait battu les trois Curiaces.

La conclusion de l'interne de service fut que le docteur Charcot était dans le vrai, sinon du côté des
remèdes, du moins dans le diagnostic de la maladie.
Mais combien peu tous ces tâtonnements ressemblaient
à une guérison ! Nous voici arrivés au mois de juillet
1882, et pas le moindre changement ne s'est produit.
Céleste est infirme, et Céleste se résigne.

Pareils aux deux instruments de la sainte qu'elle a
vue en ses rêves, dont elle retrouve l'ombre consolatrice au fond de son hôpital, et qui semble ne pas vouloir quitter son lit, la métrite et l'hémiplégie gauche,
dont elle souffre, sont toujours là.

A la longue, le docteur Rigal se fatigua. Constatant
que tout ce qu'il faisait était en pure perte, il finit par
rédiger, pour l'Assistance publique, un certificat dans
lequel il demandait l'admission de sa malade à l'hôpital
Laënnec, parmi les incurables.

Ce fut à cette même époque qu'une troisième épreuve

fut ménagée à la malade, qui ne l'attendait pas. Son mari, jusque-là très fidèle à venir la voir chaque semaine, disparut tout à coup de son chevet, dès qu'elle eut changé d'hôpital. Abandon d'autant plus inexplicable qu'aucun désaccord n'avait jamais existé entre les deux époux. Depuis lors, un nuage sombre est tombé autour de Céleste ; elle ne sait ce qu'est devenu son gardien de la paix, qui a gardé sa paix pour toujours.

A Laënnec, la malade constata que le nouvel interne ne s'occupait plus de la paralysie. La place était plus que jugée, elle était adjugée. L'ennemi l'occupant de plain-pied, on ne la lui contestait plus. Quant aux cautérisations et aux cataplasmes, ils suivirent leur cours.

On y ajouta, à titre d'aliment, du lait et de la bière, qui ne réussirent pas mieux. Le lait, destiné à tout adoucir, n'adoucit rien ; la bière, destinée à tout rafraîchir, ne rafraîchit rien. Notre voyageuse en fut quitte pour refaire bientôt ses paquets. Le billet de logement qu'elle reçut devait bien être cette fois le dernier. Du moins les médecins le pensaient ainsi.

Il arrive toujours dans la vie de l'homme un point précis qui semble la couronner. Parti d'en bas, l'ambitieux se sent au terme de sa course lorsqu'il a touché le faîte des grandeurs de ce monde. L'explorateur s'arrête, avec Christophe Colomb, lorsque descendu de l'autre côté des océans, il a posé le pied sur la terre fortunée qui faisait l'objet de ses rêves. Il en est de même du soldat. Dès l'instant où sa poitrine est chamarrée de décorations, que ses vingt-cinq ans de service sont révolus, le vieil officier rentre dans la retraite, sentant bien que son voyage est fini.

De même ne voyons-nous pas aussi l'écrivain au comble de ses vœux, le jour où les portes de l'Institut s'ouvrent devant lui ? Que de pensées l'ont précédé là ! Que d'efforts et de veilles pour y aboutir ! Mais aussi que de gloire et que de repos dans la possession de son fauteuil ! Le verdict qui l'a élevé aux honneurs de la postérité n'est point d'une première instance. C'est un jugement sans appel. Tout le monde le sait et tout le monde le dit. L'élu n'est pas sitôt entré à l'Académie que chacun murmure avec conviction : le voilà immortel !

Ainsi le dimanche 15 octobre 1882, par un dernier soleil d'automne, alors que les feuilles commençaient à se jouer avec le vent, entrait à la Salpêtrière Céleste Genoux, à peine âgée de vingt-cinq ans et déjà mûre pour prendre place à l'Académie des incurables à perpétuité !

Si jeune qu'elle fût, ses papiers étaient bien en règle. Mais avant d'y être admise, elle stationna quatre jours à la division Sainte-Claire, après quoi le docteur Luyse la compta dans son service à l'infirmerie générale, où la médecine continua à multiplier ses essais. Aux cataplasmes laudanisés et aux tampons s'ajoutèrent, comme renfort, et les piqûres de morphine et la potion triple, qui n'entre en ligne de compte qu'aux approches de la mort.

D'invention récente, la potion triple est une mixture de bromure, de chloral et de morphine. C'est le docteur Luyse qui en est l'inventeur. Entre temps le docteur Révillout, interne du docteur Luyse, fait une nouvelle découverte chez Céleste. Il constate à l'intérieur une tumeur de la grosseur du poing. Elle percera, dit-il, oui, elle percera, j'en suis certain.

La malade, comme on le voit, allait bon train. Dès le mois de février 1883, toujours ce fameux mois de février qui se dresse à toutes les étapes du chemin douloureux, ses états de service avaient conquis les suffrages les plus rebelles. Elle entra donc de plain-pied, si je puis m'exprimer ainsi, à la salle Rostan, qui est l'infirmerie du bâtiment des incurables.

A l'instar du Prophète, n'eût-elle pas pu s'écrier : C'est ici ma demeure définitive et je mourrai dans ce nid : *in nidulo meo moriar !* Mais quel nid était celui de la jeune femme, de l'épouse infortunée ! Loin du soleil et loin du pays, séparée de son mari fugitif et de son enfant orphelin, entre quatre murs blancs pour toute terre et tout horizon, que de sombres perspectives se seraient déroulées sous ses yeux, si elle n'avait eu de sa glorieuse vierge martyre Eulalie le talisman qui ne la quittait pas.

———

Le service qu'elle venait d'inaugurer était celui de son ancienne connaissance, le docteur Charcot. De zigzag en zigzag, et de déroute en déroute, Dieu l'avait ramenée là dans sa dernière épreuve, dont il voulait faire une preuve éclatante à Lourdes. Explorateur de la science moderne, le docteur Charcot jouit comme pas un du renom de grand hypnotiseur.

D'après ce qui se dit tous les jours, les résultats qu'il obtient seraient vraiment étonnants. La barre fixe, la suggestion, la crédulité, toutes les persuasions et toutes les anesthésies n'auraient plus de secrets pour lui. Voilà plusieurs années que, par ses soins, la Salpêtrière est devenue un champ fertile, le centre et le boulevard de toutes les expériences. On y a donné des représentations qui tenaient du prodige.

Céleste Genoux y espérait-elle sa guérison ? Pensait-elle qu'ici des secrets inconnus pourraient la sauver ? Nullement. Abandonnée une première fois par le docteur Charcot, elle ne vivait plus que de souffrance et de résignation à perpétuité. Tous les remèdes qui pourraient être essayés autour d'elle ne lui paraissaient guère autre chose que des jeux destinés à tromper son espérance, comme on amuse, en lui promettant des hochets, le dernier espoir de l'enfant qui ne peut se résigner à mourir.

Le premier interne qui s'arrrêta devant son lit fut le docteur Bernard. Celui-ci répéta tous les traitements antérieurs, sans en omettre un seul, puis il ajouta les vésicatoires de la largeur du ventre, qui furent à chaque instant renouvelés. Surcroît de peine, du reste fort inutile ; car le seul changement qui se produisit en la malade se résuma dans la révélation d'un nouveau symptôme. Les pulsations du sang devinrent douloureuses.

Oppressée et comme angoissée, Céleste Genoux était atteinte de cette maladie de cœur que les médecins désignent sous le nom de *rétrécissement aortique.* Alors la digitale et le lait furent requis ; l'infirmier apporta des sinapismes et posa des ventouses.

Le 1ᵉʳ mai, la situation s'aggrava. Il y eut des crises d'étouffement et des vomissements de sang terribles. Un évanouissement s'ensuivit, qui dura plusieurs heures, et dans lequel la malade perdit la parole pour ne plus la recouvrer après. La muette d'Aunou était redevenue la muette de la Salpêtrière. Ce fut le nom qu'elle garda du reste, car, à dater de ce jour, on ne la nomma plus que *la petite muette* dans le célèbre hôpital.

Entre la prise de possession de son nouveau lit et l'époque où nous touchons, six mois se sont écoulés. Du 15 février nous voici au 15 août 1883. Efforts d'un côté, désastre de l'autre, constituent le triste bilan de cette période. Il en serait le seul, si un rayon de soleil, de ce soleil que Dieu donne aux malheureux, n'eût subitement éclairé d'un reflet extraordinaire le lit où tant d'infirmités s'étaient donné rendez-vous.

En effet, le matin du 15 août, jour de la glorieuse Assomption de la Vierge, Céleste, qui selon sa coutume venait de communier, étonna ses voisins et s'étonna elle-même. Sa langue se délia quelques instants, et muette de par la maladie, elle articula plusieurs phrases qui furent distinctement entendues. Comme à Aunou, *Jésus* et *Marie* y furent compris.

Ce n'était qu'un éclair, ou plutôt une éclaircie, mais si courtes qu'elles parurent, les paroles prononcées indiquaient assez où en étaient les pensées de la malade. Bien qu'alors elle subît sans sourciller toutes les ordonnances qui se répétaient ou s'accumulaient autour d'elle, son cœur, fortifié par la foi, n'en partait pas moins souvent en voyage du côté du paradis.

Quand le docteur Bernard eut terminé son stage, ce fut le docteur Gilles de la Tourette qui le remplaça. Céleste accomplit alors de nouvelles pérégrinations, sans pour cela quitter le service du docteur Charcot. Ayant obtenu de suivre le nouvel interne, qui, lui aussi, changea de local, elle repassa à l'Infirmerie générale, qu'elle connaissait déjà, puis à la salle Cruviller. C'est ici que vers le milieu de février 1884 — le mois ne change pas — elle fut atteinte d'un second accès de paralysie.

Parallèlement à ces nouvelles complications, les oreilles de la malade avaient commencé à couler. Très attentif à ce qui touchait à son sujet extraordinaire, le docteur Gilles lui faisait de ce chef de nombreuses injections et lui appliquait par-dessus des tampons laudanisés. Était-ce une *otite suppurée* à l'état chronique ? N'étaient-ce que des abcès de passage ? L'interne se le demandait, lorsque les événements se chargèrent de le révéler.

Un jour que la malade, souffrant plus que de coutume, avait voulu se moucher, quelle ne fut pas, nous ne dirons pas sa surprise, mais la commotion inexprimable qu'elle éprouva, lorsque dans chaque oreille, avec

l'effort qu'elle fit, éclata comme un coup de tonnerre,
suivi d'un silence absolu. Deux abcès venaient d'y
percer en même temps et s'étaient livré passage par
les tympans. Cette fois la *petite muette* est plus que
muette. Ce qui lui a paru le bruit du tonnerre n'était
que les dernières vibrations de l'ouïe. Dans ses oreilles
les sons n'ont plus d'écho ; la voilà aussi sourde, et
sourde pour jamais.

Ce fut là le nouveau-né du docteur Gilles. Si l'*hémiplégie gauche*, si la tumeur intérieure, si la métrite
avec ulcération au col, si le rétrécissement de l'aorte
mettaient sur pied son zèle, l'otite suppurée et l'ouverture des tympans ne l'intéressaient pas moins.

Après des mois et des mois consacrés à d'inutiles remèdes, il se trouva que le docteur Charcot quitta la partie de l'infirmerie où se trouvait alors la malade. On
était en 1885. Remplacé par le docteur Geoffroy, le
docteur Charcot la laissa aux mains de celui-ci, esprit fort
de vieille roche, dont la foi en la matière est d'autant
plus grande, du moins en apparence et par calcul,
qu'il fait profession officielle de ne croire à rien.

Nature et stimulants, force physique, puissance ner-
veuse, activité et chaleur du sang, voilà les divers ar-
ticles de son *Credo*. Il ne s'en cache pas, loin de là. Ses
pensionnaires savent de suite à quoi s'en tenir à son
propos.

Le docteur Geoffroy amène avec lui, comme interne,

un homme jeune encore, du nom de C. Grec d'origine et fort intelligent, le docteur C. possède de plus un esprit travaillé par le besoin des découvertes. Là où personne n'a rien vu, il soupçonne, lui, le grain de poussière fatal. Ne pensez pas pour cela qu'il se croie ce que l'on peut appeler un *malin*. Non. Il n'est que défiant vis-à-vis des maladies, comme tout bon Grec est défiant vis-à-vis de tout le monde, sans excepter lui-même.

Ayant donc sous sa gouverne une pensionnaire qui avait battu tant de médecins, il s'en réjouit. Nous examinerons le sujet, pensa-t-il ; et, ajustant de son mieux sa longue-vue scientifique, il tourne et retourne autour de la malade, avec des yeux très grands et une obstination qui touche à l'héroïsme. La première de ses suppositions est que Céleste Genoux n'est ni plus ni moins qu'une *hystérique* négligée. On avait abandonné depuis longtemps ce côté de la malade sur l'avis du docteur Charcot, et c'était là un grave tort : il fallait continuer.

Le voilà donc, raisonnant ainsi, à la veille de remettre sur pied toute une catégorie de traitements qu'on n'avait pas ou pas assez essayés. Il en possédait de très étranges dans son tiroir. Les passes de mains commencèrent à jouer comme au temps des trois internes de l'hôpital Necker, mais il ne s'y arrêta point, après qu'il eut constaté qu'elles ne réussissaient pas. Poussant d'un seul coup aux extrêmes, il fait allumer une lampe électrique pour provoquer le sommeil ; mais le sommeil se laisse tirer l'oreille et ne vient pas.

Quelque peu surpris, mais non décontenancé, l'expérimentateur change de tactique. Il dispose tout de façon que la lampe fasse explosion. Le *sujet*, pense-t-il, en ressentira une émotion qui remettra peut-être sur pied l'activité de ses nerfs. Mais lorsque l'explosion a lieu, la paralytique reste aussi insensible qu'une statue de marbre. L'assiette qui supporte la lampe tombe sur ses habits, le feu y prend, et Céleste, de la main droite, la seule qui fût libre, saisit l'assiette, la met à terre et serre les plis de sa robe pour éteindre le feu, accomplissant ces mouvements divers sans avoir subi la moindre secousse ni entendu le moindre bruit.

Mécontent de son double insuccès, l'aventureux docteur est décidé à recommencer l'expérience. La même lampe reparaît donc sur la même assiette, avec les mêmes intentions. L'explosion éclate, et rien, mais absolument rien ne se produit, sinon que la patiente est brûlée sur les doigts, ainsi que Mme Mygarou, son infirmière, qui la soutient par les mains.

Mystère et confusion ! Voilà une entêtée qui, si elle n'a pas de nerfs, donne étrangement sur les nerfs des autres. Quel stratagème mettre maintenant en œuvre ? Le Grec se le demande avec anxiété, puis, se frappant le front de la main, il sort. Quelques minutes après, le voici qui rentre, suivi d'un infirmier, lequel porte une sorte d'énorme tambour de basque, accompagné d'une lourde mailloche. C'est ce qu'on appelle le *tam-tam* à la Salpêtrière.

On le pose discrètement à terre, bien à dos et bien près des oreilles de la malade, qui ne soupçonne rien. Alors, la mailloche se lève, retombe, et un vacarme

16*

effroyable résonne. Toute la salle tressaute. Hélas ! Céleste Genoux ne tressaute pas. Adossée à son fauteuil,
la tête reste penchée en avant. Ni rougeur sur le visage,
ni la plus petite ride sur le front. Pour le coup, le docteur désespéré se retire, non sans avoir montré, du
haut en bas, le puissant et l'impuissant *tam-tam* à Céleste, qui secoue la tête en essayant de sourire.

1886 !.... C'est le tour de l'interne Klipel. Descendant
de plusieurs degrés les hauteurs vertigineuses où nous
sommes montés, il rentre dans le domaine classique de
la science. La paralysie, il la laisse dormir en paix. En
revanche, la *métrite* et la *maladie de cœur* sollicitent
toute son attention. Tampons, cataplasmes laudanisés,
digitale, reparaissent comme d'ordinaire et remplissent
les mois et les jours de l'année 1886.

Avec 1887 arrive une nouvelle figure : c'est le docteur
Hilman, qui continue le traitement en cours, sans y
changer un iota. Tant bien que mal, on arrive de la
sorte au mois de juin, sous les vivifiantes effluves du
premier été. A la vue de ce beau soleil qui réchauffe et
ranime tous les vivants dans la nature, la *petite muette*
se prend à désirer une nouvelle vie aussi. Voilà huit
ans que son rude hiver a commencé, huit ans de réclu-
sion, de servitude, d'engourdissement, où elle n'a cessé
de se sentir peu à peu mourir.

Le pèlerinage national doit bientôt partir pour
Lourdes. Elle le sait et elle y songe. Si pourtant elle
pouvait être admise, quel bonheur ce serait pour elle

d'implorer, après de si longues souffrances, le secours de celle qui a rempli le monde de ses merveilleuses apparitions et du récit de ses prodiges ! L'idée l'empoigne et ne quitte plus son chevet.

A l'aide de l'ardoise dont elle a l'habitude de se servir, elle écrit au docteur G. pour lui demander un certificat. « Certificat de quoi ? interroge le docteur. — De maladie, répond l'ardoise, pour me faire obtenir un billet gratuit au pèlerinage de Lourdes. » Pensant que la malade voulait prendre l'air et se promener, le docteur ne fit aucune difficulté : le bienheureux certificat fut promis.

Promettre est bien, mais tenir serait mieux. D'étranges réflexions, paraît-il, hantèrent bientôt le cerveau du médecin. Aussi, lorsque la malade voulut réclamer l'attestation désirée, pour la faire parvenir au comité de Notre-Dame du Salut, G. l'invincible, qui l'aurait cru ? se mit à trembler. « Elle croit, écrivit-il à l'interne, et la foi du *sujet* pourrait bien amener dans son état soit un changement, soit une guérison, hasard que je ne veux pas courir. »

Ainsi raisonna, moitié tout haut et moitié tout bas, cet hercule frileux qui se refusait, à la dernière heure, à ouvrir un compte avec Notre-Dame de Lourdes. Ce qu'il redoutait, au fond, c'était, la malade étant dans son service, de se voir obligé de signer de son nom et de sa main un certificat de guérison au retour.

Champion de la science officielle et gardien patenté de ses infaillibles axiomes, il sentit, du haut de sa for-

teresse, sa conscience protester devant l'acte de foi d'une
simple femme du peuple qui, au tort déjà très grave de
désarmer la science à Paris, serait capable d'ajouter
celui, beaucoup plus sensible, de faire signer une hon-
teuse capitulation à Lourdes. On a des principes ou bien
l'on n'en a pas. Le docteur G. avait les siens, il les
garda.

La pauvre malade, condamnée à rester, alors qu'elle
ne vivait déjà plus que des espérances de son départ,
en éprouva un très vif chagrin. Elle n'en témoigna rien
sur le moment, mais un mois après, c'est-à-dire au
1er août, elle demanda de quitter l'infirmerie générale
pour entrer, comme les simples admises, dans un dor-
toir.

———

Ce nouveau poste, il faut l'avouer, n'était point fait
pour elle ; mais la malade ne l'occupa point pour sa
guérison. Comme l'hirondelle prête à s'envoler, elle
attendait là un signal qui devait lui arriver un jour. Me-
surant dans son esprit les profondeurs de l'horizon, elle
écoutait au dedans d'elle-même. Elle entendait la voix
de l'espérance et elle entrevoyait Dieu. Lourdes, Lourdes
n'était-il pas toujours là-bas, au pays du ciel ?

Les plus beaux rêves, disent les philosophes, ont parfois de douloureux lendemains. Celui de la petite muette
fut suivi du plus triste réveil. Manquant des premiers
soins nécessaires, toutes ses maladies, sauf la paralysie
qui ne bougea pas, entrèrent ensemble dans une phase
d'aggravation. Intérieurement, rien ne se contint plus.
L'ulcération au col née avec son enfant, devint brû-

lante. Au dehors, ce fut le tour des oreilles. Les abcès qui, depuis un certain temps, paraissaient épuisés ou endormis, suppurèrent des deux côtés à la fois. Dans le cœur oppressé, la respiration devint très difficile.

Cependant, la saison glissait rapide sur les pentes de l'hiver. Décembre touchait à sa fin. Durant les longues nuits qu'elle passa de la sorte, Céleste endura des souffrances telles, qu'en dépit de son aversion pour les médecins, force lui fut de retomber entre leurs mains. Elle comprit que si les remèdes ne la guérissaient pas, ils avaient du moins l'avantage d'enrayer l'effort dissolvant de ses maladies.

Ce ne fut pas, comme bien on le pense, le docteur G. qui la revit. Elle s'adressa au docteur Terrillon, chirurgien actuel de la Salpêtrière, qui, tous les matins, la fit venir au pansement. Le sulfate de zinc et l'acide borique furent employés pour les oreilles, ainsi que des injections au phénique et au chloral pour l'intérieur.

Du mois de décembre au mois de mars, les visites furent quotidiennes ; de mars en mai, elles n'eurent plus lieu que tous les deux jours, après quoi il fallut battre en retraite. De guerre lasse, le docteur Terrillon rédigea une ordonnance qui prescrivait un litre d'acide borique au centième pour en prendre une injection tous les jours. Puis, lorsque le litre fut épuisé, il en prescrivit un second, non plus au centième, mais au trois-centième.

Hélas ! si les ordonnances marchent, le salut ne marche pas. La petite muette n'en peut plus. Un rien la

surexcite et l'irrite. Elle demande au médecin si c'est
fini, bien fini. Le médecin lui répond qu'il est impossible de continuer plus longtemps. Alors, pour la première fois, Céleste sent le courage lui manquer ; elle se
désole et pleure sur son grabat, l'infortunée !

Qu'il est difficile, sur une longue route hérissée d'obstacles et semée d'épines, de ne pas s'asseoir, rompu de
fatigue et comme épuisé par tous les efforts qu'il a
fallu faire ! Et comme la nature humaine affirme ses
droits partout où elle se trouve, même dans les âmes les
mieux préparés !

Celui qui portait l'humanité et la divinité dans sa
personne, celui-là ne voulut pas être étranger à nos
propres faiblesses. Lui aussi se reposa sur le bord de
son chemin ; lui aussi pleura des larmes de sang. Priant
sous l'olivier sacré, on le vit courber le front et chan-
celer comme un homme ivre. En sorte que l'on ne sut
plus de quel côté l'Homme-Dieu penchait. Il y eut un
moment où l'homme, malgré sa béatifique vision, parut
avoir entraîné le Dieu.

Toute pareille était la situation de notre petite muette
du côté de son apparition d'autrefois. Bien que sainte
Eulalie n'eût pas cessé un seul jour de rayonner au
fond de ses souvenirs, le poids de ses maux était devenu
si pesant, l'acuité de ses souffrances si obstinée, que son
âme se couvrit d'ombres épaisses au milieu desquelles
la nature réclama largement son tribut.

Les voûtes de la Salpêtrière lui pesaient comme du plomb ; ses infirmiers et ses médecins, elle ne pouvait plus les voir ; de tous côtés, soulèvement de cœur et insurmontable dégoût. Après avoir gémi, versé des larmes, puis des larmes encore, elle finit pourtant par s'essuyer les yeux, puis elle écrivit sur son ardoise qu'elle désirait un fiacre. Le fiacre vint, et une heure après, loin des portes de sa prison, elle arrivait à l'hospice de la Pitié, dans le plus grand *incognito*, pour y demander une consultation, qui lui fut accordée.

Voici le bulletin qu'elle y reçut : *Injections boriquées aux oreilles, quatre fois par jour, au centième, avec mélange de décoction de pavot. Revenir très exactement dans huit jours.*

Lorsque la malade se représenta, le docteur Polaillon manifesta le désir de la voir. Les tympans sont perforés, dit-il en l'examinant, et il expliqua la chose aux divers internes qui étaient là. Une nouvelle ordonnance suivit la première ; l'acide borique était élevé au trois-centième. L'emploi du laudanum y était adjoint, plus celui de tampons imbibés d'éther sulfurique. Le nombre de fois n'avait point changé ; c'était bien le même : quatre fois le jour.

Telle fut la dernière ordonnance que Céleste Genoux reçut des mains de la science. Nous en avons donné le détail dans le menu ; car il est le dernier effort et la dernière tentative essayés par l'art aux abois !

———

Trente-trois ans s'étaient ainsi écoulés depuis sa naissance, dix-huit depuis son apparition, neuf depuis son admission à l'hôpital Necker et à Laënnec, sept depuis son entrée à la Salpêtrière. Elle avait comparu devant vingt-quatre docteurs, épuisé d'innombrables ordonnances, subi deux attaques de paralysie, une tumeur et une ulcération à la sortie de l'utérus, une affection au cœur, une *otite suppurée* et l'ablation des tympans.

Enflée, sourde et muette, engourdie du côté gauche, elle était la personnification la plus achevée de la défaite, le fauteuil le plus éloquent de l'académie des incurables.

Ce n'était point à Orléans, ni à Quimper, ni à Dijon, ni à Grenoble, ni à Nancy, ni à Châlons, ni ailleurs; c'était à Paris, la ville-lumière du monde, chez le docteur Charcot, le plus illustre champion des découvertes modernes, à la Salpêtrière, boulevard actuel de la science, que la science, après neuf ans d'efforts, avait rendu les armes, lorsque sur le grabat abandonné de la petite muette commença à poindre l'aurore de Lourdes.

Pour obtenir son certificat, Céleste s'adressa au docteur Falret, du service des enfants épileptiques. Ne pouvant lui expliquer par écrit les infirmités dont elle était chargée, elle ne lui fit voir que sa tête. La simple inspection des oreilles lui suffit et au delà ; il délivra aussitôt l'attestation suivante : « *Je soussigne, docteur Falret, médecin de la Salpêtrière, ... que la nommée Genoux, Céleste, est atteinte d'une surdi-mutité complète, et que son état actuel ne l'empêche pas d'être déplacée.*

Dès l'aube, le 19 août 1888, les divers convois du pèlerinage national faisaient une première halte à la station de Poitiers. Il était de six à sept heures du matin. Les infirmes furent dirigés, pour la plupart, dans les couvents les plus proches de la gare ; mais Céleste, admise parmi les grands malades, eut son billet de logement à l'abbaye Royale de Sainte-Croix, ce qui lui permit d'être transportée au sanctuaire célèbre de Sainte-Radegonde.

Il n'est point rare que les premiers signes de guérison se révèlent au tombeau de la sainte. Nombre d'améliorations y ont eu lieu, des sourds y ont entendu, des muets y ont parlé. La légende de sainte Radegonde est, du reste, une des plus délicieuses de notre histoire.

Après la communion, qu'elle y reçut le lendemain de son arrivée, Céleste surprit tous ceux qui étaient là. Distinctement et à haute voix, on l'entendit plusieurs fois de suite prononcer les doux noms de *Jésus* et de *Marie*. Invitée à y joindre celui de Joseph, il lui fut impossible de passer outre. Mystère profond, dont la suite de ce récit va nous révéler le sens.

Soit confusion dans l'horaire, soit faute de pouvoir s'expliquer, lorsque la malade fut de retour à la gare, son affliction fut grande d'apprendre que le train dont elle faisait partie avait déjà repris sa course depuis une heure. Laissée pour compte avec deux Anglaises qui, elles aussi, pouvaient à peine s'expliquer, il lui fallut prendre le convoi suivant, dont toutes les places étaient remplies.

Qui veut la muette ? Qui veut la muette ? crie un brancardier. Avec la meilleure volonté du monde, on ne put lui trouver qu'un petit coin à la pointe de l'épée, pour y loger ses cinq maladies. A Angoulême, Mgr Sébaux la bénit, mais elle se trouve si mal, en raison de sa défectueuse installation, qu'on est obligé de déplacer un pèlerin et de lui adjoindre un prêtre jusqu'à Lourdes.

Le mardi, à la pointe du jour, en arrivant dans la cité de l'Immaculée Conception, Céleste eut les honneurs réservés aux cas pressants. On la porta de suite à la Grotte, puis de la Grotte aux piscines, avec armes et bagages, avant de lui faire poser le pied dans aucun hôpital. Comme elle ne pouvait entendre les supplications qui, à cette heure-là, montaient déjà vers la Vierge de la Grotte, elle fit sa petite prière à part, et en vérité elle fut complète dans sa simplicité :

« Bonne Mère, lui dit-elle au fond de son cœur, je
» viens ici avec confiance ! Je sais que si vous voulez,
» vous pouvez me guérir. Mais me croyant indigne d'un
» si grand bienfait, accordez-moi, je vous prie, un peu
» de soulagement ou prenez-moi avec vous. »

Ce que la malade, on le voit, désirait avant toute autre chose, c'était un peu de soulagement. La guérison entière, elle n'osait l'espérer. Protégée par son humilité et par le souvenir des instruments de torture de sainte Eulalie, elle aurait cru faire œuvre de défaillance ou d'orgueil, si elle avait dit à Notre-Dame de Lourdes : « Ma mère, guérissez-moi ou laissez-moi mourir ! »

Mais ce qu'elle ne fit pas, Dieu le fit pour elle. Du haut des cieux, où sa sagesse conduit tout avec poids et mesure, Céleste Genoux était autre chose qu'une malade, elle était un témoin ; et pendant que, suppliante, elle ne demandait qu'une diminution dans le poids de ses infirmités, un rayon d'amour tombait du cœur de Dieu sur les hommes, au centre même de Paris, sous la forme d'un défi solennel porté à la science. La grâce rejaillit donc là où le désir n'était pas monté.

––––––

Sitôt que le drap qui l'enveloppait eut touché la surface de l'eau, un bien-être indéfinissable se répandit dans tous ses membres. Ce fut une sorte de rafraîchissement doux et inouï. Relevée par les baigneurs, qui lui offraient ses béquilles, elle se contenta de leur répondre par un signe énergique du côté de l'eau, où elle fut aussitôt replongée. Dans ce second bain se produisit un nouvel ordre de phénomènes. De très fortes crampes se déclarent, un fourmillement mystérieux agite ses nerfs, les articulations se détendent.

Remise une seconde fois sur pied, elle ne prend pas plus garde à ses béquilles que si elles n'existaient pas. Céleste a tout autre chose à faire pour le moment. Sa voix transie éclate avec force : *Salut, ô Vierge Immaculée !* Puis, d'un geste aussi impérieux que le premier, elle indique toujours la piscine, où elle veut encore redescendre.

Selon les prescriptions médicales de Lourdes, ce désir ne pouvait être accompli ; mais les infirmières de ser-

vice, touchées par les premiers rayons du miracle, ne se
le firent pas répéter. Remettant pour la troisième fois
à l'eau leur incomparable malade, elles attendirent, sup-
pliantes et haletantes, le passage de la vertu de Dieu :
aquæ movebantur, dit l'Evangile.

La petite muette alors pousse deux petits cris. Quelque
chose s'était détaché des reins et des entrailles, comme
un dernier aiguillon de douleur, un dernier poids soulevé qui cessait de la tirer en bas. Puis il lui sembla que
ses reins craquaient à l'intérieur et que les nerfs se
remettaient en place.

Mais où la stupéfaction de tous arriva à son comble,
ce fut lorsque la malade, de son propre mouvement, se
fut redressée dans son bain. Une tumeur blanche, de la
grosseur du poing, apparut subitement au bord de la
piscine, à son premier pas. Si le docteur Révillout se
fût trouvé là, il aurait vu se réaliser sa prophétie, lorsqu'il disait : *elle percera.*

La tumeur mystérieuse venait en effet de percer au
delà de toute prévision. La malade et ses aides la
voyaient maintenant de leurs propres yeux. Admirant
le céleste médecin qui venait d'opérer, ils sentirent leurs
paupières se mouiller, à la vue de ce prodige ajouté aux
autres prodiges.

Pas un autre mot pourtant n'est encore sorti de la
bouche de la petite muette que ceux que nous venons
d'entendre : *Salut, ô Vierge Immaculée!....* mais elle
peut aller de son pas au vestiaire et s'y habiller seule. Au
moment de sortir, devant ses bâtons qui lui offrent

obstinément leur appui, sa langue se délie pour les écarter : *Non*, dit-elle avec certitude, *c'est pour la sainte Vierge ! Je sens que je suis guérie, mais je reste sourde.*

Ce disant, la voilà qui s'avance entre deux brancardiers, leur touchant à peine l'épaule du bout de la main. Arrivée au milieu des pèlerins qui refluent de son côté, elle lève les deux bras en l'air, pour leur montrer qu'elle est guérie. Alors, les chants redoublent, et c'est par ce cri de triomphe que s'ouvrent, à la Grotte, les fêtes du pèlerinage national de 1888.

Le certificat que Céleste avait apporté de Paris constatait simplement, on s'en souvient, qu'elle était atteinte de surdi-mutité complète. Pour les raisons qui nous sont connues, aucune mention n'était faite des autres maladies que le docteur Falret n'avait pas auscultées. Lors donc qu'en sortant des piscines, la miraculée révèle qu'elle est toujours sourde, sa parole est d'une grave portée devant la teneur même de son certificat.

Dans leurs livres de science, les médecins, si je ne me trompe, affirment que si la parole et l'ouïe sont deux sœurs jumelles, unies étroitement l'une à l'autre, l'ouïe est pourtant l'aînée des deux. La nature a voulu que la langue, qui est le porte-parole, marchât après l'oreille qui perçoit les sons. Voilà ce que nous disent les hommes de l'art et ce que, le 20 août 1888, Céleste Genoux faisait mentir, apparemment du moins. Son certificat n'était plus qu'une énigme, dès l'instant où elle avait dit : *Je suis guérie, mais je reste sourde !*

Rien pourtant de plus facile à expliquer que cette apparente anomalie. Le moindre élève de médecine comprendra, après avoir lu ce récit, que la mutité et la surdité, n'étant pas ici filles de la même cause, devaient jusqu'au bout rester indépendantes. L'une avait sa source dans le système nerveux, l'autre dans l'absence d'un organe indispensable à l'ouïe.

Lorsque le pouvoir souverain voulut enfanter le monde, il y mit sept jours. Le premier, il créa le ciel et la terre ; un autre jour, il sema les étoiles comme une poussière d'or au bleu firmament, et de même jusqu'au septième, où il rentra dans son repos. Ainsi avait-il procédé avec la pauvre malade en ses infirmités.

Le premier bain avait calmé ses souffrances, le second lui avait rendu la parole, le troisième avait guéri l'ulcère intérieur, dilaté les voies respiratoires, détaché la tumeur et remis la parfaite circulation dans tous ses membres. A ce gros œuvre, trois temps n'avaient pas été de trop : *tribus miraculis ornatum diem*, et ces guérisons réunies étaient la part de la Vierge Immaculée.

Mais depuis longtemps et à l'origine, un autre nom avait été prononcé. Sous les voûtes du temple, entre les murs de l'hôpital, à Sainte-Radegonde, il s'était tour à tour élevé, sous le baiser d'amour de l'hostie sainte qui renferme l'Agneau de Dieu : *Jésus, Marie*, à Aunou ; *Jésus, Marie*, à la Salpêtrière ; *Jésus, Marie*, à Poitiers.... c'est-à-dire *Jésus, Marie*, à Lourdes.

Guérie à la première heure, le mardi, Céleste put aller de son pied prendre possession du lit qui l'attendait à l'hôpital des Sept-Douleurs. L'appétit était revenu et l'enflure du corps diminuait déjà à vue d'œil. Quand le soir arriva, ses habits étaient beaucoup trop amples.

Mais voilà qu'au milieu de son action de grâces, une douleur profonde, qu'elle n'avait pas encore connue, commençait à lui sourdre dans les oreilles. Son sommeil, ce bienfaisant sommeil qu'elle se préparait à goûter enfin, en fut tout troublé. Par intervalles les infirmières de nuit l'entendaient se plaindre.

Pourtant, le mercredi matin, elle se sentit mieux. S'étant rendue à la Grotte, elle y remit ses béquilles aux mains de Monseigneur de Pamiers. La marche était très assurée et la langue se déliait de plus en plus. Il en fut ainsi toute la journée; puis lorsque revint le soir, avec ses ombres, les maux de tête lui reprirent sur son oreiller plus fort que jamais. La nuit se passa dans l'agitation, et la douleur lui arracha des cris.

N'en pouvant plus, à la pointe du jour, elle se leva de bonne heure. Ses tourments lui avaient paru si cruels et si inaccoutumés, que par delà toutes ses intentions, elle s'était décidée à recourir une dernière fois à la puissance de Dieu pour lui demander du soulagement.

Il était huit heures du matin quand elle arriva, avec ses souffrances, à la Grotte. C'était le moment des messes; la foule chantait, avec les hymnes de la liturgie, les louanges de l'Agneau de Dieu. Au milieu de ce concert, Céleste, qui n'entendait rien, s'agenouilla, puis commença à prier avec une ferveur extraordinaire.

L'officiant reçut ainsi tour à tour les premières ablutions, puis éleva le calice, puis récita le *Sanctus*. Aucune de ses paroles n'échappait à la sourde, chez laquelle les yeux remplaçaient les oreilles. En ce moment-là, l'acuité de ses mystérieuses douleurs était à son comble.

Mais lorsque le prêtre se fut incliné vers l'Hostie sainte de la consécration, son tourment tomba tout à coup, comme tombe le vent. Alors quelque chose de profond, d'étrange et de confus s'éleva peu à peu à sa place, au fond de ses oreilles. Ce fut d'abord comme un fourmillement d'eau qui commence à bouillir, puis un cliquetis métallique, et derrière ce cliquetis strident et en désordre, un vaste bouillonnement comparable à celui des flots de la mer.

Céleste étonnée avait relevé la tête : le prêtre levait les bras au ciel. A la vue de l'hostie qui brillait dans ses mains, elle voulut faire son acte d'amour, ou plutôt elle le faisait déjà, lorsqu'à la surface de cet indescriptible tumulte, un chœur de voix aériennes se détacha, clair et joyeux, avec l'*O salutaris Hostia!* Eclair sublime!.... Entraînée par l'élan, sa voix, qui jamais n'avait pu chanter, continua avec celle de la foule : *Quæ cœli pandis ostium :* toi qui ouvres les portes du ciel!

Qu'on juge de son étonnement. Ce n'était pas un soulagement, c'était la guérison qui venait de s'accomplir. Après dix ans d'un martyre où tous les maux s'étaient accumulés, la petite muette se ressaisissait enfin tout

entière, dans une émotion de joie digne du ciel. Elle
pria, elle chanta, elle pleura, et quand elle voulut s'éloigner de la Grotte, elle s'aperçut qu'il était près de midi
à l'horloge de la basilique, tant avaient coulé vite pour
elle les premières heures de sa félicité.

Chose singulière ! En constatant sa nouvelle guérison,
la miraculée fut bientôt à même de faire une remarque
qui piqua au plus haut point sa curiosité. Très ouverte,
plus ouverte qu'elle ne l'avait été jamais, son ouïe restait fermée devant un seul timbre de voix, et ce timbre
de voix, c'était le sien. De sorte qu'entendant tout le
monde, elle ne s'entendait pas, que comprise par chacun, elle ne se comprenait pas.

Elle allait se demandant en elle-même ce que pouvait
bien signifier ce curieux phénomène, lorsqu'un des docteurs de service aux constatations le lui expliqua. Dieu,
qui avait tant travaillé pour elle, avait aussi fait quelque
chose de durable pour ses nombreux médecins. Il avait
voulu que rien ne manquât à son œuvre du côté de
l'évidence.

En prévision de la dureté de leur cœur, il avait laissé
dans ces oreilles, si merveilleusement secourues, une
marque, une trace indélébile de son intervention. Au
lieu de détruire le mal dans sa cause, il en avait laissé
subsister la cause tout entière, pour ne toucher qu'aux
effets. L'ouïe était rendue, mais les oreilles restaient
infirmes, et ces oreilles, pleines de sons et vides de tympans, devenaient ainsi deux témoins à perpétuité.

« Dieu seul, lui dit le docteur, pouvait opérer cette

» dernière guérison, parce qu'à lui seul appartient le
» pouvoir de remplacer par sa vertu propre [le lien qui.
» relie nécessairement tout effet à sa cause. Lui seul est
» le grand suppléant, parce que possédant en lui-même
» toutes les causes, il dispose aussi de tous les effets. »

Quant au fait de ne point s'entendre, la chose nous
semble très naturelle. Sourde auparavant vis-à-vis des
autres, Céleste restait sourde après vis-à-vis d'elle-même.
Dieu l'avait sans doute ainsi voulu, afin que ses oreilles
lui rendissent un double témoignage. La surdité partielle
y restait comme la preuve irréfragable du mal ;
l'ouïe leur était rendue comme la preuve irréfragable
de Dieu.

Ainsi guérit la petite muette dont le retour à la vie,
après de si terribles épreuves, méritait les honneurs de
l'histoire. Si les Annales de Lourdes contiennent d'autres
guérisons aussi remarquables, aucune, croyons-nous,
ne vise aussi droit et aussi fort l'incrédulité du siècle
contemporain. La malade disparaît complètement devant ses maladies et devant les grâces merveilleuses
qu'elle a reçues.

Ici c'est la science, uniquement la science, que l'Immaculée Conception a visée dans ce qu'elle a de plus
moderne et de plus avancé. La maladie, les hospices,
les célébrités médicales, le nombre et la qualité des
docteurs, tout cela est un poème divin, poème rempli
d'épisodes, où d'un bout à l'autre apparaît la main du
céleste ouvrier, à côté de la main des ouvriers de la
terre.

Aujourd'hui, 4 janvier 1889, Céleste est rentrée à la Salpêtrière, en jouissance de son lit d'incurable, où elle dort guérie. Ne craignez point que le témoignage qu'elle y rend soit incomplet. Elle n'a jamais eu pareille santé. A vrai dire, son ancien grabat est devenu son véritable berceau, plein d'une vie nouvelle qui ressemble à un printemps. Sa langue est maintenant très déliée, et son ouïe d'une finesse qu'elle n'a point connue jusqu'ici.

La vieille ardoise où elle a tant écrit, et les deux béquilles où elle a tant souffert, sont déposées à la Grotte. Où pouvaient-elles être ailleurs que là où elle a laissé ses infirmités ? La paralytique marche, la sourde entend, la muette parle. Mieux que cela, elle chante, et ses chants sont des cantiques d'action de grâces à *Jésus* et à *Marie*, c'est-à-dire à l'Immaculée Conception de Lourdes.

Ni le docteur Charcot, ni le docteur Rigal, ni le docteur Terrillon, ni aucun des internes qui l'ont connue, ne sont encore venus la visiter. Seuls les docteurs Falret et Geoffroy l'ont reçue, celui-là très heureux de sa guérison, celui-ci souriant d'un sourire ironique, aveu d'une défaite sur laquelle il a négligé de s'expliquer. « Elle retombera prochainement, » a-t-il dit, et c'est ainsi que l'habile homme s'en est tiré.

———

A côté de son lit, au n° 14 de la salle Michel Brézin, sur un petit coffret en bois, sont réunis une croix, une statuette blanche et une image. La croix porte Jésus, la statuette est celle de Notre-Dame de Lourdes, et l'image représente, avec sa palme d'or, la glorieuse vierge martyre Eulalie. C'est dans ce petit coin et dans ce petit nid que s'écoulent, en attendant, les heures et les jours de la miraculée ; là aussi, qu'à côté de ses amours du ciel, elle a placé son amour de la terre, le portrait de son cher enfant.

Celui-ci reste toujours en Normandie, chez ses grands-parents. A la vue de sa mère qui est allée le voir à Tillières, au lendemain de sa guérison, le pauvre petit, âgé de dix ans, qui ne l'avait jamais connue qu'à l'hôpital et muette, a été si heureux de la retrouver debout et souriante, qu'il en a sauté de joie en s'écriant : « Ah ! quel bonheur ! j'ai maintenant une mère qui parle ! » Jamais il n'avait pu comprendre pourquoi auparavant elle ne lui parlait pas.

En reconnaissance de sa miraculeuse guérison, Céleste a promis d'exercer envers son prochain la miséricorde que Dieu a exercée envers elle-même. Elle attend, depuis des mois, la place d'infirmière qu'elle a sollicitée.... Afin d'utiliser de son mieux les loisirs qui lui sont ainsi donnés, elle se livre à de petits travaux à l'aiguille.

Tous les soirs, lorsque le gaz est allumé, elle ouvre un livre, et pendant une heure, elle en lit les pages édifiantes aux aveugles de la salle Michel Brézin ; car ce sont les pauvres aveugles, avec lesquelles elle a vécu aux derniers jours de sa maladie, qui sont aujourd'hui les compagnes de sa guérison ; et je ne sais s'il est rien de plus surnaturel et de plus touchant que cette lecture du soir, faite par la petite muette qui parle, devenue la voix et la lumière de ceux qui sont dans les ténèbres. Il y a là comme un rayon symbolique de Notre-Dame de Lourdes.

Au milieu de cette vie toute nouvelle qui est la sienne, un seul vestige survit de son passé. De larges tampons de ouate continuent, comme autrefois, à mettre ses oreilles très délicates à l'abri du grand air. La plus légère bise pour elle est dangereuse ; les rhumes lui viendraient à l'improviste si elle ne prenait de minutieuses précautions. Il n'est pas rare même, à la moindre secousse, que la ouate tombe, sous la pression de l'air qui transpire alors par l'ouverture de ses tympans.

Parfois, lorsque quelque visiteur du dehors vient la voir, comme j'y suis allé souvent, elle le reconduit jusqu'à la porte de sortie. Alors, dans les vastes jardins de l'hospice et à travers les grandes cours qui en séparent les nombreux bâtiments, tous les yeux se tournent discrètement de son côté ; car la petite muette a tellement grandi depuis ses guérisons, qu'elle ne peut plus faire quatre pas sans être aperçue.

Et si, à ce moment-là, un des internes qui l'ont soignée se trouve à proximité de son chemin, il s'arrête à l'écart, et donnant du coude à son voisin, s'il en a un, il lui fait signe à la dérobée, en lui murmurant tout bas deux mots à l'oreille, mots qu'elle n'entend pas, mais qu'il est aisé de comprendre.

A fond, la miraculée — et c'est par là que je finis —

ne fait que donner le change à ses médecins. A leur insu, son cœur souffre maintenant d'une nouvelle maladie secrète, qui échappe à leurs yeux ; maladie dont, cette fois, elle ne guérira jamais. La palme d'or de sainte Eulalie y est plantée toute vive, et par un prodigieux renversement des choses, l'incurable de la maladie est aujourd'hui l'incurable de l'amour [1].

II

UNE IDYLLE DIVINE.

En 1822, naissait à Lunéville, d'un père flamand et d'une mère bourguignonne, un enfant, devenu plus tard le père de deux jeunes filles, celles dont j'ai à vous raconter les guérisons. L'enfant grandit et fut élevé dans la foi jusqu'à l'âge de quatorze ans. Son père était ouvrier émailleur dans les fabriques de faïences du pays ; sa mère restait à la maison, occupée aux menus soins du ménage.

---

[1] Au dernier moment, lorsque ce récit est déjà sous presse, voici la lettre que je reçois :

« Paris, 14 mars 1889.

» Monsieur,

» Je vous fais part que j'ai le bonheur d'avoir un emploi d'infirmière. Je suis en fonctions depuis le 11, comme infirmière veilleuse à l'hôpital Saint-Jacques, 227, rue de Vaugirard. Je vais bien. Comme vous voyez, la très sainte Vierge me protège ; j'ai un service doux, proportionné à mes forces, et puis, vous pouvez maintenant finir votre récit comme nous le désirions.

» Veuillez agréer, etc.

» Céleste Genoux. »

Hélas! la mort ne tarda pas à passer dans leur paisible logis. Orphelin de père à quatorze ans, le petit Georges suivit sa mère à Paris, où la veuve vint s'établir. Je ne sais qui a dit de Paris qu'il est le lieu où l'on oublie son Dieu et sa mère. Si Georges n'oublia point sa mère, pour laquelle il resta jusqu'au bout le fils le plus exemplaire et le plus dévoué, il n'en fut pas de même de son Dieu. Lorsque la pauvre femme eut quitté ce monde, le courant, peu à peu, finit par l'entraîner.

Ses derniers actes de foi, actes extérieurs du moins, eurent lieu autour du lit où elle devait lentement mourir. Bien des fois, au moindre signe de la malade, il alla chercher son confesseur, continuant ainsi à servir la foi de celle qui, pour son malheur, menaçait de le quitter.

Je dois vous dire que Georges avait fait l'apprentissage d'un métier. Entré de bonne heure dans un atelier de Paris, où il se distingua, il y avait appris une profession artistique dans les bronzes d'art. Qui dira les périls que fait courir à toute âme neuve cette vie d'agglomération où surchauffent les idées les plus capiteuses, où l'ouvrier de la veille domine celui du lendemain? Atmosphère dissolvante, qui vous pénètre de part en part, en atrophiant peu à peu ce qu'il y a de plus noble en vous.

Combien d'égarés inconscients, aux jours de nos révolutions, qui, tombés dans un autre milieu, auraient, comme l'on dit, tout autrement tourné ! Mais le journal est là où ils sont, le journal énervant avec de grandes phrases et de grands mots. On croit au journal, on croit aux camarades, on devient l'homme de son atelier.

Quant au croyant des premières années, il sombre au milieu des eaux du courant, qui s'infiltrent goutte à goutte dans son âme, comme le poison s'infiltre dans les corps.

Ainsi en arriva-t-il de notre Lorrain. Du reste, à l'époque où il touchait à l'âge d'homme, une grave question commençait à s'agiter, la question de l'ouvrier, autour de laquelle tant d'esprits divers se sont rencontrés. Doué d'une intelligence développée, Georges s'y jeta à corps perdu.

Il fut un de ceux qui, à l'atelier, soulevèrent le mouvement des réformes tentées, mouvement qui indiquait de réels besoins, mais qui péchera toujours par la base, tant que le sol de l'Eglise ne sera point son centre ; car, seule, l'Eglise est capable, avec l'Evangile, de réconcilier l'un avec l'autre, et le patron, qui se sent responsable devant Dieu, et l'ouvrier, qui attend une vie meilleure.

Grand lecteur, au surplus, pendant ses loisirs, l'ouvrier conférencier parcourait les publications les plus répandues. Revues et brochures, il voulait tout connaître avec une sorte d'avidité fébrile, qui tenait à sa nature tourmentée. A l'inverse de Lucien de Samosate, il eût été philosophe, s'il n'eût été artiste dans les bronzes d'art.

Hélas ! ce fut sa philosophie qui le perdit. A force de lire et de s'égarer loin de la foi de son enfance, il finit par embrasser une nouvelle religion, d'autant plus singulière qu'elle demande toujours et ne rend jamais rien. L'ex-catholique se lia pieds et mains au *Positivisme*, qui, gratifié d'un millier d'adeptes, se définit pompeusement un jour la religion de l'humanité !

Avec ses réunions et ses conférences, ce nouveau milieu fixa pour toujours l'évolution de ses pensées. Comme son tempérament était de ne rien faire à demi, Georges se coiffa de son positivisme de la plante des pieds jusqu'à la tête. A ce rêve ingrat et creux il immola ce qu'il avait de plus cher au monde : son baptême et le souvenir de sa mère.

Et pourtant, qu'elle était bonne et pieuse, cette mère! Quarante ans après sa mort, ses petits-enfants en parlent avec bonheur. C'est à elle, nous écrivait l'héroïne de ce récit, à elle sans doute que, malgré tous les exemples contraires, nous devons cet héritage de prière et d'amour qui, toutes petites, nous a ramenées vers notre divin Sauveur.

Quand il fut parvenu à l'âge d'homme, Georges se maria. Celle qui mérita son regard et son cœur était de dix ans plus jeune que lui. Elevée, elle aussi, par une mère chrétienne, elle avait eu le malheur de la perdre à l'âge même où son fiancé avait perdu son père, c'est-à-dire à quatorze ans. Comme lui échouée à Paris, et comme lui sans soutien du côté de l'âme, elle y vivait dans la plus absolue indifférence. Sous ce rapport, le père ne s'occupa plus de son enfant.

Pourtant, lorsqu'il fut question de mariage, la jeune fille songea à l'Eglise. Elle en parla un instant, mais ce fut peine perdue; Georges s'y refusa catégoriquement.

17*

En bon philosophe qu'il était déjà, la mairie seule suffisait à son bonheur.

———

De ce couple que les circonstances et le hasard avaient ainsi réuni, naquirent bientôt des espérances. Un premier enfant lui vint dans une salle de l'Hôtel-Dieu. Les Sœurs de l'hospice, qui ne se doutaient nullement de la situation particulière dans laquelle vivaient les deux époux, firent le nécessaire, et l'on baptisa l'enfant. C'était un petit garçon de bonne venue, qui, depuis, a suivi son père, n'a point fait de communion, exerce une profession honorable à Paris, et compte une trentaine d'années.

En apprenant ce qui s'était passé, le père entra en colère, mais il n'était plus temps. Force lui fut de jurer, mais un peu tard, qu'on ne l'y prendrait plus. Et de fait, quand après Raoul arriva Cécile, puis la petite Lucie, dans l'espace de huit ans, ni l'une ni l'autre ne reçurent le baptême. Le père garda ses principes, et la mère garda son silence.

Ces détails si tristement curieux, qui révèlent la situation d'un nombre plus considérable qu'on ne le croit généralement de ménages à Paris, étaient nécessaires à l'intelligence du récit. Ils forment un étonnant contraste avec les événements qui vont suivre; pareils aux ombres de fond d'un tableau à grands reliefs, sur lequel l'artiste sublime qui s'appelle Dieu s'apprête à faire descendre la lumière. Pour le moment, comme nous voilà loin de Lourdes !

Cécile et Lucie, deux petites têtes d'enfants roses, sur lesquelles le regard va se reposer avec délices. Cécile a grandi, elle va entrer dans sept ans. Lucie la suit, mais d'assez loin ; car elle vient de naître. Toutes deux voient la vie s'ouvrir devant elles souriante et gaie, sans que nulle voix leur parle de Dieu, qu'aucune main leur montre le ciel. Elles ne savent ni d'où elles viennent, ni ce qu'elles sont venues faire ici-bas, ni où elles vont. Comme l'oiseau de l'air, elles chantent de branche en branche, entre le lever et le coucher du soleil.

Cécile entre au Conservatoire. Lucie, beaucoup plus petite, se contente de jouer autour des jupes de sa mère. Si elles sont bonnes, douces, innocentes dans leur malheur, je ne vous le dirai pas. La nature a tout prodigué en elles. C'est au point que pour s'en approcher et les reconquérir, Dieu a fait prodige sur prodige.

Mis à l'écart par le père et par la mère, il est rentré au logis, comme à la dérobée, par le cœur de ces deux enfants. Lucie vivant auprès de sa mère, pendant que la sœur suivait les cours du Conservatoire, que le père était à l'atelier et le frère à l'école des Beaux-Arts, Lucie, dis-je, était la consolation de celle-ci.

Or, il arriva que prise par de cruelles douleurs de membres, la mère se vit un jour dans l'impuissance absolue de sortir. Ce fut Lucie qui commença à faire les commissions : au marché, à la boucherie, chez l'épicier, un peu de tous côtés. Son intelligence était très développée pour son âge, elle n'avait que sept ans.

La voyant ainsi passer et repasser, avec son petit

panier rempli de provisions, les gens de la maison
aimaient à lui sourire. Une voisine s'éprit même d'une
affection toute spéciale pour la 'petite ménagère. C'est
ainsi qu'on l'appelait aux quatre étages qu'elle avait à
descendre.

Mme Rambaut était le nom de cette bonne voisine que
Dieu lui avait donnée, et comme les époux Georges, elle
avait une grande fille et de petits enfants. Deux jeunes
orphelines étaient en ce moment confiées à ses soins.
Mais quelle différence entre ces deux intérieurs! Ici, la
foi profonde; là, le vide de Dieu et la vie sans espérances.
Ici, de petits anges les mains jointes et agenouillés; là, de
petites créatures abandonnées à elles-mêmes, qui ne
savaient pas faire le signe de la croix!

Un jour la porte s'ouvrit et la petite ménagère entra.
Subissant un attrait qu'elle ne pouvait définir, Mme Rambaut voulait la voir de plus près et la caresser de ses
mains. Elle la fit donc entrer, et lorsque Lucie parut,
deux petites filles de son âge accoururent et l'embras-
sèrent tendrement.

Les liaisons sont faciles à cet âge. Celle-ci, qui ne
faisait que commencer, fut profonde dès la première
entrevue. Lucie prit goût à venir faire la petite causette
de temps en temps. C'était même un de ses gros bon-
heurs dans la vie un peu monotone qu'elle menait à la
maison.

Or, à force d'entrer et de sortir, plus d'une fois Lucie
trouva ses petites amies agenouillées. En face d'elles et
plus haut se trouvait une statue blanche au fond d'une

petite grotte, statue et grotte assises dans une plate-
bande suspendue devant une fenêtre, et toute luxuriante
de fleurs. Ai-je besoin de dire que c'était Notre-Dame de
Lourdes, que Lucie ne connaissait pas, mais qu'elle
trouvait très belle ?

A la vue des deux fillettes qui se mettaient à genoux
et remuaient les lèvres, comme si elles lui disaient
quelque chose, notre ménagère fut prise d'une curiosité
singulière. « Qu'est-ce que vous lui dites à cette belle
» dame blanche, à laquelle vous parlez tout bas ? Je
» voudrais le savoir pour le lui dire aussi ; car il me
» semble que je l'aime bien et qu'elle me sourit. » Et
les deux innocentes, les mains jointes, récitèrent ensemble et tout haut : *Je vous salue, Marie, pleine de
grâce, le Seigneur est avec vous!*

Ces paroles parurent si belles à Lucie qu'elle repassa
plus souvent pour les apprendre. Elle finit même par
presser le pas et gagner du temps le plus qu'elle put
dans ses commissions. Aussi, presque tous les matins,
on l'entendait entrer à petits pas légers, pour voir sa
belle dame, habillée de blanc, et lui parler comme ses
amies, les deux orphelines de Mme Rambaut.

Elle apprit assez rapidement son *Je vous salue,
Marie*, et son *Notre Père*. Bien qu'elle n'en comprît pas
tout le sens, elle les répétait avec joie. Puis, à mesure
qu'elle grandit, la voisine l'aima de plus en plus. En
guise d'histoires destinées à l'intéresser, celle-ci lui raconta les miracles opérés par Notre-Dame de Lourdes.

L'impression de ces récits fut telle sur Lucie que,

toute haletante et toute bouleversée, elle en parla à sa
sœur Cécile. Elle lui offrit en même temps de prier pour
elle la belle Dame blanche, afin d'assurer le succès des
examens qu'elle devait passer au Conservatoire. Sans
trop se rendre compte de ce que lui disait Lucie, Cécile
y consentit de grand cœur. Elle travaillait alors son
piano de toutes ses forces. C'était bien un peu l'ennui
de notre ménagère, qui, toute la journée la voyant
face à face avec son clavier, regrettait de ne pouvoir
la conduire chez ses amies.

Chose étrange pour cette enfant! A un âge où les
pensées n'ont rien de rassis, Lucie éprouve en secret
une très haute impulsion de l'âme. Ses parents ne
croient à rien, et elle songe à prier déjà pour leur conversion. Jamais elle ne s'endort le soir sans avoir répété
cinq fois le *Pater* et l'*Ave Maria :* une fois pour son père,
l'autre pour sa mère, la troisième pour Raoul, la quatrième pour sa sœur, et la cinquième enfin pour elle-
même.

Le fond de sa pensée est celui-ci. Lorsque je fais mes
commissions au marché, se dit-elle, je rapporte à manger pour tout le monde, et lorsque je prie pour ceux
qui ne prient pas, c'est comme s'ils priaient eux-mêmes.
La sainte Vierge, qui m'entend et qui me voit, prend
mes commissions pour papa, maman, Raoul et Cécile.
Je lui parle pour tous, comme je vais à la viande pour
chacun.

Logique pleine de grâce dans la bouche d'un enfant
qui prend sa mission au sérieux, et qui adjoint à ses

fonctions de ménagère chez les siens celles aussi de commissionnaire pour eux entre la terre et le ciel.

———

Ici se place un petit épisode moins gai et moins consolant. J'étais bavarde, nous a raconté Lucie. Ne révélai-je pas un jour à mon père et à ma mère qu'il y avait dans la maison une dame qui m'apprenait à prier? C'en fut assez. Je vis aussitôt mon père prendre un air sévère, me défendre d'écouter cette dame et de mettre encore les pieds chez elle.

Mais ce fut peine perdue. Aucune défense ni aucune menace ne purent arrêter Lucie. Il lui était si doux de prier qu'elle désobéit. En cachette et se promettant bien de ne rien dire qu'à sa sœur, devenue d'abord sa confidente, puis sa complice, elle continua ses visites, comme si rien ne s'était passé à la maison.

La bonne Cécile elle-même ne tarda pas à se mettre de la partie. Lucie lui apprit son *Notre Père* et son *Je vous salue, Marie,* qu'elle retint comme en se jouant, et elle se glissa, elle aussi, discrètement chez la voisine, pour voir le doux trésor qu'elle avait en sa possession.

Cécile avait quatorze ans. Aussitôt qu'elle eut vu la belle dame habillée de blanc, elle en fut comme éblouie, Un goût très grand pour la prière entra dans sa jeune âme, et comme elle était d'une nature ardente, elle voulut savoir de la bouche de sa sœur tout ce que celle-ci avait appris de la bouche de Mme Rambaut. Ses progrès dans la foi marchèrent avec une telle rapidité, qu'en peu de temps elle fut initiée à tous les mystères de la religion.

Lorsque son esprit et son cœur lui parurent bien prêts, elle demanda de recevoir le baptême et de faire sa première communion, deux choses également difficiles. Pour cela, un plan fut concerté entre Cécile, Lucie et leur bienfaitrice. Le baptême eut lieu dans une chambre, chez Mme Rambaut. On fit venir, pour la circonstance, un prêtre déguisé en civil. Quant à la première communion, elle eut lieu dans une chapelle privée.

Une chose pourtant, à cette époque, inquiétait Lucie dans son bonheur. Toutes les fois qu'elle s'adressait à l'Enfant Jésus, elle aurait bien voulu que l'Enfant Jésus lui répondît. C'était son désespoir de ne pas l'entendre lui parler. Pourquoi, lui disait-elle, en sa délicieuse naïveté, pourquoi petit enfant Jésus, lorsque je te parle, ne me réponds-tu pas? Et l'Enfant Jésus gardait toujours le silence. Lucie restait comme troublée en elle-même. Elle aurait tant voulu savoir si elle était comprise.

Toute réjouie et toute fière de sa jeune pupille, Mme Rambaut songea à parfaire son éducation religieuse jusqu'au bout. Mais, comme si elle eût douté d'elle-même, elle pensa qu'il était préférable pour elle, si la chose était possible, de la confier en d'autres mains. Elle la mit donc en relation avec un religieux du voisinage. Ce fut là, croyons-nous, la première réponse de l'Enfant Jésus.

Lucie était enfin arrivée à l'âge d'être mise en apprentissage. Question délicate et bien difficile dans sa situation. Mais Dieu, qui déjà avait veillé autour d'elle avec des soins si tendres et si jaloux, continua de la conduire comme par la main. Mme Rambaut, toujours Mme Rambaut, possédait une amie, fleuriste par état à Montmartre, Mlle J., femme de piété et de vie exemplaires.

Usant de l'intermédiaire d'une tierce personne auprès du père et de la mère de Lucie, c'est là qu'elle la fit entrer tout doucement et sans bruit ; là aussi que l'éducation religieuse de l'enfant grandit avec son âge ; car Mlle J. lui donna les mêmes soins que si elle eût été sa propre fille.

Dans ce nouveau milieu, Lucie fit toutes sortes de progrès. En même temps qu'elle grandissait dans la foi, elle apprit son état de fleuriste, où elle devint très habile, fleur elle-même à peine épanouie et déjà pleine des parfums que Dieu, de bonne heure, y avait répandus. En lui faisant obtenir cette place, le petit Jésus lui avait répondu une seconde fois.

Or, un jour, dans une petite chapelle de Paris, entre un parrain et une marraine que les circonstances lui avaient fournis, à l'insu de ses parents et à plus d'une lieue de leur domicile, Lucie, tout heureuse, demandait le baptême. C'était le 29 octobre 1881. Née à Paris, en 1867, elle avait donc quatorze ans.

Ce fut l'abbé M. qui lui conféra le premier sacrement de la régénération, et deux jours après, seule et de grand matin, sous sa simple toilette d'ouvrière, elle faisait sa première communion dans une chapelle privée.

A cette occasion, une main mystérieuse lui écrivit une poésie charmante, que l'on croirait sortie de la plume d'un chérubin. La voici dans sa grâce tendre. Elle a pour titre : *Es-tu là ?* Qui pourrait la lire sans en être ému ?

Dans la protestante Angleterre,
Les fils d'Ignace, avec ardeur,
Evangélisent une terre
Où domine encore l'erreur.

Un novice, plein de vaillance,
Y voyageait à travers champs,
Envoyé par l'obéissance,
Pour catéchiser les enfants.

Il s'en attire un petit groupe,
Et son cœur, de zèle enflammé,
Communique à la jeune troupe
Le feu dont il est consumé.

C'est de Jésus au tabernacle
Qu'a parlé le novice ému,
Jésus captif, qu'un doux miracle
Sur nos autels a retenu.

Du sein de la troupe enfantine,
Un chérubin portant ses pas
Vers l'église la plus voisine,
Au tabernacle tend les bras.

Trop petit pour l'atteindre encore,
Il monte et s'assied sur l'autel,
Et là, sa foi naïve implore,
Notre admirable Emmanuel.

Toc.... toc.... et de sa main mignonne,
Il frappe à la porte, disant :

« Es-tu là, Jésus ? » Mais personne
Ne répond à notre innocent.

Sans perdre sa touchante audace,
Il frappe encore et puis gémit :
« Es-tu là ? réponds-moi, de grâce,
» Au catéchisme on nous l'a dit. »

Mais si bien qu'il prête l'oreille,
Il n'entend rien absolument.
Peut-être que Jésus sommeille,
Eveillons-le tout doucement.

« O cher petit Jésus ! je t'aime,
» Je te chéris, je crois en toi,
» Réponds à ma tendresse extrême,
» Je t'en conjure, parle-moi ! »

O grâce, ô prodige, ô miracle !
Jésus n'y tient plus cette fois ;
Et du fond de son tabernacle
Daigne faire entendre sa voix.

« Oui, j'habite cette demeure,
» Où l'amour me tient enchaîné ;
» J'y console celui qui pleure,
» Que veux-tu, frère bien-aimé ? »

L'enfant, d'une voix attendrie,
Répond : « Mon papa n'est pas bon ;
» Convertis-le, je t'en supplie,
» Fais-lui reconnaître ton nom.

» — Va, j'exaucerai ta prière, »
Dit Jésus. Et l'enfant joyeux
S'en retourna dans sa chaumière,
Plus obéissant, plus pieux.

Le lendemain, touchant mystère,
Sans même qu'un mot lui fût dit,
De ce petit ange le père
Se confesse et se convertit.

O Jésus, ami de l'enfance,
Tendre ami du pauvre pécheur,
Qui ne reconnaît ta clémence
A ce trait si plein de fraîcheur !

Je m'en souviendrai.... de ta porte
Je ferai l'assaut tous les jours :
Si ta voix se tait, que m'importe ?
Ton cœur me comprendra toujours !....

Ces dernières pensées du petit poème n'étaient qu'un espoir ; ils n'étaient point une réalité. Lucie et Cécile le comprirent très bien. Unies plus que jamais dans la même foi, heureuses d'être chrétiennes et s'aimant d'un amour qui n'avait rien de la terre, elles ne se proposèrent plus qu'un seul but : celui de faire rentrer Dieu dans l'âme de leurs parents.

Comme si la Providence eût mieux voulu leur révéler cette mission, des dates, que l'on croirait voulues, se retrouvaient dans l'existence de ceux-ci qui étaient dans la vie de ceux-là. N'est-ce point à quatorze ans que, perdant son père, Georges avait commencé à perdre son Dieu ? A quatorze ans que, séparée de sa mère, leur mère à elles était restée sans guide à Paris ?

Quatorze ans ! Age de la fuite et âge du retour ; où le père et la mère ont tout perdu, où les enfants ont tout retrouvé ; où ce que deux âmes avaient proscrit, deux autres âmes l'avaient rappelé. Jeu sublime de la Providence, dont la miséricorde sait admirablement réparer toute chose, puisque, intervertissant les rôles, elle remplace les grands-parents par les petits-enfants, auprès de ceux qu'une cruelle mort a trop tôt laissés orphelins !

Une année ne s'était pas ainsi écoulée, que la bonne Cécile, prise d'un malaise inattendu, tombait subitement malade. En moins de quelques jours, une fièvre typhoïde la coucha sur un lit de douleur. C'était en 1882 ; elle était âgée de dix-neuf ans. Les médecins ayant déclaré le cas très grave, il y eut une émotion profonde dans la maison. Cécile, qui se sentait mourir, comprit alors combien sa situation était embarrassante. Mais entre son père du ciel et son père de la terre, elle n'hésita pas. Au grand étonnement des siens, elle demanda le prêtre, et c'est ainsi que baptême et première communion, tout fut dévoilé d'un seul coup.

Le moment n'était point aux emportements ni aux récriminations. On se tut, on laissa faire. Mieux que cela, on obéit. Se rappelant sans doute qu'autrefois il avait souvent servi d'intermédiaire entre le prêtre et sa vieille mère, Georges reprit le chemin de sa jeunesse, celui qu'il n'aurait jamais dû quitter. Sans faire aucune réflexion, il laissa pour un jour son positivisme à la porte, et ramena auprès de sa fille mourante le ministre de Dieu, comme il l'avait amené jadis à sa mère, sur le point de le quitter ici-bas.

Cécile n'avait plus qu'un souffle de vie ; elle communia avec une angélique ferveur. Or, chose admirable et très inattendue, Jésus-Hostie ne fut pas sitôt descendu en son cœur, qu'elle se sentit revivre. Sans secousse, sans transition aucune, le poids écrasant de sa maladie se souleva, comme se dissipe au matin l'oppression d'un cauchemar en ouvrant les yeux.

Si parmi les lecteurs de ce récit, quelques-uns pou-

vaient croire qu'ils touchent ici au dénouement, qu'ils
se détrompent. Comme dans l'Evangile, comme sur les
places de Jérusalem et de Jéricho, le miracle avait passé
sans effleurer, même de loin, le cœur de ceux-là
mêmes qui en étaient les usufruitiers et les témoins.
Pour le père et pour la mère, ce ne fut qu'un incident de
maladie sans aucune portée; pour les deux enfants,
c'était la troisième réponse du petit Jésus à la petite
Lucie.

Celle-ci ne se contenait plus de joie. Associée en tout
à la fortune de sa sœur, elle était plus qu'heureuse, elle
était triomphante. Pauvre Lucie! Qui aurait alors sup-
posé qu'elle aussi passerait à son tour par le creuset de
la souffrance! Autour de l'égarement des siens, Dieu ne
devait pas se reposer, mais ses moyens restaient impé-
nétrables.

Priant toujours pour l'union de tous dans la même
foi, aidée dans cette besogne et dépassée peut-être par
sa sœur devenue un ange, qu'elle aimait d'un amour
extrême, elle continuait à faire des fleurs, des fleurs, des
fleurs, pendant que Cécile faisait de la musique et recevait ses diplômes au Conservatoire. Fleurs et musique
qui, sous leurs doigts légers, chantaient en secret le
plus bel hymne et exhalaient le parfum du plus sublime
amour.

———

Les années s'écoulèrent ainsi, sans aucun changement. Cependant Lucie, sortie d'apprentissage et revenue de Montmartre, était entrée dans une maison de

fabrication qui fournit la clientèle luxueuse de Paris. Bien que n'ayant plus de secret à garder, elle était loin de professer sa foi en toute liberté. Les conquêtes du passé rencontraient à chaque pas une entrave sur le chemin des conquêtes de l'avenir.

Situation difficile, toute de lutte et d'habileté, où la pratique de ses devoirs était aussi pénible à accomplir que sa foi avait été délicate à rentrer dans la maison.

Nous voici au mois de septembre 1887, et la même gêne subsiste sans amélioration. Lucie a vingt ans, la bonne Cécile en a vingt-six. Celle-ci donne des leçons de musique en ville, celle-là continue à fleurir toujours.

O Jésus, pourquoi ces lenteurs? Avez-vous fermé l'oreille à la voix de si ardentes prières, et ces jeunes âmes, que vous avez prévenues de si touchantes sollicitudes, seraient-elles condamnées à passer leur vie sans consolation, malgré tout l'espoir qu'elles ont mis en vous? Seigneur, Seigneur, ne dormez pas, réveillez-vous!....

Le petit Jésus s'est réveillé. Cette fois, ce n'est plus Cécile, c'est Lucie dont l'épreuve va devenir une preuve; Lucie, victime expiatoire de par la volonté de Dieu, pour la rédemption des siens, avant de rendre devant eux témoignage à la vérité. Car le propre du témoin est de souffrir avec Celui qui fut le grand témoin.

———

Le 21 septembre 1887, Lucie, comme de coutume,

travaillait à l'atelier. Occupée au premier étage de la
maison, à ranger une peau de gomme, elle voulut s'ac-
croupir sur le plancher. Par malheur, le mouvement
qu'elle fit devait lui être fatal. Dans un coin obscur et
sur une étagère mal équilibrée, se trouvait une bonbonne
de vingt-cinq litres de vitriol qu'elle eut la maladresse
de toucher en se mettant à genoux. La bonbonne ren-
versée lui tomba sur les jupes et y répandit son terrible
liquide.

En un clin d'œil une odeur insupportable s'éleva et
la petite chambre fut remplie d'une blanche fumée.
Lucie, épouvantée, n'eut qu'un seul mouvement, elle
cria pour appeler au secours : « Marie, Marie, vite ici,
je brûle. » Marie était une ouvrière du service le plus
proche. Lorsqu'elle arriva, terrifiée elle-même, le vitriol
avait déjà pénétré la robe et les linges de haut en bas.

Cependant Lucie se relève. Dans sa marche affolée
elle descend du sous-sol par un escalier de service. Arrivée à la cuisine, on la dépouille. Les bas sont con-
sumés et ne se retrouvent plus. Les souliers, non
moins pitoyables, se disloquent en cinq ou six morceaux. Jupes et jupons, rien n'est épargné. Tout se mor-
celle et tout s'en va sous l'action du corrosif envahisseur.

Le maître de la maison est hors de lui-même. Ce n'est
point la pitié ni la compassion qui le mettent ainsi. Son
émotion se traduit par des accès de colère. Les reproches
volent à l'adresse de la pauvre fille, de ce qu'elle s'est
brûlée chez lui. « J'aimerais mieux, finit-il par dire,
après maintes autres malédictions du même genre,

qu'elle eût reçu un coup de couteau dans le ventre, que de la voir ici, dans cet état, sous mes yeux. »

Accourue à son tour, avec un certain nombre d'ouvrières, sa femme, plus sensible, se lamente et pousse des cris à fendre l'âme. « Charles, mon ami, je t'en prie, tais-toi, tu vas troubler cette enfant. » Mais à mesure que l'épouse suppliait, l'époux criait de plus en plus.

Louis, le valet de chambre, apporte cependant quelque chose qui ressemble à des habillements. Lucie éprouve dans la région du mollet gauche, en particulier, les douleurs les plus cuisantes. On lui bande les jambes avec des linges trempés d'eau de chaux mêlée avec de l'huile. Quant aux ouvrières, n'y tenant plus devant un tel spectacle, elles repassent, en se sauvant, les portes de l'atelier.

Quiconque aura suivi d'un regard ému ce drame étrange, pensera facilement que Lucie est à moitié brûlée, et tous ceux qui la voyaient en son piteux état le croyaient aussi. Mais, ô prodige de la bonté de Dieu! pendant que les reproches les plus inconcevables tombaient dru sur elle, l'ange du Seigneur protégeait la pauvre fleuriste contre les morsures qu'elle devait subir par tout le corps, et qu'elle ne subit que sur un point.

Sous ses vêtements en lambeaux, de tout ce feu et de toute cette fumée, il ne lui reste, qui le croirait? que quelques éclaboussures à la jambe droite, et une plaie profonde à la jambe gauche. Ici, la morsure du vitriol était grave. Sur une étendue large comme la main, les

chairs vives étaient atteintes à la profondeur d'un cen-
timètre et demi. Non seulement le nerf sciatique avait
été mis à nu : il était rongé de la largeur du pouce.

La rentrée de ˙Lucie chez les siens fut, comme bien
on le pense, un moment indescriptible. Ramenée en
voiture et remontée au cinquième étage sur une chaise
à porteurs, la malheureuse fille, que chaque mouvement
faisait crier de douleur, apparut sur la porte dans un
état pitoyable. Ses cris éveillèrent d'autres cris. Son
frère, sa mère, sa pauvre chère sœur Cécile, n'y tiennent
plus ; on la croit perdue.

Elle est déposée sur un lit de souffrances. Treize semaines durant, force lui est de rester étendue, immobile,
le pied suspendu, de façon que la plaie ne repose sur
rien. Partagée entre la fièvre d'une part et les élancements douloureux de l'autre, elle attend, de longs
jours et de longues nuits, une guérison qui ne
vient pas.

Le premier médecin qui la traite est le docteur G.
Epuisant tous les secrets de son art, il applique liniments sur liniments d'huile, de chaux et de laudanum.
Lorsque plus tard les chairs lui paraissent suffisamment
cicatrisées, c'est le tour des pommades, puis de la
poudre de quinquina. Viennent ensuite les lotions pour
affermir la peau, puis les vésicatoires à la cheville et au
genou.

Les chairs paraissent bien guéries, mais un mal

secret est resté dedans, l'intérieur• est empoisonné
par le vitriol. Il y en a dans les tissus, il y en a dans
les nerfs, il y en a dans le sang. Autour de la plaie
fermée se dessinent de larges veines qui forment
comme un pâté de taches bleues. A certains moments
les douleurs sont intolérables.

Au bout de quinze jours, Lucie, fatiguée de rester
ainsi sans travail, se met en devoir de retourner à son
magasin. Essai héroïque qui dure à peu près six semaines. Le matin, s'appuyant sur des béquilles, elle
prend le tramway au pas de sa porte, le soir elle revient
de même. Souvent, fatiguée au-dessus de ses forces, elle
rentre à la maison avant l'heure. Plus d'une fois même
elle se voit obligée de suspendre toute sortie pendant
plusieurs jours.

Quand elle essaie de s'appuyer sur sa jambe gauche,
voici ce qui se produit malgré elle et contre elle : la
hanche, le genou et la cheville craquent ensemble et se
déboîtent, un ressort commun fait défaut à leur jeu.
La jambe reste comme paralysée en plus ; elle est si
lourde qu'elle se soulève difficilement.

A la vue de cet état de choses, le docteur comprend
que tous les secrets de son art sont impuissants. La médecine, dit-il, ne peut aller plus loin, c'est à un chirurgien qu'il faut s'adresser ; l'infirmité intraitable dont
vous souffrez ne relève plus maintenant que de la chirurgie.

Cependant l'époque du grand prix de Paris approche.
Afin de ne pas laisser chômer le travail, lorsque son

patron — celui-là dont le cœur est si compatissant — se trouve débordé par les commandes du monde élégant, Lucie fait des efforts surhumains pour continuer à fabriquer des fleurs. Elle se force à tel point que tout à coup sa situation s'aggrave et nécessite de nouveaux soins. La pauvre fleuriste est sur le carreau.

Le docteur P., mandé auprès d'elle, se dit dans l'impuissance absolue de la traiter. Comme le docteur G., il reconnaît que seule la chirurgie doit intervenir.

L'hôpital où elle entre est celui de Lariboisière. Sous les auspices des médecins H. et D., Lucie y est admise d'urgence, dans le service du médecin en chef. Alors commence pour elle un nouvel ordre d'expériences. A l'aide d'épingles qu'il enfonce dans les chairs, l'habile praticien constate tout d'abord l'insensibilité absolue de la moitié de la jambe.

Puis il ordonne, pour fouetter le sang, une succession de bains sulfureux et de douches d'eau froide. Il ajoute même le traitement par l'électricité. Diverses piles sont mises en usage ; on s'arrête à la plus forte ; l'aiguille y monte au vingt-quatrième degré. Comme remèdes internes, Lucie prend aussi diverses potions. Pilules, poudres, paquets de toutes sortes, surchargent sa table de nuit; ses yeux ne les comptent pas.

Hélas ! ni le soufre ni l'eau froide ne sont plus efficaces que le reste. Ils glissent autour du mal et ne l'atteignent pas. L'électricité paraît bien un peu mieux réussir. Avec le courant qui passe, le pied tourne comme s'il reprenait vie. Mais ce n'est encore qu'une illusion ; car les douleurs, au lieu de se calmer, deviennent de plus en plus brûlantes. Trois semaines d'efforts surhumains, aboutissant à l'insuccès, suffisent au médecin pour lui faire reconnaître que le mal est sans remède.

Le docteur en chef ne se le dissimule pas. Toutes les fois qu'il arrive auprès du lit de l'infirme, il hausse invariablement les épaules : « Et à celle-là, que lui faisons-nous ? répète-t-il chaque matin. *Nous ne pouvons pas faire pousser un nerf là où il n'y en a plus.* »

Abandonnée de la sorte par les médecins, renvoyée à la maison par les chirurgiens, la pauvre Lucie ne sait plus chez qui se réfugier. Cécile, désolée, se tient à son chevet comme un ange de consolation. Elle prie pour elle de toutes ses forces, et chaque matin, avec l'assiduité la plus touchante, elle apporte à la fleuriste un bouquet de fleurs blanches et bleues, symbole de la Dame aimée, hommage aussi d'une tendresse qui souffre et d'un cœur qui se souvient.

Chose singulière ! on ne songeait point encore à Lourdes. Souffrant sans répit, Lucie souffrait sans espoir de guérison. Comme la colombe de l'arche, elle ne voyait point dans son déluge la branche sur laquelle elle viendrait un jour reposer son pied. Le docteur Piedvache, qui ne cesse de s'intéresser à elle, lui donne alors le conseil d'entrer à l'hospice Saint-Jacques.

————

Saint-Jacques, situé à Vaugirard, est l'hôpital homéopathique de Paris. Si la médecine ni la chirurgie n'ont rien pu, l'homéopathie aura peut-être des vertus calmantes qui amélioreront l'état de la malade. Ce fut du moins la pensée du docteur, mais la jeune fille s'y résigna difficilement et en pleurant beaucoup.

Or, ce que ni la médecine ni la chirurgie n'avaient pu dompter, l'homéopathie ne le guérit pas ; la situation s'aggrava simplement. Incapable désormais de mettre un pied devant l'autre, Lucie se vit condamnée à l'immobilité la plus absolue. Une seule position lui restait possible. Couchée sur le côté gauche, elle ne pouvait plus bouger sans éprouver les cruelles morsures de souffrance.

O pitoyable situation quand on a vingt ans ! Du fond de sa misère, en ces ombres épaisses qui semblent l'environner de toutes parts, la pauvre infirme pleure et prie. Une idée fixe la poursuit au milieu de ses maux. Que je suis malheureuse, dit-elle à la Sœur qui la soigne, de si peu connaître Dieu ! Non, je ne le connais pas comme je le voudrais. »

« Si vous alliez à Lourdes, lui murmura un jour la religieuse, la sainte Vierge vous y guérirait peut-être. » A ce nom de Lourdes, Lucie tressaillit, mais aussitôt, comme si quelque pensée eût repris le dessus, un nuage sombre passa sur son front. Lourdes ! quel radieux espoir, mais aussi quelle lointaine chimère ! Si, jusque-là, elle n'y avait point songé, c'est qu'entre elle et la Dame blanche de la Grotte se dressait l'ombre de son père.

Ah ! si cela était possible, quelle bonne nouvelle !

Quel espoir de guérison ! Quel argument sans réplique à opposer à l'incrédulité des siens ! Le bouleversement qui, en une minute, se produisit dans le cœur de Lucie fut immense. Il lui sembla que les portes de sa prison volaient en poussière. Elle voyait sa liberté et la conversion de sa famille ; elle retrouvait sa Dame blanche d'autrefois, *et elle connaissait Dieu !*

On commença une neuvaine à cette intention. Ce ne fut pas le lendemain ni le surlendemain, ce fut tout de suite. Sans bien se rendre compte de leurs impressions, la Sœur et Lucie se sentaient très pressées. La neuvaine, ai-je besoin de le dire, avait pour but d'obtenir du père redouté la permission de se rendre à Lourdes.

A la fin de la semaine, lorsque, selon sa coutume, Georges arriva pour voir sa fille, celle-ci l'accueillit avec un redoublement de prévenances. Tout d'abord, elle se plaignit de beaucoup souffrir, de souffrir sans espérance.... puis, tout à coup, le ton devint caressant et suppliant : « Une telle va à Lourdes, elle est bien heureuse.... je voudrais y aller aussi, moi ; car je suis sûre que j'y serais guérie.... Père, mon père chéri, n'est-ce pas que tu me permettras d'y aller ? Tu es si bon que tu ne peux me refuser ma dernière grâce. Non, tu ne me la refuseras pas. » Et ce disant, la malade fit un effort et enveloppa le père de ses deux bras.

Touché par de tels accents, le disciple d'Auguste Comte se sentit faiblir. Il prononça un oui qui fit pleurer Lucie comme elle n'avait jamais pleuré ; car il fut

convenu en outre que pour un si long voyage, en l'état
où elle se trouvait, sa chère Cécile lui serait donnée
pour compagne. Les deux sœurs, ayant retrouvé la joie,
bénissent le ciel du fond de l'âme.

———

La place est maintenant tout entière à l'espérance.
« Je guérirai, oui, je suis certaine de guérir, répète la
malade à qui veut l'entendre. Dès lors que je puis
aller à Lourdes, c'est sûr que la sainte Vierge fera le
reste. » De son côté, Cécile, la bonne Cécile est aussi
tout en liesse.

Pour la première fois depuis dix mois, les deux
sœurs sentent monter en elles les effluves enivrantes de
la résurrection. Leur père, et avec lui la mère et le
frère, elles les voient convertis. Quel bonheur de s'asseoir bientôt à la même table, tous dans la même foi et
le même amour !

Le billet d'admission au pèlerinage national ainsi
que celui du médecin et de l'aumônier ne se firent
point désirer. Alors Lucie songea à rentrer chez ses
parents, pour y attendre l'heure de son départ. Un point
obscur, toutefois, restait dans sa situation. Il faut vous
dire que si les deux sœurs avaient été baptisées, ni l'une
ni l'autre n'avaient reçu le sacrement de confirmation.

A la veille de partir et d'aller demander à Lourdes
une faveur miraculeuse, n'était-ce point là une lacune
à combler ? Elles le crurent en effet, et le lendemain, à
la chapelle de l'archevêché, Lucie, sur son grabat, et

Cécile à ses côtés, les inséparables sœurs reçurent ensemble les dons du Saint-Esprit des mains de l'archevêque de Paris.

Sur le pas de la porte, avant de quitter Saint-Jacques, Lucie, remerciant la Sœur des soins qu'elle en avait reçus, promit, pour l'époque de son retour, un souvenir à la chapelle de l'hospice. «.Je l'apporterai moi-même, dit-elle, et je le ferai de mes propres mains. » Puis, la porte se referma sur elle, à la grâce de Dieu!

Sa guérison, telle fut désormais l'unique pensée de la malade. Devant ses parents, elle en parlait déjà comme d'un événement survenu la veille. Sa certitude était même telle sur ce point que, pour mieux en témoigner, elle se fit acheter par avance un manteau léger et une paire de bottines.

« C'est pour mon retour! » dit-elle avec un pâle sourire. Cécile en fit autant. Habituée à partager ses peines, elle voulut prendre sa part du bonheur espéré, en faisant, elle aussi, l'acquisition d'un manteau de même étoffe et de même couleur.

« Mes souffrances, quoique toujours très vives, nous » a raconté Lucie, ne m'incommodaient plus comme » auparavant. Tous les jours, j'en faisais l'offrande à » Dieu, ayant de la douceur à les endurer pour arriver à ». la réalisation de mes plus chers désirs. Plus que » jamais, ma pensée et mon cœur étaient tout à la con- » version de mon père et de ma mère. »

Le voyage fut très pénible. De la rue de Vaugirard à la gare d'Orléans, de la gare d'Orléans à celle de Poitiers, ce fut de la joie sans doute, mais ce fut aussi du martyre. Quelques minutes avant le départ du train, la douleur devint si forte, qu'une violente tentation s'empara de la pauvre fille.

O étrange contradiction du cœur de l'homme! Celle qui avait été si heureuse à la pensée de s'en aller, qui soupirait avec tant d'ardeur après le moment du départ, qui une heure auparavant chantait en secret le *Magnificat* de sa joie, celle-là, dis-je, maintenant à la terreur, songeait à rebrousser chemin.

Ainsi trembla devant son calice, dans les jardins de Gethsémani, le premier des pèlerins que Dieu bénit sur la voie douloureuse de la rédemption des âmes. Ainsi trébucha Jésus lui-même, trois jours avant sa triomphante résurrection. Ainsi sont éprouvés d'ordinaire ceux que la miséricorde divine attend à Lourdes.

A la station de Poitiers, tout est à mal. Ayant obtenu, à force de larmes, d'assister à la messe, cette messe dont elle a été si longtemps privée, la malade y gagne un violent transport au cerveau qui dure une partie de la journée. Sa sœur, qui ne l'a pas vue depuis Paris, conçoit, en la retrouvant, une très vive affliction. Aussi est-ce le cœur gros d'alarmes qu'elle reprend sa place, au départ pour Lourdes.

———

Lourdes! Qui redira ce que ce mot contient de tressaillements pour le cœur de ceux qui arrivent? Portée sans retard à la Grotte par deux brancardiers, Lucie y éprouve un éclair de joie qui lui fait oublier ses douleurs. La pensée de la conversion des siens l'obsède à nouveau. « Je les voyais, je nous voyais tous assis à la même table, heureux de la même foi et des mêmes espérances.

Rêve merveilleux sans doute, mais ce n'était là ni la réalité si désirée, ni la fin des épreuves. Mise aux piscines une première fois, elle en ressort comme elle y est entrée. Sa confiance pourtant ne subit aucune altération. Elle souffre cruellement toujours, plus cruellement peut-être que jamais, sans pour cela songer une seule minute qu'elle ne sera pas guérie : « *Plus j'endurais, plus j'espérais,* » nous a-t-elle raconté.

A l'hôpital des Sept-Douleurs, où on la rapporte, elle excite une véritable pitié. Pour calmer, si possible, l'aiguillon qui la tourmente, un prêtre lui fait le récit d'épisodes édifiants ayant trait à quelques guérisons. A son chevet vient aussi pleurer l'incomparable Cécile. Voulant à tout prix forcer la main de la Providence, celle-ci s'adonne à la pénitence en y mettant une véritable passion.

Baisant la terre à la Grotte, s'agenouillant dans la boue, ne mangeant que du pain et ne buvant que de l'eau, elle porte sa part du sacrifice avec une de ces volontés héroïques auxquelles Dieu lui-même ne résiste pas. « C'est Cécile qui a tout fait, raconte bien haut Lucie, quand on lui parle de sa sœur. »

Le mercredi, dès la première aube, la malade éprouve derechef les douces émotions de l'espoir. Malgré une tempête effroyable qui sévit au dehors, elle est résolue à tout braver, tant est violent le désir qui la pousse vers la Grotte. Reportée aux piscines par une pluie battante, elle se sent défaillir au moment d'y entrer. On est obligé de prendre mille précautions pour la replonger à l'eau, et cette fois encore, une souffrance indéfinissable est ce qu'elle y trouve : « Plus je souffrais, plus j'espérais. »

« Prenez un peu de nourriture, » lui dit un infirmier en peine de la voir, à son retour à l'hôpital. Mais Lucie détourne la tête et les yeux. « Essayez, insiste un aumônier, c'est la première cuillerée qui coûte. — Non, mon père, je ne le puis pas ; rien que d'en parler, cela me soulève affreusement le cœur. — Si je vous le demande par obéissance.... par sacrifice, me le refuserez-vous encore ? »

Obéissance et sacrifice ! A ces mots, la malade se tait ; puis, après un moment de silence, où elle paraît livrée à des réflexions profondes, elle se soulève en disant : « Apportez-moi du bouillon, j'ai faim à présent. »

Une infirmière du Comité lui apporte alors un bol de bouillon à peine tiède, le seul que possédait l'hôpital en ce moment, bol que Lucie saisit avec une vivacité très étrange et avala à grosses gorgées, tandis que la graisse figée reste collée autour de sa bouche et de ses lèvres. Cela fait, elle laisse retomber lourdement la tête sur son oreiller.

Maintenant que le calice est bu, le soir de ce jour laissera-t-il mentir les espérances que l'aurore joyeuse avait éveillées en son cœur ? La malade entend une voix mystérieuse qui lui dit que non.

Dans l'après-midi, subitement et comme prise d'une inspiration, elle demande qu'on la remette sur pied, et à quatre heures elle se trouve à la Grotte, jouant sa dernière partie et sa dernière chance. « Je priais en désespérée, sentant bien que si je n'étais pas guérie cette fois, il me serait impossible, dans la position où je me trouvais, de regagner Paris.

« Or, voici que descendant de la basilique, le saint
» Sacrement apparaît, escorté par une foule nombreuse
» qui chante. Le prédicateur qui dirige les prières in-
» vite pèlerins et malades à redoubler de ferveur. Du
» milieu de la foule un cri s'élève, parti de je ne sais
» quelle inspiration et répété aussitôt par toutes les
» bouches : *Seigneur, si vous voulez, vous pouvez me*
» *guérir ! — Jésus, fils de David, ayez pitié de moi !*
» *— Seigneur, celui que vous aimez est malade !*

» Le saint Sacrement est enfin exposé à la Grotte.
» Lorsque je vis l'Hostie sainte bien en face de moi, je
» lui fis une promesse et lui dis de toute mon âme :
» *Oui, mon Dieu, vous pouvez me guérir ! Dites, dites*
» *une parole, et je serai guérie.*

» Alors j'éprouvai une sensation étrange, je n'étais
» plus de la terre. Ce fut en ce moment que je sentis
» subitement disparu le poids de mes peines. Il me
» sembla que mes douleurs tombaient en se repliant au-

» tour de moi-même, comme un manteau qui s'en va :
» une invisible main m'avait déshabillée.

» Etait-ce la guérison? Etait-ce une illusion? Crai-
» gnant de me tromper, je restai ainsi quelques minutes
» sans mouvement. Mais voilà qu'à mon insu une force
» irrésistible me soulève. Faisant demi-tour, mon corps
» pivote sur son grabat. Les pieds vont d'abord où était
» la tête; puis, après un essai de droite et un essai de
» gauche, un nouvel élan me met tout debout....

» Affolée, je sautai par-dessus les lits qui m'avoisi-
» naient, un brancardier se précipita, mais je courus
» plus vite que lui; et comme d'un bond, je fus à ge-
» noux à la grille de la Grotte. »

— Un instant après, Cécile, qui n'était pas là, voyant
accourir à elle sa sœur bien-aimée, faillit s'évanouir de
joie. Elle sauta au cou de la miraculée en s'écriant :
Que dira papa? Et les deux sœurs se tinrent si longtemps
embrassées, qu'il fallut les séparer l'une de l'autre. De
leur vie n'oublieront ce spectacle ceux qui, en pleurant,
l'ont contemplé de leurs propres yeux.

Ce soir-là, je revis Cécile et Lucie sous le vestibule
de l'hôpital des Sept-Douleurs. Toutes deux portaient
déjà le bienheureux manteau qu'elles avaient acheté au
départ de Paris. Lucie avait mis ses bottines toutes
neuves. On eût cru qu'elle ne touchait plus terre. Avec
sa petite taille et son pas très agile, elle allait sans pouvoir rester sur place, suivie de sa sœur, non moins radieuse qu'elle, en sorte qu'on ne pouvait distinguer

laquelle des deux chantait le *Magnificat* de sa guérison.

Le surlendemain, Cécile et Julie, avec une émotion
facile à concevoir, rentraient à Paris. Cécile était la première. Lorsqu'elle parut sur la porte, la mère fut saisie
et pâlit subitement. Levant les yeux au ciel, elle bénit
Dieu, ce Dieu qu'elle ne connaissait plus depuis quarante
ans, mais dont la main toute-puissante apparaissait en
ce moment sous ses yeux.

Que dirai-je encore? Le père et le frère furent aussi
calmes que possible, mais leur positivisme revendiqua
une dernière fois ses droits. Résumant avec effort ce que
ses lectures lui avaient appris, Georges trouva d'abord
ce syllogisme pour se dérober. « Si une émotion, dit-il,
est capable de tuer une personne, elle peut bien la guérir
de même. *C'est l'émotion qui a guéri ta jambe!* »

Raisonnement aussi péremptoire que celui-ci : Si un
coup de foudre est capable de renverser Notre Dame de
Paris, un autre coup de foudre peut bien en restaurer
les voûtes ou refaire les nervures.

. . . .

Des semaines, puis d'autres semaines s'écoulèrent de
la sorte, pendant lesquelles Cécile et Lucie continuèrent
à prier et à faire prier autour d'elles. La mère paraissait
de plus en plus tourmentée.

A la vue de ses filles heureuses, qui lui racontaient

les merveilles de Lourdes, elle aurait bien voulu, elle aussi, partager leur bonheur si sincère et si épanoui. Mais, hélas! tant de chemin était à faire, tant de couches de ténèbres étaient superposées en son âme, qu'il lui fallut un certain temps pour remonter à la surface. Puis, son mariage civil était là.

Dieu lut sans doute en ses plus secrètes pensées, car il vint visiblement à son secours.

L'empêchement qui tenait du mariage fut levé à Rome, grâce à un intermédiaire inconnu. Ce fut là le coup décisif. La nuit de Noël, après quarante-quatre ans d'une vie passée dans l'oubli le plus complet de Dieu, la mère, touchée et comme transfigurée par la grâce, s'agenouillait entre ses deux filles, à la sainte Table, pour y recevoir Celui qu'elle avait reçu autrefois à sa première communion.

Ce fut une joie toute céleste pour le cœur des enfants, que la conversion de cette mère, non moins heureuse qu'elles. Lucie y retrouva ses rêves d'enfance et son rêve de la Grotte; elle entendit à nouveau la voix caressante et très distincte de l'Enfant Jésus. Car c'était bien l'Enfant Jésus qui, à minuit, et des langes de son petit berceau, lui répondait toujours et plus fort que jamais.... Lucie se rappela, et Lucie pleura.

Avec la conversion de la mère, ai-je besoin de le dire, la reconnaissance éclata, et le plus doux espoir remplit la maison. On ne douta plus que Dieu n'eût son heure pour toucher le cœur du père. Déjà Raoul, qui, malgré sa situation d'esprit, est un bon frère pour ses sœurs,

Raoul a consenti, sur leurs instances, à recevoir d'elles une médaille de la sainte Vierge qui, depuis lors, est restée suspendue à son cou.

A l'heure où j'écris ces lignes, Georges est tombé gravement malade d'une maladie de cœur. Ses enfants le soignent comme lui-même il soigna sa mère. « J'ai prié pour toi, lui disait naguère sa femme convertie. — Merci, ma chère, de tes bonnes intentions ; mais je ne crois pas encore. »

Ainsi, Dieu a mis ce père lui-même à l'épreuve, après que ses enfants lui ont eu prouvé Dieu. Le rôle de Cécile et de Lucie est à présent fini, c'est le sien qui commence, sur le chemin de la croix, cette croix qu'il a perdue depuis sa jeunesse, et qu'il retrouvera à la fin comme il l'avait trouvée au commencement.

Car tout fait croire que le souvenir de sa mère s'éveille au fond de son cœur. En se rappelant qu'aux derniers jours de sa vie, elle l'envoya souvent chercher le prêtre, Georges l'enverra chercher à son tour par celles qui sont devenues ses enfants. Dieu n'oublie pas les bienfaits accomplis.

Ce que l'on vient de lire, du reste, est-il autre chose que la réalisation parfaite du proverbe : Honore ton père et ta mère, et tu seras honoré comme tu les honoras? Ce bon fils pour sa mère, mère qu'il soigna pendant sa maladie, je le retrouve dans ces filles admirables pour leurs parents.

Et tout ce que j'ai dit, depuis le commencement jus-

qu'à la fin de cette histoire, n'est pas autre chose que le
récit du voyage que Cécile et Lucie ont accompli.
Voilà quinze ans qu'elles sont en route pour aller chercher le prêtre auprès de leurs parents malades. — Le
prêtre est entré dans la maison, il n'en sortira plus.

Quant à la table autour de laquelle Lucie a tant rêvé
de se voir, et avec elle tous les siens réunis, elle ne s'y
assoira probablement pas sur la terre. En même temps
que la mère y prenait place, la maladie y faisait un
premier vide.

Mais si la nappe du festin est en danger de ne pas
être mise ici-bas, c'est que cette pâque de l'amour aura
lieu chez le vrai Père de toute famille : la table, si chère
à Lucie, lui sera servie au ciel.

Lucie n'a point retrouvé sa place de fleuriste. Pour la
punir de sa guérison miraculeuse, ses outils, qui lui ap-
partenaient en propre, ont été confisqués à son ancien
atelier. Esprit fort, d'une force inouïe, le patron de
céans a brutalement fermé sa porte à l'ensorcelée de
Lourdes, qui serait capable d'empoisonner sa maison.

Elle reste donc chez ses parents en attendant que, sa
mission finie, elle fasse fleurir de nouvelles roses dans
un autre atelier de la terre, peut-être aussi dans l'atelier
de l'Enfant Jésus.

Déjà, pour occuper les premiers loisirs, ses doigts reconnaissants et fidèles ont façonné deux branches de

vigne superbes, chargées de deux grappes, l'une blanche
et l'autre rouge. Nous les avons vues adaptées chacune
à une petite gerbe de blé naturel, et, conformément à sa
promesse, déposées sur l'autel de la chapelle, à l'hospice
Saint-Jacques. *Ex-voto* charmants d'une reconnaissance qui durera toujours, elles sont le double mémorial
d'une double et délicieuse histoire.

Les grappes sont artificielles, mais le blé a poussé
dans les champs. A voir ce trophée de l'amour, si
simple et si éloquent, on le croirait détaché de quelque
reposoir champêtre, un jour de Fête-Dieu, ou de quelque
crèche, un jour de Noël. Car c'est bien l'Enfant Jésus
qui se détache, souriant et parlant de Cécile et de Lucie,
sur cette double grappe et sur la paille symbolique de
ces deux gerbes d'épis.

Toutes les fois que Lucie, pendant une bénédiction
du saint Sacrement, voit briller le froment divin dans
l'ostensoir d'or, elle éprouve le tressaillement sublime
qu'elle éprouva à Lourdes. Alors, ses raisins et ses épis
lui parlent au fond du cœur, son front s'illumine, et
comme ravie et fascinée tout à la fois, elle sent des
larmes invincibles baigner ses paupières en tombant à
genoux.

ÉPILOGUE

LE PANORAMA DIVIN

⌇⌇⌇⌇⌇⌇

I

DE MOÏSE A BERNADETTE.

De ce que je viens de raconter se dégage le parfum
de Lourdes. Gardez-vous toutefois de croire que j'aie fait
autre chose que de glaner à la surface d'un parterre
infini de fleurs. Sous la ville que les yeux voient et que
le cœur respire, il y a un dernier Lourdes et un dernier
parfum, d'ordre plus intime, auquel je n'ai pas touché,
et que seule l'intelligence découvre dans la lumière de
Dieu.

Qu'est-ce que Lourdes, la petite cité d'hier, aujour-
d'hui grande comme le monde, célèbre comme Jérusalem, et quelle est sa place hiérarchique dans le plan
divin, tel que le céleste ouvrier l'a ordonné, pour se
communiquer à la terre ?

Le génie qui résume le mieux, à lui seul, les temps modernes, Victor Hugo, définissant Paris, l'a surnommé la Ville-Lumière. Mais de même qu'il y a une lumière qui monte, il y a aussi une lumière qui descend. Si la Ville-Lumière, qui est Paris, appartient au progrès de l'homme, une autre Ville-Lumière, qui s'appelle Lourdes, appartient au progrès de Dieu.

Sur cette route déjà longue de six mille lieues, que les enfants d'Adam ont parcourue face à face avec leurs destinées, le ciel s'est trois fois défini, et sous trois noms différents, à la terre : Devant Moïse, devant Caïphe, devant Bernadette.

———

En ce temps-là, Israël idolâtre étant tombé en servitude, un berger, qui menait paître des moutons, découvrit, au milieu du désert, sur la montagne de l'Horeb, un buisson de feu. Qu'est cela ? se dit-il avec étonnement ; et, poussé par la curiosité, il voulut faire quelques pas en avant pour voir son Apparition de plus près.

« N'approche pas, lui cria une voix inconnue ; ôte la chaussure de tes pieds, car le lieu où tu es est une terre sainte. Je suis le Dieu de ton père, le Dieu d'Abraham, d'Isaac et de Jacob ! » — A ces mots, le berger se couvrit le visage, car il fut pris de frayeur.

« J'ai vu l'affliction de mon peuple, ajouta la voix, et je suis descendu pour le délivrer de la terre d'Egypte, et le conduire dans une terre spacieuse et fertile, où

coulent des ruisseaux de lait et de miel — dans le pays
de Chanaan. Approche maintenant, car c'est toi que
j'enverrai pour sauver Israël.

— Qui suis-je, murmura le berger, pour me présenter
ainsi à Pharaon ! — N'aie point peur, lui répondit Dieu,
je serai avec toi. — Dans ce cas, j'irai, et je dirai aux
enfants d'Israël : Le Dieu de vos pères m'a envoyé vers
vous. Mais s'ils me demandent quel est son nom, que
leur répondrai-je, moi qui ne le sais pas ? »

Et la voix de l'Eternel dit à Moïse : JE SUIS CELUI
QUI SUIS ! Tu diras aux enfants d'Israël : *Celui qui est*
m'a envoyé vers vous.

––––––

Quinze cents ans plus tard, au milieu de l'asservisse-
ment universel du monde à l'idolâtrie, d'autres bergers,
sur les montagnes de la Judée, découvrirent une étoile
merveilleuse qui s'était reposée sur la petite ville de
Bethléem.

« Qu'est cela ? se dirent-ils aussi entre eux. Et pendant qu'ils devisaient ensemble, un ange du Seigneur
leur apparut et une divine lumière les environna. Alors,
ils furent dans la terreur. « Ne vous effrayez point, leur
dit le céleste messager ; car je vous apporte une nouvelle
qui sera le sujet d'une très grande joie parmi le peuple.

» Aujourd'hui même, en la cité de David, un Sauveur
vient de vous naître : c'est le Christ, c'est le Seigneur !.... Et voici le signe auquel vous le reconnaîtrez :

l'Enfant, que vous verrez enveloppé de langes, est couché dans une crèche. »

Les bergers, tout réjouis, descendirent en hâte vers Bethléem, où ils trouvèrent en effet dans une étable, entre un bœuf et un âne, sous les yeux de Joseph et de Marie, l'Enfant nouveau-né. Puis, s'étant prosternés devant lui pour l'adorer, ils regagnèrent la région des montagnes, louant et bénissant Dieu d'avoir vu de leurs yeux le Rédempteur d'Israël.

L'Enfant vécut, obscur tout d'abord. Devenu grand, il entra dans le Temple et fut admiré par les docteurs. Parcourant ensuite les bords du Jourdain pour y prêcher son Evangile, il apparut de bourgade en bourgade, au milieu de ses apôtres, séduisant les foules et gagnant tous les cœurs.

Cependant, les scribes, les pharisiens et les grands prêtres de l'ancienne loi en conçurent une profonde jalousie.

Ce qui les frappa de stupeur, c'est qu'il enseignait, non point à la façon d'un interprète, mais comme ayant personnellement puissance et autorité. Plusieurs fois, avec ses apôtres, il s'était défini fils de Dieu, maître de la puissance et roi du ciel. Ils l'accusèrent donc de blasphémer et de séduire le peuple, puis le mandèrent à la barre de leur tribunal.

Après que chacun eut porté contre lui son chef d'accusation, les uns d'une façon et les autres d'une autre, Caïphe se leva au milieu de l'assemblée et procéda à l'interrogatoire de Jésus : Ne réponds-tu rien, lui demanda-t-il, à ce que ces témoins affirment contre toi ?

Il se tut et ne fit aucune réponse. Mais quand le grand pontife lui posa cette question : « Es-tu le Christ, le fils du Dieu béni ? — JE LE SUIS, répondit Jésus, c'est-à-dire : JE SUIS LE CHRIST, FILS DE DIEU.... Et vous verrez le *Fils de l'Homme*, siégeant à la droite de la toute-puissance divine, et venant sur les nuées du ciel. »

Dix-huit siècles après, lorsque sur les deux continents l'univers est soumis à la puissance de la matière, au lendemain du jour où la première exposition universelle de Paris révélait au monde les merveilles de l'industrie moderne, une petite bergère des Pyrénées avait une vision à son tour.

Nu-pieds, comme le berger de l'Horeb devant le buisson ardent, elle découvrit *quelque chose* d'inouï qui la saisit de stupeur et la fit d'abord tomber à genoux. Mais plus prompte que celle de Moïse, l'Apparition de Bernadette, qui se montra à ses yeux dix-huit fois, lui fit aussitôt signe d'approcher ; car l'enfant avait déjà d'elle-même ôté la chaussure de ses pieds.

« Pénitence ! Pénitence ! Pénitence ! » éleva une voix inconnue. Ce furent là ses trois premiers mots. Puis la Vision, qui ressemblait à une Dame, en ajouta d'autres. Elle donna le détail de la mission qu'elle confiait à la bergère : « Allez boire à la fontaine et vous y laver...

Priez pour les pécheurs.... Allez dire aux prêtres que je
veux qu'on bâtisse ici une chapelle.... » etc.

Mais pas plus que le berger de l'Horeb, la bergère de
Bartrès ne se sentait rassurée. Investie comme lui d'un
message qu'elle devait communiquer au peuple de Dieu,
elle se demandait au nom de qui elle pourrait se présenter. Les apparences étaient si vagues. C'était quelque
chose d'idéal qui parlait sous la figure d'une Dame,
mais ce *quelque chose* où elle distinguait une Dame
d'une incomparable beauté, comment se nommait-il?

« O Madame, ne cessait de supplier Bernadette à sa
Vision, veuillez avoir la bonté de me dire qui vous êtes
et quel est votre nom! » Et après la même question
répétée pendant plusieurs jours, l'Apparition, ouvrant les
bras et les inclinant vers le sol, comme pour montrer à
la terre ses mains pleines de bénédictions,

Les rejoignit avec ferveur, puis, regardant les cieux
avec les sentiments de la gratitude, elle prononça ces
mots : « JE SUIS L'IMMACULÉE CONCEPTION! »

Y a-t-il un lien, une relation entre ces trois affirma-
tions solennelles? Je laisse au lecteur le soin de l'établir. Peut-être un jour, si Dieu bénit mes pensées, au-
rai-je l'occasion d'y revenir. Ce sera l'objet d'un travail
spécial; car un volume ne serait pas de trop pour étudier
cette magnifique Trilogie ou Théophanie.

II

QUATRE-VINGT-NEUF.

A l'heure où j'écris ces lignes, du milieu de Paris et du milieu de Lourdes, deux monuments prodigieux sont debout pour éclairer le monde : la tour Eiffel et la basilique de l'Immaculée-Conception. De près, on les prendrait pour deux phares géants, allumés sur deux continents, l'un du côté de l'Homme, et l'autre du côté de Dieu.

Mais à qui s'éloigne, les deux édifices, au lieu de se séparer, convergent l'un vers l'autre, sous un ciel serein. Ce que 1889 nous montre aux extrémités de la France, à nous qui sommes ses contemporains, les générations à naître derrière nous le verront réuni pour un jour, en un seul point, avec le nom de Jésus épanoui à Lourdes, Sauveur de l'Afrique, de la Chine, de l'Asie et de l'Océanie.

Alors et seulement alors, le peuple chrétien pourra chanter : *Christus vincit, Christus regnat, Christus imperat !* Le Christ triomphe, le Christ règne, le Christ commande ! Alors le génie de l'homme et le génie de Dieu se seront donné à la Grotte le baiser de paix ; alors la tour Eiffel ne sera plus que le piédestal de la basilique de l'Immaculée-Conception.

III

ALLELUIA.

O Jésus, rapporté une seconde fois au monde dans la grâce de Lourdes, invisible Sauveur dont le monde a tant besoin, je sens, oui, je sens d'un sentiment irrésistible, au spectacle de l'impuissance universelle, que les temps sont venus. Mes yeux ne vous voient point ; car vous marchez sur les ailes de l'Esprit qui vous a conçu en Marie ;

Et qui vous porte avec elle au rivage des âmes, comme les flots vous portaient autrefois en votre chair, d'un bord à l'autre du lac de Génésareth ; mais les œuvres que je vois naître et les œuvres que je vois mourir m'indiquent que vous vous mettez en voyage parmi nos ruines, pour y asseoir un nouveau monde social.

Sous vos premiers pas la terre tremble et l'univers entier éprouve les plus étranges tressaillements. Dissolution des droits de l'Homme au pied de la tour Eiffel, Hosanna des droits de Dieu à la basilique des Espélugues! Voix de Bethléem, voix de Jérusalem, voix de Rome et voix de France ! Voix encore confuses, mais déjà immenses, qui s'élèvent de près et de loin autour de la Grotte.

Au ciel de l'Occident, l'étoile des Mages de l'Orient est réapparue : *LUMEN IN CŒLO*. Et les anges chantent, comme ils chantaient sur les hauteurs, il y a dix-neuf siècles, par la voix du chef de l'Eglise, en son Jubilé solennel, le Lion vaincu de la terre, mais le Lion vainqueur du ciel.

Souverain sans trône visible, c'est-à-dire en esprit et en vérité, comme vous, son nouveau maître qui arrivez ; souverain sur des ruines, qui annonce à la terre que tout doit être restauré en vous : *OMNIA INSTAURARE IN CHRISTO.*

Souverain pacifique, médiateur entre les rois et les peuples, les principautés et les puissances, glorifiant Dieu dans les hauteurs de l'âme, et prêchant partout la paix sur la terre aux hommes de bonne volonté : *Gloria in excelsis Deo, et in terrâ pax hominibus bonæ voluntatis.*

Voix aussi de Jérusalem ! Sur le sol prédestiné de la nation qui fut votre fille aînée, ô Jésus, le juif, le juif impur de Jérusalem est réapparu, avec ses comptoirs et ses prétoires, ballots de dossiers, tripotages et agiotages, PROCÈS DE CROIX, marchés de larron, deniers de Judas !

Derrière lui et avec lui, le pharisien siffle et s'agite, les loges maçonniques sont en fureur. Dissolution, revision, Constituante !.... Et les synagogues crient, et le Sénat et la Chambre sont dans l'épouvantement. *Fin d'un monde*, sur lequel arrive, portée par la foule qui chante, une première figure de sauveur à l'horizon.

Puis, à la surface de ce désarroi social, devant les protestants de l'Angleterre, de l'Irlande, de l'Ecosse, de la Suisse et de l'Amérique, qui se tournent vers vous et commencent à sourire à votre mère Immaculée ;

A Jérusalem, à Rome, à Paris et à Lourdes ; au sommet du monde entier, afin que le monde entier pût mieux les reconnaître ;

Je vois de deux prétoires différents sortir en même temps deux célèbres figures : celle de Barabbas et la vôtre, ô Jésus !

Voix de l'Orient et voix de l'Occident ; car il en vient du milieu des îles ; voix des milliers et des millions d'esclaves de l'Afrique, dont les gémissements ont fait le tour de l'Europe et qui tendent en ce moment vers vous leurs bras suppliants.

> Le Rédempteur a brisé toute entrave,
> L'enfer est libre et le ciel est ouvert :
> Il voit un frère où n'était qu'un esclave,
> L'amour unit ceux qu'enchaînait le fer.

Voix enfin du pèlerinage national à la Grotte, qui vous bénit et qui vous implore, mieux que ne vous bénit et ne vous implora jamais la Judée dans Jérusalem. Car vous êtes l'Ange, oui, l'Ange qu'il nous faut, Ange de paix, Ange de joie, Ange de lumière, Ange de salut et Ange de pain.

Jésus-Evangile et Jésus-Hostie, vrai fondateur de constitutions, vrai législateur des peuples et vrai pain des âmes.

Pain de la vérité et pain de la vie ; table servie à l'esprit, en même temps qu'au cœur ; Pâque des pécheurs et des convertis, que vous irez, que vous allez déjà chercher au fond du monde perdu, pour en faire de nouveaux apôtres de votre nouveau règne,

O Jésus, conçu fils de l'Immaculée, l'invisible, le vrai, le réel sauveur attendu de la France et du monde !!!

Et c'est là tout le parfum de Lourdes.

TABLE DES MATIÈRES

19*

LIVRE III. — L'IMMACULÉE CONCEPTION.

LIVRE IV. — JÉSUS DE LOURDES.

Livre IX. — LES GUÉRISONS.

Epilogue. — LE PANORAMA DIVIN.

BESANÇON. — IMPR. ET STÉRÉOTYP. DE PAUL JACQUIN.

Hagiographie & Histoire

LES PETITS BOLLANDISTES

VIES DES SAINTS

DE L'ANCIEN ET DU NOUVEAU TESTAMENT

*Des Martyrs, des Pères, des Auteurs sacrés et ecclésiastiques, des
Vénérables et autres personnes mortes en odeur de sainteté*

NOTICES SUR LES CONGRÉGATIONS ET LES ORDRES RELIGIEUX

Histoire des reliques, des pèlerinages, des dévotions populaires, des
monuments dus à la piété depuis le commencement du monde
jusqu'à aujourd'hui

Par Mgr Paul GUÉRIN

Camérier de Sa Sainteté Léon XIII

Septième et définitive édition, la seule complète, renfermant un
tiers de matières de plus que les précédentes (8ᵉ *tirage*)

17 vol. grand in-8°, sur beau papier vergé, contenant la matière de
plus de 35 vol. in-8° ordinaires. — Prix : **120** fr.; net, **90** fr.
payables **30** fr. *tous les six mois.*

SUPPLÉMENT AUX VIES DES SAINTS

ET SPÉCIALEMENT AUX

PETITS BOLLANDISTES

D'après les documents hagiographiques les plus authentiques
et les plus récents

Par le R. P. dom Paul PIOLIN

Bénédictin de la Congrégation de France

3 très forts volumes grand in-8° raisin, format de notre édition
Petits Bollandistes. — Prix *franco*, **25** fr.

L'important ouvrage du R. P. dom Paul PIOLIN est le complément nécessaire et indispensable de la 7ᵉ édition des *Petits Bol-*

landistes ainsi mis au courant de l'histoire hagiographique jusqu'à nos jours.

Cet ouvrage, honoré d'une lettre du saint-père, a reçu l'approbation d'un grand nombre de princes de l'Eglise, notamment de Leurs Eminences les cardinaux Guibert, archevêque de Paris ; Donnet, archevêque de Bordeaux ; Pie, évêque de Poitiers ; de NN. SS. les archevêques et évêques de Besançon, de Reims, de Chambéry, d'Albi, d'Angoulême, d'Amiens, de Langres, de Mende, de Nancy, de Troyes, d'Agen, de Moutiers, etc., etc.

La presse catholique, d'autre part, est unanime à proclamer la supériorité des *Petits Bollandistes* sur toutes les *Vies des Saints* parues de nos jours.

De ces divers et nombreux témoignages, nous ne citerons que le suivant :

« Reims, le 13 mars 1888.

» Messieurs,

» Je m'associe volontiers aux éloges mérités que vous a valus la dernière édition des *Petits Bollandistes* de Mgr Paul Guérin.

» Le savant auteur avait réussi à faire une œuvre vraiment intéressante à tous les points de vue, et par l'immense érudition qu'il y avait déployée, et par la sage critique qui l'avait guidé, et par le ton de pieuse onction qu'il avait su donner à ses écrits.

» Si considérable qu'elle soit, une hagiographie n'est jamais complète. Chaque jour apporte de nouveaux documents qui mettent en lumière des points jusque-là restés obscurs ou indécis ; d'ailleurs l'Eglise ne cesse jamais de produire des saints qu'il est utile de proposer à l'édification de tous. Personne ne pouvait mieux composer le *supplément* devenu nécessaire à l'œuvre de Mgr Guérin que le docte Bénédictin qui l'a entrepris et si heureusement achevé.

» Je ne puis donc, Messieurs, que vous féliciter du service que vous avez rendu à l'érudition et à la piété catholique ; et c'est d'un cœur sincère que je fais des vœux pour la diffusion d'un ouvrage qui se recommande aux meilleurs titres.

» Agréez, Messieurs, l'assurance de mes sentiments distingués.

» † B. M., Card. LANGÉNIEUX, archevêque de Reims. »

Désirant faciliter à MM. les ecclésiastiques et aux communautés religieuses l'acquisition des *Petits Bollandistes*, par Mgr Paul GUÉRIN, ainsi que de leur *Supplément*, par le R. P. dom PIOLIN (ensemble 20 vol. grand in-8°, prix : 145 fr. ; net, 110 fr.), il sera accordé un crédit pouvant aller jusqu'à 18 mois :

    35 fr. seront payables à 6 mois ;
    40 fr. seront payables à 1 an ;
    35 fr. seront payables à 18 mois.

L'expédition sera faite franco, en gare la plus proche du destinataire.

VIE DE DOM·BOSCO

Fondateur de la Société Salésienne

Par J.-M. VILLEFRANCHE, auteur de l'*Histoire de Pie IX*

1 beau volume in-8°, 6° *édition*. — Prix : **4** fr. ;
franco, **4** fr. **50**

Les principaux organes de la presse conservatrice et catholique : l'*Univers*, le *Monde*, le *Gaulois*, l'*Autorité*, la *Gazette de France*, le *Moniteur universel*, la *France nouvelle*, la *Croix*, les *Etudes religieuses* des RR. PP. Jésuites, le R. P. dom Piolin, bénédictin, dans le *Polybiblion*, etc., ainsi que nombre de *Semaines religieuses* ont, dès son apparition, loué et recommandé sans réserve cette nouvelle publication de M. J.-M. Villefranche ; aussi cinq éditions de la *Vie de dom Bosco* ont-elles été rapidement épuisées, pour ne pas dire *enlevées*. (*La sixième vient de paraître.*)

Un éminent collaborateur de dom Bosco, celui-là même auquel il confiait en 1881 l'établissement de l'*Œuvre salésienne* en Espagne, dom BRANDA écrivait de Barcelone, le 6 juillet 1888, à l'auteur, qui peu de jours auparavant avait reçu les *très sympathiques remerciements* de dom RUA, le digne et vénéré successeur de dom Bosco à l'Oratoire salésien de Turin :

« Monsieur J.-M. Villefranche,

» J'ai reçu avec le plus grand bonheur la *Vie* de notre père et fondateur D. Bosco, que dans un élan de zèle et de charité envers la jeunesse vous avez fait paraître.

» Je l'ai déjà lue en partie et je m'abstiens de porter mon jugement, ne connaissant pas assez la langue française. D'autres plus compétents que moi feront connaître et apprécier la *Vie de D. Bosco*.

» Mes confrères et moi nous n'avons qu'à adresser à votre Seign° Ill^{me} l'hommage de notre profonde reconnaissance. Que la divine bonté daigne accorder ses meilleures bénédictions à vous et à votre famille en récompense du travail que vous avez entrepris pour la gloire de ce fidèle serviteur de Dieu.

» Maintenant je m'efforcerai de trouver un traducteur digne de l'éminent écrivain, qui puisse reproduire tout ce qu'il y a de beau et de substantiel dans ce livre.... Jean BRANDA, *prêtre.* »

Nous croyons devoir citer encore l'appréciation suivante d'un prélat, lui-même écrivain distingué, et juge compétent s'il en fut jamais : Mgr Ricard vient d'écrire à propos de ce livre :

« Je sors, les yeux pleins de douces larmes et le cœur touché, de cette lecture fortifiante. Ce beau volume, sorti des presses d'un habile imprimeur bisontin, M. Jacquin, est un des plus consolants que j'aie lus depuis bien des années. L'auteur connaît à fond son héros, et, parce qu'il le connaît, il l'aime. Aussi, son œuvre vit-elle d'une vie palpitante, on sent le cœur et la foi sous ces lignes dictées par la vénération au talent bien connu de M. Villefranche.

. . . .

» Dom Bosco a apparu, sur le déclin de notre siècle, comme une figure des temps anciens. Le surnaturel déborde dans son existence et dans son œuvre. Cet homme-là est un instrument; c'est Dieu qui agit en lui et par lui. Le miracle, dès lors, ne lui coûte rien, et, par miracle, j'entends surtout les transformations prodigieuses des âmes les plus réfractaires à l'action divine; les violations des lois naturelles dans les autres prodiges qu'il opère sur son chemin ne sont rien à côté de celles-là.

» Il fallait, pour raconter ces choses, une plume exercée et un esprit habitué aux spéculations de l'ordre mystique. M. Villefranche possède l'un et l'autre, et, grâce à ces deux conditions indispensables en pareille œuvre, nous possédons, à notre tour, une *Vie de dom Bosco* digne de son héros et de notre admiration

» Un jour, le fondateur des Salésiens montera sur les autels. Ce jour-là, l'admiration reconnaissante de ses innombrables amis tressaillira d'aise. Elle ne manquera pas de se reporter aussi sur le biographe qui aura contribué, pour sa part, à préparer le triomphe en mettant dans son vrai jour cette figure de saint contemporain. »

(*Revue du Midi.*)

FAUTEUILS DE L'ACADÉMIE FRANÇAISE

Par Prosper VEDRENNE

4 beaux et forts volumes in-8°, ornés de *quarante beaux portraits hors texte.* — Prix : **20** fr. ; *franco,* **22** fr.

Ouvrage honoré d'une souscription du Ministère de la Guerre

Nous croyons devoir reproduire sur les *Fauteuils de l'Académie française* les quelques appréciations suivantes dues à la plume des juges les plus autorisés et qui, mieux que ce que nous pourrions dire, feront connaître le mérite historique et littéraire de l'œuvre de M. P. Vedrenne.

« Nous devons signaler un très long et très consciencieux travail de M. P. Vedrenne, intitulé : *Fauteuils de l'Académie française....* Son ouvrage forme, en effet, quatre gros volumes de 500 pages environ. Chaque fauteuil est l'objet d'une étude particulière sur chacun des écrivains qui l'ont occupé. Le travail de M. P. Vedrenne nous paraît fait avec soin, et nous le croyons utile à cause des matériaux qu'il renferme. » (*Revue du Monde catholique.*)

« M. Vedrenne n'est pas le premier qui ait traité ce vaste et intéressant sujet; il a eu des devanciers, dont les plus éminents sont Pélisson, d'Olivet, M. l'abbé Maynard. Son droit, nous dirons même son devoir, était d'utiliser leurs travaux; il a pu encore mettre à profit les éloges des académiciens prononcés au sein de l'Académie elle-même, et le nombre en est grand. Il l'a fait sans que son originalité en ait souffert. Il s'est emparé fortement d'une matière qui était du domaine commun, et l'a faite sienne en lui imposant une forme tout à fait neuve et bien à lui.

» On le sait, la forme définitivement adoptée par la critique moderne, c'est la causerie, la causerie absolument libre et qui prend tous les tons et toutes les nuances de tons, depuis le plus familier jusqu'au plus élevé. Elle recherche les curieuses anecdotes, les bons mots et ces détails intimes qui montrent l'homme derrière l'auteur. Elle s'efforce d'assaisonner le bon goût par l'esprit. C'est le genre le plus commode pour instruire sans fatiguer : *Omne tulit punctum.* Aucune partie du domaine de la pensée ne lui est interdite. Elle peut le parcourir dans tous les sens.

» Voilà une idée de genre. M. Vedrenne y réussit à merveille ; il cause agréablement des choses les plus diverses et les plus variées. Il parle tour à tour, et selon le besoin, théologie, géométrie, philosophie, poésie ou histoire, et il paraît toujours être dans son rôle et ne jamais sortir de sa compétence. Il écrit sur Biot ou Fourier aussi pertinemment que sur Fénelon, Montesquieu, Jules Simon ou Alexandre Dumas.

» Un critique sans doctrine, comme il y en a tant, est un pilote sans boussole. M. Vedrenne a une doctrine ; il est catholique, grande garantie pour la sûreté de ses jugements. Ce dernier avantage achève de donner beaucoup de valeur à son livre. »

(*Bibliographie catholique.*)

« M. P. Vedrenne s'est-il borné, comme cela a été fait, à de sèches biographies ? A-t-il fait œuvre de critique littéraire en même temps que d'historien ? Les personnages plus ou moins marquants qui ont passé à l'Académie française, depuis sa fondation par Richelieu, lui ont-ils fourni l'occasion de faire dans l'histoire littéraire et même dans l'histoire générale de la France, des excursions intéressantes ? Nous pouvons dire que l'auteur a plutôt étendu que restreint son cadre, et ceux qui le liront, nous ne doutons pas qu'ils soient nombreux, ne s'en plaindront pas. Ils rencontreront là quantité de récits et de faits intéressants. M. Vedrenne a su consulter avec profit les mémoires, les correspondances, les anecdotes recueillies par les contemporains ; il y a fait une ample moisson dont il fait bénéficier ses lecteurs. Il sait aussi, à l'occasion, peindre rapidement, par quelques traits heureux, les mœurs d'une époque. Tout cela lui a permis d'échapper à la monotonie qui était à craindre dans une suite de biographies littéraires comme celles-là. Ajoutons que, généralement, M. Vedrenne juge bien au point de vue littéraire comme au point de vue plus général de l'histoire ; il est catholique et il ne le dissimule nullement. Aussi, sans accepter tous ses jugements, pouvons-nous signaler aux nombreux lecteurs que cela intéresse cette histoire de l'Académie.... »

(*Revue littéraire de l'Univers.*)

Mgr A. Ricard, professeur honoraire à la Faculté d'Aix, auteur des intéressantes études sur le P. Lacordaire, La Mennais, Gerbet, les *Jansénistes*, etc., apprécie en ces termes le travail de M. Vedrenne :

« Nous venons de lire la plupart de ces notices, érudites et neuves de forme, écrites avec un rare brio, qui exclut la sécheresse et la monotonie, deux écueils en pareille promenade à travers nos trois grands siècles littéraires, car, il faut le répéter sans se lasser, l'histoire de notre grande et belle littérature française, c'est l'histoire même de l'Académie.

» Est-ce à dire que quelques légères erreurs d'appréciation ou de fait ne se sont pas glissées dans cette masse considérable de documents, sur lesquels l'habile vulgarisateur a travaillé ? M. Vedrenne ne nous pardonnerait pas de l'avoir prétendu. Les éplucheurs trouveront que Boileau a laissé plus de biens que n'en dit la Notice (page 329) ; que Maury méritait mieux, pour les services rendus à l'Église et au roi, surtout après la recommandation solennelle de Pie VII, s'irritant contre ceux qui disaient en sa présence du mal de l'éloquent et généreux rival de Mirabeau, après la mort du cardinal à Rome.... Mais qu'est-ce que cela, au milieu de tant de bonnes et jolies pages, consacrées à vêtir chaque académicien de la façon qui lui convient le mieux, avec une variété de couleurs et une souplesse d'étoffes vraiment charmantes !

» M. Vedrenne écrit surtout pour la jeunesse lettrée. Il y a très bien réussi vraiment. On sent que l'auteur aime les jeunes gens, les connaît pour les avoir pratiqués, et les dirige en tenant compte des infirmités comme des côtés généreux de l'adolescence. C'est dire que toutes ces pages peuvent être parcourues sans danger, et qu'elles sont irréprochables au double point de vue de la morale et de l'orthodoxie. »   (*Revue du Midi.*)

VIE DE MᴳᴿDARBOY

ARCHEVÊQUE DE PARIS

Mis à mort en haine de la foi, le 24 mai 1871

PAR L'ABBÉ J. GUILLERMIN

Avec lettre-préface de Mgr OURY, évêque de Fréjus et Toulon
Ouvrage honoré d'une lettre du Saint-Père et de très nombreuses approbations épiscopales.

1 vol. in-8°, orné d'un portrait. — Prix : **4** fr. ; *franco*, **4** fr. **50**

« En consacrant les loisirs que vous laisse votre ministère à composer l'histoire de l'un de nos plus vaillants évêques, vous aurez donc du même coup, Monsieur l'abbé, rendu un vrai service et fait une œuvre dont tous ceux qui aiment l'Eglise vous seront reconnaissants.

» Je clos en vous offrant tous mes vœux pour la prompte diffusion de votre livre; il atteindra, j'en ai l'espérance, le but que vous vous êtes proposé, et fera germer dans beaucoup d'âmes les fruits salutaires qu'il est de nature à produire.

» Ce sera la meilleure récompense de la peine que vous avez prise, afin de réunir les documents dont vous avez su composer une gerbe si belle. Je demande à Dieu de vous l'accorder, et vous envoie, Monsieur l'abbé, l'expression de mes bien dévoués sentiments.

» † J. HENRI, *évêque de Fréjus et Toulon.* »

L'AURÉOLE SÉRAPHIQUE

OU VIE DES SAINTS ET DES BIENHEUREUX DE L'ORDRE DE SAINT-FRANÇOIS

PRÉCÉDÉ D'UN IMPORTANT APERÇU HISTORIQUE SUR L'ORDRE DE SAINT-FRANÇOIS

Par le T. R. P. LÉON

Ex-Provincial des Franciscains de l'Observance

2ᵉ édition. — 4 très forts volumes in-18 jésus. Prix : **14** fr. ; *franco,* **16** fr.

Ouvrage approuvé et recommandé par le ministre général de tout l'ordre des Frères mineurs de Saint-François

« Ce livre arrive à son heure. Au monde, qui se perd entre le culte brutal de l'or et du plaisir d'une part, et les demi-moyens d'une piété incomplète et sans vigueur de l'autre, il présente ces héros de la pauvreté et de la pénitence, que forme à son école l'un des plus hardis imitateurs de Jésus pauvre et crucifié.

» Quel plus énergique encouragement à la vertu que cette mise en scène d'acte généreux, de victoires remportées sur soi, sur le monde, sur les occasions du mal! On fait de salutaires réflexions, et l'on marche d'un pas plus ferme dans le bon chemin.

» Nous terminerons par le vœu qu'émet, en terminant, le pieux auteur :

» Puisse notre récit, dit-il, accroître dans les âmes le culte dont ces serviteurs de Dieu sont l'objet! Puisse-t-il surtout inspirer à leurs frères de la terre l'amour de ces vertus dont ils nous ont donné de si admirables exemples! » (*Univers.*)

DU MÊME AUTEUR

VIE DES SAINTS

ET DES BIENHEUREUX DE L'ORDRE DE SAINT-FRANÇOIS

(Abrégé de l'*Auréole séraphique*)

1 très fort volume in-18 jésus. Prix, *franco,* **4** fr.

LES SAINTS PATRONS DES CORPORATIONS

ET PROTECTEURS

Spécialement invoqués dans les maladies et dans les circonstances de la vie

Par Louis DU BROC DE SEGANGE

Chevalier de l'ordre de Pie IX et de la Légion d'honneur, membre correspondant du ministère
de l'Instruction publique pour les travaux historiques
Auteur de *Notre-Dame de Moulins* et des *Faïenciers et Emailleurs de Nevers*

Publié par Louis-François MOREL

Chanoine archidiacre de la cathédrale de Moulins, recteur de l'externat Saint-Michel

*Ouvrage approuvé par M⁰ʳ l'évêque de Moulins, M⁰ʳ l'évêque de Pamiers,
et le R. P. dom Gauthey, abbé de Sainte-Marie-Madeleine*

2 beaux volumes grand in-8° raisin. Prix : **9** fr. ; *franco*, **10** fr. **50**

LES ENFANTS DE MARIE AU XIXᵉ SIÈCLE

Par M. l'abbé BOURSIN, *chanoine titulaire de Coutances*

Illustré sous la direction de M. l'abbé BRIN, prêtre de Saint-Sulpice

2ᵉ ÉDITION

1 volume in-4°, illustré d'un grand nombre de gravures d'après les
plus grands peintres anciens et modernes, et de dessins originaux

Ouvrage approuvé par S. G. M⁰ʳ Germain, évêque de Coutances

Prix : broché, *franco*, **15** fr. — Reliure toile, fers spéciaux, **20** fr.

MELIN

COURS D'HISTOIRE DE FRANCE

A l'usage des maisons d'éducation et des écoles primaires

*Mis en rapport avec les méthodes et les nouveaux programmes
universitaires*

Le cours renferme les ouvrages ci-dessous, volumes in-12, cartonnés

**Histoire de France depuis les origines jusqu'en
1888.** Ce volume répond à toutes les exigences des programmes de
l'Université pour le brevet de capacité. Il renferme un dictionnaire
géographique, des notices fort utiles sur l'histoire de tous les Etats
de l'Europe, la biographie des grands hommes, une table chronologique. Prix, *franco*. . . . . **3** fr. **50**
Petite histoire de France depuis les origines jusqu'en 1888. C'est un abrégé complet, renfermant toutes les ma-

tières exigées pour l'examen du certificat d'études primaires et du volontariat. Dictionnaire géographique. Table chronologique. Prix, *franco* . . . . **1** fr. **50**

Premiers éléments d'histoire de France. Cet ouvrage renferme, pour les petits enfants des classes inférieures, des leçons faciles d'histoire depuis les Gaulois jusqu'à nos jours. Au bas des pages se trouvent des récits très intéressants. Prix, *franco*, **85** c.

Histoire contemporaine (1789-1886). Instruction primaire supérieure. Prix, *franco* . . . . **4** fr.

Histoire de l'Europe (1270 à 1610), *classe de seconde*. Prix, *franco* . . . . **5** fr. **50**

Histoire de l'Europe et particulièrement de la France depuis 1610 jusqu'en 1789. Baccalauréat, classe de rhétorique. 1 très fort vol. de 708 pages. Prix, *franco*. **5** fr. **50**

Morceaux choisis de prose et de vers des classiques français, d'après les nouveaux programmes. Prix, *franco* . . . . **85** c.

Ouvrages adoptés dans un très grand nombre d'établissements.

LES ILLUSTRATIONS & LES CÉLÉBRITÉS

DU XIXe SIÈCLE

Chaque série (*un beau volume in-8°, titre rouge et noir*) forme un tout complet et se vend *séparément*. Prix, *franco*, **4** fr.

1re *série.* — **Léon XIII,** par Louis Teste. — Le **général Vinoy,** par le général Ambert. — Le **Frère Philippe,** par J. d'Arsac. — **Montalembert,** par J. Fourier. — **Drouot,** par le général Ambert. — **Sœur Rosalie,** par J.-H. Olivier. — **Jasmin,** par Camille d'Arvor. — **Comtesse de Chambord,** par P. Vedrenne. — Le **maréchal Moncey**, par le général Ambert. — **Armand de Melun,** par dom Piolin. — **Eugénie et Maurice de Guérin,** par C. d'Arvor. 1 vol.

2e *série.* — Le **général de Lamoricière,** par A. Rastoul. — Le **docteur Larrey,** par le général Ambert. — **Augustin Cochin,** par G. Pinta. — **Henri Monnier,** par J.-M. Villefranche. — Le **maréchal de Saint-Arnaud,** par le général Ambert. — Le **nouvel académicien Pasteur,** par H. Davy. — **Louis Veuillot,** par H. de Mongeot. — **Chateaubriand,** par P. Vedrenne. — **R. P. de Ravignan,** par A. Vivier. 1 vol.

3e *série.* — Le **prince impérial,** par F. de Barghon Fort-Rion. — **Dom Prosper-Louis-Pascal Guéranger,** par dom Piolin. — **M. Lainé,** par Ch. de Négrondes. — **H. Flandrin,** par C. de Beaulieu. — **Dupuytren,** par le docteur de Puyset. — Le **prince J. Poniatowski,** par le général Ambert. — **Charles X,** par P. Vedrenne. — **Abraham Lincoln,** par

A. Tachy. — **Boïeldieu**, par J. d'Apprieu. — Le **duc de Reichstadt**, par Jean Mandé. — Le **maréchal Pélissier, duc de Malakoff**, par le général Ambert. — **David Livingstone**, par J. d'Arsac. — **Jean Reboul**, par le baron de Prinsac. — **Marie-Amélie**, reine des Français, par Alexis Sauër. 1 vol.

4ᵉ *série*. — **Hyacinthe-Louis de Quélen**, archevèque de Paris, par J. Guillermin. — **L'amiral de la Roncière le Noury**, par J.-S. Girard. — Le **général J.-A. Garfield**, par A. Tachy. — Le **général Cavaignac**, par le général Ambert. — Le **Père Félix**, par Alexis Franck. — **Etienne-Geoffroy Saint-Hilaire**, par Joseph Lebrun. — Le **duc de Richelieu**, ministre de Louis XVIII, par P. Vedrenne. — **David d'Angers**, par C. de Beaulieu. — **Cavour**, par Edmond Robert. — Le **général Margueritte**, par le général Ambert. — **Mme Récamier**, par J. de Cherzoubre. — **Paul Bezanson**, le dernier maire français de Metz, par J. d'Arsac. — **Joseph et Xavier de Maistre**, par J. des Aperts. — Le **général la Fayette**, par Anatole de Gallier. 1 vol.

5ᵉ *série*. — **Silvio Pellico**, par J. d'Apprieu — Le **comte Henri de Riancey**, par Ch. de Montrevel. — **Bugeaud**, par le général Ambert. — **Ozanam**, par dom Piolin. — **Mgr Affre**, par J. Guillermin. — Le **général Foy**, par Elie Fleury. — **Auguste Barbier**, par J. d'Apprieu. — Les **Frères Hauy**, par Joseph Lebrun. — **Schneider**, par J.-S. Girard. — **Royer-Collard**, par P. Vedrenne. — **Le Play**, par A. Rastoul. — **Mgr Gerbet**, par dom Piolin. — **Daniel Manin**, dictateur de Venise, par J. Morey. — Le **colonel Taillant**, défenseur de Phalsbourg, par le général Ambert. 1 vol.

6ᵉ *série*. — **Rossini**, par le comte de Sars. — **Thénard**, par le docteur Alfred Tixier. — **Edgar Quinet**, par J.-M. Villefranche. — **Ingres**, par C. de Beaulieu. — Les **quatre sergents de la Rochelle** (Bories, Goubin, Pommier, Raoulx), par Charles de Négrondes. — **Rostopchine**, par le marquis de Ségur. — **Jean-Marie de la Mennais**, fondateur de l'Institut des Frères de l'instruction chrétienne, par J. d'Arsac. — **Léopold Iᵉʳ**, roi des Belges, par C.-J. Drioux. — La **comtesse de Ségur**, née Rostopchine, par le marquis de Ségur. — **Maximilien Iᵉʳ**, empereur du Mexique, par J. d'Apprieu. — **Casimir Delavigne**, par Ch. de Négrondes. — **Auguste Sibour**, archevèque de Paris, par J.-M. Guillermin. — **Villemain**, par Victor Jeanroy. — **Joseph Jacquard**, par J. Lebrun. — **Lord Palmerston**, par Jean Mandé. — Le dessinateur **Cham** (comte de Noé), par C. de Beaulieu. 1 vol.

7ᵉ *série*. — **Louis-Philippe Iᵉʳ**, roi des Français, par J.-S. Girard. — **Charles Nodier**, par le baron de Prinsac. — **Mgr Dupanloup**, par J. Morey. — **Adolphe Thiers**, par J.-M. Villefranche. — Le **général Cambriels**, par Ch. de Montrevel. — Le **général Chanzy**, par J. de Baudoncourt. —

Verna, premier président de l'Œuvre de la Propagation de la foi, par le général Ambert. — Le **général baron Ambert**, par le général Ambert, son fils. — Le **duc et la duchesse d'Orléans**, par Ch. de Montrevel. 1 vol.

8ᵉ *série*. — **Napoléon III**, par le général Ambert. — **Mᵐᵉ Swetchine**, par J. de Cherzoubre. — Le **cardinal Consalvi**, par F. de Montagney. — **Carnot**, par J. Nicolas. — Le **cardinal Guibert**, par H. Demesse. — **Joubert**, par le marquis de Ségur. — **Jouffroy**, par V. Jeanroy. — **M. de Martignac**, par Prosper Vedrenne. — **Cuvier**, par dom Piolin. — **Gœthe**, par J. d'Apprieu. — **Charles-Albert**. roi de Sardaigne, par A. Tachy. — **Mᵍʳ de Ségur**, par le marquis de Ségur. — **Eugène Delacroix**, par C. de Beaulieu. — Le **sergent Blandan**, par E. Perret, capitaine de zouaves. 1 vol.

9ᵉ *série*. — Le **T. H. frère Philippe et les frères pendant la guerre de 1870-1871**, par le général Ambert. — **Dumouriez**, par Elie Fleury. — Le **R. P. Captier**, par J. d'Arsac. — **Victor Cousin**, par J. des Aperts. — Le **maréchal Ney**, par E. Perret, capitaine de zouaves. — Le **prince de Metternich**, par Albert Lepître. — Le **cardinal Maury**, par J. Nicolas. — **Viollet-Leduc**, par F. Bournand. — **Lord Byron**, par J. d'Apprieu. — Le **R. P. Rey**, fondateur de la colonie agricole de Cîteaux, par J. Guillermin. — **Siéyès**, par J. Morey. — Le **prince Eugène de Beauharnais**, par le comte de Sars. 1 vol.

10ᵉ *série*, — Le **général Daumesnil**, par le général Ambert. — **Proudhon**, par J.-M de Baudoncourt. — **Marie-Christine de Savoie**, par Jacques de la Faye. — Le **vicomte de Narbonne-Lara**, par Victor Jeanroy. — Le **maréchal Davout**, par Marcel Poullin. — **Jean-Baptiste Isabey**, par C. de Beaulieu. — Le **cardinal Morlot**, par J. Guillermin. — **Francis Garnier**, par le colonel F.-A. Protche. — Le **vice-amiral Bouet-Willaumez**, par H. Dupré-Lassalle. — **Gustave Doré**, par C.-A. de Beaulieu. — Le **général Pajol**, par le général Ambert. — **Pie VIII**, par dom Piolin. 1 vol.

11ᵉ *série*. — **Général Decaen**, par le comte de Sars. — **Gambetta**, par J.-M. Villefranche. — **Duchesse d'Angoulême**, par René de Saint-Chéron. — **Claude Bernard**, par Alfred Tixier. — **Louis XVIII**, par J. Nicolas. — **Antoine de Salinis**. par dom Piolin. — **Ponsard**, par J. d'Apprieu. — **Nicolas Iᵉʳ**, par Aimé Giron. — **O'Connell**, par A. Lepître. — **Masséna**, par E. Perret. — Les volontaires de l'Ouest (1870-1871) : **Cathelineau**, par Alexis Franck. 1 vol.

12ᵉ *série*. — Le **Père Lacordaire**, par J. Guillermin. — **François II**, roi des Deux-Siciles, par Ch. de Montrevel. — Le **maréchal Soult**, par le général Ambert. — Le **duc de Berry**, par Ch. de Négrondes. — **Berryer**, par Albert Lepître. — L'**amiral de Mackau**, par Jacques de la Faye. — **Ampère**, par

J.-B. Jeannin. — **Frayssinous**, par J. Nicolas. — **Guizot**, par Ch. Barthélemy. — **Félicité de Lamennais**, par Mgr Ricard. — Le **Pape Léon XII**, par dom Piolin. 1 vol.

Les illustrations du xix siècle* en sont à leur douzième série : près de quarante mille volumes se sont écoulés en trois ans, et vraiment elles méritent l'accueil flatteur que leur a fait le monde littéraire. Ce sont des biographies écrites avec talent par des auteurs connus, tels que le général Ambert, dom Piolin, Rastoul, le colonel Protche, etc. On y rencontre les personnages les plus divers. Dans le premier volume, je note en courant Léon XIII, le général Vinoy, Montalembert, Drouot, la touchante figure de sœur Rosalie, Eugénie et Maurice de Guérin, etc.; dans la douzième série, paraissent Lacordaire, Berryer, Ampère, Frayssinous, Lamennais, etc. Tous ces portraits, que des anecdotes choisies avec soin rendent plus ressemblants, forment une sorte de galerie fort intéressante, où l'on peut sans fatigue se mettre au courant de l'histoire contemporaine, et puiser dans l'exemple de nos gloires nationales l'amour de la France et de l'Eglise.   P. M.

(*Etudes religieuses des RR. PP. Jésuites*, 15 mai 1888.)

BIOGRAPHIES DU XIXᴱ SIÈCLE

Chaque série ou volume forme un tout complet et se vend séparément. Prix, franco, **3** fr.

1ʳᵉ *série.* — **Général de Pimodan**, par Jacques de la Faye. — **Victor-Emmanuel II**, par Ch. de Montrevel. — **Duc de Morny**, par Adolphe Racot. — **H. Perreyve**, par V.-A. Lertora. — **Général de Ségur**, par le marquis de Ségur. — **A. de Tocqueville**, par J. Nicolas. — **Alexandre Iᵉʳ, empereur de Russie**, par le marquis de Ségur. — 1 beau volume in-8°, orné de 7 portraits *hors texte.*

2ᵉ *série.* — **Paul Iᵉʳ, empereur de Russie**, par le marquis de Ségur. — **R. P. Milleriot**, par Alexis Franck. — **Marquis de Jouffroy**, par P. de Pradel. — **Drouyn de Lhuys**, par Paul Antonini. — **Sainte-Beuve**, par J. Guillermin. — **Amiral Courbet**, par E. Perret. — **William Pitt**, par M. A. Lepître. — 1 beau volume in-8°, orné de 7 portraits *hors texte.*

3ᵉ *série.* — **Augustin Thierry**, par Ch. Barthélemy. — **Baron de Stein**, par René de Saint-Chéron. — **R. P. Gratry**, par Mᵐᵉ Napoléon Peyrat. — **Fouché**, par M. A. Lepître. — **Abd-el-Kader**, par E. Perret. — **Gaillard**, peintre, par C. de Beaulieu. — **Général de Brauer**, par A. de Sars. — **Amiral Dumont d'Urville**, par G. d'Aurgel. — 1 beau volume in-8°, orné de 8 portraits *hors texte.*

Ces biographies, écrites par des littérateurs de talent, ayant tous

LA VIERGE DE LA SALETTE

Par J. BERTRAND

Avec 18 gravures hors texte. — 1 vol. in-8° écu, de 526 pages,
sur beau papier. Prix : **4** fr. ; *franco,* **4** fr. **50**

Ouvrage approuvé par NN. SS. les évêques de Grenoble et de Verdun

SOMMAIRE ABRÉGÉ. — Le Dauphiné pittoresque et religieux. — De
Grenoble à Corps et à la Salette. — Apparition de la belle Dame. —
Les bergers. — Emotion produite par cet événement. — L'autorité
ecclésiastique. — Les pouvoirs civil et judiciaire. — Enquête épisco-
pale. — Les miracles. — L'opposition. — Affaire d'Ars. — Le secret
des bergers et Pie IX. — Le mandement doctrinal de l'évêque de
Grenoble. — Donnadieu. — Ses pamphlets. — Mlle de Lamerlière. —
Son procès. — Pèlerinage national de 1872. — Consécration de la basilique et couronnement de la Vierge.

VIE DE DOM BOSCO

Fondateur de la Société Salésienne

Par **J.-M. VILLEFRANCHE,** auteur de l'*Histoire de Pie IX*

1 beau vol. in-8°, 7e *édition.* Prix : **4** fr. ; *franco,* **4** fr. **50**

Un éminent collaborateur de DOM BOSCO, celui-là même auquel il
confiait en 1881 l'établissement de l'*Œuvre Salésienne* en Espagne,
DOM BRANDA écrivait de Barcelone, le 6 juillet 1888, à l'auteur, qui peu de
jours auparavant avait reçu les *très sympathiques remerciements de*
DOM RUA, le digne et vénéré successeur de DOM BOSCO à l'Oratoire
salésien de Turin :

« Monsieur J.-M. Villefranche,

» J'ai reçu avec le plus grand bonheur la *Vie* de notre Père et Fondateur
D. Bosco, que dans un élan de zèle et de charité envers la jeunesse vous
avez fait paraître.

» Je l'ai déjà lue en partie et je m'abstiens de porter mon jugement; ne
connaissant pas assez la langue française. D'autres plus compétents que
moi feront connaître et apprécier la *Vie de dom Bosco.*

» Mes confrères et moi nous n'avons qu'à adresser à votre Seign^r Ill^me
l'hommage de notre profonde reconnaissance. Que la divine bonté daigne
accorder ses meilleures bénédictions à vous et à votre famille, en récompense du travail que vous avez entrepris pour la gloire de ce fidèle
serviteur de Dieu.

» Maintenant je m'efforcerai de trouver un traducteur digne de l'éminent
écrivain, qui puisse reproduire tout ce qu'il y a de beau et de substantiel
dans ce livre... Jean BRANDA, *prêtre.* »

BESANÇON. — IMPR. ET STÉRÉOTYP. DE PAUL JACQUIN.

www.ingramcontent.com/pod-product-compliance
Lightning Source LLC
Chambersburg PA
CBHW070751030726
47504CB00003B/520